Markus
Zusak

克雷的橋

馬格斯・朱薩克—著　馬新嵐—譯

BRIDGE OF CLAY

木馬文化

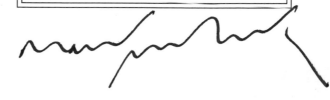

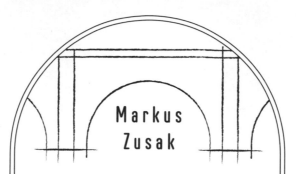

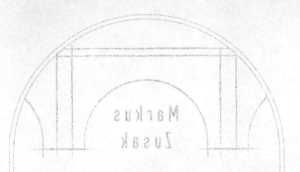

獻給史考特、基德和小不點，
獻給凱特，
永懷K.E.：深愛著語言之人。

【國際媒體，佳評如潮】

朱薩克以細膩手法創作了一個獻給失去、哀傷與罪惡感的作品。

——《出版人週刊》

敘述手法極為錯綜複雜，越過時間、空間，甚至跨過海洋。朱薩克生動地描繪了一幅兄弟群像。他們用盡全力，延續家族故事，並以此找回屬於這個家的平衡。

——《時代雜誌》

這本令人驚豔的作品力道強大，讓人無法抵擋，深深感動。《克雷的橋》鋪展故事的過程就像反轉過來的魔術手法，以各種誤導方式展現傑出的敘述性詭計，必須等到所有元素都在眼前攤開，你才會恍然大悟。

——《華爾街日報》

令人不捨掩卷……你會真心相信《克雷的橋》的角色都是真的，而且忍不住對他們付出關心……感動得令人心痛，又幽默得令人發笑，而且百分之百激勵人心。

——《為妳說的謊》作者，暢銷作家M．L．史黛曼

溫暖而真誠……這是一個愛、藝術與贖罪的故事。有些粗野，有些愉快，時有睿智深奧之語，極度感人。

——《泰晤士報》

在不完美的世界裡，有著不完美的人，而朱薩克決心讚頌他們的奇異與獨特……文筆優美，挑動情緒……《克雷的橋》必定能觸動你的心弦。

——《紐約書評》

【讀書共和國出版集團 社長 推薦序】

《克雷的橋》把愛化作力量

郭重興

除了透過手機傳情，我們現在這個世代要怎麼向你摯愛的親人說「我愛你」？即使那是已身故的母親，落跑的父親，或幾位像天神又像浪子的兄弟？

克雷選擇造一座橋，一座以愛與贖罪的火燄鍛造的橋。為什麼是克雷？不過十六、七歲的大孩子，鄧巴家五兄弟中的老四？為什麼是他受選召？

朱薩克幾乎用了十三年的時間，寫成的《克雷的橋》，同時克服了兩項無比艱鉅的挑戰。一是超越自己。繼《偷書賊》之後，《克雷的橋》帶給讀者的，不只是全然不同的閱讀經驗，而是劇力萬鈞的鞭辟入裡，直指讀者的靈魂深處。

另外一項，當然就屬文學與藝術層面了。我曾放言：「《偷書賊》無疑將列經典之林，一本關於戰爭、種族、愛情的『童話』經典。」那《克雷的橋》呢？我將它推舉到我們二十一世紀的神話經典，書中人物，盡是「人中之神、神中之人」，換個說法，希臘神話「半神半人」的英雄。

等了十三年，朱薩克又寫就一本神話，或說，他創造了自己的神話？

【繁體中文版序】

回家的橋，也是離家的橋

馬格斯・朱薩克

寫完《克雷的橋》一年後再為它寫序，有種回到家的感覺。這使得我再一次想起這本書，以及書中角色伴我度過多麼長的一段時間，我想他們應該會和我在一起一輩子吧。當我終於將書完成，眾人說：「你一定很開心。」但事實是，不知怎麼，我有種失去親人的感覺。經過多年掙扎與懷疑，恐懼與努力，和許許多多的快樂，我不禁想，沒了克雷、沒了鄧巴家那些男孩和他們的父母，麥可和潘妮洛普，我該怎麼繼續下去。我也會想念凱莉，她是克雷最好的朋友，一名騎師學徒，另外還有那五隻居住在鄧巴家的動物。完成《偷書賊》後的十三年間，這些角色在我心中，也在我身旁。他們是我的朋友，也是最了不起的對手。他們是我身為作家最大的挑戰，也是最大的喜愛。從過去到現在，我一直都是鄧巴男孩。

這個靈感第一次是出現在我二十歲。（寫下這句話時，我已經四十三歲了。）那個時候，我全心投入作家這個職業，即便當時遭遇的多是挫敗。我總會在住家附近散很久的步。其中一次散步時，我在心中看見一個正在建橋的男孩，並為他取名「克雷頓」（Clayton）。我本來打算將書命名為《克雷頓的橋》（*Clayton's Bridge*），幾個月後我又想：不，不要叫《克雷頓的橋》，叫《克雷的橋》（*Bridge of Clay*）好了。這個改變為我的靈感注入全新深度的意義與情感。我見到一個以石頭或木材當材料建橋的男孩，但這材料中也包括了他自己。他將自己的整個人生鑄進橋中。就這個靈感而言，若以英文的角度來看，克雷（Clay）同時可當作名字，也是一種建材：黏土。黏土可以塑造出任何事物，但需要火焰使其定型……於此，我見到一個全新的故事開頭成形，以及一個確切的結局。只是還沒準備好下筆寫它。

嚴格說來，我在二十幾歲前半曾試圖將故事寫成另一種版本，卻也很快地發現，我寫出來的東西跟想要的並不一樣。你總是在找一個能將心中感受轉化為紙上文字的方式。所以我先將《克雷的橋》放到一邊，書一本接一本出，直到我創作的第五本作品，也就是《偷書賊》出版。我想，該是時候再來挑戰這個男孩、他的橋，以及他對偉大成就做的嘗試了。

我開始蒐集新點子是在二〇〇六年。這些點子包含一個五兄弟的家庭，一名從東歐前往澳洲的母親，還有一個深深著迷於米開朗基羅的父親，尤其是大衛像，以及他未完成的作品，奴隸們（又稱囚徒們）。當我想著潘妮洛普．鄧巴帶著一只手提箱，裡面放了兩本書（《伊利亞德》與《奧德賽》），就這樣從歐洲來到澳洲的畫面，真心相信我有了必要的元素。我們時常覺得自己像是住在一個渺小的郊區，但在這樣的一個地方，有著艱苦而殘破的一家人，受到旅途與笑聲、美好的生活和悲慘的死亡撼動。更有一個男孩，他受盡一切苦楚，只為將全家凝聚在一起。我想將所有美好、所有悲劇與所有勇氣全放進這個設定在郊區的故事中。

最後，我覺得應該可以稍微談談書中、故事中的那些橋，尤其是這本書。敘述者（克雷的大哥馬修）時常對讀者講起，他做為這個故事的作者與做為聽眾的讀者間的連結。我也常想像這件事。我在地球一隅寫作，而這些字句延伸遠走，來到閱讀這本書的讀者面前，不管他們身在何處。這麼一來，即便是在我寫作的當下，讀者也成了故事的一部分。

如果用更直接，更故事導向的說法，那麼《克雷的橋》中的橋梁隨處可見。尤其，克雷是為了將他的家人凝聚在一起才建橋，但同時也是為了找到一個離開的方式。那座橋的方向能通往家，也能離開家。而馬修也在建他自己的橋。他不僅是想了解自己的弟弟，更是為了理解自己有多麼愛他。就是因為這樣，他才要寫這個故事，這些字句都是愛的證明。

創作《克雷的橋》時，我遭遇許多挑戰，並靠著意志力讓書得以成形。我認為，我之所以在《偷書賊》後花上十三年才完成此書，是因為我一直想在寫作上超越自己，我向來以此為目標，想抓取稍微超出能力範圍的成就。有時我會覺得，這好像是自己與自己在爭搶世界盃寫作冠軍。但如今一切都結束了，我知道我已盡了全力。故事中的橋是克雷，但這本書則是我。暫且不管其他人怎麼看，我知道這本書是以勇氣寫成。就目前而言，我已十分欣慰。我希望你也能在書中找到勇氣，在這些角色中找到善意。

在此致上最高的祝福與敬意

馬格斯

目錄

作者註：

「克雷」在英文中為Clay，這個字有兩個意思，第一是克雷頓（Clayton）的暱稱，第二則是黏土，一種可以用來蓋房子、製作陶器及雕塑的材料。

這兩者對《克雷的橋》都很重要：因為這是主角的名字，也代表黏土的特性。這層雙關隱喻不會影響本書閱讀。不過，了解這點將有助於理解克雷的故事，還有他的橋。

故事開始之前

老大

故事一開始，出現的是凶手、騾子，還有男孩。

不過我要說的不是一開始，而是在開始之前，我要說的是我自己。

我叫馬修。我在這裡，這裡是廚房，或說是在夜晚的廚房，燈光流瀉，彷彿古老的河口。我正在敲啊敲啊敲，整間屋子也靜悄悄。

其他人都睡著了。

我坐在餐桌前。

我和那臺打字機，我和**老大**。許久沒見的父親說，許久沒見的奶奶都是這麼叫，而她其實是叫它「**老達**」。但我不會像她一樣口齒不清。

如果要形容我這個人，大家會想到各種瘀青，還有沉穩的個性；會想到我的身高、肌肉，以及我愛講髒話，偶爾多愁善感。如果你跟大多數人一樣，可能不覺得我也能認真說話，什麼史詩或希臘的玩意兒更是與我無關。被人看扁有時也挺好，不過，若有人能看見你深藏不露的部分，那感覺更棒。就我而言，我很幸運。

因為我身邊有克勞蒂．柯比。

還有個男孩；他是某人的兒子，某人的兄弟。

沒錯，我們都會有這樣一個兄弟，他就是那個人（在我們五兄弟之間，就是他了），是他扛起了一切。他跟我講起這件事，態度一如往常低調而沉著，時機當然也抓得恰到好處。他說舊市區那裡有塊廢棄的後院，院裡埋了臺老舊的打字機，不過我得找對地方，否則可能會挖到死狗或死蛇（這兩個我都挖到了）。我在想，既然狗和蛇都出現了，打字機應該就在附近。

真是完美的寶藏，而且絕對合法。

婚禮隔天，我開車出發。

我駛出城市。

逕直穿過夜色。

我經過許許多多空無一物的地帶，然後見到更多空地。

隔著一段距離看去，這座小城儼然是座偏遠的童話王國；放眼望去淨是稻草似的植物以及不見盡頭的天空。不遠處有大片矮灌木與尤加利樹林，而且沒錯，真他媽的一點也沒錯，那些人都垂頭喪氣、無精打采；這世界讓他們筋疲力竭。

銀行外頭的某間酒吧旁，有個女人告訴我該怎麼走。她是這鎮上最正直的女人。

「左轉鬧門街對吧？接著直走，大概兩百公尺後再左轉。」

她有一頭棕髮，穿著入時，素面紅襯衫配牛仔褲與靴子，因為陽光，她緊閉著一眼，唯一洩漏年齡的只有她脖子下方那塊三角部位，看起來像皮箱握把，歷盡滄桑，皺紋交錯。

「你聽懂了吧？」

「聽懂了。」

「噢對，你是要找那條街的幾號？」

「二十三號。」

「喔，你來找老莫契森的是吧？」

「老實說，也不算是。」

那個女人站近一些。這時我注意到她的牙齒，又白又亮——但有些地方黃黃的，像是趾高氣昂的太陽。我對靠過來的她伸出一手。我，還有她，她的牙齒，以及這座小鎮。

「我叫馬修。」我說。女子名叫達芬。

等我走到車旁，她已經轉身，離開銀行旁邊的提款機走回來。她站在路邊，一手扠腰，甚至連提款卡都沒拿。我正要坐進駕駛座，達芬對我點點頭。她認出我來了；她大概什麼都知道了，彷彿正在看報紙似的。

似乎都在等我。

「你是馬修．鄧巴。」

她直接這麼說，不是發問。

我跑到這地方，距離我家十二個小時車程。三十一年來，我從沒到過這個小鎮，但不知怎麼，這裡的人

我們對看了很長一段時間（或者至少有個幾秒鐘），一切的一切無所遁形；人潮湧現，在街上遊走。

我說：「妳還知道什麼別的嗎？妳知道我是來這裡找打字機的嗎？」

她睜開另一隻眼。

她直視正午陽光。

「打字機？」這下她完全被我搞混了。「你到底在講啥鬼？」

幾乎是同時，有個老人在大吼，問說該死的是不是她的卡片害這臺該死的提款機該死的大排長龍，於是她跑回去拿提款卡。噢，或許我該解釋一下：以前醫生要動外科手術都會用到打字機，祕書也會敲著那些按鍵，過往所有的故事裡都有一臺老老的打字機。她對打字機的故事有興趣嗎？我永遠不會知道。但我知道她給我指的路很正確。

磨坊街——

整潔小巧的房子靜謐列於兩側，沐浴在太陽的熱度中。

我停好車、關上門，穿過青翠的草地。

就在那一刻，我後悔了。我應該帶上剛和我結婚的女孩（或說女人，或說我兩個女兒的母親），女兒當然也要一起；那兩個孩子會喜歡這裡的。她們會在這裡走路、跳舞、蹦蹦跳跳；雀躍的小腳丫，被陽光照耀的頭髮。她們會在草地上翻筋斗，一邊喊著說「不要偷看我們的內褲！」

不錯的蜜月。

克勞蒂在上班。

女孩們去上學。

當然，一小部分的我喜歡這樣，但有一大部分的我非常喜歡這樣。

我吸氣、吐氣，然後敲了門。

屋子裡頭像烤箱，家具彷彿都被烘烤過，照片好像剛從烤麵包機彈出來。他們有冷氣，不過壞了。

桌上擺著茶和手指酥餅[1]，陽光猛擊窗戶；桌上滴了很多汗，從手臂落到桌巾上。

莫契森一家呢，他們是老實人，而且毛髮茂密。

其中一位穿著藍背心，蓄著大撮鬢角，看起來彷彿臉上攤開一件毛皮大衣；還有個女人，叫拉林芮。她戴著珍珠耳環，有濃密蓬鬆的鬈髮，手上提著包包，看起來正要出門買東西，卻沒離開。我提起他家後院，說可能有東西埋在那裡。聽到我這麼說，她開始慢吞吞地東摸西摸。我們喝完茶、吃完餅乾；我轉向鬢毛男，他直視著我，說：

「看來該動手了。」

屋外的院子荒廢了很久，我走往左邊，朝著晒衣繩和一株經歷風吹日晒、奄奄一息的佛塔樹走去。一時間，我回頭看著身後的風景：小小房子、鐵皮屋頂。日頭依舊照耀著一切，然已緩緩下沉西斜。我用鏟子和手去挖……便挖到了。

「媽的！」

---

1 手指酥餅：Scotch Finger，澳洲著名的餅乾，通常指Arnott's雅樂思手指餅乾。

是那隻狗。

接著又挖到——

「媽的！」

是那條蛇。

牠們都只剩骨頭。

我們小心翼翼地把骨頭堆在一起。

我們把牠們放在草地上。

「我一定會找到！」

那人講了三次，但最響亮的一次是我終於挖到鐵灰色的舊雷明頓打字機時。藏在地底的武器，裹上三層結實的塑膠膜；膠膜還很透明，按鍵看得非常清楚：最前面的是Q和W，中間是F、G、H和J。

我盯著它看了好一會兒，我只是這麼看著。

那些黑色按鍵彷彿怪物的牙，不過是友善的那種。

終於，我伸出髒兮兮的手小心拿起來。隨後又把那三個洞填回去。我們取出雷明頓，蹲下來檢查。

「這玩意兒了不起。」莫契森先生說，臉上的毛皮抽動幾下。

「的確。」我附和道。這玩意兒美翻了。

「我今天早上起床時從沒想過會發生這種事。」他拿起打字機，遞給我。

「馬修，想留下來吃晚餐嗎？」

是他太太，好像還有點驚魂未定，不過受驚倒是不會影響晚餐。

我蹲在那裡抬頭看。「謝了，莫契森太太。不過我吃了那麼多餅乾，還不餓。」我再次看向屋子，房屋包裹在陰影之中。「我真的該走了。」我分別跟他們握了手。「真不知道該怎麼感謝你們。」我邁開腳步，打字機安全地待在我臂彎中。

莫契森先生不肯留著那兩副骨骸。

他直接喊了一聲「喂！」

我還能怎麼辦呢？

我猜，會挖出那兩隻動物必有某種道理。我從哂衣繩下方轉身（委靡又老舊的希爾升降機[2]，跟我們家一樣），等他開口。然後他說：

「老兄，你是不是忘了什麼？」

他對著狗和蛇的屍骨點頭示意。

我就是這樣離開的。

那天，我那輛舊旅行車後座放了狗的骨骸、打字機，以及棕伊澳蛇又粗又硬的骨頭。開到大概半路，我在路邊停下。我知道一個地方，雖然需要繞點路，但可以有張床好好休息。不過我決定不繞過去，只是這麼躺在車上，脖子後方枕著那條蛇，緩緩入睡，一面思忖：為何處處都有「故事開始之前的故事」？

因為在這之前、在發生那麼多事之前，舊市區有塊廢棄後院，有個男孩跪在地上，有蛇殺了一隻狗，有狗殺了一條蛇……而接下來也還有事要發生。

不對，此時此刻，你只需要知道這件事——

明天，我會回到家。

我會回到城裡，回到弓箭街，回到一切真正開始、並在之後各自分歧的地方。

我到底為什麼要把狗和蛇帶回來？那些爭執早已消散，想離開的人早就遠去，想留下的本就留下。汽車

---

2 希爾升降機：Hills Hoist，澳洲的曬衣裝置。

後座的那些——回去之後我大概會因此跟羅里吵架，但這只是微不足道的點綴。世上所有的人、每一個人都不會比羅里更清楚，他深深知道我們是誰、所為何來、為何存在。

我們這風吹即倒的悲慘一家。

就像《碰》[3]，那本描寫男孩與血緣與野獸的漫畫。

我們是為了這些遺骸而生。

就這麼你來我往地講到中途，亨利咧嘴而笑，湯米也笑，然後兩個人都說「每次都這樣。」

我們家老四在睡，我不在的時候他一直在睡。

至於我兩個女兒，她們一進屋就被骨頭嚇到了。女孩們說：「爸，你為什麼要把那些東西帶回家？」

——因為他是白痴。

羅里一定是這麼想，我馬上猜到，但他從沒有在我的孩子面前說出口。

至於克勞蒂．鄧巴（之前叫克勞蒂．柯比），她先搖搖頭，接著牽起我的手。她很開心，她他媽的太開心了，開心到我很可能會再崩潰一次。我覺得一定是因為我太高興。

高興啊。

高興是看起來很蠢的兩個字，不過我正在寫這兩個字，而且我要告訴你們，會這麼說純粹是因為我們正是如此，尤其是我。因為此時此刻的我深愛這個廚房，以及在這裡發生過的一切美好與恐怖。就是必須在這裡，這件事就是得在這裡進行。

聽見我的字母打在紙上，我很高興。

在我眼前的就是那臺老大。

它的後方有個滿是刮痕的木頭高臺。

那裡有不成套的鹽罐和胡椒罐，一堆硬邦邦的麵包丁；黃色燈光從門廊流瀉而入，這裡頭則是白色的燈。我坐在這裡一邊思考一邊打字。我敲啊打的。寫作向來困難，然而若你有話想說，那就比較簡單了。

讓我來說說我們的弟弟吧。

鄧巴家的第四個男孩，他叫克雷。

我要說發生在他身上的每件事。

我們所有人都因他改變。

3 Kapow：疑為作者自創的漫畫。

第 1 部分

城市

殺手看來像是中年男子

如果在開始之前（至少就這個故事而言），有一臺打字機、一隻狗，還有一條蛇，那麼故事真正開始（也就是十一年前），有的就是凶手、騍子，還有克雷。然而，即便是在最初階段，也需要有人先採取行動，就那天而言，就是凶手。畢竟是他將一切向前推動，也使得我們都向後回顧。

而他做的只有來到這裡，在六點的時候。

那天也是一個典型的二月傍晚，熱到會冒煙。建築物被烤了一整日，太陽還高掛在天空，日光灼痛皮膚。我們不怕高溫，我們信任高溫，又或者是高溫限制了他的行動。有史以來、五湖四海所有殺手中，他肯定最為可悲。

他的身高中等，五英尺十英寸。

他的體重普通，七十五公斤。

不過不要誤會，他是個穿著西裝的垃圾；他彎腰駝背，他支離破碎；他站得歪歪倒倒，彷彿等著虛空來了結他的一生，只是並不可能，至少在今天不可能。這感覺來得突然，但今天似乎不是能讓凶手好過些的日子。沒辦法，他感覺得到。

他能嗅到那氣氛。

他永生不死，而這也許就概括了許多事情。

在凶手覺得不如歸去的時候，卻深深相信自己刀槍不入。

後來他在弓箭街口站了好久（至少十分鐘），並且因為自己終於抵達此處鬆了一口氣——但也因為來到這裡驚恐不已。這條街看起來沒有什麼需要注意的。此處微風悶熱卻徐緩，煙味之濃，彷彿能觸碰到的實體；汽車不像熄火停在街邊，反倒像被捏掉引擎。躁動、憂心又一聲不吭的鴿子停在電線上，壓得電線直往下沉。這整座城市彷彿趴伏在街道邊大喊著。

——凶手，歡迎回來。

環繞身周的聲音是如此溫暖。

如果你問我，我會說你捲入了一些麻煩……然而，說麻煩似乎太過輕描淡寫，你根本是麻煩大了。

他也知道。

沒有多久，高溫壓境。

此時弓箭街也因此躁動起來，幾乎像是磨刀霍霍，而凶手也感染到這股亢奮。他感覺到外套裡不停往上竄的情緒，問題也隨之而來。

他真能繼續往前，完成故事的開頭嗎？

他真能完成嗎？

最後，他又感受了一下這奢侈的氛圍，這萬事俱靜的恐怖，然後吞了口口水，摩挲著頭上像怒髮沖冠亂翹的頭髮，正色下定決心，走向十八號。

他的西裝正在燃燒。

是的，那天他是為了五兄弟而來。

就是我們，鄧巴家的男孩。

從最大到最小的順序是：

我、羅里、亨利、克雷頓、湯瑪斯。

從此，我們跟以往再不相同。

不過，說句公道話，他也不一樣了。為了讓你至少了解一下這名凶手到底走入了一個怎樣的狀況，我應該先把我們的樣貌跟你說說。

很多人當我們是小流氓，是野蠻人。

大致而言，他們沒說錯。

我們的母親過世了。

我們的父親逃走了。

我們像混混那樣罵髒話，像拳擊手那樣跟人打架；我們相互痛毆，戰場在泳池畔、桌球桌旁（桌子永遠都是第三或第四手，架在後院凹凸不平的草地上），還有大富翁、飛鏢比賽、橄欖球比賽、打牌比賽，以及我們弄得到手的所有東西。

我們有一架沒人彈的鋼琴。

我們的電視被判無期徒刑。

我家沙發已經用了二十年。

有時若聽見電話鈴聲，我們其中之一會走出去，沿著門廊跑到隔壁鄰居家。那裡只有齊曼老太太，她買了新的番茄醬，但打不開瓶蓋。而不管跑去隔壁的是誰，他都會再跑回來，任憑前門「碰」一聲關上，生活繼續向前。

沒錯，對我們五人來說，生活永遠都會繼續向前。

生活是我們之間揍進身體又再毆出的玩意兒，尤其是在一切都沒問題或全是問題的時候。那時，我們會出門，在傍晚時分跑上弓箭街，在這座城市裡到處走：塔樓、街道，一派憂鬱的樹木。我們聆聽從酒吧、屋舍、街區拋出的那些喋喋不休的對話，心中確信這裡真是我們的地盤。我們其實有點想把所有對話收集起來、夾到臂下，統統帶回家。至於隔天起床會不會發現一切再度消失——這些建築、這些耀眼的燈光——我們並不在乎。

喔對，還有一件事。

而且這可能是最重要的一件事。

就我們所知，在飼養怪寵物的小眾族群中，只有我們偷偷藏了頭騾子。

這頭騾子可了不起了。

這隻問題動物名叫阿基里斯。我們家在市郊，如果要詳述牠如何跑到這座城裡我家後院的那個賽馬區，幕後花絮簡直比老奶奶的裹腳布還長。一方面是因為這故事牽涉到我們家後面廢棄的馬廄、練習道、過時的地方法案，以及一位不大擅長拼字的憂傷胖老人，另外則與我們過世的母親、跑路的父親，還有最小的兄弟湯米・鄧巴有關。

那時我們也沒問家裡每個人的意見，總之騾子突然出現引發了爭議。在跟羅里大吵數次之後——

（「欸，湯米，這是怎樣？」

「啥？」

「你說啥是什麼意思？你是想唬爛我嗎？後院有隻驢欸！」

「牠不是驢，牠是騾。」

「有什麼差？」

「驢是驢子，騾子是兩種不同……」

「我不管牠是不是四分之一血統的馬去跟天殺的席德蘭小馬混種，是說這傢伙在晒衣繩下搞屁啊？」

「牠在吃草。」

「我知道！」）

——總之，我們把牠留下來了。

或者說精闢些，是騾子沒走。

湯米大多寵物都是這樣，但阿基里斯有幾個狀況，最值得一提的是：這頭騾子野心勃勃。我家後面的紗門壞掉很久了，只要後門有點縫隙，牠就會走進屋子（至於有時根本是後門大開的狀況……嗯，這就別提了）。這種事至少一個禮拜發生一次，所以我也每週至少發飆一次，內容聽起來大概是這樣：

「去他的上帝！」當時這些褻瀆語言我講得特別猖狂，大家最知道的就是我會在上帝前面加去他的。

「我沒跟你們這些小混帳講過嗎？我已經講了他媽的有上百次！要關後門！」

諸如此類的。

而這又再次讓我們回到凶手身上。他怎麼可能知道？

他可能一到家裡就猜到了，我們都不在家。

他可能早就知道自己必須做出決定，要不是用他的舊鑰匙，就是在門口等——等我們回家。然後他就要問那個問題、提那個提議。

他早預料到自己會遭到嘲笑，那甚至可以說是他自找的。

但情況完全不是這樣。

打擊好大。

在這令人傷心的小屋，死寂襲來。

還有那名小偷、那個扒手、那頭騾子。

六點十五分左右，他一步一步走過弓箭街，那頭肩負重荷的生物正在眨眼睛。

就是這樣。

凶手在弓箭街對上的第一雙眼是阿基里斯的；你對阿基里斯可是怠慢不得。阿基里斯站在廚房裡面，就在距離後門幾步之遙的冰箱前，斜斜的長臉掛著牠一貫「你是在看啥小」的表情；牠鼻翼掀動，嘴巴甚至還在嚼東西，一派漫不經心，卻又控制得宜。如果牠是賣啤酒的，那牠的表現真是他媽的好極了。

——然後呢？

此刻負責發話的似乎是阿基里斯。

起先是這座城市，現下是這頭騾子。

理論上，這還算合理。如果要說城市的哪個角落可能出現這頭長了一張馬臉的物種，除了這裡再無他處。這兒有馬廄、有練習場，還可隱約聽到賽馬聲。

但騾子又怎麼說？

這股驚嚇筆墨也難形容，眼下環境對情況更是毫無幫助。這間廚房的擺設和氛圍自成一格。

牆壁暗沉沉。

地板乾又裂。

髒碗盤一路延伸至水槽。

還有高溫，啊，那股高溫。

恐怖而沉重的高溫使得向來警惕的騾子都暫時放下好鬥心。屋裡甚至比外頭還糟，這等成就不容小覷。不過，阿基里斯不要多久就回到正事。難道說，是凶手嚴重脫水，產生了幻覺？在世上這麼多的廚房之中……他考慮了一下要用指關節去揉眼睛，抹掉幻象。可是沒用。

他眼前所見都是真的。

他非常確定這隻動物——這隻身上有斑有點，由灰色與淺棕組成，臉面覆蓋毛髮，眼睛很大鼻孔寬闊，一派悠然自得的混帳模樣的騾子的確站在他眼前，在有裂縫的天花板之下。見到騾子得意洋洋的模樣，他明白了一件事：

凶手可做的事情有很多，但無論如何，他都不該回家。

克雷的暖身之道

凶手見到騾子的當下，克雷人在小城另一頭；他正在暖身。說實話，克雷總是在暖身。當時他在舊公寓區，腳下是階梯，背上有個男孩，胸中醞釀一場暴風雨。他短短的黑髮貼著頭頂，兩隻眼中閃耀火焰。

他身邊還有個人在跟著跑。他右手邊是另一個男孩（金髮，比他大一歲），男孩很努力要跟上，但仍不斷推擠他。有隻邊境牧羊犬在他左手邊狂奔。於是形成以下組合——亨利和克雷、湯米和蘿希——進行他們每次都做的事情。

其中之一說話。

其中之一鍛鍊。

其中之一死死撐著。

就連狗都用盡全力。

為了這項訓練，他們付錢給一個朋友，好拿到一把鑰匙，這鑰匙保證他們可以進入這棟房子。付出十元換來這棟塞滿人的大樓，挺不錯的。他們繼續跑。

「你這可悲的垃圾。」克雷身邊的亨利說。他是負責弄錢的那個，也是友善的那個。他努力跟上，一面邁開步伐一面大笑，可是突然之間，他沒了笑容，一手遮住臉。往往在這種時刻，他會想辦法羞辱克雷。「你啥都不是，」他說：「你很軟弱。」他覺得不太舒服，但必須繼續講下去。「小子，你軟得像只煮了兩分鐘的蛋，你跑成這樣我看了都噁心。」

沒有多久，你會發現他們養成了另一種習慣。

年紀最小的湯米，愛撿寵物的湯米，他弄丟了一隻鞋。

「媽的，湯米，我不是跟你說過要綁緊嗎？克雷快點，你太弱，你太沒用了。該死的你就不能再快一點嗎？」

他們跑上六樓，克雷把湯米拋到一邊，攻擊右邊那人的嘴。他們倒在發霉的磁磚上，克雷一副要笑不笑的臉，另外兩人則放聲大笑，然後三人一起甩掉身上的汗。扭打中，克雷以手臂固定住亨利的頭，拉他起來又撞倒他。

「你真得洗個澡了老弟。」這話非常亨利。我們每次都說，如果要解決亨利，殺他一次不夠，還要再殺他那張嘴一次。「恐怖死了，真的。」當克雷手上的電線纏住那張利嘴下方的脖子，他可以清清楚楚感覺到那力道。

湯米力圖阻止（他滿十三歲了），他飛撲過去，把三人撞倒在地，手腿糾纏，男孩都在地上。蘿希繞著他們，蹦蹦跳跳，翹起尾巴，身體往前傾；黑腳丫、白腳掌；牠吠個不停，而他們繼續打。

打完架後，他們躺在地上，胸口起伏不停。樓梯井頂端開了一扇窗，光線髒兮兮，空氣凝重，數噸空氣從他們的肺洩出。亨利大口吸氣，但你能透過他的嘴得知真正的心情。

「湯米，你這小混蛋。」他笑著，眼神飄過去。「小子，我覺得你剛剛救了我一命。」

「謝啦。」

「不，是我要謝謝你。」他對克雷說。克雷已經撐著手肘爬起來，另一手放在口袋。「我真心不知道我們為什麼要發這場瘋。」

「我也不知。」

其實他們知道。

給初心者的提示：這人是鄧巴家的孩子，而且你一定會想認識克雷。

但那到底是什麼意思？

如果說起我們的兄弟克雷頓，你該知道些什麼？

多年來，他身上一直有諸多謎團。比方他為什麼只微笑、不大笑？

為什麼他會打架，但從沒有贏？

為什麼他這麼喜歡待在我們家的屋頂？

為什麼他去跑步，不是想自我滿足，而是為了感受那種不舒服。那是某種體驗痛苦與折磨的方式嗎？而且他向來能夠忍受？

然而以上這些問題他都不愛聽。

這些問題只是暖身。

如此而已。

躺下之後，他們又跑了三輪。蘿希清走了掉在路上的那隻鞋。

「喂，湯米。」

「嗯？」

「下次綁緊一點好不好？」

「沒問題，亨利。」

「綁兩個結，不然我把你剁兩半。」

「好啦，亨利。」

他在一樓拍拍他的肩膀。這是信號，叫他再跳到克雷背上。他們跑上樓梯，然後搭電梯下去。有些人會覺得這是作弊，但這反而還比較困難：因為復元時間變短了。爬完最後一次，亨利、湯米和蘿希又搭電梯下樓，克雷則走樓梯。他們走出大樓，往亨利那輛彷彿鐵片組的車子走去，接著又是老調重彈。

「蘿希滾開！別待在前座，」牠坐在方向盤前，一雙耳朵呈現完美的三角形，彷彿已經準備好要調個收音機頻道。「湯米，快點幫忙把牠弄走。」

「小妞過來，不要瞎鬧。」

亨利一手插在口袋裡。

他拿出一把硬幣。

「克雷，這些給你，我們那邊見。」

兩人開車，一人跑步。

他們對著窗外喊。「喂！克雷！」

他繼續前進，沒有轉頭，但聽得見；他們每次講的都一樣。

「可以的話帶點雛菊，她最喜歡了。你記得吧？」

他當然記得。

車子開出去，方向燈亮起。「別太在意價錢！」

克雷加快速度。

他跑上了山。

一開始訓練他的人是我，然後是羅里。假使我的方式算老派，強調那些傻呼呼的忠誠什麼的，羅里的方式就是一頓狠揍，但不打傷他。至於亨利——亨利自有一套計畫。他是出於錢的因素，還有為了自己爽。這個我們不久之後就會知道了。

起初非常直接，簡直令人瞠目結舌。

我們任意指使他。

他會去做。

我們任意折磨他。

他會忍耐。

亨利可以趕他下車，因為他看到幾個朋友冒雨走路回家，而克雷會乖乖下車，然後開始慢跑。接著，他們會在經過他身邊時對著窗外大喊「不要在外面亂晃！」他會跑得更快。湯米很愧疚，就跟世上所有蠢蛋一樣。他會看著後方，而克雷會盯著車子，直到車消失在他視線之中。他會看著那頭剪壞的髮型越變越小，就是這樣。

乍看之下我們好像真的是在訓練他。

但說實話，這根本差得遠了。

隨著時間過去，說出口的話變少了，各種花招變多了；我們都知道他想要什麼，卻不知道他為什麼要這麼做？

克雷・鄧巴到底為什麼要鍛鍊？

六點三十分，鬱金香就在腳邊，他傾身探進墓園圍籬；那籬笆又高又結實，克雷喜歡這裡。他看著太陽掠過摩天大樓上方。

無數城市。

這座城市。

下方成群的車輛趕著回家，光線驟變。凶手來了。

「抱歉？」

他沒說話，只是將攀上籬笆的手收緊。

「年輕人？」

他這才細看，發現有個老婦人吸著嘴脣（鐵定在吃什麼很好吃的東西），指著前方。

「不好意思，」她的眼睛形狀很怪，洋裝破舊，還穿著長襪。高溫對她來說好像不存在。「可以跟你要一朵花嗎？」

克雷看著那深深的皺紋；那是橫過她眼睛上方的一條線。他遞給她一朵鬱金香。

「謝謝！謝謝你，年輕人。這是要給我家威廉的。」

男孩點點頭，隨她穿過敞開的門，掃視了一下眼前的墓地。他在那裡蹲下又起身，雙手抱胸，又轉去凝視傍晚的太陽。他不知道亨利和湯米在兩旁站了多久，還有那隻狗，牠對著墓誌銘吐舌頭。兩個男孩都站著，姿勢僵硬、沒精打采，手插口袋。如果狗有口袋，牠肯定也會把腳掌放進去。眾人所有注意力都在墓碑上，以及碑前的花朵；花在他們眼前漸漸凋萎。

「沒雛菊？」

克雷看看他。

亨利聳肩。「好吧。湯米。」

「幹麼？」

「給他，輪他了。」

克雷伸出手，他知道自己該做什麼。

他接過辛先生清潔劑[1]，噴在墓碑的金屬面上，接著拉長灰色上衣的袖子，仔細又擦又抹。

「你漏了一個地方。」

「哪兒？」

「湯米你瞎了是不是？就在那裡，角落那邊——你看啊！眼睛是糊到髒東西嗎？」

克雷看著他們對話，手劃著圓，擦亮墓碑。他袖子黑了，像這城市髒掉的嘴。他們三人都穿著背心和舊短褲，三人都收緊了下巴。亨利對著湯米眨眨眼。「克雷，做得好，現在該走了吧？重要的活動我可不想遲到。」

湯米和狗率先跟著離開，一如往常。

1 Mr. Sheen：澳洲著名清潔劑品牌。

然後才是克雷。

他跟上之後，亨利說：「凡是好社區，就需要好公墓。」不開玩笑，他的幹話實在是沒完沒了。

湯米說：「你們都知道吧？我根本不喜歡來這裡。」

那克雷呢？

身為最安靜的那一個，或是只微笑的那一個，克雷只是轉過身，看了這地方最後一眼。太陽照在雕像、十字架和墓碑上。

它們看起來就像第二名的獎盃。

每個都像。

野蠻人

鏡頭回到弓箭街十八號，廚房裡仍僵持不下。

凶手慢慢退開，回到屋裡。這裡的安靜程度實在不得了（彷彿一座巨大的遊樂場，罪惡感得以在此折騰他、打擊他），但這片靜謐也是某種假象。冰箱哼鳴、騾子吸氣，而且這裡頭還有更多動物呢！凶手退回門廊，他能察覺到一些動靜。凶手被人發現了嗎？他要被逮住了嗎？

不太可能。

不對，這些動物根本威脅不了他，他怕的是我們兩個年紀大的。

有肩膀的那個——

我一直負責養家活口。

打不倒的那個——

羅里恍若人形鐵球與鎖鏈。

六點三十分左右，羅里穿越馬路。他斜倚著電線杆，露出歪扭而帶著憐憫的笑容，他只是為了發出聲音才笑。這世界是汙穢的，他也一樣。他迅速查看附近，然後從嘴裡拉出長長一根屬於女孩的頭髮。無論這人是誰，先前都躺在某個地方，腿對著羅里的頭大大張開。我們永遠不會認識這女孩，也不會見到她。

不過不久前，他的確碰到了另一個我們認識的女孩。她叫做凱莉．諾維，就在她家車道上。

她聞起來有馬的味道；她說了聲嗨。

她跳下舊腳踏車。

亮綠色的眼睛，一頭紅褐色頭髮（長長垂在背後），她請他轉告克雷一些事，跟書有關的事——書是世上最重要的三件事之一。「跟他說，我還是很愛博那羅蒂[2]，好嗎？」

羅里嚇了一跳，但沒有輕舉妄動，只說：「博那——他誰啊？」

女孩一邊大笑一邊走向車庫。「總之你記得跟他說就是了，好嗎？」但接下來她面帶同情地偏過頭，將布滿雀斑的臉頰轉過去，臉上表情充滿自信。這世界對她算是禮遇，無論是高溫、汗水或人生。

「你知道的吧？就米開朗基羅？」她說。

「什麼？」這下子他更困惑了。這女生瘋了，他心想。甜美可人，但瘋得徹底。米開朗基羅？誰管他啊？

不過，他總之是把這件事記下來了。

羅里找了一根電線杆，靠在上頭一會兒，接著穿過馬路回家。他覺得有點餓。

---

2 米開朗基羅全名為Michelangelo di Lodovico Buonarroti Simoni。

至於我，我在外面，我卡在車陣裡。

旁邊、前面和後面，上千輛車依序排好，朝著各種各樣的房屋駛去。熱浪穩穩灌入我的旅行車（我還是開同一輛），外頭有數不清的招牌、店面和人。每個動作都在城市內部帶起一陣熱浪，可是這裡頭依舊飄散著非常有我風格的味道：木頭、羊毛和亮光漆。

我把手臂探出車外。

身體像塊木頭。

我的雙手被膠水和松節油弄得黏糊糊，我只想回家。到家的話，就可以沖個澡、準備晚餐，可能還可以讀點東西，或看部老電影。

這樣的要求不算太多，對吧？

只是想回家休息而已耶？

他媽的，我根本沒機會。

■

奔伯羅

針對今天這種日子，亨利有幾條規矩。

首先，必須有啤酒。

而且，啤酒必須是冰的。

基於上述原因，他把湯米、克雷和蘿希丟在公墓，等會兒再跟他們在奔伯羅公園碰面。

（不熟這個社區的人會覺得奔伯羅公園只是座老舊的田徑場。當時這裡有個搖搖欲墜的看臺，還有可以塞滿一整停車場的碎玻璃；那裡也是克雷最臭名遠播的訓練場所。）

只不過，亨利覺得必須在上車前給湯米再下幾個指示。蘿希也跟著聽訓。

「如果我到那裡的時間晚了，叫他們等，好嗎？」

「沒問題，亨利。」

「還有，叫他們把錢準備好。」

「沒問題，亨利。」

「『他媽的沒問題亨利』，你覺得這樣真的對嗎？湯米？」

「我覺得對啊。」

「你再這樣我就把你丟出去跟他作伴。你想搞成這樣嗎？」

「不必了亨利，謝謝。」

「小子，我不會怪你的。」他鬧夠了，微微一笑，拍拍湯米的耳朵，力道雖輕卻堅定，然後抓住克雷。

「還有你……你幫我個忙。」他緊揪著他的臉，一手一邊。「別把這兩個混帳丟下。」

車子後方揚起一陣煙塵，狗兒看著湯米。

湯米則看著克雷。

克雷誰也沒看。

他檢查口袋，他非常想那麼做，他想再次邁開步伐往前衝。但他看著眼前延伸的城市，還有身後的墓園，於是走到蘿希身邊抱起牠。

他站在那兒，狗兒在笑。

牠的眼眸像是小麥與黃金。

牠對著底下的世界微笑。

他們走到哀懇大道（他剛剛才登上那座大山），克雷終於把牠放下。他們踩過爛掉的雞蛋花，踏上海神路，那是賽馬總部所在。一整排店鋪都老舊又生鏽。

湯米夢想有家寵物店，而克雷想奉獻一切的地方則另有其所：她的街道，還有她的紀念碑。

白金礦[3]，他想著。

巴比巷。

鋪著鵝卵石的彼得潘廣場。

她有一頭紅褐色的頭髮和亮綠色的眼睛；她拜恩尼斯·麥安德魯為師；她最愛的馬叫鬥牛士；她最愛的賽事是覺士盾[4]，最喜歡的賽馬冠軍是偉大的京士頓城，一匹距今三十年前的好馬——最棒的事情都在我們出生之前發生。

她讀的那本書叫《採石人》。

這是世上最重要的三件事之一。

海神路很熱，男孩和狗兒朝東走，沒有多遠它就出現了——那座田徑場。

他們一直走到田徑場邊，穿過圍籬的間隙，跑進場內。

陽光之下，直線跑道上，他們靜心等待。

不要幾分鐘常客便現身。那群男孩在體育場的荒涼殘骸上徘徊；雜草淹沒跑道，紅色的表面裂開，中間的草皮已成一片叢林。

「你看。」湯米說，手指前方。

越來越多的男孩抵達。他們處於青春期燦爛的高峰，就算隔著一段距離，依然可以看見他們陽光的笑容，數出他們身上晒傷的痕跡，也會注意到他們的汗臭，還不算是很男人的氣味。

有那麼一會兒，克雷從跑道外側看著他們。小鬼們喝著飲料、抓著腋下、亂丟空瓶。有幾個人踢著跑道凹凸不平的地方。他很快就失去興味了。

克雷一手拍了湯米的肩膀，接著走到看臺的陰影裡頭。

黑暗將他吞沒。

希臘人逮到了他

說來尷尬，當凶手在起居室發現牠們，竟感到一陣安慰。那些動物通常被我們列在湯米的白痴寵物列表上。當然了，牠們的名字也包含在內。有幾個還稱得上體面，其他則是荒謬至極。凶手先看見的是那隻金魚。

他側身瞥了一眼，走向窗邊。魚缸擺在一只茶几上，魚兒前進退後、拍打水草。

魚鱗好像羽毛，尾巴好像金色的耙子。

阿迦門農[5]。

魚缸底部快脫落的貼紙這麼寫道，男孩擠成一團的筆跡是由綠色奇異筆寫成。凶手認得那個名字。

---

3 Lonhro。澳洲知名賽馬。
4 Cox Plate，澳洲滿利谷馬場舉行的賽馬比賽，為國際一級賽。
5 Agamemnon：希臘神話人物，諸王之王，忙於特洛伊戰爭，後遭妻子偕同情人殺害。

還有，躺在破沙發上的那隻動物睡在遙控器和一隻髒襪子中間，牠是一隻碩大的灰色貓咪。這隻虎斑貓有著巨大的黑色腳掌，尾巴像個驚嘆號。牠叫海克特[6]。

就很多方面來說，海克特都是這棟房子裡最討人厭的傢伙。即便高溫如此，牠還是把身體縮起來，變成一團毛皮寫成的C，尾巴從身上戳出，彷彿一把毛茸茸的劍。牠每次換姿勢，都會連帶弄出一大團毛，但牠會繼續睡，全然不受影響。噢，牠還會一面打呼嚕。只要有人靠近，就會嚇跑。然而，就連凶手過來海克特也不會費事去瞧。

最後，書架頂放了一個巨大的長鳥籠。

籠子裡有隻鴿子，牠動也不動地等在那兒，但一副很開心的模樣。

鳥籠的門是敞開的

有一、兩次，牠起身踱步，紫色的頭頂上下晃，走動的節奏無可挑剔。那隻鴿子每天都這樣，等著看什麼時候能夠窩在湯米身上。

那時我們叫他泰勒，或阿泰。

我們從來沒有叫過牠全名，無論什麼情況我們都不會叫牠全名，那名字真是讓人覺得好煩——泰勒馬庫斯[7]。

老天，我們超討厭湯米取的那些名字。

我們由著他只有一個原因，我們曉得，那孩子知道自己在幹麼。

凶手往前踏了幾步，一眼看見牠們。

他顯然運氣不錯。

一隻貓、一隻鳥、一隻金魚，闖進一個凶手。

當然了，還有廚房裡的那頭騾子。

一群危險性相當低的動物。

詭異的燈光，凝滯的高溫，起居室裡其他物品旁邊。那飽受摧殘的舊筆電、沾到咖啡的沙發扶手、地毯上成堆的課本。凶手隱隱約約感覺到它的存在，在他身後，有個唯一沒跳出來嚇他的東西。

那架鋼琴……

那架鋼琴。

老天，他想，那架鋼琴。

木製、立式，胡桃木材質。它就杵在角落，琴蓋緊闔，上頭積滿灰塵。

它深沉又平靜，極度憂傷。

就是這樣，就那麼一架鋼琴。

起先這東西看似無害，但三思之後，他的左腿開始抽動。他的心痛是那麼強烈，他覺得自己可能會破門而去。

此時第一雙腳踏上門廊，時機多麼剛好。

有一把鑰匙、一扇門，還有羅里。嚴格說，這狀況下不適合做什麼澄清，凶手可能準備過說詞，但那些字句已從他喉中消失，就連空氣也消失了。只剩心跳。他只勉強瞥到對方一眼，因為那人瞬間穿過玄關，而最可恥的是他認不出那到底是誰。

那是羅里還是我？

---

6 Hector：希臘神話人物，特洛伊王子。

7 Telemachus：希臘神話人物，父親奧德賽參加特洛伊戰爭多年未歸，在女神幫助下尋找父親。

是亨利還克雷？

肯定不會是湯米，因為個子太高。

他只知道有人經過，後面的廚房傳來愉快的亂吼。

「阿基里斯！你這厚臉皮的小混蛋！」

冰箱開了又關，海克特抬頭張望，「咚」的跳到地毯上，以貓咪的方式搖搖晃晃伸展後腿。牠從另外一邊晃進廚房，那個嗓音馬上變了。

「海克特！你這死胖子！到底想要什麼？我發誓，你今晚要是再跳上我的床，你就該死的完蛋了。」那人窸窸窣窣翻弄麵包、打開罐頭，接著又傳來笑聲。「阿基里斯，老傢伙，你好樣的啊！」當然了，他沒去碰騾子。他想，就讓湯米來處理吧。不然就等我發現之後讓我來弄，這樣更好，就這麼做吧。

又一道影子閃過玄關，如來時那樣迅速，前門發出「碰」一聲。他走了。

如你想像，要恢復平靜需要多花點時間。

好幾次心跳，好幾回呼吸。

他垂下腦袋，心懷感激。

金魚拍打魚缸。

鳥兒看著他，邁開步伐，像個將軍一樣從這頭踢正步到那頭。貓咪沒過多久就回來了，牠走進起居室坐下，一副準備看好戲的模樣。凶手覺得牠一定聽得見他的心跳，嘈雜又鼓譟。連他自己都能從手腕上感覺到。

總而言之，眼下可以很確定一件事。

他得坐下。

他快手快腳地靠上沙發。

貓咪舔舔嘴，發動突襲。

凶手回過頭，看見沐浴在充足光線下的牠，大團灰毛加條紋。凶手做好心理準備要承受貓的攻擊。至少——大概有一分鐘，他認真在心中考慮：我該不該拍拍這隻貓呢？可是海克特才不在乎，牠上了凶手的大腿呼嚕呼嚕，幾乎要震垮整棟屋子，牠甚至開始踩踩踏踏，對凶手的大腿進行大屠殺。

然後這時又來了另一個人。

他簡直無法相信。

他們要來了……

他們要來了。

男孩們要來了，而我——凶手——卻在這裡，身上壓著有史以來最胖的家貓。不，他也可能是受困在一大塊鐵砧底下，鐵砧上頭有個打呼嚕的傢伙。

是亨利。他撥開戳到眼睛的頭髮，朝著廚房走去。對他而言，也許不是什麼可以笑一笑的情況，但也絕對不到超級緊急。

「嘿，乖阿基里斯，感謝你給我們的美好回憶，馬修今晚肯定會把屋頂掀了。」

我才不會！

接著，他打開冰箱，這次動作比較紳士。「老兄？可以麻煩你把頭往那邊挪一點嗎？謝囉。」

他鏗鏗鏘鏘、又搬又拿，把罐裝啤酒丟進冰箱，很快又出發前往奔伯羅公園。而凶手還在這裡。

到底是怎麼搞的？

都沒人注意到凶手嗎？

不，才沒有那麼簡單。他站起身，這次他窩進了沙發，思考自己這與生俱來的隱身能力。他坐在那兒，動也不動；既為解脫感稍稍鬆了口氣，也因自己的無能為力羞愧不已。在他身邊，傍晚餘光映照著在空中飛旋的鬆軟貓毛，金魚繼續與水草的戰爭，鴿子踢起正步。
那架鋼琴則從身後注視著他。

人形鐵球與鎖鏈

最後幾人現身奔伯羅公園。他們握手、談笑、狂歡；他們喝起酒像小屁孩，飢渴的嘴張得超大，他們口中喊著「喂」、「嘿」和「你這蠢腦爛人，你他媽的死哪兒去了？」他們完全不曉得自己把韻腳押得那麼好。
亨利才剛踏出車子，第一件事就是先確定克雷在看臺下的更衣室裡。他會在那裡跟今天那批人碰面，一共六個男孩，都在等待。而接下來會發生什麼呢？
他們會轉身走出隧道。
這六個男孩會在四百公尺的跑道上就定位。
三人在一百公尺的地方。
兩人在兩百公尺。
還有一人站在三百公尺到終點之間。
最重要的一點是，他們會用盡全力阻止克雷，不讓他跑完全程。不過說的總是比做的容易。
至於那些圍觀鄉民，他們要猜最後結果，每個人都要喊出一個明確的時間，接下來就輪亨利登場。亨利樂意作莊，他手上拿著一截粉筆，脖子上掛一個舊碼錶，他已準備就緒。
今日有好幾個男孩湊過來，一路跟到看臺邊。對亨利來說，他們甚至不算真人——他們的綽號才是本體，男孩則是附加贈品。對我們而言，除了其中兩人以外都是如此這般。我們會在這裡跟他們玩——只有在這裡。他們這輩子都會是這種二楞子。不過你想一下，其實這樣也挺不賴的。

「亨利？」痲瘋病問。如果有人被取了這種綽號，你也只能可憐他了。這人一身的瘡，形狀、尺寸、顏色各異。很顯然，他大概滿八歲後就開始邊騎腳踏車邊做蠢事，而且從沒停過。

亨利差一點就要對他心軟了，但他只是露出賊笑。「幹啥米？」

「他有沒有很累？」

「他沒有很累。」

「他去跑過便便家的電梯井沒有？」這回發問的是嚓嚓——本名查理·杜瑞頓。「他去過山丘上的墓園了嗎？」

「你聽好，他很厲害，他的身體狀況好得跟什麼一樣。」亨利滿懷期待地搓著手。「我們還帶了六個超棒人選下來。連史塔奇也來了。」

「史塔奇！那個混蛋回來了對吧？我覺得這至少能再抵掉三十秒。」

「喔，拜託你喔鱒魚，史塔奇就光會嚷嚷而已，克雷會跑贏他的。」

「那棟公寓幾層樓高啊？便便？」

「六層樓高。」亨利說：「大哥啊，是說鑰匙也越來越鏽了，幫我們換支新的好不好？我搞不好會讓你免費賭一把。」

便便的頭髮很捲，五官很歪。他舔著歪歪扭扭的嘴脣。「啥？真的嗎？」

「好吧，或許收個半價。」

「欸，」那個綽號叫做幽靈的傢伙說：「便便為什麼可以免費賭一把？」

在有人開口之前，亨利就先卡進來說：「幽靈，算你倒楣，你這白泡泡的可憐蟲，因為我們用得上便便，他很有用。」他跟幽靈走在一起，一面解釋。「至於你呢就是完全相反，你超級沒用。懂了嗎？」

「好啦亨利，那不然這樣，」便便想多要點好處。「假如你讓我無償賭個三把，就可以拿走我的鑰匙。」

「無償？您哪位？死法國佬嗎？」

「亨利，我不覺得法國人會用無償這個字，那應該是德文。」

聲音從外圍傳來，亨利找到了說話的人。「嚼不爛，剛剛是你在講話嗎？你這多毛的混帳，上次我聽到你講話時你他媽的根本連英文都不會說！」然後亨利對著其他的人開口。「你們相信那個小白痴嗎？」

眾人哄堂大笑。「亨利，說得好啊。」

「你對我說『亨利說得好』是不會拿到什麼好處的。」

「欸，亨利。」是便便。他想做最後掙扎，「還是說……」

「該死的！」他怒氣沖沖，瞬間爆發。話說亨利會假裝生氣，不會真的生氣。他今年十七，身為鄧巴家成員，生命帶給他許多狗屁倒灶的爛事，大部分他都忍了下來，而且還能露出微笑。他喜歡星期三來奔伯羅公園，也喜歡那些從圍籬邊偷看的孩子。這是他一週的重頭戲，而他喜歡這樣。這對克雷來說，又是另一次暖身。

「好好好，你們這些混帳，誰要先來？交出十元，否則快滾！」

他跳上裂了的長椅凳。

接下來各式各樣的賭注都出現了：兩分十七秒、三分四十六秒，甚至一聲響亮的兩分三十二秒。亨利拿著那截綠粉筆，把名字和時間寫在腳邊的水泥地上，就在前幾週的賭注旁。

「好了快點，嘴砲王，夠了。」

嘴砲王，又名馮，又名科特·馮德拉。他痛苦掙扎許久，很少有什麼事能讓他認真，似乎這就是其一。

「好吧。」他說：「史塔奇在那裡的話就……媽的，五分十一秒好了。」

「唉唷我的天，」亨利蹲在地上笑。「小子，給我記好了，不可以改變主意，也不可以亂改粉筆字……」

忽然他看到了某樣物體。

應該說某個人。

在家中廚房，他們錯過了彼此，但這時他看見了，千真萬確、不會錯認，深鏽色頭髮、廢鐵色的眼睛，他還嚼著口香糖。亨利真是高興得不得了。

「怎麼了？」眾人同聲發問，彷彿合唱團。「怎麼了？怎麼……」亨利朝著上方點了個頭，與落在粉筆字之間的嗓音相應和。

「各位觀眾——」

每個男孩臉上都浮現一個千金難買的表情，寫著「幹，死定了」，哄哄騷動起來。

每個人都改了自己下的注。

狼煙

好，總之就是這樣。

他受夠了。

他滿心憂慮，懷著罪惡感與悔恨，凶手已達臨界點。我們可以鄙視他，但不會不理他。他的下一個動作似乎也謹守著分際，但是這明明是擅闖民宅呀。他實在應該先說一聲的。

他把海克特從大腿上抱下來。

他走向那架鋼琴。

他沒有打開琴鍵蓋（他不可能有辦法面對），他轉而打開琴弦上方的蓋子，然而眼前景象可能更糟，藍色羊毛洋裝上放了兩本炭黑色的書，洋裝口袋有一顆鈕扣，衣服底下則是他想接近鋼琴的主因：一包香菸。

他緩緩拿出香菸。

縮起身體。

他奮力逼自己起身、站挺。

要再次闔上鋼琴、回到廚房稍微費了凶手一點力氣。他從放餐具的抽屜撈出打火機，站在阿基里斯面前。

「去他的。」

他總算敢開口說話了。現在他明白騾子沒有攻擊性，於是點了火，走向水槽。

「既然來了這裡，順便洗個碗吧。」

白痴

更衣室裡，牆上淒淒慘慘地布滿塗鴉，而那種業餘筆觸總是教人尷尬不已。克雷光著腳坐在那裡，一派無所謂。他的面前是湯米，湯米正把蘿希肚子上糾結的草球挑掉，但長毛的牧羊犬實在待不住，沒多久就翻過身來。湯米輕輕罩住牠的口鼻。

「鄧巴。」

一如預期，六個男孩出現了，各自站在自己的塗鴉面前。其中五人互相打鬧，一人則在炫耀身邊的女孩，那個性格殘暴、名叫史塔奇的男孩。

「嘿！鄧巴！」

「幹麼？」

「我不是在叫你啦，湯米，你這該死的草包。」

克雷抬起視線。

「來。」史塔奇丟給他一捲膠帶，正中他的胸口，砰地掉到地上。蘿希咬起來叼住。克雷看牠開始和紙膠帶纏鬥，史塔奇還在罵個沒完。

「我只是不想在外面把你料理完後你還找一堆藉口。還有，我們小時候你會拿出那種黏答答的膠帶之類的玩意兒，全都歷歷在目。而且外面有很多碎玻璃，我也不想你弄傷你那漂亮的小腳。」

「你剛說歷歷在目？」湯米問道。

「流氓就不能懂成語嗎？我剛也說了草包啊，配你這貨色再適合不過。」這話讓史塔奇和那個女孩樂不可支。克雷忍不住覺得很喜歡她。他看著她的唇膏，還有髒兮兮的微笑；他也喜歡她的內衣肩帶，喜歡那帶子突出在肩膀上。他不介意他們用什麼方式相互碰觸；那兩人算是黏得很緊，但他並不討厭。她把雙腿分開，坐在他的大腿上。挺讓人好奇的，但也只有這樣。第一，她不是凱莉．諾維；第二，這不是針對他個人。對整個世界而言，這裡每個男孩都只是閃閃發亮的機器中的齒輪，這不過是動機不純的娛樂。對克雷來說，他們是經過特別安排的同伴。他們會傷到他幾分？他又有多少機會全身而退？

他知道他們很快就要走出去了。所以他往後靠，閉上眼；他想像凱莉就在身邊，想像她手臂傳來的光與熱，她臉上那點點雀斑（又深又紅，但非常細小）看起來好像某種示意圖，或像小學生的連連看。他們一同閱讀的書就在她腿上；淺色書封，封面上有燙金的花體字：《採石人》。

標題下方寫道：關於米開朗基羅．博那羅蒂──追求偉大，永不停歇。他翻開封面，最前面少了一頁，徒留綻開的線。那一頁是作者生平，拿來當書籤的是最近下的投注單。

皇家軒尼詩，第五場賽事

2號—鬥牛士
冠軍注：$1

她沒有多久便起身靠向他。

她的微笑總是別有深意，似乎無論什麼都能勇於面對。她朝他靠近，喃喃說了些什麼；她的下脣貼住他的上脣，舉起書本卡在中間。

「在那一刻，他終於明白：世界就是如此，不過是幻覺。」

她念出最喜歡的段落，嘴脣不住與他相碰，三次、四次，五次好了，而後稍微離開一下。

「星期六？」

一個點頭。因為到週六晚上（那不過是三天之後）他們就真的能碰面，在他最喜歡且無人知曉的角落。那個地方叫做**圈圈**。在那裡，他們可以躺著不睡，而在那幾小時中，她的髮梢會搔得他癢兮兮，但他不會動，也不會改換姿勢。

「克雷。」她的聲音漸漸消散。「……時間到了。」

但他不想張開眼睛。

同一時間，人稱雪貂的爆牙小鬼離開更衣室，一如往常，換羅里走了進來。跟從前一樣，無論他什麼時候出現，接下來的發展都會是如此。

他穿越通道，踏進低氣壓的更衣室，就連史塔奇都不再跟女孩吹噓。羅里舉起一根手指，緊緊壓住嘴脣。他粗魯地揉亂湯米的頭髮，隨即站到克雷面前，臉上帶著微笑，泰然自若，以那雙可說是無價之寶的金屬色雙眼檢視他。

「喂，克雷。」他忍俊不禁。「怎麼還跟這些王八蛋混在一起？」

克雷以微笑回應，表示沒有辦法。
他微笑，但沒有抬頭。

「準備好了嗎？」
亨利握著碼錶，出言提醒。
克雷站起來的時候，湯米趁機發問，但這都是儀式的一部分。
他一派輕鬆地指著克雷的口袋。
「克雷，要我幫你收著嗎？」
克雷以沉默當作回答。
他的答案永遠都一樣。
他甚至沒有搖頭。

就這樣，他們把那些塗鴉拋在身後。
他們走出隧道。
陽光照出他們的影子。
操場上大約有二十幾個白痴傢伙分站兩側，鼓掌歡迎他們到來。白痴替白痴鼓掌，這真是棒透了。這些圍觀鄉民最會的就是這個。
「快上！」
那聲音很溫暖，大家都在拍手。
「跑快點！克雷！你這傢伙！用力跑啊！」
黃色光芒執拗地從看臺後方照來。

「可別殺了他啊羅里！」

「史不了！醜王八！快用力揍他！」

笑聲響起，史塔奇停下腳步。

「欸！」他伸出一隻手指，引述電影臺詞。「或許我該先拿你來練拳頭。」他一點也不在意人家說什麼醜王八，但他無法忍受史不了。他回頭望，看見他的女孩冒險坐到看臺區的樹幹凳子。她跟這群暴徒毫無關係，不過她喜歡的那個可不好惹。他移動壯碩的身軀跟上隊伍。

沒多久，他們都踩上跑道。更衣室裡的男孩迅速散開，前三人是少少、馬怪爾和鍋匠，其中兩人敏捷有力，一人高大健壯，絕對能夠一把將他捏死。

兩百公尺處的兩人是施瓦茲和史塔奇，其中一人是百分百的紳士，另一人說他是野獸也不為過。若說起施瓦茲——雖然他非常公平公正，但在比賽之中殺傷力也很驚人，而等到比賽結束，他又會笑得陽光燦爛，輕輕拍著你的背。在面對防護網的時候，他可是會像一列火車那樣撞上去。

賭徒們也開始移動。

他們竄往高處，攀上看臺最高的杆子，只為看見整條跑道。

跑道上的男孩正在準備。

他們捶著四頭肌上的肌肉。

他們伸展手臂，使勁拍打。

標示一百公尺處，他們各自間隔一條跑道站著。他們的氣勢懾人，他們的雙腿敏捷，他們背後是下沉的太陽。

兩百公尺處，施瓦茲左右擺著頭，只見他的金色髮絲、金色眉毛，和專注的眼神。他身邊的史塔奇則對著跑道吐了口口水。他的鬍子髒了，像炸毛一樣因高度警戒而從臉上立起；他的毛髮像塊地墊似的。史塔奇再次瞪著前方，吐了口口水。

「嘿。」施瓦茲說，然而眼睛沒有離開一百公尺處。「我們可能很快就會達標喔。」

「所以呢？」

同樣在直線道上，距終點約五十公尺處，羅里站在那兒，一派輕鬆自在，似乎覺得這等態勢非常正常，他們理當如此。

魔術師的手帕

終於，引擎的噪音響起。

車門發出釘書機般的喀嚓聲。

兇手奮力想抵抗這一切，但他心跳亂了套，有些超出他承受範圍，頸脖處尤其明顯。他太絕望，差一點開口請阿基里斯祝他好運。但那頭騾子看起來也很虛弱，牠抽動鼻子，挪動腳蹄。

這時，有腳步聲踏上門外走廊。

有東西插入鑰匙孔，然後轉動。

我立刻聞到了菸味。

我站在門口，一串髒話悄悄從我口中溜出。魔術師那條帶來驚訝與恐慌的手帕，搭襯無邊無際的優柔寡斷，以及一雙血淋淋的手。我該怎麼辦？我他媽的該怎麼辦？

我到底在那裡站了多久？

我考慮了多少次直接轉身走掉？

在廚房裡（那是我很後來才知道的），凶手靜靜起身。他呼吸著悶熱的空氣，滿心感激地看著騾子。

在這種時候，你絕對不能離開我。

那個微笑的人

「三……二……一……開始！」

碼錶按下，克雷起跑。

他們最近都是這樣。亨利很喜歡電視裡滑雪選手從山上滑下來的模樣，所以也用了同樣的方法。

一如往常，倒數時，克雷跟起跑線保持一定距離。他不帶感情，冷著一張臉，光裸的腳感覺很好。喊出開始的瞬間，他往起點線一踩。直到邁開腳步，他才感到熱淚盈眶，淚水齧咬、燒灼著他的眼睛，只有在那個時候，他才會握緊拳頭。克雷準備好了。這個由一群白痴組成的小隊，這恐怖的青少年世界。他再也不要見到，再也不要回來。

腳下的草左右搖擺，晃動著想離他的路徑遠一些，就連他呼出的空氣看起來都像在逃亡。他的臉上仍沒有表情，只有兩道弧型的淚痕。他繞過第一個彎（淚痕快乾了），朝著少少、馬怪爾和鍋匠奔去。克雷知道要怎麼打傷他們。他手上或許什麼都沒有，但手肘倒是挺好用的。

「上吧。」

他們一夥人聚在一起。

在第四跑道，他們與他對上，兩手空空、沒帶武器，只有討人厭的汗水與手臂。他繼續往前衝，傾著身體。反正他前進的動能滿滿。克雷的手摳進跑道上的橡膠，一邊膝蓋跪下，他甩開馬怪爾、擋開少少的臉。

有一瞬間，克雷知道那個可憐蟲還搞不清狀況，他順勢狠狠將他撂倒。

那時，矮胖的布萊恩「鍋匠」貝爾——他還有個暱稱，叫胖胖先生——跑了進來，拳頭揮了個空。那原本是打向喉嚨的。有某個人的胸膛抵住他背後，那人壓低聲音，嗓子火熱而沙啞，「抓到了。」克雷不喜歡別人這樣跟他講悄悄話，也不喜歡抓到了三個字。不要多久，草地上就躺了個大大的身軀，一副很傷心的模樣，他耳朵在流血。

「揹！」克雷跑了。

是的，鍋匠被大家遺忘，但另外兩人又回來。一個受了傷，一個很強壯，他們還不足以擋下克雷。他將他們推開，大步跑走，直接跑向後面的人。

他看見了接下來的兩人，而他們沒想到會這麼快看見他。

施瓦茲站穩了腳步。

史塔奇又吐了口口水。這傢伙根本他媽的是一座噴水池！是那種滴水的石像鬼！

「快點！」

史塔奇的喉頭彷彿有怪獸盤踞，大喊著要他做好準備。他早該知道，克雷不會受威脅，也不會被惹毛。第一關那三個男孩在後面縮著身體，只是幾道模糊的影子。克雷邁開大步，突然改變路線。而史塔奇不吐口水了，他悄悄變換方向，一個伸手，正好勉強搆到克雷的短褲上緣。接下來當然輪施瓦茲登場。

沒有意外，施瓦茲像列火車那樣撞了上來。

兩點十三分的一班快車。

他整齊的瀏海垂下，他把克雷摔到地上，一半身體摔在第一跑道，一半撞上一片野草。史塔奇跟了過來，以膝蓋展開攻擊，垂在臉上的頭髮把血汙沾了克雷一臉。在鮮血與史塔奇帶著酒氣的呼吸中（唉，露天座位上那個女孩真可憐），他還趁扭打時偷捏他。

好像因為快窒息了，兩人連連踢著跑道。

看臺底下有人啐了一聲，彷彿是從遙遠的地方傳來。「媽的，我什麼都看不見！」如果他們繼續在操場裡面打，觀眾勢必得跑到轉彎處來看。

克雷從很久以前就常在奔伯羅公園的綠地打架，他總能找到些方法。對他來說，這件事說到底沒有贏也沒有輸，不算時間，也賺不到錢。無論他們怎麼傷害他都無所謂，因為他們傷不了——無論他們多拚命，都是抓不到他的。或至少可以說，他們不會對他造成太大傷害。

「扣住他那邊膝蓋！」

這個深謀遠慮的建議是施瓦茲提的，不過太遲了。只要克雷的膝蓋能自由活動，整個人就能自由活動，就能逃得掉，並迅速跨越數百里，加速跑開。

現在加油歡呼和口哨聲傳來了。

一小群只有綽號的男孩衝來，從看臺奔向跑道。由於隔了一段距離，他們的喊聲相當模糊，比較像是夜色自南邊降臨時他臥室裡播的歌曲。但他們在那裡，嗯……他們，還有羅里。

過一百五十公尺後，克雷的臉漲成赭紅色；他的心臟狂跳，乾掉的淚痕斷斷續續。

他跑在那不願沉下的陽光中，在那固執且笨重的光芒裡。

他看著自己細碎的步伐，看著眼前延展的跑道。

他在男孩的歡呼聲中奔跑，男孩都站在看臺的陰影下。那名紅色嘴唇的女孩就在那兒，挺著那副好像什麼也不在乎的任性肩膀。克雷對她不帶任何性幻想，只是覺得有趣。他刻意去想著這女孩，因為不要多久就會有一場苦戰。這是他第一次這麼快跑到這裡，但都無所謂，這沒什麼，完全不算什麼。因為在距離終點五十公尺處（雖然感覺很不真實），羅里就站在那兒。

■

克雷持續前進，他知道自己應該更果斷，顧慮太多可能會把他害慘，膽怯與恐懼也可能會害死他。他們就要對上了，但在他眼角餘光中，二十四個男孩發出各種鬼吼鬼叫，媽的，這些傢伙簡直快把看臺弄垮了。

前方的人是羅里；是他，以及他一貫的粗野與挖苦。

那麼克雷又如何呢？

他拚命抵抗體內所有衝動，把那些感受全推到一旁，往左或往右藏。克雷簡直像是緊緊抓住羅里，在不知不覺中把他放倒。他感覺到哥哥的身體：是他的愛，還有那些討人喜歡的怒氣。克雷撞上地面，一隻腳被人抓著，還有另一隻手臂鎖住他的腳踝。他不禁想，在那遙不可及的目標前方只會隔著一樣事物：羅里。而他不可能闖過羅里面前——絕無可能。

羅里從後面拖著他。克雷手往後探，想把他甩開，他的手好僵硬。就在羅里的臉旁不遠處冒出了另一隻手，有如從地底深處竄出的巨人，一個來自地獄的招呼，那手毫不費力地捏碎克雷的指頭，就這麼把他往下一扯。

就差十公尺。他整個人摔在跑道上，羅里為何如此身輕如燕？這跟他的稱號根本相反。所謂人形鐵球、人形鎖鏈，不是應該重得超乎想像才對嗎？可是此際他反而像是一陣霧。轉眼之間他在，手一伸出去就無影無蹤，他早就到了另一處，在更前方的位置散發危險氣息。唯一稱得上沉重又有份量的只有他厚重蓬亂的頭髮……噢，還有那對廢鐵色的深灰眼睛。

在籠罩一片紅的跑道上，羅里抓住了他。那群男孩和層層疊疊的天空上傳來催促，一路往下落在他們身上。

「快點，克雷！天啊！十公尺欸，都快到了。」

湯米說：「克雷！你想想左拉．巴德[8]會怎麼做？飛翔的蘇格蘭人[9]又會怎麼做？當然是跟他一路打到終點啊！」

---

8 Zola Budd：南非短跑健將。

9 Flying Scotsman：飛翔的蘇格蘭人，行駛在愛丁堡和倫敦之間的鐵路。

蘿希發出狂吠。

亨利說：「羅里，他嚇到你了，對吧？」

羅里抬頭看他，眼裡有著詫異的微笑。

另外一個不屬於鄧巴家的聲音對湯米說：「他媽的左拉・巴德是誰？什麼飛翔蘇格南，那是什麼玩意兒？」

「是蘇格蘭人。」

「隨便啦。」

「可以麻煩你們閉嘴嗎？這裡還沒打完！」

扭打向來都是這麼進行。

男孩在一旁徘徊、觀看，有點希望自己也有膽幹這種事，但也很感激自己沒這個膽。這些你一言、我一語是某種安全措施，因為那兩個傢伙實在有點恐怖。他們相互剪著雙腿，肺與呼吸淺得像張紙。

克雷扭了身，但羅里還在眼前。

好幾分鐘過去，只有那麼一回，他幾乎掙脫了……可是不要多久又被羅里抓住。這回，他總算看見終點線，幾乎能聞到油漆的味道。

「八分鐘，」亨利說：「欸，克雷，你玩夠沒？」

眼前出現一條簡陋但清晰無比的通道，他們知道自己必須展現些許敬意。假使有人拿出手機，不管是要錄影或拍照，一定會有人出來阻止，然後給他一頓痛揍。

「欸克雷。」亨利提高音量。「好了沒有？」

還沒。

就跟平常一樣，這話沒說出口，但他們都聽到了，因為他還沒露出微笑。

九分鐘過去，然後是十分鐘，很快就來到十三分鐘。羅里暗忖是不是該勒死他算了。就在此時，快十五分鐘了。克雷終於放鬆，頭往後一仰，自在地露齒一笑。他穿越站在那裡的男孩們的腿，看到陰影下的女孩（她的肩帶還是那個樣子，像是給他的小小獎賞）。羅里嘆了口氣。「感謝老天。」他跌到一旁，看著克雷，他一隻手毫髮無傷，另一手拖在身後，以緩慢的速度爬過終點線。

殺手樂曲

我振作起來。

我氣勢洶洶地走進廚房。廚房裡、冰箱旁，阿基里斯站在那兒。旁邊有一大堆乾淨的碗盤，我看了看凶手，然後看騾子，接著視線又回到凶手身上，思考該先處理誰好。那就挑兩個壞蛋裡比較不壞的那個。

「阿基里斯。」我說。當你處於如此惱怒又厭煩的狀況，必須要有絕佳的自制力。「老天，那些混蛋又把後門開著沒關嗎？」

不出我所料。騾子把舌頭一伸，面無表情。

牠就跟往常一樣，直白且百般聊賴地問了我們都很熟悉的兩個問題：

怎樣？

這有什麼奇怪的嗎？

牠說得沒錯，這已經是這個月不知道第四還是第五次了。與我們的最高紀錄非常接近。

「過來。」我說，迅速抓住牠，拉著牠脖子上的毛。

我站在門邊，回過頭對凶手說話。雖然我回了頭，但用的是就事論事的語調。

「只是要提醒你一下，接下來就換你。」

恍若颶風

這座城市很暗，但很有生氣。

車裡很安靜。

現在只要回家就好。

早些時候，啤酒已經拿出來了，四處分享。

少少、鍋匠還有馬怪爾。

施瓦茲，還有史塔奇。

他們都拿到一樣多的現金，就連那個叫做痲瘋病的小孩也一樣，他下注的是十四分鐘整。看他一副得意洋洋，他們就叫他乾脆去做皮膚移植手術。亨利收起剩下的錢，而這一切都發生在這粉灰色的天空下，這是這座小城最棒的塗鴉。

那晚，施瓦茲告訴他們在兩百公尺處吐口水的把戲，女孩問了問題，她跟史塔奇在停車場閒晃。

「那個人他媽的有什麼問題啊？」然而這其實不算是疑問，而且以後類似問題還會源源不絕地來。「那樣跑、那樣打架。」她一邊想著，發出訕笑。「到底是哪門子的蠢遊戲？你們都是些豬頭。」

「豬頭呢，」史塔奇說道。「還真是謝謝了。」他伸出手環抱她，好像覺得這是稱讚。

「嘿！親愛的！」

是亨利。

女孩和那隻石像鬼都轉過頭，亨利突然露出微笑。「這不是遊戲，這是訓練！」她一手撐在屁股上，而你可以猜到她——這有如蕾絲般柔軟的女孩——接下來要問什麼。總之，亨利會盡力表現的。「說啊，克雷，告訴我們你到底要訓練什麼？」

但這次克雷別過頭，沒看她。他感覺得到動脈在顴骨擦傷的地方跳啊跳。那是被史塔奇的鬍子刮傷的。他用沒受傷的手掏掏口袋，動作小心翼翼，然後蹲下。

現在我們可以說了，我們可以告訴你克雷到底為什麼要訓練，這原因對他來說也同樣無解，他只知道自己會一直努力下去，等著終於找到原因的那天——而那就是今天，原因就在家裡的廚房等著他。

卡賓街，帝國巷，接著是海神路。

克雷一向很喜歡回家的路。

他喜歡看一群飛蛾聚集在各式各樣的路燈下。他不知道飛蛾那麼做是因為今晚讓牠們太過興奮，還是為了獲得平靜，但至少牠們有個目標，飛蛾知道自己該做什麼。

不久後他們來到弓箭街。

亨利單手開車、面帶微笑。

羅里的腳擱在儀表板上。

湯米靠著哈氣的蘿希打瞌睡。

而克雷……他還不知道這就是「那個時刻」。

最終，羅里再也忍不下去了，他受不了這片死寂。

「媽的湯米，這隻狗一定要喘得這麼大聲嗎？」

三人笑了出來，笑聲短而厚實。

克雷看著窗外。

或許亨利就該這樣：把車開得亂七八糟，衝上車道，但他沒這麼做。

他們看到隔壁齊曼太太的警示燈。

在家門前平靜地轉彎，盡可能動作俐索。

關大燈。

開車門。

只有關上車門的聲音打破了這片寧靜。短短的四聲，彷彿對著房子開火射擊，聲音直衝廚房。

他們一同穿過草皮。

「有哪個混蛋知道晚餐吃啥嗎？」

「剩菜。」

「那還不錯。」

他們已經踏上門口。

「他們回來了。」我說：「或許你也該準備離開了。」

「我懂。」

「你什麼都不懂。」

那時的我正試圖釐清為什麼我還讓他待在這裡。幾分鐘前，他才在告訴我他為什麼要來這趟。我的聲音像是反彈的子彈那樣敲到碗盤，直衝凶手的喉嚨。

「你想幹啥？」

或許我是認為序幕早已揭開，而且不管怎樣都會發生，如果必須是此刻，那就這樣吧。此外，儘管凶手處境堪憐，我依舊能感覺到他另有隱情。何況，其實也是有解決辦法的——是的，要是能把他丟出去一定很開心。你想想：抓住他的手、拉他起來、推出那扇門——老天，真他媽的棒透了。但這樣也會讓我露出破綻，凶手可能會趁我不在，再次找上門。
不行，要處理得更好。
進行危機處理最好的方式，就是五人合作，讓他看看我們的厲害。
——唔，等一下。
應該說是我們四個，外加一個叛徒。

這次他們在頃刻之間就發覺了。
稍早亨利和羅里或許沒能察覺到，但此刻整間屋子瀰漫著危險的氣味；經過爭執，屋內氣氛變得緊繃，還能聞到煙硝味。
「噓。」亨利把手一揮，悄聲地說：「小心點。」
他們走進玄關。「馬修？」
「這裡。」我的聲音憂愁且低沉，證實了他們的猜測。
一時半刻，他們四人面面相覷，警戒而困惑。每個人都迅速將過往回憶翻閱一遍，試圖思考接下來該怎麼做。
亨利再次開口。「馬修？你還好嗎？」
「我很好，反正你們過來就是了。」
他們聳聳肩，鬆開拳頭。
的確是沒什麼道理不過去，所以他們一個接一個走向廚房；燈光溢出，彷彿河口，光線從黃變白。
我站在廚房水槽邊，雙手抱胸，我身後是那堆碗盤，乾淨光亮，一如收藏在博物館中罕見的異國文物。
在他們左手邊、餐桌旁，正是那個人。

天吶，你聽見了嗎？

你是否聽見了他們的心跳聲？

這間廚房在此刻自成一小塊陸地，而四個男孩站在三不管地帶，像是大遷徙那樣一同移動，來到水槽邊。我們靠著彼此，蘿希卡進我們之間。男孩就是那樣的，真是奇怪。我們不介意什麼身體碰觸，肩搭著肩、肘靠著肘、指節手臂相貼，一齊看向我們家的兇手。他獨坐桌邊，整個人戰戰兢兢。

此刻的我們在想什麼呢？

五個男孩思緒翻騰——噢，外加一隻齜牙咧嘴的蘿希。

是的，狗兒立刻知道自己該討厭他，打破這寂靜的也是牠。蘿希低吼出聲，緩緩逼近。我伸出手，冷靜卻氣勢洶洶。「蘿希。」

牠停下腳步。

兇手迅速張開嘴。

但他什麼話都沒有說。

燈光慘白，跟阿斯匹靈一樣。

就在那個時候，廚房彷彿整個敞開似的……或至少對克雷來說是這樣。房子其他部分倏地消失，後院坍落，墜入虛無。城市與市郊、每片曠野都被削去、夷為平地，有如世紀末災變橫掃而過，遂成一片漆黑。對克雷來說，這個地方、這間廚房，在一夜之間從小區域變成大板塊。此時此刻，這裡是——

擺了桌子和烤麵包機的世界。

有一群兄弟在水槽邊狂冒汗。

天氣依舊悶熱，空氣炎熱凝結，颶風彷彿將要來襲。

兇手好像也在思忖，他的心思似乎飄遠了，不過很快便回神，想著：你現在就得行動——而且他也使出全力這麼做了。凶手站起身，心中的悲傷有點驚人。他想像過眼前這一幕，想了無數次，但抵達這裡後，他卻魂不守舍，只是一具空殼，彷彿剛從衣櫃裡滾出來，或直接從床底下冒出來的——

一頭溫順卻腦子一團亂的野獸。

或一場噩夢，突然之間改頭換面。

可是……雖說突然，但已經很夠了。

那是一句無聲的宣告。在承受了好些年的折磨後，再多等一秒都令人難以忍受，鎖鏈紛紛裂開、掉落。這間廚房在那日目睹一切，並在這裡緩緩踩下煞車。五人面對著他，五個男孩靠在一起，但有一個人落單。他站在那兒，突然變得很顯眼。因為他不再去碰觸其他兄弟。他一則喜愛，一則厭惡，他誠心歡迎，也為此哀嘆。他只能跨出那步，走向廚房中唯一的黑洞。

他再次將手插進口袋，等他把手拿出來，掌心裡抓著好幾片東西，就這麼握在手中。那些塑膠材質的紅色的溫熱的東西——晒衣夾的碎片。

在那之後還剩下什麼？

克雷出聲，嗓音平靜，從暗處傳往亮處：

「嗨，爸。」

第2部分

城市
＋
流水

犯錯狂

從前從前，鄧巴家過往歷史的潮汐中曾有一個女人，她有許多名字；她是個了不起的女人。
一開始，她出生時的名字是潘妮洛普．勒丘什科。
彈鋼琴時獲得的名字是犯錯狂。
流亡過程中，他們叫她生日女孩。
她給自己的綽號是歪鼻新娘。
還有最後的最後，她死去時的名字是潘妮．鄧巴。
她從小看到大的書中，有個詞非常適合描述她成長的地方。
她來自一片潮溼的曠野。

許多年前，一如那些在她之前抵達的人，她來時拎著一只手提箱，以有力的眼神注視一切。
這裡刺眼的光線令她震驚。
這座城市——
這裡很熱，野蠻又蒼白。
太陽簡直是野蠻人，是徜徉天空的海盜。
它搶劫、它掠奪。
它什麼都要染指，從最高聳的混凝土，到水面上最小的泡泡。
在她之前待過的國家，在東方集團之中，太陽像是某種玩具或小擺飾。在那遙遠的國度，天氣要陰要雨、要下冰雹或下雪，都由集團控制，跟那顆偶爾露臉的可笑小黃球無關。溫暖的天氣不常，即使是最最乾燥的下午，依然有下雨的可能，毛毛細雨任意濡溼雙腳。此時共產主義歐洲正在慢慢走下坡。

此事從各種方面定義了她：她的流亡，她的孤身一人。

或更精闢地說，孤單，寂寞。

她忘不了降落此地時感受到的驚慌與恐懼。

坐在盤旋的飛機上，從空中往下看，這座城市似乎完全被水包圍（而且是鹹的那種）。可是落地沒多久，她就感受到真正的壓迫者威權，臉上也立刻布滿汗水。下了飛機，她站在一群人中，或說一大堆人，不對，他們根本是某種雜牌軍。大家都同樣驚嚇，同樣渾身汗溼。

經過漫長等待，許多人聚在一起，他們被趕進某座室內停機坪。那些球形的燈都亮著，整個空間瀰漫熱氣。

「名字？」

沉默。

「護照？」

「*Przepraszam*？（不好意思？）」

「唉唷我的天。」穿著制服的男子踮起腳尖，高高在上看著這群新來的移民，他們的表情如此痛苦、如此悶熱！他終於看到他要找的人，「嘿，喬治！比利斯基！我幫你找到了一個……」

但這個快二十一歲（可是看起來像十六歲）的女孩讓他移不開目光。她緊抓著那灰色的小冊子，捏得像是想從側邊擠出空氣。「呼造。」

她露出微笑——聽天由命的那種。「好，親愛的。」他打開小冊子，徒勞無功地試圖破解她姓名拼湊出的謎團。「勒卡席——啥？」

潘妮洛普伸出援手，羞怯但清楚地說：「勒—丘什—科。」

她在這裡誰也不認識。

她在奧地利山間的營區待了九個月，那些跟她同營區的人都逃走了，他們一家一家地被送走，往西越過太平洋。而潘妮洛普・勒丘什科將走得更遠。眼下她先來到這裡，接下來就是去難民營，好好學英文、找份工作，找個地方生活下去。然後……這是最重要的：買個書架，還有一架鋼琴。

一個灼熱的新世界在她眼前開展，而她想要的東西就這幾樣。隨著時間過去，她也真的得到了，並且遠遠不只這些。

在這世上，你一定會遇到某些人，聽他們說些不幸的故事，而你不曉得他們到底是做了什麼才落到這種下場。

潘妮・鄧巴，我們的母親，就是其中之一。

重點在於，她不認為自己不幸。她會把一綹金髮塞到耳後，表示自己並無悔恨。她獲得的比過往失去的多太多，對此我大致同意。可是我還是發現厄運總有辦法再找上她，而且多半是在她人生的轉捩點上。

她母親生她的時候死了。

婚禮前一天，她撞斷鼻梁。

接著，當然是後來的纏綿病榻。

她過世的故事更了不起。

她出生時的難題在於年紀與壓力。就生育小孩而言，她的雙親年紀都大，母親在手術中努力掙扎了好幾個小時，筋疲力盡死去。她的父親瓦迪克・勒丘什科也筋疲力盡，但他活了下來，他盡其所能將她養大。身為一名路面電車的駕駛，他很有個性，怪癖也多。大家都覺得他長得像史達林（不像本人，比較像雕像）。或許是因為八字鬍，或許有其他原因，也可能由於這個人總是拘謹，或是因為他不多話。安靜的人往往更引人注目。

不過私底下的他又是另一回事，比方說，他擁有三十九本書，卻特別喜歡其中兩本。可能是因為他在斯賽新長大，鄰近波羅的海，又或者他打從心底深愛希臘神話。無論原因為何，他都不停重讀那兩本書——或說那兩篇史詩，故事裡的角色總在海上徜徉。長書架歪扭地站在廚房裡，兩篇史詩擺在書架，塞在「ㄏ」的那區。

《伊利亞德》，以及《奧德賽》。

其他孩子的床邊故事是小狗小貓和小馬，可陪著潘妮洛普長大的是快腿的阿基里斯、足智多謀的奧德賽，外加其他希臘眾神的名字與稱號。

呼風喚雨的宙斯。

愛笑的阿芙蘿黛蒂。

製造恐慌的海克特。

以及與她同名的那位，有耐心的潘妮洛普。

潘妮洛普和奧德賽的兒子，深謀遠慮的**泰勒馬庫斯**。

以及她的最愛：

阿迦門農，諸王之王。

無數夜晚，她躺在床上，倘佯在荷馬所敘說的場景。這些故事一再由人重述，擁有許多版本。一次又一次，希臘船隊揮軍前往深如酒水的海洋，或者挺進潮溼的曠野。他們揚帆航向玫瑰色黎明，而那個沉靜的小女孩為此深深著迷。故事點亮了她嫩薄的臉龐，父親的聲音彷彿越來越小的海浪，拍拂著直到她沉沉睡去。

特洛伊人明日將再次回歸。

翌晚，長髮飄揚的希臘軍隊的船將再次啟航，帶她遠走。

除了史詩，瓦迪克·勒丘什科另外又教給女兒一項對生活有正向影響的技能：彈鋼琴。

我知道你在想什麼。

我們的母親受過良好的教育。

她的床邊故事是希臘名著。

還學習古典音樂。

不是這樣。

這是另一個世界，是另一個時代的殘留。這代代相傳的書本收藏幾乎是她的家族僅存的一切，鋼琴甚至是從牌桌上贏來的。而此刻，瓦迪克和潘妮洛普都還不知道，這兩樣東西在後來都變得至關重要。

它們會讓女孩與父親更加親近。

也會讓女孩再也無法回家。

他們住的是三層公寓。

跟其他的街區長得一模一樣。

遠遠望去，他家就像水泥塑型的歌利亞[1]頭上的一盞小燈。

靠近點，會發現屋子簡樸而四面狹窄。

窗邊擺著一架直立式鋼琴，顏色深黑，扎實強壯，光滑如絲緞。每天早晚，在固定的時段，老先生會以嚴謹而沉穩的態度陪她坐下。他的八字鬍貼著皮膚，在鼻子和嘴巴之間散發剛毅的氣息，只有在替她翻譜時才會動一下。

而潘妮洛普，她彈著琴，專注地看著那些音符。起先是兒歌，後來他送她去上課，去上那些他根本負擔不起的課，所以出現巴哈、莫札特和蕭邦。在練琴的那段時光，外頭的世界往往一個眨眼就變換形貌。天氣從冰寒轉變為強風吹襲，從晴朗變成一片陰鬱。彈奏前，女孩會微微一笑。父親則會清清喉嚨，然後節拍器輕輕地敲。

有時她能聽見他的呼吸聲混在音樂之中，提醒潘妮洛普他的存在，不是大家開玩笑的什麼雕像。可是，就算她能感覺到自己彈錯新練的小節，惹父親發怒，他的臉色還是介於無表情和失控中間。就算一次也好——她很想看他爆發的模樣，例如猛力拍腿，扯著灰白的頭髮。然而他從來沒有失控過，只會拿著一根雲杉樹枝。每回她的手腕姿勢垮下，或者又彈錯音，他就直接抽她指關節。那是很痛的。某個冬日早晨，她依舊是那個蒼白羞怯，縮著身體的小孩；那天她被抽了二十七下，因為她犯下二十七個彈琴的錯誤，父親因此為她取了個綽號。

快上完課了，外面正在下雪，他叫她停下來，輕輕舉起她的雙手。她的手挨打過，這雙又小又暖的手與父親修長如方尖碑的手指形成對比。他輕輕握緊她的手。

「*Już wystarczy*，」他說：「*dziewczyna błędów*……」她翻譯給我們聽，那意思是：

「可以了，犯錯狂。」

那時她八歲。

等她十八歲，他決定要送走她。

讓他們進退兩難的，自然是共產主義。

這個偉大的想法有著無數局限與瑕疵。

可是成長過程中潘妮洛普從沒注意過。

哪個小孩會呢？

他們沒有其他東西好比較。

年月過去，她從不知道這地方、這時期周遭的戒備有多森嚴。她沒有意識到眾人看似平等，但事實並非如此，她從沒有抬頭看過上方的水泥陽臺，以及別人以什麼眼神盯著那裡看。

---

1 聖經中的巨人，與年輕的大衛戰鬥而聞名。

當各種政治活動鋪天蓋地，政府控管了一切：從你的工作、你的錢包，還有你所有的想法與信念，至少是你對此做的所有發言。只要你有那麼一點可能是團聯[2]的一分子，絕對會付出代價。我說過，大家都在看。

說實話，這個國家一直過得非常艱辛，也很悲傷，入侵這塊土地的人從四面八方而來，由古到今未曾停歇。不過，如果必須二選一，你也許會說局勢是艱辛大過悲傷，即使共產時代也一樣。到後來，那段時期其實是這樣的：你從一條長隊伍移到另外一條，排隊領取藥品、衛生紙，以及倉庫中持續消失的食物。

人們能怎麼辦呢？

他們排隊。

他們等待。

大家排隊。

大家等待。

氣溫降到零度以下——但還是得排。

因為大家必須如此。

讓我們回到潘妮洛普和她父親身上吧。

對這女孩來說，那些都不重要。至少那時還不重要。

對她來說不過就是童年罷了。

一架鋼琴，結凍的遊樂場，還有週六晚上的迪士尼節目，相對於西方那個恣意妄為的世界，這只是一個小小的讓步。

至於她的父親——他非常小心。

如履薄冰。

他一直非常低調，政治話題一概不談，但即使如此也沒有用。身邊的社會機制全數瀕臨崩解，安分守己也只能讓你稍稍活久些，不能讓你倖免於難。無盡的冬日終將到來，只是沒人料到規模如此空前絕後。於是你又回到工作崗位。

分配到那一點點的工時。

當個友善的人，但是沒有朋友。

然後你回到家，默不作聲但滿腹疑問。

——到底有沒有方法可以離開？

答案已然成形，他便開始努力。

這麼做肯定不是為了自己。

也許，是為了女兒。

中間這段時光還有什麼值得一提？

潘妮洛普長大了。

父親明顯老了，他的八字鬍是灰燼的顏色。

這裡說句公道話：其實還是有些好日子，甚至也有非常棒的日子。像瓦迪克這樣一個陰沉的老先生，通常一年會給女兒一次驚喜。他會跟她比賽跑到電車軌道旁，經常會是在某堂收費的音樂課或某場表演會之後。她剛進高中時，他則擔任她的舞伴，動作僵硬，但很沉穩。他們會在廚房空曠的地方跳舞，鍋子被踢得發出巨響，本就搖晃的椅凳翻倒在地，刀叉撞上地板。他女兒會哈哈大笑，男人也會忍俊不禁，露出微笑。那是世上最小的舞池。

2 Solidarność，團結工聯。波蘭的工會聯盟。

對潘妮洛普來說，她印象最深的記憶之一就是十三歲生日。那天他們去了遊樂場，雖然她覺得自己已經太大，不適合去那裡，還是坐上了鞦韆。幾十年後，她會再一次對著五個兒子中的老四（就是喜歡聽故事的那個），仔細地講起那段回憶。那是在她生命的最後幾個月。因為嗎啡的關係，她在沙發上一半昏睡一半意識模糊。

她說：「我偶爾還是能看見融雪，看見蓋到一半的蒼白建築物，聽見鏈條嘎吱作響，感到他戴手套的手推著我的後腰。」她得硬扯著嘴角才能笑，她的臉已逐漸壞毀。「我記得自己放聲尖叫，因為怕會盪太高。我求他住手，可是又真心希望他別停下來。」

所以這一切才會如此困難。

在一片灰暗之中，保有了一顆彩色的心。

事後回想，離開對她而言與其說是投奔自由，更像遭到遺棄。她也愛著父親，並不想留他一個人，孤獨地與那群在海上徜徉的希臘人作伴。說到底，快腿的阿基里斯在那塊冰雪之地能有什麼用？他終究會凍死。而奧德賽有辦法好好陪伴父親、讓他活下去嗎？

對她來說，答案很清楚。

並不能。

但是，事情還是發生了。

她滿了十八歲，逃亡任務啟動。

這花了他漫長的兩年。

表面上一切順利，她將高分畢業，去附近的工廠當會計。她會做會議記錄，負責每一支筆，整理文件，釘書機也歸她管轄。這是她的位置，她的立足地，相較之下世上肯定還有其他更爛的選項。

也大概是在那時，她擁有更多音樂裝備，跟許許多多的人一同演奏，或者她也獨奏。瓦迪克很積極地鼓勵她這麼做，沒有多久，她開始需要到外地演出。漸漸，比較沒那麼多人提起各種禁令，因為這麼一來社會將陷入動亂；此外，也不能讓人知道，畢竟就算你可以自行離開，卻一定有幾個家人走不了（這是最可怕的威脅）。無論透過哪種方式，總之潘妮洛普獲准穿過邊界，甚至可以溜出鐵幕。然而她從來沒有想過父親正為了她的逃亡鋪路，她只是很高興。

那時候，國家早已岌岌可危。

超市的貨架幾乎全空。

排隊的人變得更多。

有好幾次，外面下雪，接著是雨雪夾雜，然後又變成下雨。他們為了麵包得排上好幾個小時，輪到的時候卻什麼都不剩，他很快就明白了，他知道該怎麼做了。

瓦迪克．勒丘什科。

史達林雕像。

真的太諷刺了，他什麼都沒透露，就這麼替她做出決定，逼她投奔自由——或者說是逼她接受這個選項。

他日復一日打理著自己的計畫，時機已至。

他會把她送去奧地利、送去維也納，在音樂會上演奏——一年一度的音樂盛事——然後叫她永遠別回來。

在我而言，鄧巴男孩的故事就從那裡開始。

圈圈

那就是我們的母親：

多年前，在冰天雪地之中。

多年後，看看這裡的克雷。

關於他，我們該說些什麼？

人生又會在哪兒再次開展？是以什麼樣的方式？

在層層疊疊的等待之中，一切其實很簡單，真的很簡單。

在這城市最大的臥室中，克雷醒來。

對克雷而言，這裡非常完美，這是一個詭異又神聖的地點；曠野中的一張床，黎明照亮遠處的屋頂，或說得更明確些，這是一塊擺在地上的舊床墊，而且正在逐漸沒入地面。

事實上，他常常跑去那兒（而且總在週六晚上）。但幾個月前他開始待到早上，在我們家後方的曠野過夜。儘管破舊，擁有這張床墊還是感覺很棒，像某種詭異的特權。床墊擺在這裡很久，早該壞了。

因為抱持這種想法，當他睜開眼，便覺得一切如常。

如此安靜，全世界都停了，恍若圖畫。

只是，下一刻所有事物似乎絆了一下，全倒在地。

我到底去了哪兒？又做了什麼？

這個地方的正式稱呼是「圈圈」。

一圈練習道，加上旁邊的馬廄。

但那是好久以前的事了，是另一段時光。

當時，阮囊羞澀的馬主、辛苦掙扎的練馬師，以及地位低微的騎師都聚集在此。他們工作，也生活。一匹短跑馬懶懶散散，另一匹老愛杵在原地。看在老天的份上，真是拜託了，難道就不能有一匹爭氣點嗎？

國家騎師協會捎來一份特別的禮物。

取消質押權；廢會。

協會的計畫是要賣掉此地，但十年來有大半時間只花在執行拍賣。就這個城市的習慣來看，一如往常沒什麼結果。剩下不過是曠野一片，寬敞但不甚平整的檢閱場，陳列雕像的花園堆滿家庭垃圾。

故障的電視、油膩的洗碗機。

被丟出家門的微波爐。

歷經風霜的床墊。

這些東西和其他物品都待在此處，零星散落，雖然對大多數人來說，這個地方不過是另一個疏於照管的市郊地區，可是克雷覺得這兒是一種紀念，也是回憶。畢竟潘妮洛普就是看到這個地方，看到這籬笆後方的風景——才決定住在弓箭街。而未來將有一天，我們會帶著一根在西風中燃燒的火柴站在這兒。

另外還有一點值得注意：自從這個地方荒廢，圈圈的野草就沒怎麼長高。這裡跟奔伯羅公園相反，那裡有些地方的草又短又禿，其他則又粗又高。克雷就是在這樣的地方醒來。

數年之後，我問起草地的事，克雷安靜了好一會兒。他坐在桌子對面看著我。「我不知道。」他說：「或許是那些草太傷心，所以長不出來……」不過他講到那裡就沒繼續說下去了。對他來說，這段話太多愁善感。「那個，把我講過的話忘了吧。」

不過我忘不掉。

我忘不掉，因為我永遠都無法理解。

在某個晚上，他會在那裡找到純粹的美麗……

並犯下他這輩子最大的錯誤。

且讓我們先回到那天早上，也就是遇見凶手後的第一天。克雷先是縮成一團，然後又躺平。他應該不是被太陽叫醒的，因為太陽還沒升到那麼高，他牛仔褲左邊的口袋裡有個輕巧的玩意兒，就在那顆破鉚釘下方。他決定暫時不理它。

克雷躺在那張床墊上。

他心想，自己好像聽見了她的聲音……

然而此刻是早上，是星期四早上。他想著——

在這種時刻，他非常想念她。

想著搔著他脖子的髮絲。

想著她的嘴巴。

想著她的骨架、她的胸口，最後還有她的氣息。

「克雷。」以及她稍稍提高的聲音。「是我。」

不過他得等到週六。

她一路哭到維也納

回到過往情節，潘妮再度出場。她什麼都不知道，因為瓦迪克・勒丘什科就連呼吸都沒透露半點機密，絲毫感覺不出他有什麼計畫。

那人小心翼翼。

絕對無聲。

什麼維也納的音樂會？

沒這回事。

我常常在想，不知道他有什麼感覺？不得不買來回票，可是心中明白她只會去、不會回。我不知道那是什麼感覺，他謊稱說只要出國（就算只是短暫離開一下）都得辦護照，好讓她去重新申請一次。於是潘妮洛普照辦，她向來如此。

剛剛提到，她之前也參加過音樂會。

她去過克拉科夫[3]、去過格但斯克[4]，和東德。

她也去過鐵幕西邊的小城鎮，那裡叫做「城市之外」，但距離東歐非常近。音樂會一直都是一種有點高級又沒那麼高檔的活動，而她是個漂亮的鋼琴家。她很厲害，但也沒那麼厲害。她通常是獨自旅行，而且總在規定的時間回來。

直到這次。

這次，她父親要她帶著大一點的行李箱，多裝件外套。晚上，他又塞了些內衣和襪子。還把一個信封夾進書本（黑色精裝書，就是那兩本書之一），信封裡面裝了訊息與鈔票。

那是一封信，還有一些美金。

3 Kraków。波蘭第二大城，位於南部。

4 Gdansk。波蘭北部沿海地區的大城，也是重要海港。

棕色牛皮紙裹著兩本書。

信紙上，重重的字跡如此寫著：給犯錯狂。妳的蕭邦彈得最好，再來是莫札特和巴哈。

早上，她提起行李，立刻發現箱子明顯變重了。她想拉開拉鍊檢查，但他說：「我放了個小禮物，是給妳路上用的，還有……妳快來不及了。」他趕她出門。「妳可以在火車上再打開。」

她信了他。

她穿了一襲藍色羊毛洋裝，上頭裝飾著又大又扁的扣子。

她的金髮長度直至後背中央。

她的臉龐柔和堅定。

最後，是她的雙手——清爽、冰涼，極度乾淨。

她看起來一點都不像難民。

等車的感覺有點怪。畢竟他一直都這麼不動聲色，卻在忽然之間有些搖搖欲墜、雙眼溼潤，那撮堅定的八字鬍頭一次看來這麼脆弱。

「*Tato*（爸）？」

「天氣他媽的太冷了。」

「但今天不冷啊。」

她說得沒錯，今天不冷。天氣溫和晴朗，太陽高掛天邊，整座灰撲撲的城市披上壯麗的銀色。

「妳是要跟我吵架嗎？分離的時候不該吵架。」

「好的，*Tato*。」

火車進站，她父親退開（此刻回想起來，其實非常明顯），幾乎無法保持鎮定。他撕著口袋的內裡，藉此讓自己分心，以免情緒失控。

事找架吵。

「*Tato*，車來了。」

「我看到了。我是年紀大，不是瞎了。」

「我們不是不該吵架嗎？」

「妳又跟我吵！」他從來沒這麼大聲地說話——在家裡不會，更別說在大庭廣眾之下，而且他根本是沒事找架吵。

「*Tato*，抱歉。」

然後他們親親彼此的臉頰，左右各碰一下，第三下落在右邊。

「*Do widzenia*（再見）。」

「*Na razie*（改天見）。」

不，改天不見。「*Taktak*（好、好），*Na razie*。」

踏上火車時，她轉頭說道：「少了你拿樹枝打我的手，我不知道該怎麼彈琴。」她每次都這麼說，而在餘生中，她都因此無比欣慰。

老翁點點頭，幾乎不讓她看見自己的臉；他的表情不斷在變化，翻覆湧動，一如波羅的海。

波羅的海——

她總是這麼形容，她說父親的臉孔成了一片海洋。深深的皺紋、雙眼、甚至八字鬍，全都淹沒在陽光，和冰涼、冰涼、冰涼的海水中。

整整一小時，她望著車窗外的景色，看著眼前飛掠而過的東歐。她有好幾次想到了父親。後來她是一直等到看到另一個人（他有點像列寧），才想起那個禮物，想起自己的行李箱。

火車嘟嘟嘟前進。

她先看到內衣、襪子，然後是棕色的包裹（不過她還沒把這些線索連起來）。多帶幾件衣服大概可以解釋成老先生怪癖多。她一面讀著那張寫上蕭邦、莫札特和巴哈的紙條，只覺得滿心快樂。

但接下來她打開了包裹。

她看見那兩本黑色的書。

封面上印著英文字，兩本書的封面上印著荷馬，接著分別是《伊利亞德》、《奧德賽》。

她迅速翻過第一本書，發現那個信封。頓悟來得突然、來得痛苦。她站起身，對著半滿的車廂輕輕說了聲「*Nie*（不）」。

親愛的潘妮洛普：

我心中想像妳在去維也納的路上讀這封信的模樣，我要先說，別回頭、別回來，我不會歡迎妳回家，我只會把妳推開。我想妳現在應該很清楚，妳還有另一種人生，有另一種生活方式。

信封裡是妳需要的所有文件。抵達維也納後，不要搭計程車去難民營。計程車收費太高，而且到得太早，妳可以搭公車過去。另外，別說妳是因為經濟因素才離開，只要說妳怕政府的報復就好。

我想這應該不太容易，但妳辦得到。妳可以活下去，過自己的生活，我希望有天我們再見面，妳能用英文把這兩本書念給我聽——因為我希望妳未來是講這個語言。要是妳永遠回不來，請妳把書念給妳的孩子聽，告訴他們，在深如酒水的海上發生了什麼事。

最後我要說，這世上我只教過一個人彈鋼琴。雖然妳是個犯錯狂，但我真的很開心，也很榮幸，那是我此生唯一所愛、唯一摯愛。

愛妳的

瓦迪克・勒丘什科

你會怎麼做呢？

你會怎麼說呢？

犯錯狂潘妮洛普就這麼站了好一會兒，然後慢慢癱下去。她靜靜地顫抖，信捏在手裡，黑色的書擺在腿上。她默不作聲，哭了起來。

歐洲的景色從窗外過去，潘妮洛普．勒丘什科的眼淚無聲而零落。她一路哭到維也納。

武力演示

克雷從未喝醉，因此不曾宿醉。不過在他的想像中，宿醉可能就是這樣的。他的頭好像只是擱在旁邊，他努力要抬起來。

克雷坐了一會兒，接著爬下床墊，在一旁的草地上找到那塊沉重的塑膠墊。他全身痠痛、雙手顫抖，用那片塑膠墊鋪了床，塞好被角，接著走向圍籬邊線。這條白線強制切開運動場，全是橫杆，沒有柵欄。他將臉靠在木頭上休息。呼吸表面冒出來的灼燙熱氣。

這麼長一段時間來，他試著去忘記。

忘記餐桌邊的那個人。

背景噪音隱隱約約，是他的兄弟，他們感到自己遭人背叛。

他的橋由許多不同時刻組成，但在那天早上，在圈圈那兒，橋的組成主要來自前晚。

八小時前，凶手離開後，這陣沉默不安地延續了十分鐘。為了將之打破，湯米說：「老天，他看起來活像是從墳墓裡爬出來。」他把海克特抱在胸口。貓咪呼嚕呼嚕叫，像是一整團虎斑毛球。

「他活該。他應該要更慘才對。」我對他說。

「穿那一身西裝是想嚇誰！」「管他的咧，我要去酒吧！」亨利和羅里你一言我一語，他倆的站姿就像兩種融在一起的物質；沙子，再加鐵鏽。

至於克雷——他可是出了名的省話，當然是什麼也沒說。就一個晚上的份量而言，他已經到頂了。有一瞬間，他想，為什麼是這時呢？為什麼他要這時回家？然後他注意到日期——這天是二月十七日。

克雷把受傷的手浸在一小桶冰塊中，盡量不要用另一手去抓臉上的刮傷；他一直想去碰。他和我坐在餐桌前，我與他都默不作聲，但意見鐵定相互牴觸。雖然我自己心裡很清楚，我要擔心的弟弟只有一個：就是眼前這人。

該死的……爸，你好。

我看著冰塊在他手邊載浮載沉。

老兄，你需要的是一個跟你等身大的桶子。

我沒說出口，不過我很確定克雷從我表情看了出來。他在這陣沉默中節節敗退，然後伸出手指，做了個扣扳機的動作，正好擺在眼下的傷口。在那堆（超高一疊）乾淨盤子摔進水槽之前，這個悶不吭聲的小混蛋甚至還微微點了下頭。

但就連這件事也沒有打破眼前的僵局，完全沒有。

而我呢，我還在死瞪著他。

克雷的手指也還是伸在那兒。

湯米放下海克特去收拾那些盤子，然後帶著鴿子回房間（阿泰在他肩上看著前方）。他沒辦法走得太快，他得去瞧瞧阿基里斯和蘿希，那兩隻都被趕出去了，回到後院。湯米特別誇張地做出關上後門的動作。

沒錯，稍早克雷講出那兩個等於大災難的字眼時，我們兄弟都站在他身後，彷彿犯罪現場目擊者，而且是個恐怖至極的畫面，當場抓獲、誇張驚人。有很多訊息需要消化，不過我只記得其中之一：我們要擺脫這個人，一了百了。

我已經準備要奮戰到底。

「給你兩分鐘。」我說，凶手緩緩點頭，他靠著椅子，椅腳彷彿戳入地板。「說啊，兩分鐘其實沒有很長喔，老頭。」

老頭？

凶手發出質疑，但片刻之後還是無奈地接受了。他就是老頭，他是逝去的回憶，是被人遺忘的形象。雖然他也許還是壯年，但對我們來說，他早就死了。

他將雙手放在桌上。

他重新發出聲音。

他開口說話，片片段段，彷彿正對著這房間發表一場詭異的演說。

「我需要……或者說我在想……」他聽起來很不像他，對我們任何一個人來說都非常不像。我們還稍稍記得一點他的模樣，多多少少啦。「我來是想問……」

感謝上帝賜給我們羅里，因為他用一副要吵架的模樣回了話（他一直都是這樣），堵住父親戰戰兢兢的結巴語句。「我拜託你好不好！有屁快放！」

我們停住動作。

我們都停下來，暫時停下。

但蘿希又叫了一聲，然後我努力要叫那隻該死的狗閉嘴。此時有人開口說話了。

「好吧，你們聽著。」凶手拚命把話說出來。「我不會再浪費你們的時間，我知道我無權這麼做，但我會過來是因為……我現在住在很遠的地方，在鄉下。那裡有很多地，還有一條河……我想建一座橋。因為之前的事，我知道河水會氾濫。人們可能會被困在河的兩邊，而且……」他的話聽起來很破碎，像是有根籬笆戳進喉頭。「我需要有人幫我造橋，我想問你們有沒有人……」

「不要。」我第一個開口。

凶手再次點頭。

「你他媽的還真有膽，是不是？」怕你不知道，這是羅里。

「亨利？」

亨利照我指示，收起和藹可親的模樣，臉上只剩憤慨。「老兄，不必了謝謝。」

「他不是你的什麼老兄。克雷？」

克雷搖頭。

「湯米？」

「不要。」

可是我們之中有人說謊。

在一陣猛烈攻擊之後，迎來靜謐。

父與子之間的餐桌一片荒蕪，麵包屑多如螞蟻，桌上擺的是不成對的鹽罐和胡椒罐，貌似一對搞笑拍檔，一個高，一個胖。

凶手點點頭，起身離開。

臨走之前，他拿出一小張紙條，放在桌上跟麵包屑作伴。「這是我的地址……以防你們改變心意。」

「快滾。」我雙手抱胸。「還有，香菸留下。」

那張地址立刻被撕了。

我把紙條丟到冰箱旁邊的木箱，箱裡放著瓶瓶罐罐和舊報紙。

我們坐下，又站起來，相互靠攏。

廚房很安靜。

要說什麼呢？

在這樣的時刻，我們曾有過「團結更有力量」這種意義非凡的談話嗎？

當然沒有。

我們講了幾句話，接著愛泡吧的羅里，這個人形武器，第一個閃人。他往外走，將一隻潮溼而溫暖的手放在克雷頭上，就那麼一下。若在酒吧，他可能會坐在我們（甚至凶手）坐過的地方。

那是我們將永難忘懷的一夜。

接下來，亨利又跑出去，可能是去弄些舊書或黑膠唱片。週末的車庫拍賣會要用的。

湯米很快跟著跑掉。

克雷和我一起坐在那兒，沒過多久就安靜地走去浴室。他去沖澡，他站在洗手臺前，裡頭亂七八糟纏著頭髮和牙膏沫，一起被濾網擋在那裡。

或許他只是要證明，即使再微不足道，都能做出偉大的事。

不過他還是不看鏡子。

稍晚，他來到一切開始之處。

他那些祕密而神聖的場所。

當然，其中也包括奔伯羅公園。

圈圈裡面的那張床墊。

以及山丘上的墓園。

幾年前，一切都是從這裡開始——基於某些原因。

他爬上了屋頂。

今晚克雷往前走，然後繞了一下，靠近齊曼太太家，圍籬、電錶箱、屋瓦，他習慣坐在屋瓦中央，融入整個環境。年紀漸長之後他越來越常這麼做。過去他多半是在白天爬上來，後來他比較不希望被路人看見。只有在有人陪他爬上來時，他才會坐在屋脊或是屋簷的邊上。

他看著馬路斜對面。那是凱莉．諾維家的房子。

十一號。

棕色磚頭，黃色窗戶。

他知道她正在讀《採石人》。

他盯著她的剪影看了好一會兒，但很快就轉過身。儘管他喜歡看她，就算只瞥到一些也好，但他不是為了凱莉才爬上屋頂，在她還沒搬來弓箭街之前，他常坐在屋頂上。

此時克雷繼續前進，經過幾十片屋瓦後，他往左轉，看著眼前的城市。城市已爬出先前的黑暗深淵，街燈的亮光巨大而幅員廣闊。他慢慢緩緩地盡收眼底。

「嗨，城市。」

有時，克雷喜歡對它說話，這讓他覺得比較不孤單，同時也覺得更孤單。大概過了半小時，凱莉匆匆跑出屋外。她一手放在欄杆上，慢慢舉起另一隻手。

嗨，克雷。

嗨，凱莉。

然後她回到屋內。

對她來說，明日一如往常。開頭很艱辛，她會在三點四十五分踩著腳踏車穿過草地，騎到皇家軒尼詩馬場去上麥安德魯的馬術課。

再往屋頂的盡頭去，亨利出現了。他直接從車庫爬上來，手上拿著啤酒和花生，他坐在旁邊，靠向一本躺在排水溝槽裡的花花公子，封面人物是奄奄一息的一月小姐。他揮手示意克雷跟上，因此克雷走過去。亨利遞給他一份堅果和冒著水珠的啤酒。

「不用了，謝謝。」

「這人說話了呢！」亨利拍了他的背。「三小時內第二次開口，今晚真是故事裡才會有的那種夜晚，我看明天最好去一趟書報攤，再買張樂透券。」

克雷默不作聲，靜靜凝望。

前方的摩天大樓與市郊組成一片漆黑。

然後他看著自己的哥哥，看他啜飲啤酒時那副自信的模樣。樂透券這點子不錯。

亨利買的是六賠一。

後來，亨利指著街上：羅里搖搖晃晃走來，肩上扛了個信箱。信箱木杆在他身後、拖在地上，他得意洋洋地把信箱甩在我們的草地。「喂，瘦皮猴亨利，給我丟顆花生來！」說完他思考了一下，似乎忘了自己剛剛在說什麼，但肯定很好笑，一定好笑到可以笑死人，因為他一路大笑著走到門口，歪歪倒倒踏上階梯，然後「碰」一聲躺上露臺。

亨利嘆了口氣。「我們最好帶他進去。」克雷跟著他走到另一頭。亨利在那裡架了梯子，他沒去看圈圈，也沒看背景的那一大塊斜屋頂。都沒有，他只看院子。蘿希在晒衣繩下打轉，月光下，阿基里斯站在原地嚼草。

回到羅里。爛醉的他好像足足有一噸重。不過他們還是想辦法把他丟到了床上。

「髒鬼！混蛋！」亨利說：「他肚裡肯定裝了二十艘船。」

他們從來沒看過海克特動作這麼快，牠升起警覺的模樣真是千金難換。貓咪跳了起來，從這張床墊跳到另一張，接著跑出門口。湯米在另一張床上倚著牆壁睡。

那天到很晚的時候，他們都在臥室裡。亨利的舊收音機鬧鐘顯示一點三十九分（這也是車庫拍賣便宜買來的），克雷站著，背對打開的窗戶。先前亨利坐在地板上，飛速寫著學校作業，但現在他已經好一會兒沒有任何動靜，就這麼躺在被單上。克雷安全了。

——就是現在。

他緊咬著嘴唇。

克雷走向玄關，朝廚房去；他走到冰箱旁的速度比預計快，然後他伸手去翻回收箱。

突然之間，燈光亮起——

老天爺！

白閃閃的強光狠狠擊中克雷的眼睛，像是足球流氓的重擊。等燈再次熄滅，他舉起雙手，眼睛仍在刺痛，只見湯米站在又籠罩下來的黑暗中，身上只穿內衣褲，身旁挾著海克特。那貓咪像一團動來動去的影子，露出被燈光嚇到的眼神。

「克雷？」湯米走向後門。他有些口齒不清，半睡半醒。「基里斯要……」他再試一次，總算把這個謎之句子解碼了大半。「阿基里斯要疵東西。」

克雷扶著他的手，讓他轉身，看他晃悠晃悠地走向門廊，他甚至彎身輕拍那隻貓咪，讓牠發出幾聲短促的呼嚕。有一瞬間，他以為蘿希會吠，或阿基里斯會嘶嘶叫，不過牠們沒有出聲。於是他探向木箱。

沒東西。

即便他冒險打開冰箱，開條縫就好，借點光，還是找不到半點凶手字條的痕跡。可是他回房後嚇了一跳。那張紙就在他床上。有人用膠帶拼回去了。

生日女孩

不消說，潘妮洛普從沒參加過藝術節，她沒參與過排練，也沒有在充滿各種露天餐廳的城市裡散過步。她在維也納西站的月臺，屁股底下是她自己的手提箱，手肘撐在膝蓋上，乾淨修長的手指撥弄著藍色羊毛洋裝上的鈕扣，並把回程車票換成更早的班次。

幾小時後，火車準備發車，她站起來。有位列車長從門口探出頭，他鬍子沒刮，體重似乎過重。

「*Kommsteiner*（要上車嗎）？」

潘妮洛普只是盯著他，心中猶疑不決；她撥弄著胸口中央的鈕扣，行李箱立在身前，那是她雙足的錨點。

「*Nah, kommst du jetzt, oder net*（要關門了，妳要不要上車）？」列車長不修邊幅的外表似乎有某種魅力。「要不要上車？」他連牙齒都搖搖欲墜，整個人像小學生一樣倚著車廂，列車長沒有吹響哨子，只是對著車頭大喊：「*Gehtschon*（出發）！」

他露出微笑。

他露出歪扭的牙。

那顆鈕扣正被潘妮洛普抓在身前，握在右掌心中。

一如父親預測，她辦到了。

她只擁有一只行李箱，脆弱又容易受傷，可是正如瓦迪克所料：她辦到了。

特賴斯基興[5]有個難民營，那裡有好幾床上下鋪，還有深如酒水的廁所地板。首先碰到的問題是要找到隊伍的尾巴在哪兒，幸好她練習很多次了。生在東歐，她學會如何排隊。第二個問題是：一旦走進難民營，

5 奧地利的城市，維也納南方二十公里。

就必須想辦法在堆到腳踝的垃圾中穿梭。這潮溼的曠野啊！沒錯，這是精神與耐力的試煉。

排隊的人個個面無表情，疲憊非常；每個人都對未知的未來憂心忡忡，但他們最害怕的事情只有一件：無論如何，他們都不能被遣返。

抵達之後，她接受訊問。

她押了指紋，說了自己的故事。

奧地利基本上就是個必須不斷等待的地方。在大部分的狀況下，需要二十四小時處理時間，接著難民會被移至收容所。你可以在那裡等其他大使館的許可。

她父親考慮到很多，不過他沒料到週五其實不適合入營。因為這代表你必須在營區度過週末，而這並不容易，不過她還是設法活下來了。畢竟，按她的說法，那個地方也算不上什麼地獄，那裡跟其他人承受的根本不能比。其實最糟的應該是你對一切一無所知。

隔週，她搭上另一班列車；這次是開往山區，前往另外一個有上下鋪的地方。接著，潘妮洛普開始等待。我很確定，假使待在那裡九個月的是我們，我們會到處觀察。可是我對那個時代毫無頭緒——而克雷又知道些什麼呢？潘妮洛普很少有不能提起的時期，山區的那段歲月就是其中之一。而她如果提起，描述起來往往簡單卻美麗——但我想，你要說很悲傷也是可以的。她曾有一次解釋給克雷聽。

當時有一次短暫的通話，還有一首老歌。

這樣少少的片段就涵蓋了一切。

頭幾天，她發現其他人用路邊一座老舊的電話亭打電話。那座電話亭襯著廣闊的森林和天空，看起來如此陌生。

大家顯然都是打電話回家。他們眼眶含淚，而且掛掉後通常是勉強提振精神才能走出電話亭。

潘妮洛普和很多人一樣躊躇不前。

她不知道這麼做是否安全。

有太多傳聞，說政府機關會竊聽電話，讓人忍不住要胡思亂想。如同我早先所提，受懲罰的往往都是留下來的人。

他們大多數人時間都很充裕，因為本就預計離開較長的時間，當然會想在外出的這幾週打電話回家。不過潘妮洛普的狀況沒那麼單純。嚴格說，她早該回家了。但是這通電話會不會讓她父親有危險呢？非常幸運，因為她磨蹭太久，有個叫塔德克的人注意到她。那人有著大樹般的聲音與體型。

「小妹妹，妳想打電話回家嗎？」

她還在猶豫要不要回答，那人就過去摸了摸電話亭，證明電話亭不會傷害到她。「妳家有人參加那個嗎？」然後他再說得更明確。「*Solidarność*（團結工聯）？」

「*Nie*（沒有）。」

「妳有沒有不小心惹過什麼傢伙？一些不該惹的，妳懂我意思嗎？」

這次她搖了頭。

「我也覺得妳大概不懂。」他咧嘴一笑，牙齒簡直像是跟那個奧地利列車長借來的。「好吧，那麼換我問妳：妳是要打給父母嗎？」

「是我父親。」

「妳很確定自己沒有惹過任何麻煩？」

「我很確定。」

「那他呢？」

「他是個電車司機。」她說：「幾乎不跟人說話。」

「喔，那我想你們大概沒什麼問題。黨現在的狀況很糟，我不覺得他們會有時間擔心電車司機。雖然這些日子來什麼都很難說，但這個我倒是非常確定。」

她猜想，好像就是在那時，塔德克看著松樹林後方，注視穿過樹林縫隙的光芒。「妳覺得他是個好父親嗎？」

「*Tak*（是的）。」

「聽見妳的消息他會很開心嗎？」

「*Tak*。」

「那好，過來吧。」他轉身丟給她一些零錢。「替我打聲招呼。」然後他便走開。

這通電話總共只有十三個字，經過翻譯之後便是：

「喂？」

沒有回應，只有雜訊。

她又重複。

聲音像水泥、像石頭。

「喂？」

她迷失在松林與群山之間，指關節因為用力而泛白。

「犯錯狂？」他問道。「犯錯狂？是妳嗎？」

她想像他站在廚房之中，與擺著三十九本書的書架在一起。她頭靠玻璃，想辦法擠出兩個字。「是我。」

然後輕輕掛上電話。

群山盡皆傾斜。

現在，來聊聊那首歌。時間是一、兩個月後的某個晚上，地點是小客房裡。

月光映照玻璃。

那天是她父親的生日。

在當時的東歐，命名日意義更為重大，可是出國之後一切似乎都更加費力。她偷偷這麼對其中一個女孩說。

他們沒有伏特加，不過總有很多杜松子酒。接著變出放滿玻璃杯的托盤。他們在起居室傳著酒瓶，拿酒出來的人高舉酒杯，看著潘妮洛普。現場約有十來個人，不一會兒她便聽見有人用她的母語說話：「敬妳的父親。」她抬頭看，露出微笑，她僅能以這兩個動作繃緊神經、不要崩潰。

此時，另一個人站起來。

那個人當然是塔德克。他開口，極度憂傷卻又優美地唱起了歌。

Stolat, stolat,
niechżyje, żyjenam.
Stolat, stolat,
niechżyje, żyjenam.[6]

超載了，她無法承受。

從先前那通電話起，各種情緒不斷累積，她沒辦法再忍下去了。潘妮洛普起身唱歌，但在她心中好像有什麼垮了。她唱著自己國家的歌曲，唱著那首講述幸運與陪伴的歌，她不知道自己為什麼要丟下他。她的一字一詞帶有強烈的愛和自厭。一曲唱畢，許多人都哭了。他們心中也在想著，自己是否再也無法見到家人？若是這樣，應該心懷感激還是該下地獄？他們只知道一切都不再是他們能夠控制。這件事一旦做了，就必須

---

6 波蘭的生日快樂歌〈Stolat〉。

做到完成。

在此備註，那首歌開頭的幾句意思是：

一百年、一百年，

願你長命百歲。

她邊唱著，心裡卻很清楚他不會長命百歲。

而她將再也見不到他。

在營區剩下的日子中，潘妮洛普總忍不住翻來覆去地回憶、重現那感受，特別是生活在這種情況下。每個人都對她很好。

他們都喜歡她。喜歡她的安靜，喜歡她有禮而屢屢遲疑。他們喊她生日女孩，但多半不是當著她的面，而是在旁在後。偶爾，當她收拾雜亂、洗衣服或替小孩綁鞋帶，那些男人（尤其是男人），總直接這麼叫，用各種不同的語言。

「*Dzi ki, Jubilatko.*」

「*Vielen Dank, Geburtstagskind.*」

「*Děkuji, Oslavenkyně*[7]……」

謝謝妳，生日女孩。

她總勉強露出微笑。

除去這些，她就只是靜靜等待，並回憶自己的父親。有時，儘管他其實還在，她還是覺得自己活得很勉強。可是，在山上開始落下滂沱大雨後，她才真正覺得心情低落。

在那些時日，她工作得特別久、特別認真。

她煮飯，打掃。

她洗碗，換床單。

終於，經過九個月沒有鋼琴而且總是希望落空的日子，有個國家批准了。她坐在上下鋪旁，手上拿著信封，看著窗外發呆，玻璃泛著白色霧氣。

即便是現在，我還是會看著阿爾卑斯山的圖片，想像她在那裡的模樣。我看見的是之前的她，又或者是克雷曾經描述過的那個她。

未來的潘妮．鄧巴排進另一列隊伍，飛往遙遠的南方，模樣有點像是直接飛向太陽。

凶手在他口袋裡

潘妮洛普跨越不同世界；克雷則穿過那面圍籬。

他走在屋與屋之間的小巷。圈圈與他家之間的柵欄是鬼鬼怪怪的灰色。前陣子上頭開了扇木門，是阿基里斯專用，湯米用來牽牠出門或回家，因此他很慶幸自己無須爬過後院圍籬。由於克雷的宿醉顯然十分嚴重，所以接下來幾分鐘基本上是這樣的：

一開始，他通過騾子吃過的蘋果組成的障礙賽道。

接著是狗屎迷宮。

那兩個罪魁禍首都還在呼呼大睡，一個站在草地上，另一個四肢大張，躺在門廊燈下的沙發。

7　依序為波蘭文、德文、捷克文。

屋子裡、廚房中飄來咖啡味。我會為此揍他一頓，而且不會只有一種揍法。這會兒克雷該來面對我了。

我偶爾會這麼做，在大門外頭吃早餐。

我會站在木頭圍欄邊，手拿冰涼的玉米片，搭配烘烤過的天空。街燈還亮著。羅里的那個信箱倒在草地上。

克雷打開前門，站在我身後，距離我幾步之遠，我繼續吃完玉米片。「看在老天份上——又一個？」克雷露出微笑，我感覺得出來，是有點緊張的那種，我就是會注意這種小細節。畢竟那地址就在他口袋裡——那張我盡力黏回去的紙條。

起先我動也沒動。

「所以……你拿到了？」

我再次感覺到他在點頭。

「我認為我替你省了些麻煩，畢竟這樣你就不用自己去挖。」我的湯匙敲到碗邊，幾滴牛奶灑在圍欄上。

「那東西在你口袋裡嗎？」

又是點頭。

「你考慮要去？」

克雷看著我。

——他看著我，但一語不發，而我盡可能努力去理解。這段時間來我常這樣，我努力想理解他。他長得跟我很像，不過我還是比他高上半英寸；我的頭髮比較厚，身材亦同，但這只是因為我年紀比較大。我會在地毯、地板或水泥地上工作，克雷則去上學或跑步。他撐過仰臥起坐和伏地挺身的訓練；他神經緊張，表情緊繃——而且非常瘦。我想你可以說我們是同一個人，只是不同版本。而最明顯的就是眼睛——我們眼中都有一把火焰。這與顏色無關，因為最重要的是那抹火焰。

在如麻的思緒中，我露出微笑，但心裡難過。

我搖起頭。

這時街燈閃爍著而後熄滅。

我想要把該問的問題說出口。

就是此刻，把該講的話講出來。

天空變寬，屋子縮攏。

我沒靠近他、沒針對他，也沒恐嚇他。

我只說：「克雷。」

後來，他告訴了我究竟是什麼讓他不安。

是我語氣中的那抹平靜。

在那優美得很詭異的聲調裡，他心中似乎有什麼在響個不停。那聲響緩緩下降，從喉嚨越過胸骨來到肺裡。再之後，早晨降臨這條街。馬路對面高矮不一的房屋看來一派冷靜，就像一幫暴力集團，只等我發號施令。但我們都很清楚，我不需要它們。

過了一會兒，我的手肘離開圍籬，低頭看著他的肩膀。我可以問問他學校的事。學校怎麼辦？不過我們都清楚答案。這世上就我最沒資格叫他好好上學；畢竟我自己也休學了。

「你可以離開。」我說：「我不能阻止你，不過——」

剩下的句子我沒講完。

判刑就跟做這個工作一樣困難。說到底，事實就是如此。有人離開，有人回來；有人犯罪，就有人受罰。再次回家，或獲得接納。

這兩件事截然不同。

他可以離開弓箭街，拿兄弟情去換那個拋棄我們的傢伙。但要是他想回家，就得過我這關。

「這個決定不容易。」我直接對他說，沒有偏開視線。「而且下場大概不會太好看。」

克雷先看看我的臉，然後別開視線。

他看出來了。從我帶著勞動痕跡的手腕、手臂、手掌，到脖子上的頸動脈；他看見我從指關節就散發出的不願，以及堅定到底的決心。最重要的是，他看見了我兩眼中的火焰，他聽見我的乞求。

別為了他丟下我們，克雷。

別丟下我們。

如果你真要這麼做……

問題在於，時間一點一滴過去後，我已被說服。

克雷知道自己必須去做。

他只想確定自己做不做得到。

我進屋後，他又待了一會兒，在門廊踱來踱去，選擇的重量壓在他身上。畢竟，即便我剛才信誓旦旦地發出警告，卻連一個字都說不出口。你說，你對鄧巴男孩做出最過分的事是什麼呢？

關於這個問題，克雷知道答案。無論是離開的理由或留下的理由，他都有，而且兩者皆同。然而他真的要摧毀現有的一切，成為命中注定的那個模樣嗎？

他被困在當下，過往亦在同一時刻向他逼近，脅迫感前所未有。

他站在那裡看著弓箭街的街口。

紙房子

勝利感如浪潮襲來，隨之也有各種掙扎。若說起潘妮洛普在這城市的新生活，最貼切的說法可能是這樣：無時無刻，她都感到驚奇又矛盾。

這裡接納了她，她萬分感激。

這裡的未知與高溫，她感到恐懼。

接下來當然就是滿腹罪惡感：

他永遠都無法長命百歲。

她太自私、太冷血；她怎麼可以離開？

她在十一月來到這兒。通常，這不是一年當中最炎熱的季節，不過偶爾會有個一、兩週，氣候殘忍地提醒大家夏天的腳步近了。如果你問什麼時候最不適合來到這個國家，大概就是這個時候。天氣的圓餅圖中只有兩個元素：高溫、潮溼，然後又是高溫。就連當地人似乎也覺得難受。

重點在於，她明顯就是個外來者。她在營區的房間根本是一小群蟑螂的領地——老天爺啊！她從沒見過這麼嚇人的東西！那麼大！更別說根本沒完沒了，牠們每天都在跟她爭搶地盤。

毫無意外——她在這裡買的第一樣物品就是殺蟲劑。

——然後是一雙人字拖。

別的不提，她發現，在這個國家靠著一雙爛拖鞋和幾罐殺蟲劑就能活下去。這個發現支撐著她，撐好幾天、好幾夜、好幾週。

難民營半掩在郊區混亂的世界裡。

她在那裡學習新語言，從最基礎學起。有時她會走到外面的街上，那兒有好幾排奇妙的房子，幢幢坐落在除過草的巨大草地中央。那些屋子好像是用紙做的。

她詢問英文老師房子的事。方法是把房子畫下來，然後手指著紙，老師爆出笑聲。「我懂！我懂！」但他很快就告訴她答案。「不是，那不是紙做的。那是用石棉水泥蓋的。」

「石棉……水泥。」

「沒錯。」

另外，關於這座難民營與那堆迷你公寓，它們其實跟這座城市很像。即便空間狹窄，依舊雜亂無章地向外延伸。

這裡住著各色人種。

這裡講著各種語言。

這裡有高高在上、趾高氣昂的人；這裡有最壞的罪犯，身上染著你死也不想接觸的疾病。這裡有人整天掛著笑容，把疑心病都藏在肚子裡。然而，他們全都有個共同點：或多或少，他們都會靠近那些和自己相同國籍的人。國籍的重要性勝過一切，人們因此能產生連結。

潘妮洛普的確找到了跟她相同出身的人，甚至連生長的城市都一模一樣。那些人往往很友善，但他們都是同一家人。畢竟，血緣更勝國籍。

她偶爾會受邀參加生日派對，或命名紀念日，或單純只是聚在一起開伏特加，吃波蘭餃，喝羅宋湯配餡餅。但奇怪的是，她總是匆匆離席。悶熱的空氣中充斥著食物的氣味。這些氣味跟她一樣，都屬於故鄉。

真正困擾她的另有其事。

她真心害怕的事只有一件：她怕看見或聽見大家站起身，高聲唱出〈長命百歲〉。他們就像在頌揚家鄉之美好，彷彿要強調根本不該離開那裡。他們呼喊朋友和家人的名字，彷彿這些字句能呼喚他們來到身邊。

但如我所說，那時也曾有過令人心懷感激的時光。比方除夕夜，她在午夜時分走過營區。附近有人在放煙火，她看見煙火在建築物間綻放。紅加綠的巨大焰火，以及隱約的歡呼聲。她停下腳步看。

她露出微笑。

潘妮洛普看著夜空中綻放的光芒，坐在石子路上；她抱著兩隻手臂，輕輕搖晃。*Piękne.*（好美），她想著，煙火好美，她就要在這裡生活了。一思及此，她就閉上雙眼，對著滋滋響的炎熱地面說話。

「*Wstań.*（站起來）。」她說，然後再說一次。「*Wstań, wstań.*」

站起來。

潘妮洛普沒有動。

還沒有。

但她很快就會動起來。

滾蛋人與牛頭人

「老天，快起床。」

回憶到潘妮時，克雷已慢慢醒來。

第一天，聽完我在門廊下的最後通牒，他走向麵包袋與剩下的咖啡，之後又在浴室裡擦臉，聽我幾時出門上班，而我正在監視羅里（身上穿著又髒又舊的工作服）。

羅里還沒完全清醒，因前一天晚上而昏昏沉沉。

「喂，羅里！」我搖著他。「**羅里！**」

他想動，但動不了。「媽的，馬修——怎樣啦？」

「你心知肚明！外面又有個他媽的信箱啦。」

「就這樣？你怎麼知道是我咧？」

「這個問題我不打算回答。我只是要說，你給我把那個天殺的玩意兒拿回去擺好。」

「我根本不知道我從哪裡拿的。」

「上面有號碼吧？」

「對啦對啦，但我不知道哪條街啊。」

克雷就等這一刻。

「我去他的上帝！」克雷從牆壁的另一邊就能感覺到我的怒氣，可是我只想解決問題。「好，我不在乎你打算怎麼辦，但等我晚點回到家，它最好已經不在了，聽懂了嗎？」

稍後，克雷走進來，聽完他們講的每一句話。過程中，海克特像摔角選手一樣纏在羅里的脖子上。貓咪棲在那兒，一邊理毛一邊呼嚕呼嚕，聲音頻率幾乎跟鴿子一樣高亢。

羅里發現門口有人，便開口說話，他的聲音很低沉。「克雷，是你嗎？可以幫我個忙嗎？把這隻該死的貓咪從我身上拿開！」說完之後，他等著貓咪把兩隻頑固的腳掌挪開，才「啊啊啊啊啊！」大叫，放鬆下來，呼出一大口氣。貓毛飛揚，飄然落下。羅里的手機鬧鐘響了起來。原來剛剛他躺在手機上，然後海克特又壓在他身上。

「你聽到馬修說的話了吧？那個愛生氣的混帳。」儘管頭很痛，羅里還是露出一抹疲憊的微笑。「可以幫我把那個信箱丟到圈圈去嗎？」

克雷點點頭。

「謝了小子。過來，拉我一把，我得去工作了。」

不過呢，羅里有要緊事得先完成。他過去捶了湯米一下，重重敲在頭頂。「還有你！我不是早就叫你……」

他使出全力大吼：「……**他媽的讓貓離我的床遠點！**」

那天是週四，克雷去了學校。

過了週五後，他將永遠不回去了。

所以次日早上，他走進教師辦公室，只見牆上還釘著海報，黑板上寫滿字。那海報看起來挺好笑的。珍．奧斯汀身穿滾邊洋裝，頭上高舉槓鈴。圖片說明文字寫道：書本有力量。另一張海報看起來比較像標語，上面寫著：麥教授是神。

那個老師現年二十三歲。

她的名字叫做克勞蒂．柯比。

克雷喜歡她，因為最近他去找她時，她會以很有禮貌的方式讓他知道她多不認可這個行為。上課鐘聲響起時，她會看著他說：「孩子，去吧，快滾蛋……一路滾到教室去。」看來克勞蒂．柯比很會寫詩呢。

她的頭髮是深棕色，眼睛是淺棕色，臉頰圓鼓鼓。就算心中隱忍，臉上還是帶著微笑。另外還有小腿——她的小腿和高跟鞋都很漂亮。她滿高的，而且總是穿得很整齊。不知為何，她打從一開始就喜歡我們——甚至連羅里也喜歡。那傢伙根本是活生生的噩夢。

那個週五上課鐘響前，克雷走了進去。她站在桌旁。

「克雷先生，你好。」

她正在翻閱作業。

「我要走了。」

她猛地停住，抬頭看他。

那天他沒有聽見「一路滾到教室裡」。

她坐下來，一臉憂慮地說：「嗯哼。」

三點時，我已經坐在學校裡面，在校長賀蘭德太太的辦公室。之前我來過幾次，那時羅里快被退學了。而最後大水還是來了。她是個有型的短髮女子，頭髮灰白夾雜，有著明顯的眼袋。

「羅里還好嗎？」她問。

「他找到一份不錯的工作，不過個性還是沒變。」

「好，替我向他問好。」

「我會的。他一定會很高興。」

他當然會了，那個混蛋。

克勞蒂．柯比也在那兒，腳踩品味非凡的高跟鞋，身穿黑裙與奶油色襯衫。她對我微笑，她總是如此；我也知道我必須回說很高興見到妳，但我做不到。畢竟眼前這是個大悲劇，畢竟克雷要休學了。

賀蘭德太太說：「所以，呃……就跟我剛剛，呃，在電話裡說的一樣……」我認識的人中就屬她最會呃。我認識很多泥水匠，連他們都沒有呃成這樣。「我們，呃，聽說小克雷想要，那個，離開我們。」媽的，她連那個都講出來了。看來狀況不妙。

我瞥了一眼坐在身邊的克雷。

他抬起頭，但沒說話。

「他是個好學生。」她說。

「我知道。」

「就跟你一樣。」

我沒反應。

她繼續說下去。「不過他已經十六歲了。根據，呃……法律，我們不能阻止他這麼做。」

「他想跟我們父親一起生活。」我想要加上「一陣子」，不知為何卻沒說出口。

「我明白，呃，我們可以找個離你父親最近的學校……」

剎那間——

在那間辦公室（可說昏暗也可說明亮）的燈光下，我突然一陣憂傷，我麻木且遲緩。沒有什麼另一間學校，什麼都沒有了。就是這樣，我們心裡都明白。

我轉身看著克勞蒂．柯比，她看起來也很難過，她這麼有責任感，真是該死的貼心。

之後，克雷和我走向車子，她一邊高喊一邊追過來，跑得飛快又無聲。她在辦公室附近把高跟鞋脫了。

「給你。」她遞給他一小疊書本。「你可以不上學，但得讀這些。」

克雷點點頭，感激地對她說：「謝謝妳，柯比小姐。」

我們握手道別。

「克雷，祝你好運。」

她的手很漂亮，蒼白但溫暖。她眼中的笑意帶了點憂傷，裡頭泛起一抹水光。

上車後，克雷對著他那側的窗戶開口，語氣很平常，沒有太多起伏。「你應該知道她喜歡你吧？」他說。

我們驅車離開。

這樣想可能有些奇怪，但未來我將會和那個女人結婚。

後來他去了圖書館。

克雷在四點半前抵達。五點之前，他已坐在兩大疊書堆成的高塔間。他所能找到一切跟橋有關的東西都在桌上。上千頁、上百種技術；各種型態、各種技巧，以及所有行話。他讀了這些內容——什麼都看不懂。

不過他喜歡看這些橋梁，看那些拱型結構、減震裝置和懸臂梁。

「小朋友？」

克雷抬起頭。

「你要借這些書嗎？九點了，我們要關門了。」

克雷回到家，吃力地走進家門。他沒開燈，藍色背包因為裝滿書而鼓脹。他對那位館員說自己會離開很長一段時間，所以特別延長借書期限。

說來也是幸運，他到家都是第一個見到我，我就跟牛頭人[8]一樣在守在玄關。

我們停下腳步，一齊低下頭。

那個沉沉的袋子高調地宣告自己的存在。

我半掩在黑暗中，動作雖遲緩，但眼神夠明亮。那晚我很累了，彷彿不只二十歲，我垂垂老矣、歷經風霜，而且滿頭白髮。「進來啊。」

若他走過我身邊，會看見我手上抓著扳手，我正在修理浴室水龍頭，我才不是什麼牛頭人，我他媽的是個水電工。然而我們依舊盯著那袋書，玄關竟感覺如此擁擠。

接著便是星期六，我們等著凱莉。

那天早上，克雷和亨利開著車亂晃，他們去車庫拍賣會賣書和唱片，他就這麼看著亨利以話術壓倒對方。克雷在一條車道上找到一本短篇故事集，書名叫《障礙賽馬》，平裝書，書況很棒，封面印著一個正在跨欄的人。他付了一塊錢，把書交給亨利。亨利接過書，打開，然後露出微笑。

「小鬼，你真是個紳士呢。」他說。

就這麼過了好幾小時。

但他們也需要去攻個城、掠個地。

下午，克雷去奔伯羅公園跑了好幾圈。他在看臺上看書，然後慢慢開始懂了。他理解了受壓面積、桁架和拱柱這類名詞。

裂得亂七八糟的長凳之間有道樓梯，他一下子狂奔上去。他記得史塔奇的女友曾坐在那兒，並因為想到她的嘴脣而止不住微笑。微風拂過操場，他跑下樓梯，在直線跑道上開始加速。

不用多久——

他就會跑到圈圈那邊。

自由的好處

潘妮洛普撐過了夏天。

夏天的試煉在於：你能否以享受的心情去過。

她的海邊初體驗非常經典：晒傷，外加南風吹襲。她從沒同時看到這麼多人，還走得這麼快，也沒有被這麼多沙子掃過。就好的方面來說，情況還可能更糟呢。起先她看著在海上平靜漂浮的僧帽水母，覺得它們純淨漂亮、超凡脫俗，直到小朋友跑回沙灘，一臉痛苦的模樣，她才明白他們被螫了。潘妮看著孩童跑向父母，心想：*Biedne dzieci*（可憐的孩子）。大部分的小孩都裹著毛巾顫抖，不顧形象地哭鬧抽泣。尤其是有一個母親，她一直小心不讓女兒把沙子揉進眼睛；她抓住女兒手上那一大把沙子，從她皮膚上拍掉。

8 希臘神話中鎮守在迷宮門口的怪物。

潘妮洛普手足無措地注視著。

那個母親把一切打理得好好的。

她安撫女兒，在旁照顧，等到確定女兒沒事，便抬起頭，看著近在咫尺的那個移民。她不再說話，只是蹲下來，輕撫女孩打結的髮絲。她對潘妮洛普點了點頭，然後帶著孩子離開。過了好幾年潘妮洛普才曉得，螫人的僧帽水母不是很常成群出現。

大部分小孩又回到海水中，這也令她驚奇。不過這回狂風開始吹襲，所以他們沒在水裡泡太久；這陣風有如橫空出世，攜走空中漸漸轉暗的大塊雲團。

那晚她意識清醒地躺在那兒，身上的晒傷熱辣辣地刺痛，昆蟲的腳步聽來猶如雨聲。

但一切會慢慢好轉的。

她給自己找了份工作，這是第一件值得紀念的事。

她成為無特殊技能的合法勞工。

難民營與CES（國營工作站）有些關係。她去拜訪他們的辦公室。她很幸運，或者說，她跟以前一樣幸運。歷經漫長的面試和填完政府的一大堆表單後，她得到一個屎缺的工作許可。

簡單的說，就是清潔工。

你知道的——

怎麼會有那麼多人亂尿尿呢？大家為什麼要灑在牆上、還沾得亂七八糟，就是不往馬桶拉屎呢？這難道就是自由的好處嗎？

刷洗隔間時，她會看著那些塗鴉。

手中的抹布讓她想起最近的英文課，便反覆對著地板念誦。這個方式挺好的，她得以對這個新地方致上敬意，融入此處的高溫，刷洗、清潔它骯髒的部分。此外，她也知道自己是心甘情願，並且因此自豪。她曾經坐在結凍且拮据的庫房中削鉛筆，但此刻的她靠著自己的雙手雙腳討生活，呼吸著蒼涼的海風。

六個月之後，一切幾乎唾手可得。

她的計畫開始成形。

的確，每天晚上眼淚都會潰堤，有些時候白天也會。不過她真的有進步了。那是因為迫切的需要。她英文進步的程度令人滿意，只是有時候也會是災難一場，像是語法混亂、開頭錯誤，收尾支離破碎，等等。

數十年後，即使她已經在這裡成為高中英文老師，仍然會在家裡用很重的腔調講話。我們對此迷戀不已，很喜歡那個腔調。我們會大聲歡呼，接著哇哇大叫。她沒教會我們講她的母語（練鋼琴已經夠難了），但我們很喜歡把救護車叫成揪護車，或者她會叫我們逼嘴，而不是閉嘴。還有果汁常常變成苟汁，或者「安靜！我都要聽不見自己在香什麼惹！」前五名裡還有「很不幸」，我們比較喜歡很不醒。

沒錯，在之前那段日子，生活簡而言之劃分成兩個虔誠的信仰：

文字，以及工作。

她會寫信給瓦迪克。如果負擔得起，她會打電話給他，也終於知道他平安無事。他坦承一切的安排都是為了讓她離開。還有，在那個早上，站在那個月臺，是他生命中最精采的一刻，無論他為此付出了何等代價。有一次，她還用破英文朗讀荷馬的史詩給他聽，她覺得他鐵定忍不住偷笑出來。

她不知道的是時光匆匆流過，走得甚至可說太過匆忙。她刷了幾千個馬桶，清掉好幾英畝的碎磁磚；她忍受著那些髒到不行的廁所，同時也做了幾份新工作，打掃了幾間房子和公寓。

那時的她不可能會知道——

她的未來早被三件密不可分的事件決定好了。

其一，耳朵不好的樂器店店員。

其二，沒用的鋼琴三人組。
不過，首先來襲的是死訊。
史達林的雕像過世了。

凱莉，克雷，還有第五場的鬥牛士

他忘不了第一次在弓箭街看見她的那天，或說她抬起頭看見他的那天。
那是在十二月初。
她坐了七個小時的車，跟父母親一起從鄉下搬進城中。抵達時已近傍晚。搬家公司的卡車跟著他們，他們迅速抬著箱子、家具和日用品經過門廊、走進屋內。行李中也有幾個馬鞍、馬勒和馬鐙。她父親重視馬術；他出身騎師之家，自己也當過騎師，她那些哥哥也是，那些人乘著各種怪名字來到鎮上。
他們抵達後過了約十五分鐘，女孩停下腳步，站在草地中央。她一手挾著箱子，另一邊有臺烤麵包機，不知怎麼似乎在旅途中有點解體，電線垂在她腳邊。
「快看，」她邊說邊舉起手，隨意指向對街。「對面屋頂上有個男生。」
如今過了一年又幾個月，在週六夜晚，她踩著沙沙的腳步聲來到圈圈。
「嘿，克雷。」
他吸了口氣，感覺到她的嘴唇、血液、體溫和心跳。
「嗨，凱莉。」

此刻大概是九點三十分，他在床墊上等著。蛾也在，今晚月亮也露了臉。

克雷躺在那兒。

女孩在床邊停了一下，把某樣東西擺在地上，而後躺上床，一條腿懶洋洋地勾著他，一綹紅褐色的頭髮搔著他的皮膚。克雷一直很喜歡這個感覺。他覺得她似乎注意到了他臉頰上的擦傷。凱莉心中明白，最好不要多問，也不要去找其他傷口。

只是她還是要問。

「你們男生喔……」她摸摸他的傷口，等著克雷自己講。

「妳喜歡那本書嗎？」起先，這個問句隱隱有些沉重，好像得用吊車才能舉起。「看了第三遍還是覺得那麼好看？」

「越看越好看，羅里沒跟你說嗎？」

他努力回想羅里到底有沒有說過類似的話。

「我在路上遇到他。」她說：「幾天前吧。我想應該就在……」

克雷實在很想坐起來，不過他忍住了。「在哪裡？」

她知道了。

她知道那人回家了。

眼下，克雷不願去想這件事；他寧可思考《採石人》，和那張夾在裡面當書籤的老舊投注存根：**鬥牛士**。「是說，你看到哪兒了？他去羅馬工作了嗎？」

「也去了波隆那。」

「看得很快呀。還是喜歡他斷掉的鼻子嗎？」

「喜歡呀。你也知道，我就是忍不住。」

他對著她咧嘴一笑。「我也是。」

米開朗基羅年輕的時候被人打斷過鼻梁，因為他話說得太多。凱莉很喜歡這一點，這是要提醒我們他也是普通人。那是一個不完美的勳章。

對克雷來說，這還包含了一些私人原因。

因為他認識另一個斷了鼻梁的人。

以前……在很久很久以前，在她搬進來幾天之後，克雷在門廊上吃吐司，晚餐盤就擺在圍籬上。凱莉穿過弓箭街的時候，他正好吃完。她穿著法蘭絨襯衫，破破爛爛的牛仔褲，袖子捲到手肘，最後一抹陽光映照在身側。

她那發光的手臂。

她那臉龐的角度。

即便她的牙齒不算太白，也不太整齊，但魅力不減。就跟海玻璃一樣打磨得光滑剔透，因為她睡覺時會磨牙。

一開始她不確定克雷有沒有看見她，不過他接著就走了過來，怯生生地走下臺階，手上還端著那個盤子。

她觀察著他，隔著有些近又小心翼翼的距離，興致高昂、心情愉快、充滿好奇。

克雷對她說的第一句話是：抱歉。

他低著頭，對著盤子開口。

在跟往常一樣令人自在的安靜後，凱莉再次開口，她的下巴碰在他的鎖骨上，這次她不會讓他躲開了。

「所以他來了……」她說。

在那個地方，他們從不說悄悄話。他們像是朋友，安安靜靜，沒有一絲緊張。她坦承道：「是馬修告訴我的。」

克雷躺在自己的那團草裡，突然頓悟。

「妳見到馬修了？」

她點點頭，靠著他脖子輕輕點了一下。「我週四晚上過去，剛好碰到他出來倒垃圾。你也知道的，實在避不開你們鄧巴家的男孩。」

克雷差點在那一刻說溜嘴。

關於鄧巴，關於他很快就要離開的事。

「這一定很難熬。」她說：「就是見到……」她改換用詞。「見到他。」

「還有更難熬的呢。」

沒錯，他們都很清楚。

「馬修說有座橋？」

沒錯，我的確說了。這是凱莉．諾維另一項令人不安的特質，你會不小心把太多事情跟她說。

再次沉默。一隻蛾迴旋飛舞。

她講話時靠得更近，他清清楚楚感覺到那些字眼，簡直像是抵著他的喉嚨。「克雷，你會離開嗎？你會去造橋嗎？」

那隻蛾死也不肯走。

「為什麼？」好幾年前，在他家前面的草地上，她問他說：「你為什麼這麼抱歉？」

街上一片漆黑。

「喔，就是啊，那天我應該過去幫妳忙的，我應該去幫妳搬家。但我就只是坐在那兒。」

「坐在屋頂上嗎？」

他那時就喜歡上她了。

他喜歡她的雀斑。

他喜歡雀斑在她臉上的位置。

只有仔細去看，你才看得見。

此刻克雷思索著，想找個跟父親完全無關的話題。

「嘿！」他看過去。「今晚總可以讓我看一下了吧？」

她靠得更近，但克雷仍逃開了。「不要那樣跟我說話。看在老天的份上，紳士一點好不好。」

「我說的是妳下的賭注，不是說……」他越說越小聲。每次在圈圈都是這樣。星期六晚上是最不適合詢問下注的時候，因為大比賽都在下午跑完了，另一個強度沒那麼高的比賽辦在週三。但我先前說過，問問題只是一種儀式，內容並不重要。「晨練時那些人說了什麼？」

凱莉似笑非笑，似乎很高興能加入這個話題。「噢，對啊，我下的注滿不錯的，我下了一個你想不到的注。」她的指尖碰觸他的鎖骨。「我下鬥牛士。」

雖然她語氣很開心，但他知道她已經快要哭出來了。克雷用力把她抱緊，凱莉順勢躺下，頭枕在他胸口上。

他的心在狂跳。

不知道她聽不聽得出他的心跳得多麼急促。

那天他們在草地上繼續聊。凱莉開始講到統計數字。

「你幾歲？」

「快十五。」

「真的嗎？我快十六了。」

她又走近了些，輕輕對屋頂點頭。「今天晚上你為什麼沒在那上面？」

克雷突然繃緊神經，她總能讓他繃緊神經，但他不介意。「馬修叫我休息一天。他常常為這種事跟我大呼小叫。」

「馬修？」

「妳可能已經見過他了。他是我們家的大哥，口頭禪跟上帝有關。」克雷笑著說，所以她抓準時機。

「是說，你為什麼要爬上去？」

「嗯，就是……」他思忖著該怎麼解釋比較好。「上去的話可以看很遠。」

「我哪天也可以上去嗎？」

克雷被她的問題嚇了一跳，忍不住想戲弄她。「我不知道耶，爬上去不是很容易。」

凱莉大笑，她上鉤了。「屁啦，如果你爬得上去，我也爬得上去。」

「屁啦？」

他們都笑了。

「我保證不會讓你分心。」她想到一個主意。「如果你讓我上去，我會帶我的望遠鏡。」

她總是想得比誰都遠。

有時候，跟凱莉在一起，圈圈感覺起來比較寬敞。

那些家庭垃圾矗立在那兒，看來彷彿遙遠的紀念碑。

郊區感覺遙不可及。

那晚，在凱莉的投注和鬥牛士之後，她聊起馬術課。他問她賽馬那天會不會上場，不是只有晨練和試閘喔。凱莉回答：麥安德魯什麼都不會說，即使他已經有了打算。要是打擾他，她就會被冷凍好幾個月。

是，在講話的過程中，她的頭一直靠在他胸前，或倚著他的脖子。這是他最喜歡的一件事。從凱莉・諾維身上，克雷找到能了解他的靈魂，她就等於他，清清楚楚、一生一世。他也知道，如果可以，她願意與他共享這一切。

例如他為何一直帶著那個碎掉的晒衣夾。

她願意拿騎師的學徒資格來交換，或是她贏到的一級賽冠軍，甚至是在列表賽中上場比一次的機會，全都沒問題，我很確定。她甚至還用「舉國停頓的賽事[9]」中上場的機會交易過，以及她更喜歡的一場賽事：覺士盾。

但她換不到。

然而她沒有一點遲疑，她知道該怎麼讓他離開。她靜靜地懇求，溫柔，卻非常實際。

「克雷，別這樣，別走，別離開我……不過，你還是去吧。」

如果她是荷馬史詩中的角色，名字就會是凱莉・諾維，洞悉一切之人，或眼力絕佳的凱莉。這一次，她讓他清清楚楚知道她會多想念他，她同時也期望著（或說命令）他去做該做的事。

克雷，別這樣，別離開我……不過你就去吧。

離開草地後，她猛然醒覺。

她走到弓箭街的一半，突然轉身。

「嘿，你叫什麼名字？」

坐在門口的男孩說：「我叫克雷。」

一陣靜默。

「就這樣？你不想知道我的名字嗎？」

她講話的語氣好像認識他很久了。克雷這才回神，也問了一樣的問題。女孩回過頭。

「我是凱莉。」說完後，她又離開，克雷想了想，又喊回去。
「嘿，妳名字怎麼拼？」
她跑過來拿走盤子。
她以手指仔細寫下名字，寫在麵包屑中，接著又因為太難看懂而放聲大笑。不過他們都知道大概就是那幾個字。
她對著他笑，短暫卻溫暖的笑，接著過馬路回家。

他們又安靜地待了二十幾分鐘，圈圈裡頭悄默無聲。
接著就是最不開心的部分——
凱莉．諾維起身離開。
她坐在床墊邊上，卻在離開前又蹲了下來。她單膝跪在床墊旁，就是剛剛來時暫停的地方，手裡拿著一個報紙裹著的包裹。她慢慢放下，擺在他肋骨上方，什麼話都沒說。
她沒有說「欸，我給你帶了這個。」
或「收下吧。」
克雷也沒說「謝謝妳。」
凱莉走了之後，他才爬起來拆開包裝，並因裡頭裝的東西一陣暈眩。

9 舉國停頓的賽事，墨爾本盃的俗稱。

午後的死訊

對潘妮洛普來說，一切都很順利。

數年光陰來了又走。

這時她已經離開難民營好一段時間，獨自住在公寓的一樓，這棟公寓坐落於胡椒街。她喜歡這條街的名字。

她跟其他女生一起工作，有史黛菈、瑪麗安，還有琳恩。

她們時常兩人搭檔，在城市各處進行清掃。那時潘妮洛普當然也開始存錢。她想買一架二手鋼琴，正在耐心等待購入的時機。她在胡椒街的小公寓床底放了一個鞋盒，裡面都是捲起來的鈔票。

她也繼續努力學英文，覺得好像每晚每晚都更熟悉這個語言。她想把《伊利亞德》和《奧德賽》從頭讀到完，而這願望似乎越來越可能實現。她經常熬到半夜，手邊擺一本字典。有好幾次，她就這麼睡著——睡在廚房裡，側著臉頰，睡倒在溫暖的書頁中，臉上都是痕跡，那書等同她在這兒的聖母峰。

多麼老派，多麼完美。

她畢竟是潘妮洛普。

然後那件事降臨到她身上，世界就此崩毀。

說真的，一切就跟這兩本書一樣。

當你快要打勝仗，神就會來攪局，這回則是抹去某個痕跡。

有封信寄到了——

信上通知，他死在外頭。

他的屍體倒在公園舊長椅邊，臉顯然半掩在雪中，一手握拳，壓在心口。這不是什麼盡忠報國的姿勢。

收到信時，葬禮早已結束。

儀式非常寧靜。他死了。

那天下午，潘妮洛普的廚房充滿陽光。她丟下那封信，信紙飄搖，彷彿一根紙製的鐘擺，就這麼飄到冰箱底下。她花了好一番工夫，手腳並用地探進下方，只為把那封信拿回來。

老天啊，潘妮。

信在這兒。

妳跪到地上，膝蓋又痛又痠，身後的桌子亂七八糟；妳視線模糊、喘不過氣；妳的臉抵著地板，一邊臉頰和一隻耳朵，瘦巴巴的屁股翹在空中。

謝天謝地，妳做了後來的那件事。

我們非常喜歡妳做的那件事。

克雷的橋

一如那晚，凱莉離開圈圈後，克雷把包裝打開。

他輕輕撕開膠帶。

他摺起《雪梨晨鋒報》的賽馬版面，塞到腿下，然後定睛看著那個禮物：一個陳舊的木盒。他兩手舉著盒子，栗棕色的，已經有很多磨損。大小跟以前的精裝書一樣，鉸鏈生鏽、鎖栓壞了。

就他而言，圈圈十分寬敞。

幾乎無風。

處於失重狀態。

他打開盒頂的小木板蓋，蓋子發出和地板很像的嘎吱聲，掉了下來。

裡面是另一份禮物。

是放在禮物中的禮物。

還有一封信。

通常，克雷會先看信。為了看信，他舉起打火機，那是Zippo牌的，白蠟材質，大小和形狀都和火柴盒很像。

在這麼想之前，他的身體先行動了。

他點起火。

火焰對著掌心。

打火機的重量嚇了克雷一跳。他翻到背面，看見那些字。他的手指撫過刻在金屬機身上的字——

第五場的鬥牛士。

那女孩並不一般。

克雷打開信紙。他想點亮打火機借光讀信，但月光就很夠了。

她的筆跡雖小，卻很清晰：

親愛的克雷，

當你看到這封信，我們已經聊過了……我只是想說，我知道你很快就要離開，我會很想你。其實我現在就開始想你了。

馬修跟我提過那個很遠的地方，還有一座你可能要去建的橋。我想像著你會建出什麼樣的橋。不過話說回來，我覺得好像沒什麼差別。我很想告訴你下面這些是我自己想出來的，可你一定早就知道那是《採石人》書衣的文字：

「他用以創作的材料不只銅、不只大理石、不只油彩，而是他自身……以及深藏他心中的一切。」

而我知道——

那座橋就是你。

如果你願意接受，我要暫時把這本書交給你，或許我只是想確定你會為了還這本書而回來，也會回到圈圈。

至於Zippo……大家都說你不該把自己的橋燒毀，但總之我想送給你，就算是求個好運，也是讓你想著我。而且送打火機不是很合理嗎？你知道他們都怎麼形容黏土（clay）的吧？你一定知道。

愛你的
凱莉

註：抱歉木盒有點舊，不過我覺得你應該會喜歡。也許可以放些寶物進去。所以多找點晒衣夾之外的寶物吧。

又：希望你喜歡上面刻的字。

你會怎麼做呢？

你會怎麼說呢？

克雷坐下來，動也不動地杵在床墊上。

他問自己：

他們是怎麼形容黏土的呢？

但他很快就知道了。

事實上，他還沒問完自己這個問題就知道答案了。接著他在圈圈待了好一會兒，一遍又一遍地讀著那封信。

終於，克雷不再靜靜地待在那兒。他伸手去拿那個又小又沉的打火機，舉起來靠到嘴邊。有那麼一刻，他幾乎要露出微笑。

那座橋就是你。

也不是說凱莉做了什麼了不得的事，她不是要爭取什麼注意力，或是想得到愛，或是得到一點尊重。她只是做了個微乎其微的動作，輕輕巧巧點明事實，她向來如此，而她也這麼做了。

她給了他更多勇氣。

她也給了這個故事一個名字。

搬家工人

趴在廚房地板上，潘妮洛普下定決心。

她父親希望她擁有更美好的人生，那她就一定要做到。

她會丟掉那些順從有禮。

她會把鞋盒拖出來。

她會捏緊裡面的錢。

她會把紙鈔塞進口袋，走去火車站，牢牢記得那封信，以及維也納。

妳還有另一種生活方式。

沒錯，她還有另一種生活方式，而今天她就要過那種生活方式。

Bez wahania.

事不宜遲。

她已經記住要怎麼去那間店了。

她之前去過，她記得每間樂器行的位置、標價，還有專攻領域。其中一間樂器行最吸引她。第一是售價。她真的只付得起這價錢，她也喜歡店面有點亂的樣子，捲起來的樂譜、貝多芬髒兮兮的半身像在角落瞪著眼睛，店員弓著背縮在櫃檯後。他的下巴尖尖的，一副很有精神的模樣，好像無時無刻都咬著一瓣橘子。他耳朵不好，所以會大吼大叫。

「鋼琴？」她第一次走進這家店就聽見他「碰」一聲開砲。他把橘子皮瞄準垃圾桶一丟，但失手了。（「媽的，太遠！」）儘管重聽，店員卻聽得出她的口音。「妳來這裡旅行要鋼琴做啥？那比脖子上掛鉛塊還重！」他起身探向最近的那把好樂[10]。「妳這麼瘦的女孩需要的是一把這個，二十元。」他打開一個小盒，撫過裡面的口琴。他這是在告訴她她買不起一架鋼琴嗎？「妳到哪裡都能帶著。」

「但我沒要到哪兒啊。」

10 Hohnor：德國樂器製造公司，口琴及手風琴最為著名。

老人見風轉舵。「當然、當然。」他舔舔手指，坐正了些。「妳有多少錢？」

「還不多，我想大概有三百。」

他邊咳邊大笑，有些橘子果肉掉到櫃檯上。

「親愛的，妳他媽的是在做什麼夢？如果妳想買架好琴或至少不錯的琴，先存一疊再過來。」

「一疊？」

「至少一千？」

「喔……我可以試彈嗎？」

「當然。」

她抵達此地後一直沒彈過任何一架鋼琴，不只是在這間樂器行，其他樂器行也沒有。如果她得弄到一千，她就要弄到一千。只有存到那麼多錢才有辦法找架鋼琴彈，彈完之後買下來，這一定要在同一天完成。

而那天就是今天。

儘管她還差四十三元。

她走進那間樂器行，口袋鼓鼓。

店長的臉亮了起來。

「妳來了！」

「是。」她呼吸急促，全身是汗。

「妳存到一千元了？」

「我有……」她拿出筆記。「九百……五十七元。」

「噢，可是……」

潘妮雙手往櫃檯一拍；她的手指和掌心濡溼，鋪了灰塵的表面印上她的手印。她平視他的雙眼，肩胛骨簡直扳到要脫臼。「求求你，我今天就得彈琴，我一拿到錢就會付給你，但是我今天就必須試彈，拜託。」

那個人，他的微笑第一次不帶任何勉強，只說：「那好吧。」他揮揮手，走到裡面。「這邊。」

當然，他把她帶到最便宜的鋼琴面前。那是架好琴，胡桃木色。

她坐在琴凳上；她掀開琴蓋。

她看著那一整排琴鍵——

「然後呢？」

有幾個琴鍵破了，其中幾片是有點裂痕，但在這絕望的時刻，她早已愛上了這架鋼琴。

潘妮緩緩轉身看他，簡直要崩潰，她又變回過往的那個生日女孩。

「妳就快點彈吧。」於是她點點頭。

她專注在鋼琴上，腦中想起一首老老的民謠。她想起一名父親，以及落在她背上的手。她恍若騰雲，高高掛在半空，翅膀後方站著一座雕像，潘妮洛普邊彈邊哭。儘管很長一段時間沒彈鋼琴，她還是演奏得很好，她彈的是蕭邦其中一首夜曲，她從脣上嘗到淚水的味道。她抽抽鼻子、吞下眼淚。她每個音符都彈對了，全都很完美。

這個犯錯狂，一個錯都沒犯。

她身邊有著橘子的香氣。

「懂了。」他說：「我懂了。」他站在她身旁，在右手邊。「我想我懂妳意思了。」

那架鋼琴，他賣她九百元含運。

問題在於，那個店長不只耳朵不好，店面亂七八糟，筆跡也是天書。要是他的字再清楚那麼一點，我的弟弟和我甚至不會存在，他寫的是胡椒街七之三號，結果鋼琴被人送去七十三號。

你應該可以想像那些人有多生氣。

那天是星期六。

是她買下鋼琴後的第三天。

其中一人去敲門，另外兩個開始搬貨。他們把鋼琴從卡車上搬下來，擺在人行道上。帶頭的跟一個男人先在門廊講話，不過很快就轉身對著他們大吼大叫。

「你們到底搞什麼？」

「啥？」

「他媽的我們送錯家了！」

他進屋借用那人的電話，一邊走出來一邊碎碎念著說：「那個白痴。」他說。「那個只會吃橘子的**蠢蛋**。」

「怎麼了？」

「那個公寓是之三，之三，那邊的七號之三。」

「可是那邊沒地方停車。」

「所以我們得把車停在路中間。」

「這區的居民應該不會喜歡的。」

「這區的居民本來就不喜歡你啊。」

「你什麼意思？」

帶頭的人把嘴巴扭成各種不能苟同的形狀。「好，我過去一趟，你們拉一下推車。如果我們在馬路上推，鋼琴的輪子會壞掉，我們也會完蛋。我先去敲門，好不容易把鋼琴推過去，最慘的就是發現沒人在家。」

「好主意。」

「這本來就是好主意，現在你別再給我亂碰這架鋼琴了，好不好？」

「好。」

「我說可以你才能碰。」

「好啦！」

帶頭的走掉後，兩個人看著站在門口的那傢伙。

那個沒買鋼琴的傢伙。

「怎樣？」他喊著。

「我們有點累。」

「要喝點什麼嗎？」

「不行，老大可能不喜歡。」

門口的人中等身高，深色鬈髮、水藍色眼睛，還有顆千瘡百孔的心。帶頭的人回來時，胡椒街上出現一個看起來安安靜靜的女孩。她有一張蒼白的臉，還有晒黑的手臂。

「嘿。」搬家工人把鋼琴抬上推車時，他離開門口。「如果妳有需要，我可以幫忙搬這頭。」

因此，在週六下午，四男一女推著一架胡桃木鋼琴走過胡椒街寬廣的路面。往前滾的樂器兩端分別是潘妮洛普・勒丘什科，以及麥可・鄧巴。這時的潘妮洛普還無從得知，即使她發現搬家工人似乎讓他覺得很好笑，還有他非常注意這架鋼琴的安危，也不可能預知這道浪潮將衝擊她的餘生，影響她的最後一個姓氏，與她的小名。

她講起這件事時，是這麼說的：

「想來也怪，但我覺得未來我會跟那個男人結婚。」

最後的浪

你可能會想，我們家有一堆男孩和年輕男人，應該不太容易注意到有誰跑出去。

他就這樣跑了。

湯米知道。

騾子也曉得。

克雷晚上又在圈圈過夜。星期天早上，當他醒來，手中還抓著那個盒子。

他坐在那裡，重讀那封信。

他捏著打火機和第五場的鬥牛士。

他把盒子帶回家，把凶手那張用膠帶貼回去的地址放進去，收進床底深處，然後靜靜在地毯上仰臥起坐。做到大概一半，湯米出現了。每次克雷躺下去，都能從眼角餘光瞥到湯米。鴿子阿泰蹲在湯米肩上，一陣微風翻動亨利的海報，海報上多半是音樂家，很老的那種，也有幾個女演員，年輕又有女人味。

「克雷？」

每次湯米的身影映入眼簾，看起來都有點像個三角形。

「你等等可以幫我弄一下牠的腳嗎？」

克雷做完仰臥起坐，跟著湯米走到後院，阿基里斯在晒衣繩附近。克雷攤開掌心，過去給了牠一塊方糖，然後蹲下去，點點牠的一隻腳。

第一隻蹄抬起來，乾乾淨淨。

第二隻蹄也抬起來。

四隻都看完後，湯米還是不太開心，不過克雷也幫不上忙。騾子的想法是沒法動搖的。

為了替他打氣，他又拿了兩小塊方糖出去。

門廊上放了個空蕩蕩的懶骨頭，從沙發突出的地方滑下去；草地上有一輛沒了龍頭的腳踏車，反而是晒衣繩抬頭挺胸地面向陽光。

蘿希很快從窩裡跑出來。那個窩其實是我們做給阿基里斯的。牠跑到晒衣繩旁繞著繩子跑；那兩隻舌頭上的糖都化了。

快結束時，湯米說：

「你不在的時候誰要來幫我搞定這件事？」

而克雷的回應簡直把他嚇壞了。

——他抓住湯米的領口，把他抬上阿基里斯沒掛鞍具的背。

「媽的！」

湯米嚇了好大一跳，但很快就不在意。他趴在騾子背上放聲大笑。

午餐後，克雷走向前門，亨利拉住他。

「你以為自己是要去哪？」

短暫停頓。「墓園，或奔伯羅。」

「等等。」亨利撈起鑰匙。「我跟你去。」

抵達的時候，他們傾身探進墓園的圍籬，兩人看著墓地，看著他們心之所向的地方，蹲伏著、張望著、雙手抱著胸。兩人站在午後的陽光下，看著爛掉的鬱金香。

「沒雛菊喔？」

他們笑出聲。

「克雷？」

兩人無精打采、姿勢僵硬。克雷轉頭面對他，亨利依舊那麼好，但似乎又有些不一樣。他看著遠方的雕像。

起先他只是說了句。「老天。」之後安靜了好一陣子，又說：「老天啊克雷。」他從口袋拿出某樣東西。「給你。」

東西從一手遞到另一手——

是一大疊紙鈔。

「收下。」

克雷看得更仔細了。

「克雷，這是你的。記得奔伯羅的那些賭注嗎？你一定不相信我們賺了多少，我從來沒把錢給你過。」

可是好像有哪裡不對——這太多——錢太多了，根本是塊鈔票做的紙鎮。「亨利……」

「好了，收下。」於是克雷便收下，他拿著這些鈔票。

「嘿！」亨利說：「欸，克雷啊。」他正面與他視線相對。「這也許可以買隻他媽的手機，跟一般人一樣……到的時候通知我們一聲。」

克雷嗤嗤笑。

這倒不用了，謝謝，亨利。

「好，不然就把他媽的每一毛錢都花在橋上。」他露出最最狡猾的男孩微笑。「完工的時候記得賞我們一點錢啊。」

他在奔伯羅公園跑了幾圈。但在繞過鐵網殘骸後真的嚇到了。三百公尺標線處，羅里站在那兒。

克雷停下腳步，雙手撐在股四頭肌上。

羅里看著他，用那雙廢鐵色的眼眸看著他。

克雷沒有抬頭，但笑了出來。

羅里一點都不生氣，也不覺得他背叛，他的感覺比較像是介於兩者之間：愉悅，因為將要發生一場鬥毆。還有理解，徹徹底底的理解。他說：「小子，我真的得好好稱讚你，你真了不起。」

克雷挺直了身體，在羅里繼續說下去的時候，他沉默不語。

「無論你是要去三天還三年……你回家時馬修鐵定會殺了你，懂吧？」

他一個點頭。

「你準備好面對他了嗎？」

「沒有。」

「你想跟他硬槓嗎？」他陷入思考。「還是說……你永遠不回來了？」

克雷發了火，但沒表現出來。「我要回來，我會很想念這些交心時刻。」

羅里笑出聲。「是，很好，是說……」他搓起了雙手。「想來練習一下嗎？覺得我很強嗎？我告訴你，馬修完全是另一回事。」

「羅里，我沒事。」

「你撐不了十五秒。」

「我知道怎麼挨打。」

羅里靠近一步。「我也知道，不過我至少可以讓你學到怎麼撐久一點。」

克雷看著他，直視喉結的部位。「不用擔心，來不及了。」於是羅里便知道了，他完全了解了。克雷早就準備妥當。他已經為這件事受了好幾年訓練，下手多重都無所謂，因為——

克雷不會倒下。

他回到家，手裡拿著錢，而我正在看電影，是《衝鋒飛車隊》第一部——殘忍程度還可接受。一開始湯米跟我一起看，接著就拜託我看點別的。

「我們就不能看個不是八〇年代的電影嗎？」他說。

「我們在看啊！這部是一九七九年的。」

「我就是這個意思！不要看八〇年代或是比八〇更早，那時我們根本還沒出生，還久得咧！我們為什麼不……」

「你知道為什麼。」我打斷他。就在此時，我看見湯米臉上的表情，他好像要哭了。「……媽的，湯米，我很抱歉。」

「你才不抱歉。」

他說得沒錯，我才不抱歉。這是鄧巴家的性子。

湯米走了出去，不久克雷走進來，他把錢放進盒子，坐到沙發上。

「嘿。」他開口，直直看著我，但我的視線沒有離開螢幕。

「你還留著那個地址嗎？」

他點點頭，我們一起看《衝鋒飛車隊》。

「又是八〇的？」

「根本還沒開始。」

那個恐怖的黑幫老大講話時，我們立刻安靜下來。「康達里尼想把手要回來！」我看著身邊的弟弟。

「他非常認真，」我對他說：「是吧？」

克雷微笑，但沒作聲。

我們也沒有。

到了晚上，其他人都睡下了，但他沒睡。他開著電視，聲音很小；他看著金魚阿迦門農，對方則一派平靜地回望，然後狠狠去撞魚缸。

克雷走到鳥籠邊，迅速而且毫無預警地撈起鴿子。他捏著鴿子，不過力道很輕。

「嘿，阿泰，你還好嗎？」

鳥輕輕點了點頭，克雷感覺得到牠的呼吸，以及羽毛底下的心跳。「不要動……」他快手快腳「啪」一聲扯下鴿子脖子旁的羽毛。克雷拿著那一小根毛，擺在左手掌心，乾淨的灰羽邊緣帶了一點綠。

他把鳥放回籠子。

鴿子一臉嚴肅地看著他，從這一頭走到那一頭。

接下來，是書架和桌遊——

大富翁、拼字遊戲、屏風四子棋。

壓在底下的就是他想要的那個。

克雷打開盒子，但有些被電視播的影片分了心。那部看起來挺不錯的（是黑白電影，有個女孩在吃晚餐時跟一個男人吵架）。克雷盯著大富翁，翻到骰子和旅館，然後找到他要的袋子，立刻拿到了大富翁的代幣。

那個總是微笑的克雷，此時露出微笑。

將近午夜，整個情況比想像中更容易。後院沒有狗或騾子大便，嗯，只能請老天保佑湯米的棉襪了。

他站到晒衣繩邊，頭頂上是晒衣夾，一整排的顏色都不同。克雷伸長手，輕輕解下一個，這一個先前曾是亮藍色，不過褪色了。

然後，他跪在晒衣竿旁。

蘿希當然跑過來了，阿基里斯也站在旁邊看著他，蹄和腿就在身邊。有人梳了牠的鬃毛，可還是打了結。克雷伸出手，倚靠著牠，一手放在牠的後肢關節旁。

他慢慢抓住蘿希，握著牠一隻黑白花色的腳掌。牠的金色眼睛就像在對他說再見。

他很喜歡狗狗的側臉。

克雷起身，往更遠的地方走去，去圈圈那邊。

他並沒有待很久，他已經要離開了，所以沒有拉開塑膠套。不，克雷只是來道別，並承諾會再次回來。在家中，在屋裡，在他和亨利的房間，克雷看著木盒。晒衣夾是最後一塊零件。黑暗之中，他看著裡頭的東西：從羽毛到代幣、鈔票到晒衣夾，以及黏好拼湊起的凶手地址——當然，還有那個金屬打火機，上面刻著她給他的訊息。

他沒睡，他把燈打開；他重新打包行李箱；他讀書，時間沖刷而過。

剛過三點三十分，他知道凱莉很快就會出門。

他起身，書本放回背包，手拿打火機。他在玄關再次撫摸打火機上刻的字，碰觸那刻入金屬的纖細字體。

他無聲地打開門。

他站在圍籬邊、門廊上。

很久很久以前，他曾跟我一起站在這兒。那是在門口下的最後通牒。

不久，凱莉．諾維出現。她揹著一個背包，身邊牽了登山腳踏車。

他先看見輪胎，或說輪胎中間的鋼絲，才看見那女孩。

她的髮絲飛揚、腳步飛快。

她穿著牛仔褲，和那件常穿的法蘭絨襯衫。

她先望了對面，看見他後，她放下腳踏車，車子躺倒在地，卡到其中一邊的腳踏板，後輪轉不停。女孩慢慢走，而後就這麼站著，站在馬路正中央。

「嘿，」她說：「喜歡嗎？」

她很平靜，卻這麼大聲地喊出這句話。

像一種開心的抗議。

弓箭街籠罩在黎明前的靜謐裡。

至於克雷——他思考了很多想跟她講的話。他想告訴她，想讓她明白，但他只說：「鬥牛士。」

即使隔著一段距離，當她咧嘴而笑，他依舊能看見她沒那麼白、沒那麼整齊的牙齒。最後，她舉起一手，露出他從沒看過的表情，一時之間，她失去言語。

她離開時，邊走邊望著他，看一會兒，再看一會兒。

再見，克雷。

他想像她走過海神路的模樣，然後才去看自己的手，沒點燃的打火機躺在手中。他緩慢而平靜地打開蓋子，火焰竄出。

就這樣了。

在黑暗中，他來到我們每個人的床邊。我直挺挺地躺在床上、亨利邊睡邊微笑、湯米和羅里睡姿一整個荒謬。他最後的善意，專門針對那兩個，也就是從羅里的胸口抱起海克特，放在自己肩上，彷彿另一件行李。克雷在門口放下虎斑貓，牠呼嚕呼嚕叫，就連海克特也知道克雷要離開了。

然後呢？

起先是城市，接著是騾子，這會兒輪到貓咪發言。

嗯，不發言也可以啦。

「再見，海克特。」

但他沒走，還不到時候。

雖然沒待太久，至少也有幾分鐘。克雷等著黎明降臨這條街。黎明時分總是一片金黃、燦爛耀眼。日光爬上弓箭街屋頂，過往浪潮也隨之湧現。

就在那兒、在那個地方，犯錯狂，以及遙遠的史達林雕像。

那兒有個正推著鋼琴的生日女孩。

一片灰暗中，有顆彩色的心，還有飄浮的紙房屋。

這一切降臨整座城市，越過圈圈，越過奔伯羅，於街道升起。等到克雷終於離開，陽光和浪潮一同湧來。起先淹到腳踝，然後高到膝蓋；等他轉過街角，水已漫至腰際。

克雷回頭看了最後一眼，往下一潛，他潛進裡頭，直往外游，穿越過去、奔向那座橋，奔向一名父親。

他泅過閃爍金光的水中。

第 3 部分

城市
+
流水
+
罪犯

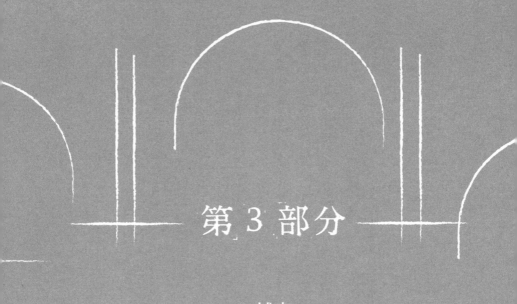

廊道

他就在此被沖上岸。

在樹林裡頭。

好幾年來，克雷想像著這一刻（他覺得自己一定會很強壯，心意堅定，準備齊全），但想像中的畫面都已消失。他只剩這身皮囊。

為了重振決心，克雷動也不動地站著，立於脫了皮的尤加利樹形成的廊道。他感到肺部一緊，如有浪潮迎面來襲。而此刻那片浪只是空氣，他必須提醒自己記得呼吸。

外頭某處，是洪水流及之地。

外頭某處，是凶手潛逃之所。

他不顧睡眠，也不閱讀，遠離市區一隅的住宅區。那就像一條無力的鐵鍊，與一大片無染卻破敗的土地。克雷對這兒一無所知。就他來看，這個地方十分簡樸；鐵軌、土壤，許多空地。這兒有個鎮，叫席佛，噢，不是喔，不是你想到的那個小鎮（那個有狗有老大有蛇的地方）。不是，這個小鎮夾在兩者之間。

小小的房子；整齊的草地。

大河從中蜿蜒而過；乾涸、龜裂、奇形怪狀。這條河的名字很奇怪，不過他喜歡那個名字。

奧瑪哈河。

他在下午抵達，並思考著是否要任憑河流帶著他去見父親，但後來他決定先看看這個小鎮。克雷在加油站買了份摺起來的地圖，走過生鏽的路牌，經過醉漢，以及散落的啤酒罐。他找到一條路，通往西北；他離開了小鎮。

克雷走著，身邊的世界越顯空虛、停滯，似乎有什麼事物正持續湧現，接著又是另一種感受，就這麼朝他而來。他每踏出一步都能感覺到。那股顯而易見的安靜正緩緩接近。空虛感越重，他知道自己就越接近那地方，越接近我們父親那寂寞的家。

就在某處，路上突然出現一條向右轉的岔路。郵筒上標了數字，克雷記得這個號碼，是收在木盒裡的那個住址。他踏上塵土飛揚的車道。

一開始，這條路荒涼而開闊，但幾百公尺後出現一段小上坡，他就這麼來到樹木夾出的廊道。克雷直直往前望去，樹幹看起來像是肌肉壯碩的大腿，如有巨人立於身旁，地上樹皮糾結成團，剝落的長條樹皮碎裂在他腳下。克雷停下腳步，他不會離開。

樹後停著一輛車，但從這邊仍能看到。

是霍頓[1]，長長的紅色方盒。

陽光下，稍遠處可見乾掉的河道後方有一道閘門，門後是棟屋子，那兒有個駝著背的人，眼神與脣線都顯憂傷。

細長的雜草中蘊藏生命力，在石楠花、矮灌木與奔伯羅公園長的那種草之間，浮現橫流的熱氣。此處填滿昆蟲的嗡鳴，聽來激動但睿智，所有語言用的都是同一聲調，毫不費力。

至於克雷……他正在努力思考。他察覺自己心中還有恐懼、罪惡與懷疑。這些感受彷彿三把利刃，分別劃過他的身軀。

這些延宕的工作，他可以處理多少呢？

他會打開那個小木箱幾次呢？打開來，並緊緊握住裡面的每樣物品？

或翻遍背包多少次？

---

1 霍頓汽車，澳洲汽車製造商。

他能拿起幾本書來讀？

他能構思幾封要給凱莉的信，卻永遠沒空動筆？

他抬手擋住向晚的陽光。

「走吧。」

他說出口。

他竟然就這麼說出來了，他自己也嚇了一跳。

「你這傢伙，繼續往前啊。」

克雷，往前走吧。

去吧，告訴他你為何而來，注視他歷經風霜的臉面，以及深深凹陷的無情雙眼，讓這個世界看見你真正的模樣，你——

野心勃勃、固執己見、桀驁不馴。

他想，今日，你不是誰的兄弟。

你不是誰的兄弟也不是誰的兒子。

快去，此刻就行動。

他依言而行。

他並非一開始就是凶手

是，克雷邁開了步伐，繼續前進。但在那天下午，他到底走向了誰？那個人到底是什麼人？從哪裡來的？他做了什麼決定？又做不出什麼決定，讓他成為（或無法成為）某一種人？假使在想像中，克雷的過去隨浪湧來，那麼凶手就像是從遙遠荒地朝浪泅去，而他向來不諳水性。也許，最為清楚的大意是以下情景。

此時此刻，有個男孩走向一座目前只是憑空想像的橋。

彼時那刻，另一個男孩的人生路亦在此終結，跨過更長距離，越過更多年月，這個男孩已是大人。

有時候我得提醒自己。

凶手並非一開始就是凶手。

一如潘妮洛普，他也是遠道而來，只不過他的出發點仍在這塊大陸。同樣寬敞而炎熱的街道，乾燥的黃土地；鄰近野地長了矮灌木和膠樹，人們東倒西歪、無精打采，身上永遠冒著汗水。

在那個地方，大多事物都只有一個——

一所小學、一所高中。

一條河、一個醫生。

一間中餐廳、一間超市。

噢，有四間酒吧。

小鎮遠端有一座教堂，將裡頭的人小火慢燉。穿西裝的男人、穿印花洋裝的女人，穿襯衫短褲還扣起扣子的小孩，他們都巴不得把鞋子脫了。

至於凶手，他小時候想當打字員，跟他母親一樣。她是小鎮上唯一醫生的員工，每天都在診所裡面打字，用那臺鐵灰色的老舊雷明頓。有時她會帶著它回家寫信，並要求兒子提起打字機。「來，秀一下肌肉。」她會這麼對他說：「你可以幫忙拿拿**老達**嗎？」男孩便會微笑著接過打字機。

她戴的鏡框顏色是接待員常用的那種紅。

她胖乎乎的身子端坐桌前。

她的聲線嚴肅，領子硬挺上漿，她身邊的病患個個戴著帽流著汗、穿著印花洋裝流著汗、帶著流鼻水的小孩流著汗。他們坐在那裡，腿上全是汗。他們聽艾黛兒．鄧巴猶如使出刺拳和左勾拳那樣在角落使用打字機。魏勞赫醫生對病人很有耐心，他每回出現，都有如〈美國哥德式〉[2]那幅畫中手拿乾草叉的農民，露出燦爛的笑容說：「艾黛兒，我們下一個要宰的是誰啊？」

習慣使然，她會去看手上的表格。「接下來是埃爾德太太。」無論她喊的是行動不便外加甲狀腺腫大的女子、爛醉的老頭，或膝上有疤、腳上疹子嚴重的小孩，這些人都會一一起身，冒著汗水走過去，開始吐出各式各樣的抱怨。而坐在眾人中央地上的就是那名祕書的兒子，他正在破舊的地毯上蓋高塔。這孩子看過非常多漫畫，因此得知裡頭描寫的罪惡、混亂，還有那本《碰》。學校裡有些長著雀斑、愛欺負人的傢伙，他會避開那些人凶惡的臉，在候診間玩他的太空梭。這是縮小版的巨大太陽系，位於縮小版的巨大小鎮。

這個小鎮叫羽頓——不過這裡並沒有什麼跟鳥有關的事物。雖然，自從他住到靠近河邊的磨坊街，臥室就充滿群鳥聚集的鳴叫（至少在雨季的時候），還有各式各樣鳥兒的嬉鬧與歡笑。正午時分，烏鴉跳下拖車，把死在路上的動物當午餐。傍晚，鳳頭鸚鵡發出尖嚷，炎熱的天空中飛過幾抹黑眼珠、黃頭羽的白色身影。

不管有沒有鳥，羽頓聲名遠播的另有其事。

這裡有農場、有牲畜。

有好幾座深不見盡頭的礦坑。

更重要的是，這裡是火焰的領地。

在這個小鎮，一旦警報器響起，所有男人（和幾名女人）都會穿起橘色連身制服，走進火焰之中。大多時候，他們能夠伴隨著光禿焦黑的景色全身而退，但某些時候，火焰怒吼得比平常更旺盛，也許三十幾個人走進火場，但只有二十八、九個蹣跚回來。人人眼神都很憂傷、都在咳嗽、都很安靜。在那些時候，四肢細瘦的小男孩、小女孩或長者會聽到「孩子，我很遺憾。」或「親愛的，我很抱歉。」

在成為凶手之前，他叫麥可·鄧巴。

母親是他唯一的家長，他是家中唯一的孩子。

你應該看得出來，在很多方面，他幾乎跟潘妮洛普呈現完美對稱，他們相似又相反，那種對稱性彷彿出於設計，或可說是命中注定。她來自遙遠而潮溼的地方，他的家鄉則偏僻且乾燥；他是單親媽媽的獨生子，她則是單親爸爸的獨生女。此外，也就是我們即將見證最了不起的鏡像，最真確的命運對比，她練彈巴哈、莫札特和蕭邦，而他也有為之著迷的藝術類型。

某個春日的休假日早晨，麥可八歲，坐在候診室中，外頭氣溫足有三十九度——門框上的溫度計這麼顯示。

不遠處，老法蘭克聞起來活像吐司，八字鬍裡還沾著果醬。

他旁邊是那個女生，跟他同間學校，叫艾比·亨萊。

她有著柔軟的黑髮、有力的雙臂。

男孩才剛把太空梭修好。

哈蒂先生是這兒的郵差，他卡在門口陷入麻煩。麥可把手上的灰色小玩具留在女孩腳邊，走過去幫忙困擾的郵差。他的站姿彷彿無助的彌賽亞，身後一片恍若地獄的光芒。

「嘿，麥奇。」

他討厭人家叫他麥奇，原因不明。不過這名年紀尚幼的未來凶手擠到門邊，放他進門。他一回頭，就剛好

2 American Gothic。三〇年代的知名油畫，創作者為格蘭特·伍德（Grant Wood）。常受美國流行文化引用。

發現號碼叫到艾比．亨萊。她起身，踩碎地上的太空梭，她似乎穿了一雙很厲害的夾腳拖。

「艾——比！」她母親笑出聲音，稍稍有些尷尬。「妳這樣不太好啦。」

男孩看著這令人傷心的事件上演，閉上眼睛。雖然他才八歲，但早已知道該死的賤貨是什麼意思，也不怕自己產生這念頭。話說回來，這念頭其實毫無建樹——而且他知道這四字成語是什麼意思。女孩笑著，不要臉地說了句「抱歉」，接著走向老魏醫生。

隔著一段距離，郵差聳聳肩。他的上衣掉了一顆鈕扣，位置就在那個拚了命往外凸的肚子上。「已經有感情糾葛啦？」

說什麼笑死人的話。

麥可微笑，低聲地說：「不太算。我覺得她不是故意的。」哼，那個賤貨。

哈蒂繼續逼問。「喔拜託，她是故意的好嗎？」

果醬吐司法蘭克發出奸笑附和，麥可想要轉移話題。「盒子裡面放什麼？」

「小鬼，我才剛送來呢。還是說，我放在這裡交給你來處理？這東西寫說要寄到你家給你媽，不過我覺得應該直接拿過來。你打開吧。」

大門闔上時，麥可又看了一眼。

他懷疑地繞著盒子轉來轉去看，因為他發現自己知道那是什麼，他看過那種盒子。

頭一年，盒子由人親自送到，附上弔唁及一小堆不怎麼新鮮的司康餅。

第二年，盒子擺在門口。

而今年，直接郵寄。

是慈善活動，要送給烈火焚身的兒童。

■

當然，麥可・鄧巴本人並沒有被火燙傷過，但他的人生或許算有。每年春初都是凶猛的野火出沒的時節。這時當地的慈善機構會有些安排，一個叫「最後的晚餐俱樂部」的組織成員會去拜訪火災受難者，無論他們是否親受火焚。艾黛兒和麥可・鄧巴符合受難者的標準，而今年一切照舊，簡直都要變成某項傳統了。那些盒子不但別有含意，還裝滿一堆爛東西，玩偶髒到噁心，拼圖一定會少個兩、三片，樂高人偶缺了胳膊少了腿，有時還沒有頭。

麥可去拿來剪刀，心裡一點也不期待。然而等他拿了回來、剪開盒子、打開，就連法蘭克先生也忍不住要盯著看。男孩拿出某種塑膠製的雲霄飛車，兩邊底部套了算盤般的珠子，有幾個樂高，大的，那種給兩歲小孩玩的。

「現在是怎樣？他媽的他們是去搶銀行了嗎？」法蘭克說。他終於把果醬清掉了。

接下來出現一隻泰迪熊，眼睛剩一隻，鼻子剩半邊。看到沒？被弄得多慘？也許是在某個孩子家中，介於臥房與廚房之間的黑暗走道上弄壞的。

此外還來了一些《瘋狂》雜誌。（好吧，這還不錯，雜誌很棒，雖然每本最後面的回函都用掉了。）

最後這個很怪，這是什麼？

這到底是什麼？

這些人是在開玩笑嗎？

因為那裡面，襯在箱子最底部的是一本月曆，標題是《改變世界的男人》。所以是叫麥可・鄧巴在裡頭挑個新的父親形象嗎？

當然好啊，他直接翻開，一月，甘迺迪[3]。

或四月，埃米爾・扎托佩克[4]。

3 John F. Kennedy：美國第三十五任總統。

五月，威廉・莎士比亞[5]。
七月，斐迪南・麥哲倫[6]。
九月，艾伯特・愛因斯坦[7]。
或十二月，翻開的紙頁上印著那人的簡介與作品。他是個矮小的男子，歪鼻子，隨著時間推移，這人將成為凶手景仰的一切。
是的，那人就是米開朗基羅[8]。
博那羅蒂家的第四個孩子。

那份月曆最怪的地方不在內容，而是它已過期，是去年的。那本月曆大概只是要用來加強箱子的支撐力，而且顯然已有人用過。他翻開當月男士的相片或畫像，上頭的日期多半記了活動或預定的行程。
二月四日：汽車登記截止。
三月十九日：瑪莉亞・M——生日。
三月二十七日：與華特吃晚餐。
不管這本月曆是誰的，他／她每個月最後一個星期五都跟華特吃晚餐。

關於艾黛兒・鄧巴，這名紅著眼睛的助理，有一點需要注意：
她是個實際的女人。
她看了麥可手上裝著樂高和月曆的盒子，皺起眉頭、推推眼鏡。「那個月曆……已經有人用過了？」
「對。」突然之間，他的語調中帶著愉悅。「我可以留著嗎？」
「但那是去年的……好吧，讓我看看。」她翻著月曆，沒有太大反應。或許她想過要去找那個負責寄這個爛慈善箱的女人，但她沒這麼做。她嚥下怒火，將情緒裹在嚴肅而且得宜的聲線中，跟她兒子一樣。她繼續說：「會不會有份月曆的主題是改變世界的女人呢？」

男孩不知所措。「我不知道。」

「那你覺得應該有嗎？」

「我不知道。」

「你很多事都不知道，是不是？」她放軟語調。「這樣吧……你真的想要這東西？」

由於現下他可能得不到這本月曆，導致他真的非常想得到它。麥可以非比尋常的氣勢點著頭。

「好吧。」說著她提出了遊戲規則。「那你必須講出二十四個改變世界的女人，告訴我她們是誰，做了什麼，這樣就可以留著月曆。」

「二十四？」男孩有些憤慨。

「有問題嗎？」

「這裡只有十二個！」

「二十四個。」艾黛兒看來是真的挺開心的。「氣完了沒？還是要改成三十六個呢？」她又推推眼鏡，接著回頭工作。麥可回到候診室，畢竟那裡還有些算盤珠可以撥，另外他還得保護那些《瘋狂》雜誌。女士們得先等等。

過了一會兒，他繞了一圈又回去找艾黛兒，她正在打字。

---

4 Emil Zátopek：捷克斯洛伐克最為著名的長跑運動員。

5 William Shakespeare：英國史上最著名的劇作家。

6 Ferdinand Magellan：葡萄牙探險家，率領的船隊首次環繞地球一周。

7 Albert Einstein：猶太裔物理學家，最著名的理論為「相對論」。

8 Michelangelo：義大利文藝復興時期傑出的通才、雕塑家、建築師、畫家和詩人。

「媽？」

「怎樣，兒子？」

「我可以把伊莉莎白．蒙哥馬利[9]列進名單裡嗎？」

「哪個伊莉莎白？」

那是他每天下午的最愛；他重看了好幾次那個電視節目。「妳知道的，《神仙家庭》（*Bewitched*）呀。」艾黛兒忍不住笑了，使勁敲下一個句點。

「當然可以。」

「謝啦！」

因為忙著跟媽媽交換條件，麥可太專心，沒發現艾比，亨萊回來了。她的手臂痠痛、眼眶有淚，終於離開醫生那塊惡名昭彰的切肉砧板。

如果麥可曾留意到，應該會這麼想：

有一件事我很確定，我不會把妳列進名單。

那瞬間和那架鋼琴的狀況有點像、或學校停車場……如果你懂我意思。這麼說可能有點怪，但，未來他會跟那女孩結婚。

孩子般的手

他靠近那條河。流水停了，整片乾涸，皸裂延伸；河道切穿地表，猶如傷口。

他沿岸邊往下走，注意到幾片零落的樹皮蜷曲在地，彷彿是流水遞來的巨大碎片，帶著稜角與瘀痕。

他的感覺再次改變。

不到五分鐘，他才告訴自己說他不是誰的兒子或誰的兄弟。但當他站在這裡，彷彿站在某個巨人的口中，沐浴在最後幾束陽光裡，那一切與自我有關的雄心壯志都已消逝。如果不是身為誰的兒子，又要怎麼走向父親？不知自己從何而來，又怎麼離家遠走？一個個問題自他身旁爬向對岸。

我們的父親會聽見他到來嗎？

他會走向河床邊的陌生人嗎？

他爬上岸，試著不多想，微微發抖。肩上的背包沉重，手提著的行李箱顫抖，忽然之間，那隻手感覺竟是如此孩子氣。

麥可・鄧巴——凶手。

名字，綽號。

克雷看見他了，他就站在屋子前方，站在暗下的田野間。

他看見他了。我們也遠遠看見了。

男人與女人

這東西一定得交給小小年紀的麥可・鄧巴。

他的決心比誰都強。

---

9 Elizabeth Montgomery：《神仙家庭》中的角色。

他拿到了那本印上偉大男性的月曆——但這是在他請母親出手幫忙，找足二十四個偉大女人之後的事，其中包含艾黛兒本人，他說她是世上最厲害的打字員。

這花了他兩、三天外加一疊百科全書。不過他們很快就找到許多改變世界的女人。

瑪麗．居禮[10]、德蕾莎修女[11]。

勃朗特三姊妹[12]。

（「這樣算三個人嗎？」）

艾拉．費茲潔拉[13]。

抹大拉的瑪莉亞[14]！

這名單沒完沒了！

話說回來，他才八歲，跟每個小男生一樣都有性別歧視，只有男生才能進他房間，只有男人才能掛在牆上。

可我還是得承認——

雖然感覺怪怪的，但很不錯，現實生活中住在那汗流浹背小鎮上的男孩，同時間擁有了另外一組時間軸。麥可獲得最接近父親的事物就是掛在牆上那幾張紙，上面印了由古至今諸多偉大人物。幾年下來，他必然會對那些男人產生好奇心。

十一歲時，他認識了艾伯特．愛因斯坦，查詢了他的生平。關於相對論，他一無所知，他只知道那很厲害。不過他很喜歡印在月曆中間的圖片。那個老人家頂著一個刺蝟髮型，吐出舌頭。十二歲時，麥可會在睡覺前想像自己跟著埃米爾．扎托佩克，這位捷克傳奇長跑選手在高山上進行訓練。十三歲，他則對貝多芬的晚年滿腹好奇，想知道要是聽不見自己彈奏的音符是要怎麼辦。

然後他十四歲——

真正的衝擊來到。那是十二月初，他撕掉釘子上的那一頁。

他在那兒坐了一會兒。

接著又過了一會兒，麥可還是兩眼發直。

「我的天啊。」

那是幾年前的月曆了，他看著最後一頁。未來，他將會有許多早晨與黑夜凝神注視那個巨人，大家比較熟知的名稱是*Il David*，或大衛像，然而此時此刻，這是他第一次看見它。麥可在瞬間做出決定，全心全意這麼讚嘆。等他終於站起身，甚至無法確定自己在那兒待了多久，又花了多久的時間看著大衛臉上的表情——一座正在下定決心的雕像。它堅決；它害怕。

角落還有一張比較小的圖片。是西斯汀教堂中的創世紀，教堂穹頂。

他再次說出口——

「我的天……」

怎麼有人能創作出這樣的作品？

於是他去借了些書。羽頓的公立圖書館和高中圖書館，米開朗基羅的相關館藏總共三本。起先他一本看完再接下一本，後來又同時讀了好幾次。他每晚都看著那些書，檯燈一路亮著到早上。麥可的下一個目標是

10 Marie Curie：波蘭裔法國籍物理學家、化學家，獲得兩次諾貝爾獎。
11 Mother Teresa：阿爾巴尼亞裔印度籍天主教修女及傳教士，二〇一六年封聖。
12 The Brontë sisters：三位親姊妹，且皆為英國著名文學作家。
13 Ella Fitzgerald：美國爵士歌手。
14 Mary Magdalene：耶穌的追隨者。天主教、東正教和聖公會都把她當成聖人。

臨摹其中的一些作品，接著默記，並重新畫出來。

有時他也想知道自己為什麼會產生這樣的感覺。為什麼是米開朗基羅？

他發現自己會一邊穿越馬路一邊默念他的名字。或在心中列出最愛作品，不按特別順序。

半人馬之戰。

大衛像。

摩西像。聖殤。

囚徒們，或者，也有人稱為奴隸們。

最後這一組總是令他萬分好奇，因為這是未完成的作品——是困在大理石中的巨大形體。館藏中有一本《米開朗基羅：一代大師》，書中特別詳細地介紹了那四座特殊的雕像和它的所在地。它們擺在佛羅倫斯的學院美術館，而它們領著眾人走向大衛像，雖然其中有兩尊跑去巴黎。在那明亮的拱頂下，站了一位王子，他是那麼完美，在其身邊簇擁、領著眾人來到他身邊的就是這兩名憂傷而壯麗的囚徒。它們都在掙扎，拚了命地想掙脫大理石。

它們的臉上斑斑點點、都是白的。

它們的雙手困在石塊中。

你一定會注意到它們的手肘、肋骨及飽受煎熬的四肢，全都在掙扎中扭曲了。那是意圖對抗幽閉恐懼的一場角力，爭奪生命與空氣，而遊客川流不息……他們都全神貫注地注視著他：

忠心耿耿、閃閃發光、憧憬與仰望。

其中一人叫亞特拉斯，在圖書館的書中它的圖片很多，從各個角度去拍攝，肩上還扛著大理石稜柱，努力與天體的沉重及廣袤抗衡。他的大理石手臂彷彿起了疙瘩，雙腿必須奮力才能站住。

麥可・鄧巴和大多數人一樣為大衛深深著迷，然而他也喜歡這幾名受盡折磨又美麗的囚犯。有時，他會想起某句臺詞或某個神情，而後寫到紙上。有時，他因此有些不好意思，他真心希望自己就是米開朗基羅，或至少成為他一、兩天。麥可常會清醒地躺在那兒，沉浸在無邊的思緒中。不過他很清楚，他根本晚了好幾個世紀，而且羽頓離義大利也很遠，還有——我認為這部分最棒了，他在學校的美術成績向來不好，十四歲時，美術課甚至不在他的必修之中。

而且他家的天花板是平的，三乘四公尺。

至於艾黛兒，她總是鼓勵他。過去幾年（還有將來的幾年），她為他買了新的月曆和書，世上偉大自然奇觀，和偉大人造奇觀。其他藝術家則包含卡拉瓦喬、林布蘭、畢卡索、梵谷。麥可看了書，也臨摹了畫作。他鍾愛梵谷畫的郵差像（那或許是向老哈蒂致敬？）。隨著時間經過，他從月曆剪下圖片貼在牆上，再次回到學校念美術。他迎來時光，再看時光緩緩流過。

他從未丟掉那第一本月曆；還放在他房間角落。

每當艾黛兒開他玩笑，他就說：「反正我也差不多要出發了。」

「你打算去哪？」

他想起上頭每月一次的晚餐約會，露出最接近會心一笑的表情。「當然是華特家啦。」然後出門遛狗。

「是說，他今晚要煮什麼？」

「義大利麵。」

「又來？」

「我會幫妳帶點回來。」

「別費事了。我會在桌邊睡著的，大概啦。」她輕拍**老大**。

「好吧，但別太辛苦，好嗎？」

「我嗎？」她把另一張紙捲進機器的肚子裡。「不會啦，再寫給一、兩個朋友就結束了。」

他們都笑了，沒有什麼原因，可能只是想笑。

他出門去。

十六歲，麥可的身體長大，髮型也變得不同。

他不再是孩子，不需要費九牛二虎之力才提得起打字機。他有一雙水藍色的眼睛，很好看，他的鬈髮厚實，看起來是個飛毛腿。

此時的他似乎潛力十足。他會橄欖球，或其他大家認為很重要的能力。簡單說就是運動。不過麥可．鄧巴對運動沒有興趣。

他當然加入了學校橄欖球隊，打後衛，表現得很好。他能擋下對手，也向來會去確認那孩子有沒有事。他能突圍，也能讓人得分，自己也達陣。

球場外，讓麥可與眾不同的是他的善良，和他那詭異的專心一意的態度。在找到歸屬前，他應該會過得很辛苦，因為他太懂得表達自己。他的想望更為遠大。麥可想找個能完全理解他的對象。

通常女孩都會自己靠過來，至少運動場上一向如此。她們的行為很好預測，只消看看那些個短裙、鞋子還有她們在賽後豪飲的模樣。女孩嚼口香糖；女孩喝酒。

「嘿，麥奇。」

「喔，嘿。」

「欸，麥奇，我們幾個今天晚上要去亞斯托。」

麥奇沒興趣，因為除了真心喜愛米開朗基羅之外，他還喜歡著三個女生。

首先，是世上最偉大的打字員，候診室裡那位又敲又打的女人。

然後是跟他一起窩在沙發上的澳洲牧牛犬。他們會一起重看《神仙家庭》和《糊塗情報員》。每週他有三晚會去打掃診所，牠就躺在旁邊呼呼大睡，胸口一起一伏。

最後則是英文課坐在他右前方的女生。有點駝背，非常可愛，跟小牛犢一樣乾乾瘦瘦。（麥可希望注意到自己的人是她。）她的眼睛是煙霧般的灰色，這時期她總穿著綠色格子制服，頭髮長到後腰。

候診室中的太空梭殺手看起來不一樣了。

那天傍晚，他牽著紅毛牧牛犬走去市區，狗兒名叫小月。因為母親把小狗帶回來的那天，他家房子籠罩在滿月下。

灰黃色月光下，牠躺在後院棚架的地上，男孩正在父親的工作檯上畫圖。有時男孩會使用畫架，那是艾黛兒送他的十六歲生日禮物。牠翻身仰躺在草地，在他摩挲牠肚子時對著天空露出微笑。「小妞，快過來。」然後牠會走過去。這麼多個月以來，他一面渴望一面素描、一面渴望一面畫人像、一面渴望一面畫風景，牠一直在他身邊。那些作品，還有艾比・亨萊。

在這個小鎮上，天色向來是慢慢緩緩地暗下，他能感到黑夜遠道而來。他會看到她出現在前方，她的身軀像某種筆觸，長長的黑髮像某種痕跡。

無論走哪條路進城，男孩和狗都會去高速公路一趟，站在一面面圍欄旁邊。

小月靜靜等待。喘著氣、舔著唇。

麥可放下雙手，擺到帶倒鉤的圍籬網上。他往前傾身，看著遠方的建築物，屋頂上刻有深深的波紋。

只有幾盞燈亮著。

電視閃動著明亮藍光。

每晚離開之前，麥可都會站在那兒不動，想將手放在狗狗的頭上。「小妞，過來。」而牠便會走過去。

小月過世之後，他才終於穿過圍籬。

■

可憐的小月。

那是個平凡無奇的下午，學校剛下課。

小鎮沐浴在大把陽光中。

牠躺在靠近後方臺階的地方，腿上是一條棕伊澳蛇。蛇也死了。

麥可只能說聲「我的天啊」，加快腳步趕過去。他繞到後院，聽見書包落地發出的刮擦聲，他跪倒在地，跪在牠身邊，他永遠忘不了那片炎熱的水泥地、狗兒散發的溫暖氣息、他把頭埋在牠薑紅色的毛中……

「天啊小月，不要……」

他懇求牠至少喘口氣。

牠沒有。

他乞求牠翻身微笑，或快跑到碗旁邊，或者蹦蹦跳跳、東踏西走地等待一大把乾飼料。

牠沒有。

眼前只有屍體，一具下顎張開、雙眼圓睜的死屍。麥可跪倒在後院陽光下。男孩、狗，和一條蛇。

稍晚，艾黛兒回家前沒多久，麥可抱著小月越過晒衣繩，把牠埋在一株木香樹邊。

他做了兩個決定。

首先，他挖了另一個洞（往右幾尺）把蛇放了進去，讓朋友與敵手肩並肩。再來，那晚他將跨過艾比·亨萊家的圍籬，走向傷痕累累的前門，以及不停閃藍光的電視。

那天傍晚的公路旁，他身後是那座小鎮，那些蒼蠅，及失去小狗的傷痛。沒有牠喘氣的聲音，身旁一片空洞。然而，除此之外，還有另一種感覺，是一股甜蜜而反胃的感受。他終於辦到了。他終於踏出新一步。

啊，還有艾比，她就等同一切。

麥可沿路一直阻止自己去踩帶有倒鉤的圍籬，只是此刻他真的忍不住了。他的生命彷彿只剩這幾分鐘。他嚥下口水，走向那扇門。艾比．亨萊將門打開。

「你好。」她說。夜空中滿是星斗。

噴過頭的古龍水。

雙臂火燙的男孩。

他活在一個什麼都過大的國家，穿著過大的上衣，兩人就這麼站在滿是雜草的屋前小徑。家裡其他人正在屋內吃實惠牌冰淇淋，上方的鐵皮屋頂彷彿鬼祟朝他靠近，而他正搜索枯腸，想找個有趣的話題，他是找到話題了，但不怎麼有趣。

麥可盯著她的脛骨說：「我的狗今天死掉了。」

「我才在想你怎麼會自己一個人，」她露出微笑，稍稍有些傲慢。「所以我是替代品嗎？」

她偷襲他！

他繼續說。「牠被咬了。」他頓了一下。「牠被蛇咬了。」

不知怎麼，那個停頓改變了一切。

麥可轉頭望向越來越深的夜色。短短幾秒內，女孩的態度從自以為是變得堅忍高潔。她站得更靠近，幾乎到了他身邊，跟著去看同個方向。兩人貼得好近，幾乎要碰到彼此的手臂。

「在蛇接近妳之前，我就會把牠撕成兩半。」

自此，他們兩人形影不離。

他們看著幾年前的情境喜劇（那已經播太多次了），屬於他的《神仙家庭》，還有她的《太空仙女戀》。他們窩在河邊，或沿公路離開小鎮。在他們眼前，世界似乎放大了。他們去打掃診所，拿魏勞赫醫生的聽診器聽彼此的心跳；他們檢查彼此的血壓，直到手臂差點爆掉。他在後院的小屋畫她的手、腳踝、她的腳掌。畫到臉時，他猶豫了。

「喔拜託，麥可……」她笑出聲，手落在他胸口。「你沒辦法畫出我嗎？」

他有辦法。

他有辦法找到她眼中的煙灰色澤，她天不怕地不怕、帶著譏誚的微笑。

即便在紙上，她好像也正要開口說話。「就來看看你多厲害……不然你換手畫啊。」

某天下午，在公路邊的農舍，她接受了他。她用一箱課本擋住臥室門，牽著他的手，幫他搞定一切：鈕扣、髮夾，然後躺下。「過來。」她說。於是他感受著地毯和體溫，肩膀、背後，和後腰。太陽晒著窗戶與書本，寫到一半的作業散落一地。還有呼吸，她的呼吸，以及墜落感，就是這樣。再加上害羞。他別過頭，又被她轉回來。

「看著我，麥可，看著我。」

他照做。

這女孩，她的髮絲，以及那煙灰色。

她說：「你知道嗎？」胸壑淌流汗水。「我甚至沒說一句抱歉。」

麥可看著她。

在她身下，他的手失去知覺。

「為什麼要說抱歉？」

她笑著。「你的狗，還有……」她幾乎要哭出聲。「……還有那天早上我在候診室踩壞那架……太空梭之類的東西。」

麥可・鄧巴也許這輩子都會把手縮在那裡。他震驚不已、嚇到無法動彈。「妳記得？」

「當然。」她說。這時她是對著頭上的天花板說話。「你不懂嗎？」一半的她掩在陰影裡，不過有陽光晒著她的腿。「我那個時候就愛上你了。」

凶手的家

剛經過乾涸的河床，克雷跟麥可・鄧巴在黑暗中握手，他們的心跳在耳中鼓譟，這整個國家正在冷卻。有一瞬間，他在心中想像那條河。河水噴湧，發出了些讓人分心的嘈雜，讓他們有話題可聊。

該死的，那些水哪兒去了？

稍早，他們一見到面就仔細檢視著對方的表情，而後低下頭。等到靠得比較近後，才又多看彼此一眼。腳下的地面似乎充滿活力。

天色終於暗下來了，但周遭依舊沒有聲音。

「我可以幫你拿袋子嗎？」

「不用了，謝謝。」

父親的掌心極度溼黏，眼神也緊張，眼睛眨個不停，他垂著頭，步伐疲倦，聲音聽起來像是很少講話。克雷聽得出來，他太清楚那種感覺。

他們走向屋子，坐到屋前臺階。凶手有種陷下去的感覺，他的上臂撐開，捧著自己的臉。

「你來了。」

是，克雷心想。我來了。

如果換成別人，應該已經伸出手來拍拍父親的背，然後說沒事了。

不過他做不到。

他只有一個念頭，這念頭在腦中不停來回。

我來了、我來了。

在今天，這樣就已足夠。

等到凶手終於回神，他們已經在那兒坐了好一會兒才進屋。越是靠近那棟房子，它看起來就越是令人不安。

生鏽的排水溝槽、斑駁的油漆。

致命的野草團團將屋子包圍。

月光明亮，灑在眼前破敗的小徑。

屋裡有奶油白的牆面，瀰漫著彷彿炸開似的空虛感。這裡的一切都散發孤獨的氣息。

「喝咖啡嗎？」

「不用了，謝謝。」

「那茶呢？」

「不用了。」

「吃點什麼嗎？」

「不用。」

他們默默坐在客廳。茶几上堆滿書本、期刊，以及造橋的計畫。父子兩人一同陷進一張長沙發。

老天。

「抱歉……有點嚇到了吧？」

「沒事的。」

他們相處得真是不錯。

■

終於，他們又站起來。他帶著男孩逛了一圈屋子。

其實沒花多久，就只是搞清楚該在哪裡睡覺，以及洗手間的位置。這挺實用。

「你整理一下行李，然後沖個澡。」

臥室裡有張木頭書桌，克雷把每本書都擺上去，把衣服收進衣櫥，坐到床上。他只想再一次回到家中，就算只是穿過那扇門他都可能會哭出來。又或者跟亨利一起坐在屋頂上，或看著羅里搖搖晃晃走過弓箭街，背上揹著這整個街區的每一個信箱……

「克雷？」

他抬起頭。

「過來吃點東西。」

他的肚子大聲吵鬧。

他傾身向前，雙腳站定不動。

克雷抱著那個木盒，拿起打火機，看著**鬥牛士**，以及新拿的晒衣夾。

基於各種原因，克雷動彈不得。

——這時還動彈不得，但快要可以動了。

整條海岸線吹著夜晚的南風

艾比．亨萊當然不是刻意要毀了他。

這只是其中一根稻草。

不過這件事引發其他事件，結果產生更多巧合。接著在許多年後，才有了這些男孩，還有這個廚房——有這些男孩，還有這股恨意。如果沒有那個先一步離開的女孩，這些都不會發生。

沒有潘妮洛普。

沒有鄧巴家的兒子。

沒有橋，也沒有克雷。

若談起麥可和艾比，好多年前，一切都是如此坦白與美好。

他愛她，以手中的色彩與線條愛她。

他愛她，更勝米開朗基羅。

他愛她，更勝大衛像，以及那些痛苦掙扎的囚徒們。

他和艾比畢業的成績都很好，拿到的分數足以進城念書。他們握有那些能讓人逃亡及做夢的數字。走在大街上，總會有人很奇怪地來拍他的背。說個幾句恭喜之類的。

不過有時也會得到淡淡幾句鄙視，像是「你到底為啥想離開？」的質疑。男人最愛這樣，尤其是年紀大的。他們的臉面已然老成，眼睛因陽光而瞇起。他們會撇著嘴這樣說：

「所以你要進城是嗎？」

「是，先生。」

「先生？你他媽的現在還沒進到城裡啦！」

「靠！呃，抱歉。」

「別被他們變成王八蛋知不知道？」

「什麼？」

「你聽見了，別讓他們改變你。不要像其他那些離開的混帳，永遠不要忘記你是哪裡來的，知不知道？」

「知道。」

「也不要忘記自己是什麼人。」

「好。」

毫無疑問，麥可・鄧巴來自羽頓，是個混帳，但是也有變成王八蛋的可能。重點在於，從來沒人這樣對他說：「別胡搞瞎搞，不要幹出被人叫成凶手的事。」

外頭世界那麼大，有著無窮可能。

聖誕假期時他收到結果。艾比告訴他說，她會站在郵筒旁邊等。他幾乎能描繪出那一幕。

一望無雲的廣闊天空。

她的手撐在屁股上。

在這個距離海邊差不多十萬八千里的地方，她晒了二十分鐘的太陽才回到躺椅和海灘陽傘下。艾比打開保冷箱，吃了幾根冰棒。老天，她真的得離開這裡。

小鎮上，麥可把磚頭扔給鷹架上的傢伙，然後再扔給另一個人。在上頭更高的地方，有人把磚頭疊好。於是鎮上有了新酒吧，目標客群是礦工、農民以及未成年者。

午休時間，他走路回家，而後看見自己的未來：一張摺起來的紙，從不要的郵件專用的桶子探出頭。

他不顧那不祥的預兆，就這麼打開信封，露出微笑。

麥可打給艾比，艾比正因為跑過小徑而氣喘吁吁。「我還在等啊！該死的小鎮，它就是要多留我一、兩個小時。我都知道，它只是想要處罰我。」

那天稍晚的時候他在工作，她跑來站在他身後。麥可回頭看了一眼，嚇到把手上的磚頭給掉了，磚頭落在身體兩邊，他轉身面向她。「如何？」
她點點頭。
她笑了，麥可也笑了，他們一直笑到有個聲音卡到他們中間。
「欸，鄧巴，你這沒用的傻子！我他媽的磚頭呢?!」
艾比喊回去，非常有存在感。
「好詩！」
她咧嘴一笑，然後離開。
幾個禮拜後，他們真正的離開。

是，他們打包行囊、搬進都市，四年簡單而無憂的幸福時光，該如何概括說明呢？若說潘妮・鄧巴擅長用片段小事來講述整段時光，那麼以下的片段就是他唯一記得的部分，都是些零散碎片。
他們開了十一小時的車，直到望見破曉的天際線。
他們停在路邊注視那長長的天際線，艾比站在引擎蓋上。
他們繼續往前，一路開到天邊，直到自己也成為天際線的一部分。女孩正努力取得貿易學位，麥可則主修繪畫與雕塑，在一群天才之間勉力求生。
他們都打工。
一人在俱樂部端盤子，另一人在建築工地出賣勞力。
晚上，他們躺到床上，躺在另一個人身邊。
有犧牲一些的，也有得到一些的。
季復一季。
年復一年。

偶爾，也會有這樣的下午。他們去海邊吃炸魚薯條，看海鷗像變魔術那樣現身，猶如跳出魔術師帽的白兔。他們吹著不停歇的海風，每一陣風都與上次不同；他們也感受著溼熱感壓下的重量。而有時，他們就只是坐著，等待巨大如航空母艦的烏雲飄來，然後在雨中奔跑。

這裡的雨一如這座城市，整條海岸線都吹送夜晚的南風。

慶祝過紀念日，也過完生日後，有相當特別的一回。她送他一本書，美麗的精裝書，燙上金銅色字體，書名叫《採石人》。麥可整夜沒睡，都在看書，而她就睡在他腿上。每回他闔上書頁前，都會翻回最前面，翻到作者的生平簡介以及書頁中間、簡介下方那段她寫的文字：

致麥可．鄧巴

我在世上唯一超級、超級、超級愛的人

艾比

無須多言，沒過多久他們就回家結婚。當時還是春天，屋外烏鴉嘎嘎叫不停，牠們有如陸上的海盜。教堂第一排長椅，艾比的母親喜極而泣。

她父親以穿舊的無袖汗衫換得一套西裝。

艾黛兒．鄧巴坐在好心醫生身旁，嶄新的藍框眼鏡後方是一對閃閃發光的眼睛。

艾比哭了一整天。她一身白色洋裝，外加溼漉漉的煙灰色雙眼。

麥可．鄧巴，這名年輕人，牽她走進陽光之中。

幾天後，他們開車回去，但在路邊稍停，因為那條河真是太棒了，散發著些許瘋狂氣息，激烈地衝向下游。那條河有個怪名字，不過他們很愛，叫奧瑪哈河。

他們躺在河邊，在某棵樹下，她的髮絲搔得他挺癢，而他不會動，永遠都不會。艾比對他說她想再回來這裡，麥可說：「當然了。我們會賺大錢，蓋房子。之後只要我們想要，就能回來。」

這兩人是艾比和麥可・鄧巴。

他們是最快樂的兩個混帳，他們有離開的膽量。

而且，他們對將面臨的一切一無所知。

大眠

那是漫長的一夜，克雷的思緒喧騰騷動。

他起來上廁所時發現凶手半陷在沙發裡，書本和圖表壓著他往下沉。

克雷在他身邊站了好一陣子。

他看著凶手胸前的書和圖表，那座橋出現在他毯子上。

到了早上……其實也不算早上，都是下午兩點了。克雷在床上醒來，他覺得煩躁，陽光晒到他的喉頭，就像海克特壓在那兒。在這個房間裡，太陽的存在感如此強大。

他爬起來，完全慌了手腳。不對，不對，他在哪兒？克雷跌跌撞撞衝到玄關，跑出去。他穿著短褲站在門口……我怎麼會睡這麼久？

「嘿。」

凶手看著他。

他繞過屋子側邊，向這裡走來。

■

他穿好衣服，而後兩人坐在廚房。這次他吃了東西。舊爐子上有個單色時鐘，時間剛從兩點十一分跳到十二，他已吃掉幾片麵包外加好幾顆凶手煮的蛋。

「繼續吃，你會需要體力的。」

「什麼意思？」

凶手咀嚼不停，坐在桌子對面。

他知道什麼克雷不知道的事嗎？

的確如此。

那天早上，臥室傳來吼叫。

克雷邊睡邊大喊我的名字。

睡了一個太久，我落後了。克雷繼續吃東西，不由自主這麼想，他將不顧一切掙脫束縛。

那些麵包、那些話語……「不會再那樣了。」

「什麼？」

「我不會再睡那麼久了，我幾乎不睡覺的。」

麥可露出微笑。是，那是麥可。

難道過去的命運再次開始轉動了嗎？或者說，事情只是這麼順其自然地發生？

「克雷，沒關係的。」

「才不是沒關係，啊——該死！」

他急著要站起來，倉促之間膝蓋撞到桌底。

「克雷……拜託你！」

這是他頭一次仔細注視眼前的面孔。那是年紀大些的我，只是那雙眼中沒有火。其他的地方，包含那頭黑髮，就連疲憊的表情都一模一樣。

這次他好整以暇拉開椅子，但凶手抬起一手。「等等。」

可是克雷已經準備要走了，而且不只是要離開這間廚房。

「不了，」他說道：「我……」

那手又舉起來；那隻長滿老繭，傷痕累累的手，那雙屬於工人的手。他揮了揮，彷彿要掃開生日蛋糕上的蒼蠅。「噓，你覺得外頭怎樣？」

他的意思是：

是什麼讓你來到這裡？

克雷只聽見蟲鳴，單調不變的音符。

還有那個念頭：他想做件大事。

他站起來、抵著桌子，說了謊。「沒有什麼理由。」

凶手沒有受騙。「不，克雷，一定有什麼原因讓你來到這裡，但你很害怕，所以才來這裡，跟我坐在一起。因為這樣比較容易。」

克雷站直身子。「你到底在講什麼鬼？」

「我要說，沒關係的……」話講到一半，凶手慢慢緩緩地打量他，他看著這個他無法碰觸也無法了解的男孩。「我不知道你昨天在樹林裡站了多久，不過一定是有什麼原因，你才會走出來……」

老天。

因為意識到這件事，克雷渾身發燙。

他看見我了，那一整個下午。

然後，凶手說：「留下來吧，還有，多吃點。因為明天我得讓你看，你得看看那些東西。」

扎托佩克

至於麥可和艾比・鄧巴，我想此時我們應該這麼問：

對他們來說，真正的幸福是什麼？

真相是什麼？

最真的真相？

就從那些作品說起吧。

沒錯，他畫得很好，往往是非常美的。他能捕捉那些面孔，對事物也有獨到的觀點。他能將那些畫面呈現在帆布或紙張上。不過他也知道，比起身邊的同學，他努力得更多。他們總是畫得更快，而他真正的才能只展現在一個領域，那同時也是他十分依賴的事物。

他擅長畫的是艾比。

有好幾次，他幾乎要放棄藝術學院。

只是每回思及必須回她身邊、承認失敗，他就沒有那麼做。於是麥可沒有休學，靠著出色的作業和曇花一現的才華，想辦法待了下來。他總是努力要將她畫進背景，也總有人說：「嘿，這部分我喜歡。」那些耐心、那些自曝其短，都只為她。

為了期末作品，麥可找到一扇廢棄的門，在門的兩面畫了她。其中一側，她的手伸向門把，另外一面的她則正要離開。進門之時，她是一名青少女，穿著學校制服，纖瘦而柔軟，一頭長髮；門後的她將要離去，腳踏高跟鞋、鮑伯短髮，看起來一本正經，她回過頭看著身後的一切。收到打分時，麥可早知道會寫著什麼。而他想得沒錯。

門相當老哏。

技巧純熟，但僅止於此。不過我得承認這讓我想認識她。

我想知道這之間發生了什麼事。

無論這兩張圖之間的世界發生什麼事，你都知道，這個女生就算走到另外一邊也不會出什麼問題，尤其，再後來他就不在她身邊了。

婚後，他們回到城裡，在胡椒街上租了間小房子，位在七十三號。艾比在銀行工作（那是她投的第一份履歷），麥可到建築工地上班，同時也在車庫裡面畫畫。

裂痕出現得這麼迅速，真是令人吃驚。

甚至還不到一年。

有些事變得極為明顯，比方說生活中的一切都是她的主意。

租哪間房、要用滾黑邊的餐盤。

他們會去看電影，是她的主意，不是他。當她的學歷推著她飛速前進，他一如既往地待在那兒，停留在建築基板上，她則充滿生命力，而他……他就只是普普通通地活著。最開始的那個故事就是這麼劃下句點。

某天晚上躺在床上的時候，她嘆了口氣。

他抬起頭。「怎麼了？」

她說：「不該是這樣的。」

就這樣，他們從「跟我說說」走到「我沒辦法再教你這些」再到「妳這是什麼意思？」然後是她坐起身，說：「我的意思是，我沒辦法把什麼都教給你。我沒辦法拉著你跟上我的腳步，你得自己把事情弄明白。」

麥可十分震驚，這些句子彷彿炸彈，她說話的態度卻如此平靜。這時窗外漆黑一片。

「怎樣？」

「我們在一起這些年，你好像從來沒有真的……」她停下來。

她吞了一小口口水，準備好說出口：「主動。」

「主動？主動什麼？」

「我不知道，所有事情吧。住哪裡、做什麼、吃什麼、要去哪裡、什麼時候去、怎麼去……」

「天啊，我……」

她坐得更挺了。「你從來沒有拉著我向前走，從來沒給我那種感覺，你從來沒讓我覺得你一定要跟我在一起。你讓我覺得……」

其實他不想知道。「覺得怎樣？」

她放輕了語調。「覺得我好像硬把家鄉某個男孩拖下床……」

「我……」但他說不出別的了。

只有「我」一個字。

我，還有空無。

我，還有陷落，還有掛在椅上的衣服。但是艾比還沒說完。

「或許每件事都是這樣的，如我所說……」

「每件事？」

這瞬間，整個房間有如被人密密縫合，需要蠻橫扯開。「我不知道。」她坐得更挺，再次鼓起勇氣。「要是沒有我，你可能會繼續待在老家，身邊就是那些滿嘴『王八蛋』、穿著藍色吊嘎的傢伙……之類的。你搞不好還在掃那間狗屁診所，把磚頭扔給其他也扔磚頭的傢伙。」

他嚥下自己的心，以及一堆絕望。「我去找妳了。」

「那是因為你的狗死了。」

這句話狠狠打擊到他。「那隻狗的死……所以妳忍這件事忍很久了，一直很想『管他去死』直接說出口嗎？」（這句話真的沒有雙關的意思。）

「我沒有，我只是突然想到而已。」這時她交叉起雙臂，但沒有把自己遮住，她很美，赤裸裸，鎖骨是那麼的挺。「也許那件事打從一開始就鯁在那裡。」

「妳是在嫉妒一隻狗嗎？」

「我沒有！」他又搞錯重點了。「我只是……我只是不懂你為什麼要花好幾個月才來敲我的門。你都在那邊看了那麼久！你是希望我主動……你希望我主動朝你跑過去。」

「可是妳沒這麼做。」

「當然沒有……我不能……」她不太知道眼睛該放哪裡，便決定看著前方。「老天，你真的不懂對不對？」最後一句話猶如喪鐘。事實是那麼安靜、那麼殘酷。有一會兒，這一切使她變得軟弱。艾比躺回他身上，壓到他頸側的臉頰簡直像石頭。「我很抱歉。」她說：「我真的很抱歉。」

也不知道為什麼，但他繼續揪著這個話題。

或許是為了迎接即將到來的重挫？

「告訴我。」他的聲音聽起來既乾又沙。剛剛丟到他身上的那些磚頭，他每一塊都吞進肚裡。「告訴我，我該怎麼做？」

呼吸這門技藝好像突然成了奧運決賽項目，他需要埃米爾．扎托佩克！他在哪裡？為什麼他沒有學那個捷克神經病一樣訓練自己呢？身懷此等耐力的運動員肯定有辦法撐過這種夜晚。

但麥可有辦法嗎？

他又開口求她。

「妳告訴我，我會改。」

「但重點就在這裡。」

艾比的聲線平靜，就在那兒，墜落在他胸口，不焦慮、不費力。

她沒想改，也沒想叫他改。

「也可能什麼問題都沒有，」她說。「可能就是那樣。」她劃下句點，說：「或許我們就只是不適合吧。我們觀念不一樣。」

他最後倒抽了口氣，總算開始呼吸了。

「但我……」他停住了，話也講不完。「那麼……」

「我知道你愛我。」她心生同情，可這種同情太過殘酷。「我也一樣。但或許那並不夠。」

於她而言，結束這段關係是有點心痛。他則是只能臥床，淌血至死。

奧瑪哈河

那天晚上，克雷因為白天睡了太久太沉，以至於跟前晚一樣翻來覆去，慘兮兮。他盯著木盒，回想早上在門口的對話。

濺上圍欄的牛奶。

我脖子上的動脈。

他看見阿基里斯、湯米和羅里。

以及凱莉。

當然，他一定會想著凱莉和那週六。她會去圈圈嗎？他好想好想知道，但永遠不會問她。接著他突然一頓、徹底醒悟，終於不得不承認……

克雷站起身，靠向前方書桌。

你不在了，他想。

你離開了。

破曉之後沒多久，凶手也醒來。他們踩在河道上，彷彿在馬路上行走。兩人出門，往上游去。

起初坡度平緩，河床隨高度爬升。

幾個小時之後，他們攀上看來垂頭喪氣的巨大礫石，拉著柳樹與赤尤加利樹的枝條。無論坡度是陡是緩，流水威力隨處可見，這點倒是未曾改變。河的兩岸長得有點像馬鞍上的肚帶，過往氾濫的痕跡清晰可見。

「你看這個。」凶手說。他們進入林木蓊鬱的區域，陽光有如光梯，高高架入陰影中，通向四面八方。克雷踩到一棵連根拔起的樹，它披著苔蘚、披著樹葉。

還有這個。他想著。

身側有一塊龐然巨石，彷彿遭人驅離。

他們就這樣又爬了半天，午餐是在一塊懸岩上吃的。花崗岩材質，長條狀。兩人打量四周。

凶手打開他的背包。

水、麵包和橘子、起司與黑巧克力。傳過來、遞過去，但沒再多說什麼。不過，克雷很確定他們腦中轉著差不多的念頭：他們想著那水，還有河水展現出的力量。

這就是我們要對抗的事物。

經過一個下午，他們走回下游。時不時會伸出手拉對方一把。兩人往回走，在黑暗中、河床上，卻沒有人說話。

然而，這時候當然該說點話。

若有什麼適合開口的時機，那就是此刻了。

但也可能不是。

不算是。

畢竟還有太多疑問、太多回憶。可是兩人之中總得有人帶頭，理所當然，凶手先出聲。既然你想找人合作，就該由你採取行動。那日，他們一起走了許多里路，於是他便看著克雷問道：

「你想造一座橋嗎？」

克雷點頭，但別開了視線。

「謝謝。」麥可說。

「謝什麼？」

「謝謝你來。」

「我不是為你來的。」

是因為家族羈絆，標準的克雷作風。

艾比的畫廊

我想，俗話不假，即便在艱難的時日，也不時會有美好時光（與超美好的片刻）。就各種層面而言，他們分手時也是如此。依舊有那些個週日早晨，她會要他在床上念書給她聽，會不刷牙就親吻他，而麥可只能舉手投降，開開心心念著《採石人》。他會先以手指撫過那些字句。

而她會說：「他去研究大理石和石雕的地方……再告訴我一次那裡的名字？」

他會小聲回答說——

那是一個名為賽堤亞諾的小鎮。

或者她會說：「再念一次囚徒們的部分。」

那是在第二百六十五頁——

「他們狂亂而扭曲，不成形、不完整。然而他們依舊巨大，頗有紀念意義，而且似乎會永永遠遠這麼奮戰下去。」

「永永遠？」她翻身壓到他身上，親吻他的腹部。她一直很喜歡他的腹部。「是不是印錯了？你覺得呢？」

「我覺得是故意的。他賭我們會認為那是弄錯了……不完美嘛，就像囚徒們那樣。」

「嗯。」她會親了又親，吻遍他的肚皮，再往上親到肋骨。「我喜歡你那樣。」

「哪樣？」

「為了深愛的事物去奮戰。」

但他無法為她奮戰。

至少不是以她希望的方式。

講句實在話，艾比．鄧巴沒有半點惡意。只是隨著時間經過，美好時光越來越少。每過一天，這件事就更加清晰：他們將分道揚鑣。說得更白一點就是：她在改變，他卻一如往常。艾比從來沒有針對他，也沒有攻擊他，事態只是變得棘手、變得懸宕不定。

回首過去，麥可還記得那幾場電影。他記得有幾次，在週五晚上，整間戲院都放聲大笑；他記得自己笑了，但艾比卻淡然地作壁上觀。而當所有觀影者陷入死寂，艾比卻會對著某些祕密笑點露出微笑。只有她，以及那片大銀幕。要是他能夠在她笑的時候也笑出聲，說不定他們就會好好的。

他叫自己不要這麼想。

這太荒謬。

電影和爆米花之類並不會增加分手的可能性，不是嗎？不對，整體而言應該比較像是某種集大成：兩個一同前行的人最後走不下去，漸行漸遠。他們的故事就是這樣的一部暢銷電影。

有時她會邀同事來家裡。

他們的指甲都很乾淨。

無論男女。

他們與建築工地之間有非常遙遠的距離。

麥可也在車庫裡畫了一堆作品，因而手上要不是粉粉的，就是卡了一堆顏料。他喝的是熱水壺煮出來的咖啡，而他們喝的則是機器泡的。

至於艾比——她的頭髮越剪越短，臉上微笑公事公辦，到最後，她非常勇敢——她決定離開。她一如往常碰碰他的手臂（跟這些年來一模一樣），她打個招呼、說句話、開他玩笑、對他眨眼，但那一切越來越沒說服力，麥可心裡非常清楚。接下來，他們將分床睡。

「晚安。」

「我愛妳。」

「我也愛你。」

然而他常常爬起來。

麥可會去車庫畫畫，只不過他的雙手他媽的沉重，像有水泥凝結其中。他常會帶上《採石人》讀個幾頁。這書像是某種藥方，每字每句都能撫平傷痛。他會邊讀邊畫，直到雙眼痠疼地看著身旁那副真跡，再看著自己。

他，還有博那羅蒂。

這裡的藝術家就那麼一個。

要是他們能吵個架就好了。

或許就是因為沒吵架。

也許只要能有一點變化……

或者再多整理一下。

不對，其實一切都很簡單清楚。

對艾比．鄧巴來說，她的人生方向變了。她曾愛過的男孩已經遠遠落在身後。她曾因為他畫她而陷入愛河，如今那些畫作只是條安全索。他能畫出她洗碗時的笑容，或她站在海邊，背後有人在衝浪板上乘風破浪。那些畫依舊討人喜歡又饒富含意。但是，曾經畫中只有單純的愛，現在則是愛與匱乏。是思舊，是愛與失去。

後來，在某一天，她話說著說著，就這麼戛然而止。

她輕輕地說：「好丟臉……」

郊區幾近靜默無聲。

「太丟臉了，因為……」

「因為？」

這種狀況越來越常發生。而他並不是真的想聽。所以他轉身背向她的答案。麥可站在廚房的水槽前。

她說：「我想，或許你愛的是畫中的我……你把我畫的比真正的我更好。」

陽光閃爍。「別說那種話。」可是在當下，他已然死去。他非常確定。水是灰色的，點點灰濛。「千萬別再說那種話。」

結局到來時，她是在車庫裡告訴他的。

他站在那兒，手中拿著畫筆。

她的行李已打包好。

他應該把每幅畫留起來。

她一臉抱歉，聽他問那些無意義的問題。為什麼？是有了別人嗎？那個教堂、這座小鎮……這一切都沒有意義嗎？

但即便在那時、即便應該無比憤怒，麥可卻只感覺到屋頂上懸著幾許悲傷的細絲。它們隨風飄揚，蛛網般擺盪，是那麼脆弱，而且非常、非常無足輕重。

屬於艾比的畫廊佇立身後，注視整齣戲上演。有她微笑、跳舞的畫。她赦免他的罪，她吃、她喝、她躺在床上，赤裸裸地伸展身體。而他眼前這名女子，未上油彩的這位，不斷解釋。他其實沒什麼好說，也沒什麼可做。那一整分鐘的道歉全為了這一切。

他的倒數第二個請求是一個問句。

「他在外面等嗎？」

艾比閉上眼。

然後是一個反射動作，就像這樣：

茶几上，畫架旁，那本《採石人》封面朝上。他伸手拿起書，遞了出去。她竟收下了那書，這滿奇怪的。或許，她這麼做只是為了多年以後讓男孩與女孩可以追尋這本作品。可以收藏、可以閱讀，並為之深深著迷。他們會躺在床墊上，待在被人遺忘的田野間，蜷縮於整座城市都遺忘的角落。而一切的一切，都由此展開。

她接過書本。

她拿在手上。

她輕吻著指尖，再押上書封。她非常難過，但也非常勇敢。她帶著那本書離開，門在身後闔上。

而麥可……

在車庫裡，他聽見引擎聲。

是別人的引擎聲。

麥可頹然地倒在濺染油彩的凳子上，對著身邊畫作上的那名女孩說了聲「不」。引擎聲越來越響，隨後飄遠，最後完全消失。

好一段時間，麥可就這麼坐著。他很安靜，不停顫抖，而後靜靜地、默不作聲地哭了起來。他的眼淚悄默而零碎，落在旁邊那些畫布的臉上，但是接下來他就冷靜了。麥可縮著身體躺在地上，那些再也不是艾比．鄧巴的艾比．鄧巴，各種形貌的她。那一整個晚上她都看著他。

加爾橋[15]

接下來的四、五天，這對父子產生某種日常慣例，有了某種小心翼翼、肩並著肩的夥伴關係。有點像是甫開戰的拳擊手。沒人想冒太大的風險，心中擔憂會遭一擊倒地。尤其是麥可，他特別想打安全牌，不想再來一次「我不是為了你來」的狀況。那對誰都沒好處，不過也可能只有他不喜歡。

週六是克雷最想家的一天。他們沿著河道往下游走（不是上游）。時不時，克雷嘗試開啟對話。

一開始只講簡單的話題。

凶手有工作嗎？

他到底在這裡住了多久？

隨著話題慢慢深入，或說話題慢慢令人感興趣……

他到底在等什麼？

他們什麼時候才要動工？

造橋工作延期了嗎？

這讓他想起凱莉，還有那個麥安德魯。問問題反而會阻礙她。就他的狀況而言，阻礙他的是他們的過去。

畢竟他曾是深愛著故事的男孩，以前的他更會問問題。

大多早上，凶手會走到河岸邊站定。

他可以這麼站上好幾小時。

15 位於法國，是古羅馬時期建造的輸水系統。

而後他會進屋讀書，或在活頁紙上寫些東西。
克雷會自己出門。
有時他跑去上游，那兒有一堆石頭。他會坐在石頭上，想念大家。

週一他們會進城採買食物和用品。
兩人會走過河床，走過那乾枯的河床。
他們會搭上紅色的車子。
克雷寄了封信給凱莉，也給家裡人寄了封信，收件者是亨利。第一封裡頭仔細說明發生什麼事，第二封就是那種寫給兄弟的內容。

嗨，亨利，
目前一切都好。
你怎麼樣？
替我問候其他人。

克雷

他記得亨利建議他買支手機，這時想想似乎挺適合的。是說，他的信看來更像簡訊。
他很想在信封寫回信地址，但最後決定只寫亨利的收件訊息。只是……要告訴凱莉嗎？他不知道。他不想讓她覺得非回信不可。又或許，他只是怕她不回信。
到了週四，一切都不一樣了。或者至少那晚有所不同。克雷自願坐到他身邊。

他們在起居室裡，麥可默不作聲，只是謹慎地瞥了一眼。克雷坐在地上，靠近窗邊。一開始，他正在讀她給他的最後一本書。克勞蒂・柯比真是慷慨。這時他看起了橋的簡史，那是他最常打開的一本。書名不太吸引人，但他很喜歡書的內容。**《世界上最偉大的橋》**。

起先很難專心，但經過半小時後，他臉上出現第一個微笑，因為他看見了自己最愛的那座橋。

加爾水道橋。

偉大二字也不足以形容這座橋有多偉大。因為這座橋不只是橋，同時也是排水道。

它由羅馬人所建。

或由惡魔所建，如果你相信這種說法。

他看著橋身的拱型構造，下層六個巨大拱型，中層十一個，上層還有三十五個。他露出微笑，漸漸連嘴角都在上揚。

他發現自己笑了，趕緊確認一下周遭狀況。

真險。

凶手差點就看見了。

週日晚上，麥可發現克雷站上河床，正好在河流截斷道路的地方。他站在後頭，說：「我得離開個十天。」

他的確有工作，就在礦坑裡面。

位於開車向西六小時處，遠遠超過那座叫羽頓的古老小鎮。

他說話時，下沉的太陽看來懶洋洋，十分遙遠，樹木投下拉長的陰影。

「你可以回家待十天，也可以待在這裡。」

克雷站在那兒，面向地平線。

空中彷彿陷入激烈的對戰，沾染一片殷紅。

「克雷？」

男孩轉身，他第一次讓凶手看見一些同志情誼，或說一部分的自己。他實話實說：「我不能回家。」此時冒這風險還太早。「我不能回家，現在還不行。」

麥可從口袋掏出某樣東西，充作回應。

那是一本房地產宣傳手冊，上面印有土地、房子和橋梁的照片。「給你。」他說：「拿去看看。」

那橋很美。簡樸的支架，橫向的圍欄，直立的木杆，就在他們站的地方。

「是這裡嗎？」

他點點頭。「你覺得如何？」

克雷沒理由說謊。「我很喜歡。」

凶手一手撥過頭上的鬈髮，揉揉一隻眼睛。「這條河毀了它，那是我搬來後沒多久的事。在那之後，這裡就幾乎沒下過雨。已經有好一段時間都是這麼乾。」

克雷朝他走近一步。「有剩下些什麼嗎？」

麥可指著那幾段嵌入地面的木板。

「就那些？」

「就那些。」

遠方天空還染著紅色，恍若無聲地流著血。

他們回到屋內。

踏上臺階時，凶手問：

「馬修？」然而這句話比較像是遞到他面前，不是對著他講出來。「你睡著的時候很常叫他名字。」他猶豫片刻。「老實說，每個人的名字你都喊了，還有其他人，但有個名字我從來沒聽過。」

是凱莉，克雷心想。不過麥可說的是鬥牛士。

他說：「第五場的鬥牛士？」

但那已經夠了。

不要亂下賭注。

克雷對他露出那個表情，凶手於是領悟。他回到一開始的那個問題。「馬修說你不能回去？」

「不是，不算是。」

其他的話也不需要多說了。

麥可．鄧巴都知道。

「你一定很想念他們。」

克雷很氣他，氣在心裡。

他想著兄弟、後院，還有晒衣繩上的夾子。

他看著他說：「你就不想嗎？」

那天還早的時候（大約是快三點吧），克雷就注意到了凶手的身影。他站在他床邊。克雷想，不知道這有沒有讓他想起些什麼，就像他一樣。上回凶手那樣站著，是在一個很糟的夜晚，那晚他離開我們身邊。起先他以為是有人闖進來，但他很快就能視物。無論在哪裡，他都能認出這個劊子手的雙手。他聽見那壓低的嗓音——

「加爾水道橋？」

聲音很輕，非常輕。

所以他終究還是看透了他。

「那是你最喜歡的橋嗎？」

克雷吞了口口水，在黑暗中點頭。「是。」

「其他的呢？」

「雷斯堡的石橋，朝聖者之橋。」

「這樣就是三座橋。」

「是。」

「你喜歡衣架[16]嗎？」

衣架。

這座城市最大的橋。

也是家中最大的橋。

那是另一種橋，高聳於路面之上的拱型金屬橋。

「我喜歡那小妞。」

「橋是女的嗎？」

「對我來說是。」

「為什麼？」

克雷瞇起眼，又睜開。

潘妮——他想著。

潘妮洛普。

「總之她就是。」

這為什麼還需要解釋？

慢慢地，凶手退開，他回到房子裡，對他說：「那，回頭見。」就在那充滿希望又隨性的一刻，他又補了一句。「你知道加爾橋的傳說嗎？」

「我得睡了。」

他媽的，他當然知道。

到了早上，在空蕩的屋子裡，克雷在廚房停下腳步。他看見了，就在一張紙上，以黑色的粗炭筆繪出——

他任由自己的手指撫上紙面，碰觸著它。

造橋計畫最終版：第一次草稿。

他想到了凱莉，想到拱型構造，接著又被自己的聲音嚇了一跳。

「那座橋就是你。」

五個年頭、一架鋼琴、共同接力

他睡在車庫裡，就這麼躺在地上，就這麼過了五年，直到這一切降臨。

有件事情讓他爬了起來。

那架鋼琴，還有。

---

16 雪梨海港大橋，暱稱衣架。

搞錯的地址，還有。

午後的陽光。

有個女人帶來音樂和兩本史詩，那麼麥可．鄧巴還能怎麼做？

就目前的情況看來，他這個第二次機會算是幸運。

不過……好吧，在那五個年頭之中究竟發生了什麼事呢？

他顫抖著手，簽下正式文件。

他完全停筆了，什麼也不畫。

他打算回到羽頓，但也記得那晚所聽見，一路竄過他後頸的那句話。

——搞不好你還會繼續待在老家。

接著他便感到一陣羞恥。回了家，身邊卻沒有那個女孩。

「她去哪了？」人們會問。

「發生什麼事了？」

「什麼？」

不，他永遠都不會回去。八卦會自己長出腳，但不代表他想聽。光是聽到她的想法就夠糟了。

這些對話老是出現在他面前，無論是晚餐吃到一半，或是刷牙的中途。

「她離開他？」

「可憐的傢伙。」

「嗯，也不是說發生這種事有多令人意外……她那麼野，而他呢……好吧，他的動作一向不是很快，對吧？」

不行，最好還是待在城裡，最好還是待在這屋子裡，捕捉她日漸淡去的氣息。畢竟永遠都有工作可做，市區正在發展，永遠都能喝上一杯，一個人在家裡喝，或跟鮑伯、斯派羅和菲爾一起。這些人都是同事，不是有了老婆小孩，就是一無所有，跟他一樣。

只有偶爾拜訪母親時麥可才回到羽頓。他去看母親參加一些小鎮常辦的活動，擺攤賣蛋糕，澳紐聯軍紀念日遊行，週日跟魏勞赫醫生打草地滾球。麥可很高興，他覺得那才是人生。

他告訴她艾比的事，她沒多說什麼。

只是把手放在他手上。

她多半是想起了自己的丈夫，那個走進火場的人。沒人知道為什麼有些人走進火場卻沒能離開。是不是跟其他人相比，他們沒那麼想離開？畢竟，麥可．鄧巴對艾比從無二心。

接下來是那些畫，那些他再也沒辦法多看一眼的畫。

她的形貌會讓他胡思亂想。

她在哪裡？

她跟誰在一起？

最大的誘惑是，麥可會去想像活生生的她跟其他男人在一起的樣子，一個更好的男人。但細節可以不用。他希望自己沒這麼膚淺，他想說那種事並不要緊。但其實很要緊。它們觸及他心靈深處。麥可不想觸碰那些地方。

有個晚上……大概過了三年吧。他把畫作拖到車庫一角，拿床單把它們全都遮住，像是藏在簾幕後的一段人生。即便終於搞定一切，他還是有些無法抗拒。麥可朝裡頭看了最後一眼，掌心撫過最大的那幅畫。畫裡的她站在沙灘，手上抓著鞋子。

「你就做吧。」她說：「都拿走。」

但那裡早就什麼都不剩。

他再次拉上床單。

剩下的時間漸漸流逝，他緩緩被城市吞沒。

他走路、他開車。

他除草。他是個好孩子，好房客。

他怎麼會知道……

他怎麼會知道，兩年後會有個女孩的父親在歐洲某公園長椅上死去？或那個女孩移民到這裡？他怎麼會知道她將懷著愛與絕望買下一架鋼琴，琴沒送到她家，卻送來給他？而她會因此站在胡椒街中央，旁邊立著沒用的鋼琴三人組？

就許多意義上來說，麥可從未離開那個車庫的地板。我常會忍不住這樣想像：

他蹲在地上，然後站起身。

遙遠的車水馬龍聲如大海。他就這麼睡去長長五年。我想著這件事，翻來覆去地想。

快起來啊，立刻就給我起來。

去那女孩和那鋼琴旁邊。

如果你不去，我們就都不會存在，沒有五兄弟、沒有潘妮、沒有父親也沒有兒子。此刻最重要的就是讓它發生，把它完成，並且帶著它能跑多遠、就跑多遠。

第4部分

城市
+
流水
+
罪犯
+
拱型

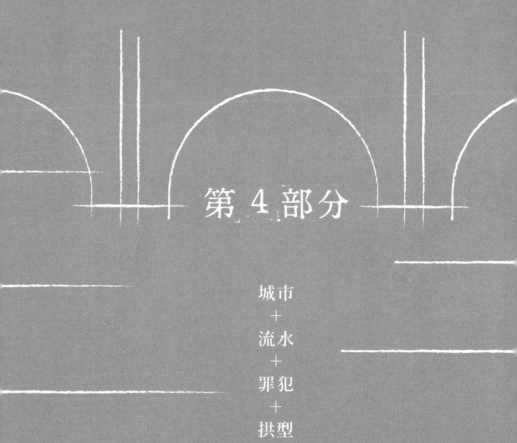

克雷那疊

那個星期一，麥可天還沒亮就已離開。克雷在廚房中看著那張草圖，他做了早餐，隨後走進起居室。凶手的筆記、圖表和資料在茶几上堆成七疊，有幾疊比較高，每疊最上面都有標題。各擺著石頭、釘書機或剪刀，避免資料飛散。他慢慢地讀著每個標題。

原料

市議會

鷹架

舊計畫（棧橋）

新計畫（拱橋）

河流

以及

克雷

克雷坐下。

他任由沙發吞沒自己。

他用吐司屑拼出凱莉的名字，接著伸手去拿寫了**鷹架**的那疊。

就這樣，他看了一整天。

他沒吃東西，也沒上廁所。

他只是讀著、看著，企圖參透麥可．鄧巴心中的那座橋，那是由炭筆和短鉛筆寫出的一團亂，特別是**舊計畫**那疊，共有一百一十三頁（他數過了），充滿木材成本、技術和滑輪系統，及前一座橋垮掉可能的原因。

新計畫總共六張紙，是前一晚上的產物。那一小疊的第一頁只有一件事，而且寫了好幾次。

加爾水道橋。

接下來的幾頁上滿是素描和手繪圖，還有一排釋義。

拱脊和拱石。

起拱和架棚。

拱冠和拱頂石。

以及過去大家的最愛，比方垛臺與跨度。

簡單說，拱脊是標準石塊，拱石則經過修整，以搭出拱型。起拱是拱型與墩交界的壓力點。不知為何，他的最愛是鷹架，那是用來搭建拱型結構的模型，是一種彎曲的木頭結構。鷹架會先撐著建物，之後再移除，這是每個拱型都要面對的測試，也是橋梁是否存活必須的測試。

接著是**克雷**。

他的視線離不開**克雷**的那一疊。他讀著其他資料，過程中，視線飄過去好幾次。一想到要把那疊拿起來他就很興奮，但也有點退縮。那疊的紙鎮是把生鏽的舊鑰匙，下面只有一張紙。

克雷終於看了那張紙，此時已經入夜。

他拿開鑰匙，鬆鬆地握在手心，再翻過那張寫了標題的紙，看到下面寫著：

克雷——

看舊計畫的第四十九頁。

祝你好運。

麥可・鄧巴

第四十九頁。

該頁解釋了壕溝的重要性，那道壕溝必須橫越四十公尺寬的河床，因為一切工程都必須在基岩上進行。文章指出，如果是頭一次造橋，那麼你應該要比專家建議的更加謹慎，以確保沒冒任何風險。上頭甚至還有草圖：四十乘二十公尺。

他看了那段話好幾次，直到想通才停下。

四十乘二十。

天曉得深度得挖多少。

我應該先看那一疊的。

克雷少了一整天可以挖洞。

他迅速研究了一下。鑰匙可以用來打開屋子後面的小屋，克雷在裡頭發現那把鏟子，安安靜靜地擺在長椅上。他拿起鏟子，看看四周，鶴嘴鋤和手推車也在附近。

他走出小屋，終於在傍晚最後一道餘暉中來到河床。河床上以亮橘色噴漆框了一圈做記號。由於克雷在屋裡待了一整天，以致沒能注意到。

四十乘二十。

他走向院子邊緣，心裡想著這件事。

克雷蹲下，又起身，他看著月亮升起，但沒多久就有事情找上門。他半露出微笑，又想起亨利，和他替他倒數的模樣。

克雷離家在外，孤身一人，他過往所有訓練都匯聚於此。又過了三秒，就是此刻。鏟子，以及片片相接的土地。

他們生下我們之前的人生

鄧巴家過往歷史的潮汐中，他們（麥可，和潘妮洛普）之所以有交集，當然是始於那架鋼琴。而我也該告訴你們，這一切對我來說一直頗為神祕。比方開始約會的時間點，或讓他們以為從此幸福快樂的瞬間。父母在一起的每個時光，他們生下我們之前的人生對我來說大概都很神祕吧。

在那個陽光燦爛的下午，在這座城市，他們推著那架樂器走過胡椒街，以眼角瞥了對方幾次，搬鋼琴的工人吵吵鬧鬧。

「欸！」

「怎樣啦？」

「你知道吧，你可不是來這裡耍帥的。」

「那是啥意思？」

「意思就是給我用力推！往這裡推！白痴，這邊啦！」

其中一人偷偷對另一人說：「我們竟然還得忍他，這點工錢哪裡夠，是吧？」

「我瞭，門都沒有。」

「快點幹活！那女孩出的力比你們兩個加起來還多！」接著，鋼琴右邊的人對潘妮洛普說：「欸，妳會不會正巧在找工作啊？」

她溫和一笑。「喔，謝謝了，我已經有不少工作了。」

「看得出來，完全不像那兩個沒用的……欸！這裡啦！」

然後此時，就在此時，她的眼神看過去。那位七十三號的先生對她擠出盡在不言中的微笑，隨即又收起笑容。

■

等他們到了公寓，鋼琴也在窗戶旁邊就定位，麥可・鄧巴沒有停留。她開口問他，希望能送他些什麼當作感謝，一杯紅酒，或一罐啤酒，或伏特加（她真的這麼說了嗎？）然而他什麼都沒聽見。他說了再見就離開。不過，她發現他在聽——她試彈了一串音符。鋼琴還是需要調音。

他站在外面那排垃圾桶邊。

她起身想看個仔細，但他已經離開。

接下來幾週，絕對有點什麼在醞釀。

搬鋼琴之前，那兩人從未見過彼此。但這時，他們無論走到哪裡都會碰面。若是他拿著衛生紙在沃爾沃斯超市等著結帳，就會看到她排在隔壁櫃檯，提著一袋橘子和一包霜福餅乾[1]。收工後，當她回到胡椒街，就會看到他正好下車。諸如此類。

就潘妮洛普而言（這讓她覺得不太好意思），她常會在這區閒晃，只為經過他家前面幾秒鐘。他會在門口嗎？廚房的燈會亮嗎？他會走出來，邀請她進去喝杯咖啡或茶或隨便什麼的嗎？當然，不是只有她這樣，很久以前麥可也會帶著小月散步，就像那時在羽頓鎮上一樣。即使潘妮坐在鋼琴前面，也常想確認看看他會不會又站在垃圾桶旁邊。

至於麥可，他很抗拒。

他不想再次陷入愛河。的確，那都很美好，但也會毀了你。他在廚房裡想著潘妮洛普、那架鋼琴，以及揮之不去艾比身影的門廊。他看見另一名女子的雙臂，看見她指掌間的愛意，幫忙推著樂器前進……但他無法不去找她。

此時是四月，幾個月後，潘妮終於穿上牛仔褲和襯衫。

她走過胡椒街。

天色昏暗。

她告訴自己這太荒謬。她已經是個女人，不是女孩。她跋涉了好幾千里才到這裡，她曾踩過顏色深如酒水的廁所地板。水深及踝，所以這沒什麼，這根本不能比。她當然可以走向前去，敲響某個男人的門。

當然可以。

所以她就這麼做了。

「你好，」她說：「嗯，我是在想……你還記得我吧？」

他很安靜，燈光也挺暗，他身後就是門廊的那塊空間，然後又出現了，那個微笑又來了，瞬間浮上表面，接著再次消逝。「我當然記得……就是那架鋼琴。」

「沒錯。」她越來越慌，嘴裡說不出一句英文，什麼句子都說不出來，這大概是個小小懲罰吧。她必須先想好母語怎麼說，再想辦法拼湊出自己要的句子。總之，她還是說出來了。她邀請他來家裡，要是他喜歡鋼琴，她可以彈給他聽。她家有咖啡、有葡萄吐司、有……

「有霜福嗎？」

「有……」為什麼會這麼害羞？「有，我家有幾包。」他記得，他都記得。

他都記得。可是，儘管他這樣提醒、告誡自己，仍然忍不住露出微笑。這簡直像是那些戰爭電影（好笑的那種），無助的倒楣士兵掙扎爬上牆，翻到另一邊。他們愚蠢笨拙，但滿心感激。

麥可．鄧巴屈服了。

「我很想過去聽妳彈琴。琴送來那天，我只聽到幾個音。」接著，過了一會兒，很長的一會兒。「那……

---

1 Iced VoVo：澳洲人最喜歡的餅乾，夾心部分包括粉色軟糖、木莓醬和椰子粉。

妳要不要進來坐坐？」

他家裡瀰漫某種氣氛。親切，同時也令人不安。潘妮洛普說不太上來是怎麼回事，而麥可可以。因為那是他曾經擁有、但已消逝的人生。

他們在廚房裡自我介紹。

他示意她坐下。

他發現她在看他的手，那雙粗糙且沾滿粉末的手。於是就這樣開始。他們在餐桌前坐了好一段時間，至少三小時。這是張充滿刮痕又溫潤的木桌，他們配著牛奶和餅乾喝茶，他們聊胡椒街和這座城市，聊工地以及清潔的工作。只要她不再擔心自己的英文，講起話的流利程度其實很令他驚訝。畢竟，她有太多事情要告訴他了。

關於新的國家，關於見到大海。

關於南國給的驚嚇與畏懼。

他問起她的故鄉，問她怎麼來到這裡，潘妮洛普摸著自己的臉，撥開眼前一綹金髮，那道浪緩緩遠去。她想起那個蒼白的小女孩，女孩聽著書本中的故事，一次又一次；她想到維也納，還有那好多好多個上下鋪。不過，她多半是在講那架鋼琴，以及窗戶看出去的那方冰冷而荒涼的世界。她聊到那個男人和他的山羊鬍，他不帶情緒的關愛。

她非常輕緩也非常平靜地說：

「我跟史達林的雕像一起長大。」

夜色漸深，他們各自講起自己的故事，講到兩人為什麼來到這裡、從哪裡來。麥可講到羽頓，他談起大火、礦坑以及河畔鳥群的鳴叫，他沒提到艾比，還沒提到，可是到處都能瞥見她的身影。

相較之下，潘妮洛普常覺得自己不該繼續，可是卻又冷不防冒出那麼多想說的話。她提到蟑螂，說牠們有多恐怖。麥可聽了不禁大笑，很是同情。而紙房子則讓他驚訝地微微勾起嘴角。

等她起身離開，早就超過午夜了。為了自己講個不停，她認真致歉。麥可．鄧巴回答：「別這麼說。」

他們站在水槽邊，他在洗杯子和盤子。

潘妮洛普擦乾杯盤，但沒離開。

她心中有些什麼正在竄起，而他似乎也是一樣，在荒蕪多年的心中。他們未曾接納過這個小鎮，不曾在此好好生活。他們從未這麼大膽、這麼積極，這件事只有他們彼此清楚。但放在眼前的真相是這樣的，情況就是必須這麼發展。

不再等待、不再彬彬有禮。

他們的野性自心中傾巢而出。

沒有多久，他就承受不住了。

這樣悄靜的折磨他一秒也忍不下去，決定勇敢前進。他伸出手、賭一把，而且他還滿手泡沫。

麥可抓住她的手腕，冷靜而堅定。

他不知道自己是怎麼做到的，也不知道為什麼，但他另一手摟上她的臀部，想也不想直接抱著她、吻了她。她的手臂溼了，衣服也溼了，襯衫上有一塊溼掉的痕跡。他用力抓著她的衣料，手握成拳。

「天啊，我很抱歉，我……」

而潘妮洛普．勒丘什科給了他此生最大的驚嚇。

她拉起他溼透的手攤到襯衫下方，在同一個位置，但並未隔著布料。對他說了一句來自東方的話語。

「*Jeszcze raz.*」

非常輕，也非常認真，幾乎是不苟言笑，好像這座廚房就是為此而生。

「那個意思是，」她說：「再一次。」

雙手流血的男孩

這天是星期六（在凶手回歸的時間線上大概只到一半），克雷從屋裡往外走，天色才剛入夜。

他一半的身體還有點彈性，一半十分僵硬。

他的雙手起了水泡。

他整個人快要爆炸。

他已經獨自從星期一挖到現在。

河床基石的深度就跟他擔心的一樣，根本還深不見底，有些時候，即便只是往下挖個幾寸都非常辛苦。有時他會想，搞不好永遠挖不到底。何況，石頭本就會給人疼痛。

等到克雷完成，他完全想不起哪幾天他進屋睡了幾小時，哪幾晚他通宵工作。克雷往往是在河床上醒來。

他花了點時間才搞清楚這一天是星期六。

此刻是傍晚，不是清晨。

他無比喜悅。他的雙手灼燙、鮮血直流。他決定再看那座城市一眼。克雷只帶走非常輕便的幾樣東西：木盒，和他最愛的那本橋之書。

他在疼痛中沖澡，在疼痛中換衣，並且就這麼跌跌撞撞地衝進鎮上。就那麼一次，他有些動搖，想回頭看看自己的成果，但他只做了這件事。

他坐在大路中間，感到整個國家都在身邊歡欣鼓舞。

「我做到了。」

就那麼四個字，字字都有灰塵的味道。

他在那兒躺了一陣子，地面搏動、繁星閃爍。接著，他強迫自己邁開腳步。

有如山腰上的滑雪者

她踏出胡椒街七十三號的頭一晚，那時他們就說好了，他走路送她回家，改天去她家拜訪。他們約在星期六下午四點鐘。

路上黑暗且空曠。

他們沒多說什麼。

他登門回訪，刮了鬍子，帶著雛菊。

她花了點時間才彈到鋼琴。彈琴時他就站在身邊，等她彈完，他的手指便搭在最右邊的琴鍵上。

她點頭，示意他讓手指落下，按下琴鍵。

而鋼琴的最高音階十分善變。

若是按得不夠用力，或力道不夠正確，聲音根本出不來。

「再一次。」她說，並露齒而笑，她非常緊張，他們都很緊張，不過這次他成功了。

那韻味稍稍有點像莫札特的指法。

或像蕭邦、巴哈的運腕。

這次輪到她。

有些猶豫、有點奇怪，但她吻了他的後頸，吻得非常輕、非常柔。

然後他們吃起霜福餅乾。

就這樣吃光了每塊餅乾。

當我想著這些事，回憶我們聽來的一切，特別是克雷聽過的一切，不禁揣想：到底哪件事才是最重要的？

我認為是這個——

在那之後六、七個禮拜，他們碰面，輪流作東，在胡椒街上來來回回地走。對麥可．鄧巴而言，潘妮洛普的不同之處和她的金髮，每次都讓他情緒翻湧。他吻著她，嘗到了歐洲的滋味，同時也品嘗著「非艾比」的滋味。每次他起身要走，她就會抓住他的手指，他則感受到身為難民是什麼心情，那是屬於她的感覺，而他感同身受。

在七十三號的臺階上，他終於告訴了她。

那是週日早晨，一個溫和的陰天，臺階感覺涼爽。他說他之前結過婚，然後又離婚，對方叫艾比．鄧巴。還有，他有時會躺在車庫地板上。

一輛車，還有個騎腳踏車的女孩經過。

他告訴她自己曾被擊垮，自己一個人勉力活著、撐過一段時間。他其實很早就想見她了，早在她來敲他家門的那晚他就想見她，但他沒有辦法，他再也無法冒險，他很害怕會像之前那樣墜落。

妙的是，我不禁想到他們接下來如何對彼此坦承。

我們幾乎什麼都承認了，而且每件事情都很重要。

麥可・鄧巴只保留兩件事。

其一，他也能創造趨近絕美的事物（亦即那些畫作），但他不會承認。

以及第一點的延伸，雖然他不會承認，在心中陰暗的深處，他並沒有那麼害怕再次被誰拋下。他比較害怕的是有人覺得他不是最好的，麥可從艾比身上感受到的就是這樣，他那一度擁有但已消逝的人生。

然而話又說回來，他還有什麼選擇？

這世界的邏輯是由囉唆的鋼琴搬運工人說了算。這是一個命運之神會挺身干涉的世界，祂晒得焦黑，又十分蒼白。老天，就連史達林也摻了一腳，那他怎麼可能拒絕？

或許真的由不得我們決定。

我們以為可以，但其實不行。

我們在這一區到處跑步。

我們經過那個特別的門口。

要是我們敲下一個琴鍵，卻沒有發出聲音，我們會再按一次，因為我們必須這麼做。我們必須聽見些什麼，我們希望自己沒有搞錯。

事實上，潘妮洛普從沒打算來到這裡。

我們的父親根本不該離婚。

但他們就是在這兒了。踩著完美的步伐，合宜的姿態，走向特定的路線。他們的倒數已經開始，就像山腰上的滑雪者。為了此刻，他們出發。

傳統主義者

他人在席佛車站，看著夜班火車逐漸靠近的燈光。

遠遠望去，燈光彷彿緩緩移動的魔法火炬。

而車廂裡面就是天堂。

空氣涼爽，座椅溫暖。

他的心臟像顆破損的零件。

他的肺猶如蠟製。

他輕輕躺下，睡著了。

週日早上，剛過五點，火車開進那座城市。有個男人把他搖醒。

「嘿，小子……小子，我們到了。」

克雷嚇了一跳。他想辦法站起來，儘管整體狀況不佳（頭痛得要命，拿背包時身體也痠痛無比），他還是辨認得出那股牽引的力量。

他朦朦朧朧感覺到家的存在。

在心中，他已經到家了。他看著弓箭街的世界，他在屋頂上，他看見凱莉的房間。或者在屋子後頭，他看見圈圈，他甚至聽見我們家客廳播放的電影。但不行，他真的必須提醒自己，他不能回家，尤其不能這樣回去。

弓箭街的世界得稍微等等。

所以克雷邁開步伐。

他發現自己動得越多就越不會痛。因此他巡過整座城市，走到希克森路，而後一路來到橋下。他倚著斜牆，火車從頭頂上「格登格登」駛過。港口是那麼藍，他幾乎無法直視。肩膀上方有整齊的鉚釘，巨大的灰色拱型隱隱靠近。

他心想，那當然是一艘船。

他斜著身體，極力想要離開。

下午時分，他終於做到了。克雷走過環形碼頭，經過幾個小丑，一名吉他手，一把傳統的迪吉里杜管[2]。那雄赳赳的渡輪對他招手。熱薯條的氣味差點嗆死他。克雷搭上火車，在市政廳轉車，算了算停靠站數，繼續向前走。他要去賽馬區，必要的話，他甚至可以爬過去。至少他還有個地方可去。

他登上山頂、抵達那處。許久以來，這是他第一次好好看了墓碑。

潘妮洛普・鄧巴
擁有許多名字的女子——
犯錯狂、生日女孩、
歪鼻新娘，及潘妮。

2 Didgeridoos：澳洲原住民的傳統樂器。

每個人都愛她
尤其是鄧巴家的男孩

他看著看著，不禁蹲了下來。

最後一段讓他露出一個大大的微笑。我們這位兄弟臉朝下趴伏在地，獨自一人在墓碑前待了很久。他靜靜地流淚，哭了將近一小時。

這些日子來，我常常想起這件事，並希望我就在那裡。畢竟我接下來揍了他一頓，將他打倒在地，因為他犯下的罪過狠狠懲罰他。我希望我能知曉這一切。

我會拉著他的手，輕聲地告訴他。

我會跟他說：克雷，回家吧。

鋼琴上的彩繪

就這樣，他們將結為連理。

潘妮洛普·勒丘什科，和麥可·鄧巴。

如果單看時間，花了將近一年七個月。

另一種單位比較不好衡量。那便是一整車庫的肖像畫，以及鋼琴上的彩繪。

是一個右轉，一場車禍。

再加一個形狀，血液畫成的幾何圖形。

那段期間，我們多是匆匆一瞥。

時間縮減到僅幾分鐘的片段。

有時這些片段很分散。比方冬天那時，她去學開車。或者九月，她花了好幾個小時彈鋼琴。一整個十一月，他笨拙地嘗試學她的母語，接下來十二月和二月，直到四月，他們至少去了兩、三次他成長的小鎮。那個地方滿是汗水，非常炎熱。

在這些時刻之間他們當然看了幾部電影（他沒確認她笑了沒），而她發現自己愛上了影片。這些東西也許是她最棒的老師。若是電視上播起電影，她就會錄起來練習英文。八〇年代的電影，從《E.T.》、《遠離非洲》到《阿瑪迪斯》，與《致命的吸引力》。

她繼續讀《伊利亞德》和《奧德賽》。他們觀看電視上的板球比賽。（賽事真的有辦法打上整整五天嗎？）以及無數艘飽經風雨的渡輪駛過鑲白邊的燦亮水面。

同樣也有些令人質疑的時刻。每當她看著他迷失在自己的思緒中（那個他堅持不放手的區域），那塊「不是艾比」的區域再度成為廣袤而荒涼的原野，她則會在他身邊呼喚他的名字。

「麥可！麥可？」

而他會嚇一跳。「怎麼了？」

他們曾有快吵起來或微微惱怒的時刻，也都感覺到彼此將要爆發。只是，每次她以為他會說「別來找我、別打給我」，他就會搭著她的手臂，弭平數個月來她心中的恐懼。

然而那樣的時刻有時也不會立刻結束。

他們會停下來，然後徹底大爆發。

潘妮在生命中最後幾個月告訴了克雷這些事。那時由於嗎啡的藥效，她情緒高張、渾身發熱，非常渴望能把一切講得盡善盡美。她印象最深刻的是其中兩次，都在晚上，剛好走到他們相識十二個月的時候。

在潘妮洛普心中，它們的片名是：

《終於對我坦承的那夜》。

以及《鋼琴上的彩繪》。

那天是十二月二十三日，平安夜前夕。

第一年，他們一起在麥可的廚房吃飯。才剛吃完，他就對她說：

「來，我有東西要給妳看。」

他們走進車庫。

奇怪的是，他們認識的這幾個月來她從未踏進這裡。他不走側門，直接從前方的鐵捲門進出。鐵捲門運作時發出火車般的噪音。

他打開車庫裡的燈，拿掉床單做的簾幕，潘妮不禁讚嘆。懸浮的灰塵中，數不清的帆布繃在木質畫框中。有些很巨大，有些不過手寫板大小，每張畫上都是艾比。有時是女人，有時是女孩，有時看起來很淘氣，有時穿著正式。她的頭髮通常及腰，有幾幅畫裡面頭髮則切齊肩線。她會攬起髮絲，可總是充滿活力，而且永遠不會離你太遠。於是潘妮洛普明白了，只要看見這些畫一定能理解，無論畫下這些肖像的是誰，那人的感受都非常深刻，遠超過畫布所能傳達，存在你眼前的每一筆畫之中，以及那些沒有落下的筆畫之中。帆布繃得精準，失誤便更顯刺眼，好比她腳踝上的一滴紫，或有如浮空在臉側的一隻耳朵，與她的臉隔了一公釐。

可是重點不在畫作完美與否。

只在於一切精確無比。

其中最大的那幅畫，她的雙腳沉入砂中，攤開的掌心遞出一雙鞋。潘妮覺得自己彷彿可以開口跟她要來。她看著畫時，麥可坐在敞開的門口，後背抵牆。等到潘妮看夠了，她在他身邊坐下，兩人膝蓋手肘相觸。

「艾比．鄧巴？」她問。

麥可點頭。「本姓亨萊，現在姓什麼我就不清楚了。」

她感覺自己的心跳到了喉頭，並且瘋狂加速。她強迫它慢下來。

「我……」他幾乎無法開口。「我很抱歉沒有早點讓妳看。」

「你會畫畫？」

「以前會，現在沒畫了。」

一開始，她思考著自己應該怎麼想，或該做什麼舉動。很快地她不這麼想了。她沒有問他會不會改畫她，不用，她永遠也比不過那個女人。她輕觸他的頭髮，順過他的髮絲，說：「那就永遠都別畫我。」她奮力鼓起勇氣。「做點別的……」

那是克雷相當寶貝的一段回憶，因為把這一切告訴他，對她而言很不容易，死亡真是一股了不起的動力。她述說麥可怎麼來找她，她怎麼直接帶他去那個艾比離開他的地方，那個他就這麼躺下來、躺在地板的地方。

「我跟他說。」她對男孩講述。此時她的身體已經非常虛弱。「我問說，『那個時候你躺在哪邊，帶我過去。』然後他就會立刻照做。」

是的，他們過去了，然後他們擁抱、給予、傷害、抵抗，並且排除掉不想要的一切元素，像是她的呼吸、她的聲音、還有他們可能有過的想望。

通常潘妮洛普會先開口。她會說，她小時候很孤單，說她至少想要五個小孩，而麥可會說好，甚至會開著玩笑說：「天啊，希望我們不要有五個兒子！」看來他真該小心點。

「我們會結婚的。」

這話是他說的，就這麼冒了出來。

後來他們有過擦傷瘀青，手臂上，膝蓋上，還有肩胛骨。

他繼續說：「我會找個方式再問妳一次，或許明年這個時候。」

她在他身下挪著姿勢，緊抱住他。

「當然，」她說：「好啊。」然後她吻了他，推他翻身，最後幾乎是耳語般地說：「再一次。」

隔年則是第二個片名。

《鋼琴上的彩繪》。

十二月二十三日。

那是週一晚上，外頭的陽光漸漸轉紅。

隔壁傳來男孩們的吵鬧，他們在玩手球。

潘妮洛普才剛經過他們旁邊。

每逢週一，她都差不多在這時間回家，八點三十幾，她會完成最後一份清潔工作（那是一間律師事務所）。這天晚上，她的動作一如往常。

她把包包丟在地上。

她走到鋼琴前坐下。但是這次有點不一樣。潘妮打開琴蓋，看見琴鍵上有字，簡單但美麗的字。

潘—妮—洛—普 勒—丘—什—科

妳—願—意—嫁—給—我—嗎

他記得。

他記得她是怎麼舉手掩住嘴巴，怎麼微笑，而後雙眼通紅，她在琴鍵的文字上方顫抖，一切疑問都已遠去，甚至自此消失。她不想要弄亂它們，也不想把顏料搞糊，就算那已放乾了好幾個小時。

她很快就想到了解決辦法。

她讓手指輕輕落下，落在願意嫁給我嗎中間。

她轉頭喊。

「麥可？」

沒人回應，於是她走出去。那群男孩子已經不見了。只剩城市、紅通通的周遭，以及胡椒街。

他自己一個人坐在他家臺階上。

那天稍晚（其實是滿晚了），麥可．鄧巴睡在她公寓裡那張單人床。他們很常一起睡在這兒。她摸黑走出臥室。

她打開電燈。

她把燈調成幽幽微光，坐在鋼琴前的椅子上，慢慢移動雙手，輕輕按下高亢的音符。她輕柔、確實且穩當地彈奏，以後她定會習慣那些顏料的觸感。

她彈奏的琴鍵是——

我——願——意。

爬出烤箱的男孩

「真不敢相信，我還以為你只會起個頭。」

就那麼一個男孩，竟然在不到一週的時間挖出一條巨大的壕溝，麥可・鄧巴詫異地說。而他早該知道才是。

「你到底幹了什麼事？你是沒日沒夜地挖嗎？」

克雷低下頭。「我有時會睡一下啦。」

「睡在鏟子旁？」

他抬起了頭，凶手正看著他的手。

「我的老天……」

至於克雷，當他跟我講起這個小特技，就提了比較多後來的情況，而非他做的苦工。他非常希望至少能去看看弓箭街、看看圈圈——不過當然不行。原因有二：

首先，他無法面對我。

再來，回來卻沒來面對我，有種作弊的感覺。

不行。他從墓園區搭車回到席佛站，花了幾天的時間恢復精力。他全身上下都痛，長滿水泡的雙手尤其嚴重。克雷會睡覺，清醒地躺在那兒，然後等待。

凶手出現的時候，把車停到河對岸的樹林裡。

他走出來，站在壕溝之中。

壕溝兩側，石頭和土堆像一波波海浪。

他注視著，搖搖頭，接著走向屋子。

進屋之後，他找到克雷，拉他進廚房。凶手嘆著氣，無精打采，接著又搖了一次頭，心情似乎介於驚訝與驚嚇之間。搞半天，他終於想到自己可以說些什麼。「小子，我真的得好好稱讚你，你真了不起。」

於是克雷就忍不住了。

這句話。

他講過也聽過這句話好幾次。而今，羅里彷彿就站在這間廚房，通過烤箱直接從奔伯羅公園傳說中的三百公里標線處爬進這兒。

小子，我真的得好好稱讚你……

這跟羅里會對他說的話一模一樣。

克雷壓抑不住自己。

他衝過門廊，坐在廁所地板上（即便匆忙，他還是記得甩上了門），然後……

「克雷？克雷？你還好嗎？」

這句話聽起來就像撞出了回聲，像是有人對著水底大喊，而他正在往上游，大口大口喘著氣。

歪鼻新娘

就婚禮這件事情，他們沒有太多可安排，因此很快就舉行了。一度，麥可不知道該怎麼處理那些作品，像是艾比的畫，到底該留著、毀掉還是丟了？但是潘妮洛普打從一開始就很確定。

「你應該留著，」她說：「不然就賣掉。總之，它們不該被毀掉。」她平靜地伸手摸了摸。「你看，她這麼美。」

順便一提，就是在那個時候，她感覺到了——嫉妒的火苗。

為什麼我不能像那樣呢？她心想著。她又想到他心中那一大片遙不可及的領地。有時他會那樣，就這麼消失在她身邊，去到那個地方。在那種時刻她總是特別渴望。她想比艾比更好，想給得比艾比更多。然而有畫為證，曾經，她就是他的一切。

後來他們終於賣掉了畫。真是令人鬆了口氣。

他們在胡椒街附近的十字路口展示其中一幅大的畫作，上面簽了姓名和日期，以便於往後的藝術品拍賣會使用，結果入夜時那幅畫被偷了。此外，車庫拍賣只花了一個小時。畫賣得很快，因為大家喜歡（艾比和潘妮也喜歡）。

「你應該畫這個啊。」許多買家都這麼說，一邊比著潘妮洛普，麥可只能對他們微笑。

他說：「這個的話，本人比較好。」

接下來的阻礙則是潘妮洛普早已熟悉的命運。

其實重點不在發生了什麼（因為那是她自己判斷錯誤），而是發生的時機在他們結婚前一天。她開著麥可的舊車，從洛德街轉上巴拉馬打路。

她從沒在東歐開過車，但眼睛還是習慣望右看。她在這裡考過了試，而且頗有自信地通過，她也經常開麥可的車，從沒出過什麼問題。可是在這天，先前的沒問題都是假象。她完美地一個右轉，結果開上錯誤的車道。

剛拿到的婚紗禮服好好地披在後座，車子從側邊遭到撞擊，像被惡魔啃了一口。潘妮洛普的肋骨裂開，鼻子斷了，她的臉撞上儀表板。

另一輛車上的駕駛飆出髒話，但一看到血就閉上了嘴。

她用兩種語言說抱歉。

接著警察出現，拖車公司那幾個吵吵鬧鬧的傢伙也到場調解。他們揮著汗、抽著菸，等救護車抵達，那些人試圖說服她去醫院，她堅持說他們不可以強迫她。

潘妮堅持自己很好。

她身前有塊奇怪的方形。

是血繪出的一片長方壁畫。

不用了，她會去找附近的醫生。她比看起來還要強悍，這點他們都認可。

警察開玩笑說不如逮捕她，直接送她回家。最年輕的那位嚼著薄荷口香糖，同時負責照料她的婚紗。

他小心翼翼把裙子擺進拖車。

終於到家後，她知道自己該做什麼。

首先清理一下。

再來喝杯茶。

接著打給麥可，然後是保險公司。

不過你可能也料到，上述都不是她的首要之務。

不，她耗盡力氣，把婚紗放到沙發，接著坐到琴前，先是非常沮喪，再是絕望。她彈了半首〈月光奏鳴曲〉，眼前看不見樂譜，完全看不見。

一個小時後，她到了診所。她沒有尖叫。

她的肋骨被輕輕往上推，鼻子往後挪回原位。全程麥可都握著她的手。

這可不是喘口氣吞個口水而已。

離開診所時她一個站不住，倒在候診室地板上。大家伸長脖子看過來。

麥可拉她站起來，他看見角落擺著熟悉的小孩玩具，但他很快聳聳肩，拋下此事，帶著她走出門口。

又回到家了。她在二手舊沙發躺下，頭枕著他的大腿，問說能不能念念《伊利亞德》？而麥可突然意識到一件事，這件事不算明顯，例如「我可不是妳過世的父親」，不是，他的思緒跑得更遠。麥可知道，那是因為他習慣了這個事實，他愛她，比愛米開朗基羅、愛艾比·亨萊更多。

他擦掉她臉頰上的淚。

她唇上的血塊裂開。

他拿起書本，念給她聽，她哭著睡著，而血還在流……

故事裡出現了快腿的阿基里斯、足智多謀的奧德賽，以及其餘諸神與戰士。他特別喜歡帶來恐慌的海克特（也有人叫他馴馬英雄），和提丟斯[3]真正的兒子戴奧米迪斯[4]。

他就這樣陪她坐了一整夜。

他念，他翻頁，然後繼續念。

婚禮按照計畫，隔天舉行。

二月十七日。

來的人不多。

有麥可認識的幾個業務朋友。

潘妮的清潔工夥伴。

艾黛兒·鄧巴也來了，老魏勞赫醫生也在（他給了潘妮消炎藥）。謝天謝地，她臉不腫了。雖然還是時不時流血，而且無論多麼努力，底妝依舊蓋不住眼周的瘀青。

教堂也小小的，裡頭看起來倒是大又深廣。由於裝飾窗的關係，教堂挺暗的，有一尊飽經折磨的彩色基督。傳教士個子很高，禿了頭。麥可靠過去跟她說：「看見沒？就算碰上車禍妳都逃不掉。」於是傳教士笑了出來，但他看見一滴血落在婚紗上，像石蕊測試那樣漾開，又露出難過的表情。

所有的賓客都來幫忙，潘妮抽抽噎噎吞下一個微笑。她接過麥可遞來的手帕，說：「你要娶個歪鼻新娘了。」

「很好。」修士說。他看到血暫且止住，便繼續進行儀式，彩色基督注視著兩人，他們就此變成麥可和潘妮洛普·鄧巴。

他們轉身，就像大多數的夫妻那樣笑著接受眾人祝賀。

他們簽了該簽的文件。

他們走過教堂中間的走道，經過敞開的門口，走進眼前炙熱的陽光裡，每當我想起這場婚禮，彷彿又看見那迷人的時刻。他們捉住了那難以捕捉的幸福，以雙手將之實現。

距離他們生下我們之前的人生，還有兩章。

---

3 Tydeus：卡呂冬國王，攻打忒拜的七位英雄之一。

4 Diomedes：特洛伊戰爭中，希臘的著名英雄。

玫瑰戰爭

時間持續流逝。

幾個星期過去，又過了快一個月。這些時間都用在不同的事情上。

他們從最困難的部分開始動工，因為不得不如此。

兩人把沙土從河中挖出來。

凶手和克雷從日出做到日落，一邊祈禱著不要下雨，雨水會讓一切成為泡影。若是奧瑪哈河開始流動（而且是全力奔流），必然會帶來沙土。

到了晚上，他們坐在廚房（或沙發邊上），向著茶几傾身。他們仔細設計鷹架，兩人中間是兩組模型：模具，以及橋的本體。麥可．鄧巴對於石頭角度進行有條有理的計算，他跟男孩談起軌跡，及為什麼每個部分都必須完美無瑕。而克雷已經看拱石二字看到厭煩，甚至快忘了這兩個字該怎麼寫。

他身心俱疲，便昏昏沉沉走進臥室看書。他握著木盒裡的每樣東西，只點燃了一次打火機。

他想念所有人。隨著每個星期過去，他思念更甚。此時此刻，郵筒裡出現一個信封，裡面有兩封手寫信。

一封來自亨利。

一封來自凱莉。

自從克雷來到奧瑪哈河就一直在等這件事，但他並沒有馬上讀。他走到上游，走到大石頭和赤尤加利樹邊，坐在燦爛的陽光下。

他依照開信的順序讀。

嗨，克雷，

謝謝你之前寄來的信。我藏了一陣子才給其他人看，別問為什麼。我們想念你，你知道的。雖然你根本什麼都沒說，不過我們想你。我猜最想你的就是屋頂上的瓦片了，嗯對，瓦片，還有每到星期六的我……我叫湯米幫忙一起去車庫拍賣，但是那小鬼就跟公牛的奶子一樣沒用。你瞭的。

你至少可以來看看我們啊，只要熬過第一次就好。你知道嘛，媽的，建一座橋到底要多少時間啊？

誠摯的

亨利・鄧巴先生

註：幫個忙好嗎？如果你真要回來，打個電話給我，跟我說你什麼時候到家。我們都得在，做好準備、以防萬一。

讀著這封信，克雷只有滿心感激，他感激這非常亨利的語氣。他的鬼扯能力真的無人能及，但克雷又懷念不已。如果這不是義氣，還有什麼算得上義氣？大家常會忘記亨利的這項特質，只知道他自私又愛錢。可是只要身邊有亨利，你就能表現得更好。

下一張是湯米，顯然他和羅里被要求必須寫點東西。或者更有可能的狀況是，他們被逼著寫東西。先是湯米：

嗨，克雷，

阿基里斯想念你，除此之外我沒什麼好說的。我叫亨利幫我檢查牠的蹄——那才叫做沒用好不好!!

（還有我也想你。）

然後是羅里：

欸，克雷，看在老天的份上，回家了啦。我想念我們的交新時刻！

哈！

你是不是覺得我連交心都不會寫？

嘿，幫我個忙，替我抱抱那老頭。

哈哈開玩笑的啦！狠狠踹他一腳好嗎？用力一點欸。

就說那是他媽的羅里送你的。

回家啦。

真有趣。湯米會把一切安排得穩穩當當，但羅里總能讓克雷渾身不對勁。他能讓他感到情況有多沉重。或許這是因為羅里就是那種人，他從沒打算真心去愛什麼人或什麼事，但他很愛克雷，而且用最奇怪的方式表現出來。

親愛的克雷，

一封信怎麼能表達出我有多想念你呢？怎麼能表達在那幾個星期六，我是怎麼一個人坐在圈圈，想像你就在我身邊？我沒躺下，我什麼事都沒做，只是過去那邊，期望著你會來。但你沒有，而且我知道為什麼。我猜本來就是這樣。

我覺得很怪，過去幾週是有史以來最棒的日子，但我甚至連這個也無法告訴你。

上個禮拜，我第一次上場，你能相信嗎？那是星期三，那匹馬叫玫瑰戰爭，是上了年紀的好手，只是來湊數的，而且我一鞭都沒揮呢，我只是跟牠說話，鼓勵牠繼續往前、跑到終點，然後牠跑出了第三名。第三耶！天哪！這是好幾年來我媽第一次來看比賽。騎裝是黑色、白色和藍色。你回來的時候我會把一切都告訴你，就算沒幾場好表現也沒差。我下禮拜還有一場……

天啊，我講了這麼多竟然還沒問到重點：你好嗎？我好想念看見你坐在屋頂上的模樣。

最後，我又看完了《採石人》，我知道為什麼你這麼喜歡這本書，他做了那麼多厲害的事。我希望你在那裡也做了些了不起的東西。我知道你會，你必須，你一定會。

希望很快就能見到你。我們圈圈見囉。

我會告訴你我的祕訣。

我保證。

愛你的

凱莉

你會怎麼做呢？

你會說什麼呢？

克雷往上游走，看了這封信好幾次，然後他就明白了。

想了好一陣子，他算出自己已離家七十六天，而奧瑪哈河就是他要去做的事。不過，該回家面對我了。

弓箭街十八號那棟屋子

麥可·鄧巴和歪鼻新娘結婚後做的第一件事，就是拖著鋼琴走過胡椒街，回到七十三號。這動用另外六位街坊鄰居，報酬是一箱啤酒（這與奔伯羅公園的男孩也不無相似之處。要是有啤酒，一定要很冰）。他們繞到屋後，但那裡沒有可以進門的臺階。

「我們真該打給那些人。」後來麥可這麼說。彷彿跟鋼琴開始稱兄道弟，一手掛在胡桃木上。「畢竟他們其實沒弄錯地址。」

潘妮・鄧巴只能微笑。

她一手放在樂器上。

另一手放在他身上。

幾年後，他們也搬家了。兩人把他們愛上的那棟屋子買下來。那裡其實距離不遠，在賽馬區，屋後有賽道和馬廄。

他們在週六早上去看房子。

弓箭街十八號的屋子。

房仲在屋裡等，問了他們姓名。那天，兩人看來並不特別感興趣。

就房子本身——屋裡有條走廊、一間廚房，三間臥室，一間小浴室，長長的後院擺了一臺希爾升降機。

兩人立刻在腦中想像那畫面。他們看見孩子、草地和花園，以及小孩子吵吵鬧鬧的聲音。那是他們此刻編織出的天堂。這樣一想，他們就更喜愛這棟屋子。

潘妮一手扶著晒衣繩的竿子，看著頭上的雲朵，然後就聽見了那個聲音。於是，她轉身詢問房仲。「不好意思，請問那是什麼聲音？」

「什麼？」

那一刻，房仲很害怕。因為，如果他是帶其他人來參觀這間房子，這很可能會讓他失去賣出的機會。那些人大多都抱持類似的夢想，對於在這裡該怎麼生活也已經有個輪廓。他們甚至可能已在心中想像，笑嘻嘻的小孩因橄欖球規則不公平打起架，或從草地和泥巴裡把娃娃拖出來。

「你沒聽見嗎？」她堅持不懈。

房仲調整了一下領帶。「噢，妳說那個啊？」

前一天晚上，他們讀了貴格里的街道指南，看到屋子後方有片田野，書裡只提到圈圈，不過此刻，潘妮很確定自己聽見後院傳來馬蹄聲，也認出了那個氣味，動物、乾草，還有馬。

房仲試圖要趕他們回到屋裡。

但沒有用。

潘妮靠得更近，她靠向在圍欄邊聽見的噠噠聲。

「嘿，麥可，」她說：「可以麻煩你把我抬起來嗎？」

他穿過後院走向她，手臂抱住她瘦巴巴的大腿。

潘妮在圍籬另外一邊看見那座馬廄，看見那條賽道。

籬笆後面是一條通道，在房子邊上轉了個彎，齊曼太太是唯一的鄰居，再過去就是草地和傾圮的建築，還有標準的白色賽道圍籬，從這頭看起來活像牙籤。

通道上，馬伕牽著馬走向馬廄。他們多半沒看見她，其中幾人對著她點點頭。一、兩分鐘後，有名老馬伕牽著最後一匹馬經過。馬垂下頭時，老人粗魯地用肩膀頂牠。在看見潘妮前他才剛輕拍了那匹馬一掌。

「走啊，」他說道：「出去。」而潘妮呢，她當然對著這一切露出微笑。

「你豪？」她清清喉嚨。「……你好？」

那匹馬馬上看到她了，不過馬伕很茫然。

「什麼？誰在那裡？」

「上面。」

「老天！親愛的，妳嚇得我差點心臟病發！」馬伕身材矮壯，一頭鬈髮，臉龐和眼睛都很溼潤。馬拉著他靠近，牠從耳朵到鼻子之間有道白毛，其他部分都是桃花心木的棕色。馬伕發現阻止牠也沒用。「好吧，我們走。過來吧，親愛的。」

「真的嗎？」

「真的啊，拍拍牠，反正牠是這裡最他媽膽小的傢伙。」

潘妮伸手之前先確認了一下麥可的狀況。說實話，她雖然輕，但也不是沒有重量，他的手臂都開始抖了。她的手輕觸馬的白斑，那一大片白色毛髮，她壓抑不住快樂的心情，看著那雙試探的眼睛。有糖嗎？妳有糖嗎？

「牠叫什麼名字？」

「賽馬用的名字叫城市特使。」他也去拍馬兒的胸口。「不過在馬廄這裡我們叫牠愛吃鬼，真搞不懂呢，妳說是不是？」

「牠跑得快嗎？」

他嘲笑了一聲。「妳真的是剛搬到這裡的對吧？這馬廄裡的馬都他媽的沒用了。」

潘妮洛普依然深深為之著迷。她看見那匹馬晃著腦袋，想要更用力的拍拍，便笑開來。「嗨，愛吃鬼。」

「來，餵牠這個。」他給了她幾塊方糖。「應該也沒關係，反正牠的生涯已經結束了。」

在她身下，麥可．鄧巴開始思考起自己的手臂，他在想自己還能抱著她多久。

房仲則在想：「成交。」

兄弟鬥毆

現在輪到克雷。他丟下父親看家，丟下奧瑪哈河。

他站在沙發旁邊，俯身看他。此時天還沒亮。

他的手好了，水泡結痂。

「我要離開一陣子。」

凶手醒過來。

「不過我會回來。」

幸好，席佛車站在主幹線上，雙向的火車每天停靠兩次，他搭上八點〇七分的車。

他在車站裡憶起抵達這裡的頭一天下午。

他傾聽著，身邊的土地還在歌唱。

他在車上看了一下書，不久開始反胃不舒服，像是搭上轉圈遊樂設施的小孩。

最後他仍放下了書本。

這真的沒意義。

因為不管克雷看什麼，眼中都只看見我的臉，還有我的拳頭，以及我脖子上的青筋。

他在近晚時分抵達，從車站打了電話，那是靠近第四月臺的電話亭。

「喂？我是亨利，」克雷聽得出他人在外頭，他聽到車子的聲音。「喂？」

「我是克雷。」

「克雷？」電話那一頭的人緊緊握住電話，聲音變得更急更緊繃。「你在家嗎？」

「還沒到，今天晚上回去。」
「什麼時候？幾點？」
「我不知道。大概七點，也可能晚一些。」
這樣他至少還有兩、三個小時。
「嘿，克雷？」
他靜靜等候。
「我祝你好運，知道嗎？」
「謝啦，回頭見。」
他真希望自己回到尤加利樹林中。

他在想大部分旅程都要用走的，但還是搭了火車和公車。在海神路上，他提早一站下，城市已經入夜。天上只有幾片雲。
天色幾乎全黑，略帶暈黃。
他走走停停，站得歪歪倒倒，彷彿等著虛空來了結他的一生，不過虛空不會這麼做。他比預期（或想像）更快抵達，站在弓箭街的街口。
他因為自己終於抵達鬆了一口氣。
也因回到此處驚恐不已。

每間房子都點起了燈，每個人都在家裡。
就像是感覺到將有一場大戲上演，鴿子莫名現身，擠著站在附近的電線。牠們棲在上頭和樹上（但願老天都讓牠們待在樹上就好）。此外還有隻烏鴉，鳥羽豐厚，胖乎乎，像隻穿了寬鬆大衣的鴿子。

但牠誰也騙不過。

克雷來到我們家前院（少數沒有籬笆、沒有大門、只有草皮的房子），短短的草才剛修剪過。

門廊，屋頂，我正在看的片子閃爍光影。

怪的是，亨利的車不在。然而克雷不能分心。他慢慢前進，然後喊了聲：「馬修。」

他起先只叫了我的名字，小心翼翼，似乎想顯得隨興且淡定。

馬修。

我的名字。

如此而已。

只比悄然無聲再清晰一些。

他又往前走了幾步，感到草地帶來的緩衝。當他走到一半，面向門口，他猜想我會出現，但我沒有。他得大喊，或站起來，或在原地等待，他選了第一個。克雷高喊「**馬修！**」聲音聽起來有些不像他。他丟下背包和裡面的書本，就那些他正在讀的東西。

沒過幾秒他就聽見了動靜，接著蘿希吠了一聲。

但是我先走了出來。

我站在門口，穿的幾乎跟克雷一模一樣，不過上衣是深藍，不是白的，牛仔褲是同樣色調，運動鞋的鞋底也都很薄。我正在看《雨人》[5]，已經看了四分之三。

是克雷，能見到他真是他媽的太棒了……不，不行。

5 *Rain Man*：一九九八年上映的美國電影。

我微微垮下肩膀。不可以，我不能表現出自己的不情願，我必須看起來很樂意，而且篤定。

這個聲音來自那個已經過去很久的早晨。

「克雷。」

凶手正在他的口袋中。

羅里和湯米走出來，我擋下他們，但姿態可說相當仁慈。他們想抗議，但我舉起手。「別。」

他們停步沒動，羅里說了句什麼，但克雷聽不見。

「要是你太過分，我會插手，你知道吧？」

他們是很小聲地在講話嗎？

還是說，其實他講話的音量正常，只是克雷的耳朵嗡嗡作響，所以才聽不見？

我閉了下眼睛，走向右邊，走到草地上。我不知道其他人的兄弟是怎樣的，不過我們不兜圈子。不會像克雷跟凶手那樣，不走拳擊賽路線，我就是這樣的。我走向克雷，速度只比跑步慢一點，他不用多久就倒在地上。

噢，其實他反擊了——好啦好啦，他很認真地反擊了。克雷尋找機會，但失敗，然後倒下。畢竟因為這件事沒有什麼規則，也一點都不美麗。他可以盡可能訓練自己，盡可能忍受折磨，但這並非克雷的訓練之道，這是我的生存之道，更何況第一個發現凶手的是我，我心裡除了這句話之外再也容不下別的——

他殺了我們。

克雷，他殺了我們，你記得嗎？

我們無依無靠。

他把我們丟下。

我們就那樣死去。

而此時此刻，那些思緒不再是思緒，而成為招呼在他身上的無數個拳頭，每一下都打得扎扎實實。

你不記得了嗎？
你看不出來嗎？
至於克雷，那個面帶微笑的傢伙。
在我聽過他後來告訴我的事情後，再回去看著此時此刻的我們，我知道他顯然在想——
馬修，有些事你不知道。
你不知道。
我早該告訴你。
關於那條晒衣繩。
關於那些夾子。
但他什麼都說不了，甚至不記得第一次倒地是什麼時候，他摔得太用力，竟在草上留下一塊凹陷，像草地上的傷疤，而整個世界彷彿不再連貫。克雷還以為是下雨，但他其實是流血了。那是鮮血，是疼痛。克雷爬起來，又倒下去，直到羅里大吼大叫著說夠了。
至於我，我胸口起伏，急需氧氣。
克雷縮著身體倒在草上，翻身仰躺。說真話，天空到底有多少個啊？他眼睛盯著的那片天空裂開，鳥群從中冒出，鴿子，還有一隻烏鴉。牠們整群飛進他肺中，翅膀翻飛，拍出紙的聲響，那麼快速又那麼令人愉悅。
他下一個見到的是女孩。
她什麼都沒講。沒對我，也沒對克雷說話。
她只是蹲下來，握著他的手。
她幾乎無法開口，她說不出歡迎回來。結果真的開口講話（這倒是令人驚訝）的是克雷。
我站在他們左手邊，隔著一小段距離。

我雙手顫抖，沾滿血跡。

我喘著氣，試著平復呼吸，手臂上都是汗。

羅里和湯米保持著一段距離，克雷抬頭，看向那個女孩，他看著那個綠色眼睛的女孩，慢慢露出微笑。

「玫瑰戰爭？」

他看著她臉上的表情從擔心得要命變成渴望而滿懷希望的笑，有如跑上直線賽道的馬兒。

「他還好嗎？」

「我想是吧。」

「給我一分鐘，我們帶他進去。」

這段簡短的交談他聽不太清楚，但知道是我和凱莉在說話。其他人很快靠攏，蘿希舔了舔他的臉。

「蘿希！」我說：「滾開啦！」

我們還是沒看到亨利。

終於，羅里登場。

他必須在某個時間點插手。

他叫大家他媽的都滾開，別擋路，然後抬起克雷，抱他起來。克雷在他懷中，像一道拱型。

「欸，馬修。」羅里叫道：「你看看！多虧有郵箱訓練吶！」他看向克雷那一臉的血。「你覺得這種交心時刻怎麼樣？」最後他開開心心補上一句。「我說，你有沒有狠狠踢他一腳？我不是交代過嗎？」

「踢了兩腳，第一腳不夠。」

羅里大笑。他人還在臺階上，結果害那個被他抱著的男孩痛得要命。

我已經殺死他了，跟我保證的一樣，跟我計畫的一樣。

但是他說的話從沒有錯過，克雷怎麼也死不了。

能再成為鄧巴家的男孩，感覺很好。

老大、蛇和小月

他們買下那裡，這是當然的。一切總算展開。

說到工作，麥可還是在建築工地做事，手上總是沾滿粉末。至於潘妮，她則繼續幹清掃活，有空就讀英文。後來她開始想做點不一樣的事，在兩種教職間猶豫，第一種是音樂，另一種是教英語第二外語。

或許是記憶使然。

鋪在室內的柏油。

蒸騰整屋的高溫。

「護照？」

「*Przepraszam*？（不好意思？）」

「唉唷我的天。」

於是她選擇了教英文。

她申請大學，決心晚上要繼續清掃工作，在記帳事務所，還有律師辦公室。接著她收到錄取通知，麥可在餐桌旁發現她坐在那兒，他就這樣站在那裡。而幾年之後，他也是在差不多的位置接受一頭騾子的檢視與審訊。

「怎麼樣？」

他靠著她坐下。

他看著那徽章，與信紙上方的抬頭。

有些人會開香檳慶祝，或去好餐廳吃飯，但潘妮洛普只是那麼坐著，頭倚著麥可身側，又讀了一次信。

時光就這麼流逝。

他們在花園裡種下植物。

一半活了，一半死了。

他們看著一九八九年的柏林圍牆倒下。

他們常常從後院圍籬的窄縫看賽馬，兩人挺喜歡這個古怪的賽馬區。比方說，下午時分會有個人走上馬路，手拿停車標誌，擋下車輛。而他們身後會有馬伕牽馬匹穿越馬路，這匹馬可能隔天就會在軒尼詩開出十賠一的賠率。

不過，這地方最後卻最重要的詭異之處就是，早在那時，就已生出許許多多遭到遺忘的園地，只要你知道該往哪個方向看。如我們所知，就某些案例來說，有的地方的意義可能特別不同，其中一個就位於靠近鐵路的位置。沒錯，圈圈在這兒；還有奔伯羅公園日漸殘破的跑道，這個地方也同樣重要。

所以我希望你一定要記得。

這一切的一切，都與那頭騾子脫不了干係。

潘妮念完三年大學，弓箭街十八號的電話響起，魏勞赫醫生打來。

是艾黛兒。

她死在餐桌上。時間很可能是深夜，她才剛打完一封要給朋友的信。

「看起來好像是剛打完字，脫了眼鏡，在雷明頓旁邊休息。」麥可說。這事令人難過又傷心，然而有其美麗之處。

最後且致命的拼字。

最後且用力敲下的句號。

當然，他們直接開去羽頓。麥可知道，跟潘妮洛普相比，他很幸運。至少在這裡，他們能夠站在教堂中，在棺木旁邊揮汗，他得以看著退休的老醫生，注視他的領帶垂落身前，有如停擺許久的時鐘。

「孩子，我很遺憾。」

「醫生，我很遺憾。」

後來，他們在那棟老房子裡一同坐在桌前，桌上放著藍框眼鏡與打字機。他認真考慮要放上一張新紙，再打個幾行。不過後來沒這麼做。他只是盯著那東西看。潘妮洛普泡了茶，他們喝了，散步到鎮上，而後在佛塔樹邊回頭。

她問他要不要帶打字機回家，他說打字機已經在家了。

「你確定嗎？」

「我很確定。」他領悟道：「事實上，我覺得我好像知道該怎麼做。」

無論原因為何，總之他覺得這麼做感覺很對。麥可跑到後院小屋，找到同樣那把舊鏟子，在狗和蛇的左邊又挖了一個洞。

他坐在屋裡，陪了雷明頓最後一會兒。

他找出三捆強韌平滑的保鮮膜，纏起打字機。那些膠膜還相當透明，按鍵清晰可見，最前面的是Q和W，中間是F、G、H和J。舊市區那裡有塊廢棄的後院，他帶著打字機來到那兒放下，埋進地底。

老大、蛇和小月。

你絕對不會把這件事寫到賣房子的廣告裡。

他們又回到家，生活總得繼續（他們也確實如此）。麥可會熬夜陪她寫作業，幫她檢查內容。之後，她分派到高諾高中實習。那是小鎮上最難搞的高中。

實習第一天，回到家的她有如鬥敗的母雞。

「他們把我生吞活剝了。」

第二天更糟。

「今天他們吐我口水。」

她吼了他們好幾次，徹底失控（不只是對他們，她連自己也無法控制）。小鬼頭接掌局面。還有一回，她接近爆發，尖吼著說「**給我安靜！**」然後低聲碎念了句「小混帳」。於是乎，整間教室都爆出大笑。那是屬於青少年的歡笑，青少年的嘲弄。

不過，我們所認識的潘妮·鄧巴或許嬌小，外表脆弱，卻是個不折不扣的生存專家。她跟所有學生一起吃午飯。說到禁足和無聊，她可是女王。她以有系統的緘默攻擊反制他們。

結果，她成為數年來第一個完成實習任務的人，他們給了她正式教職。

她徹底脫離清潔工作。

同事帶她去喝一杯。

隔天麥可陪她到馬桶旁邊，他揉著她的背，安慰著說：

「所以這就是自由的好處嗎？」

她吐到哭，但也笑了出來。

隔年初，麥可某天下午去接她下班，她身邊圍了三個高壯的男孩，滿身是汗，頭髮短短，手臂粗壯。有那麼一瞬間，他差點要衝出去了。不過最後他看見潘妮拿著一本荷馬的書，正在大聲朗讀，而且一定正念到某段可怕的情節，因為這些男孩全都嘴歪眼斜，發出噪動的怪叫。

她穿著薄荷糖色的洋裝。

她發現麥可停在路邊，於是闔上書本。男孩給她讓開一條路，說：「老師再見！老師再見！老師再見！」然後她便上車。

但也不是說這一切真的易如反掌，不是這樣。

有時，當麥可準備去上班，他會聽見她在廁所自我催眠。這樣就表示那天很難熬。麥可會問說：「這次又是哪個小鬼？」她的工作內容漸漸變成要去處理最麻煩的孩子，一對一跟他們單挑，有時甚至會花上一小時，更誇張的需要好幾個月，而她永遠能用磨的弄垮對方。到最後有些孩子甚至會護著她。要是有其他小鬼敢出言嘲笑，鐵定會被帶去廁所、壓進洗手臺。別想招惹潘妮·鄧巴。

英語第二外語——這個名稱從很多方面來看都相當諷刺。因為她的學生有一大部分母語都是英文。卻連一段文字都讀不了，這樣的孩子向來滿腔憤怒。

她會陪他們坐在窗邊。

她會從家裡帶來節拍器。

而那個學生會疑惑地看著，說：「這是什麼鬼東西？」

潘妮會淡淡地回答：

「跟著這個節拍念。」

接下來就是這件事了。

教書教了四年，有天她帶著驗孕棒回家，這次他們真的出門慶祝了，雖然是等到週六才去。

隔天同一時間，兩人還是出門上班。

麥可去倒水泥。

他告訴幾個工地的朋友，他們停下動作，跟他握手。

潘妮洛普在高諾，這天那男孩真愛挑釁，可長得真是漂亮。

她跟他一起在窗邊念書。

節拍器輕輕地敲。

到了週六，他們在歌劇院那間名貴的餐廳吃飯，兩人站在最高的階上，宏偉的舊橋懸吊在那兒，郵輪駛進碼頭。下午時分，他們走出餐廳，看見一艘船抵達船塢，海濱空地上有好幾群人，一堆堆的相機和笑容。

他們，也就是麥可和潘妮・鄧巴，出現在建築物和玻璃鏡面上，而下方歌劇院的臺階出現五個男孩，站在那兒……沒有多久，他們就下來尋找我們了。

我們一起往回走，穿過人群和話語，整座城市浸潤在陽光中。

而死亡伴我們同行。

第5部分

城市
＋
流水
＋
罪犯
＋
拱型
＋
故事

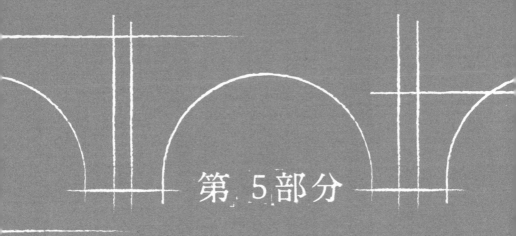

盛大登場

那是屬於拳頭、羽毛和兄弟的一夜，亨利當然得盛大登場。

此時回想，那應該是我們共有的青春，是最後的那道浪，就像克雷最後一次獨自踏出奔伯羅公園的隧道。所以就是這一晚，跟著亨利（還有我們），在接下來的幾天，我們像是時有時無地硬撐在那兒，對餘下的青春與愚蠢致意。

我們青春不再，愚蠢不存。

過沒多久，電視打開了。

我們吵了很久。螢幕中播的《雨人》換成羅里送我的聖誕禮物《光棍俱樂部》。羅里是這麼說的，如果我們非得看些八〇年代的鬼東西，最好看些好的。據亨利的意見，那可說是湯姆．漢克斯的全盛時期，他還沒壞掉，沒有贏金球獎之類的鬼東西。他都研究過了。

我們四人全坐在那裡。

我在冰敷雙手。

羅里和湯米開懷大笑。

海克特伸展四肢，看起來像塊灰條紋的毯子，牠倒在湯米的大腿上撒嬌。

克雷躺在沙發上靜靜看著，靜靜流血。

電影正播到羅里最愛的橋段（女主角的前男友裸身摔在敞篷跑車頂上），亨利終於抵達。

一開始是聽到腳步聲。

鑰匙拿出來。

接著他走進屋裡——

只見客廳門口的光線照在這幾張血淋淋又笑嘻嘻的臉上。

「欸？」他大喊。「你們這些混帳在幹麼？怎麼沒揪我就看了《光棍俱樂部》？」

起先我們都不看他。

（其實克雷看到了，只是他目前動彈不得。）

我們則是因為專心盯著螢幕上那片混亂。

直到那幕結束，羅里才發現他，然後我們全圍了上去。又是飆髒話、又是嚇得無法言語（也許還加了些褻瀆上帝的句子）。我說了個聲音拖得很長的「去他的上帝……」當作句點。

亨利泰然自若，撲通一聲栽進沙發，看向克雷。「小子，抱歉我來遲了。」

「沒關係。」

亨利本是這麼計畫的：他要趁克雷到家前以這副模樣走進家門，這麼一來，我可能會因此分神。可是問題在於，為了對付守在兩百公尺標線的那兩個傢伙，他花了很多時間，遠遠超過預期（雖然他喝太多這件事也不在原本計畫中）。所以他當然得丟下車，從奔伯羅公園走路回家。此時他已經喝得太醉，又被揍得太慘，差不多算是爬回來的。說真話，回想起來這大概是亨利最蠢也最棒的時刻之一。他計畫好一切，弄出這一樁，都是為了克雷。

他細看克雷，似乎相當滿意。「是說，見到你真好。回家的感覺不錯吧？我發現馬修把迎賓地墊收起來了呢，那個肌肉蠢蛋。」

「沒關係，是我自找的。」克雷轉身面向他。他受傷的程度驚人，尤其是嘴唇，簡直不忍卒睹，顴骨也被揍得歪爛。「說到你我就不太確定了。」

「喔！」亨利生龍活虎地說：「我很好呀小子，我很好。」

「還有呢?」我說話了。我站在起居室正中央。「要跟我們說一下你到底是怎麼回事嗎?」

「馬修啊,」亨利嘆了口氣,「你打惱我們看電影惹,」亨利知道,如果他說自己是被施瓦茲和史塔奇(還包括史塔奇的女友)揍了個七葷八素,下一刻就會輪我來搞定這件事。「各位啊!」他咧嘴一笑,牙齒有如肉攤子上的骨頭,血淋淋的一團亂七八糟。「如果以後你希望自己變成這副德性,只要去找個金髮的童子軍——拳頭上還要套著手指虎喔,外加一個嘴巴很臭的小混混,再加那個混混的女友。我說啊,她揍起人比剛講的那兩個加起來還要狠……」

他想繼續說,不過沒辦法,因為接下來那瞬間整間客廳好像在搖晃。《光棍俱樂部》裡的嬉鬧變得越來越好笑,最後他跌跌撞撞地前進,經過我身邊,一把抱起電視,倒到地上。

「媽的!」羅里尖叫道:「他砸的是有史以來最棒的電影之一啊!」所幸他人已經在他身邊,所以就近將亨利接住。只可惜他沒有救下桌遊,也沒救到鳥籠。籠子掉下來的時候聲音超驚人,簡直像一整個體育場的觀眾在尖聲鼓掌。

我們立刻蹲下來圍著他,旁邊是地毯與鮮血、貓毛和狗毛。唉我的天,那是騾子毛嗎?

亨利昏了過去。

等他恢復意識,先認出的人是湯米。「小湯米?撿寵物專家,羅里,人型鐵球加鎖鏈,喔,你是馬修對吧?你最可靠了,」最後他深情款款地說:「克雷頓,面帶微笑的傢伙,你離開了好幾年對吧?我跟你說,好幾年啊!」

他清醒了。

電影還在播,倒了九十度在地板上繼續演。鳥籠歪歪的,門也掉了下來。在遠遠的左邊,靠近窗的地方,魚缸也在這片混亂中倒地,這會兒水都流到腳邊了,我們才注意到。

亨利愣愣地看著電影,努力動了動頭。我們都看著鴿子阿泰,看牠爬出籠子、踩到地上,經過金魚身旁，直直走向敞開的前門。那隻鳥顯然知道接下來幾個小時不會有牠容身的地方。總之，牠超不爽，牠走著走著，半撲了下翅膀，走啊走的又半撲了下翅膀。我看牠就缺一只手提箱了。那鳥甚至還回頭看了一眼。「我要走了，你們這群傢伙。他媽的祝你們好運。」

「好了喔，我受夠了。」牠彷彿真的把這句話給說出口，一派氣鼓鼓，一團灰色加紫色。

至於金魚阿迦門農——牠彈跳又翻動，大口吞著空氣、渴望著水，牠跳過地毯……外面一定有更多水吧？要是找不到，牠就完蛋了。

鄧巴家的成長之道

於是，就在這裡，他們在遙遠的未來漸漸走上正軌。

一隻脾氣暴躁的鳥。

一隻擅長特技的金魚。

兩個渾身是血的男孩。

讓我們來看看克雷，了解一下他的背景。

對於他，我們能說些什麼呢？

身為男孩、身為人子，身為鄧巴家的人，他的人生是怎麼開始的呢？

很簡單，其實真的很簡單，只是其中包含許多謊言。

從前從前，鄧巴家過往歷史的潮汐中，曾有過五個兄弟，其中我們家老四最棒，他是個擁有許多才華的男孩。

克雷究竟是如何成為克雷的呢？

最開始，我們全都在一起，我們以每個人的一小部分拼湊出一個整體。每次有弟弟出生，父親都會幫忙，他是第一個接過我們的人。潘妮洛普很喜歡講這件事。他會全身緊繃地站在一旁，在產檯旁邊哭邊燦笑。當整個世界天翻地覆，他也不會因為看到惡露或那些焦焦黑黑的東西退縮。對潘妮洛普來說那就夠了。生完孩子後，她終於可以放心地昏過去。她的心跳激烈，簡直要衝上喉嚨。

說來有趣，他們最喜歡跟我們說，我們出生時他們特別喜歡什麼地方。我的是腳丫。新生兒皺皺的腳掌。羅里是剛出生時的塌鼻子，還有他睡覺時發出的聲音，有如正在爭搶世界冠軍頭銜。不過至少他們知道他還活得好好的。

亨利的耳朵薄得像紙。

湯米老打噴嚏。

當然，在我們中間的是克雷。

他微笑著出生。

這個故事是這樣的。潘妮生下克雷的時候，把亨利、羅里和我託給齊曼太太。開車前往醫院的路上，他們差點都要靠邊停了。克雷來得很快，潘妮後來跟他說，那是因為這個世界想快點見到他，而她沒有問為什麼。

是為了傷害他、為了羞辱他嗎？

或者是為了愛他，為了要他去做大事？

即便到現在，一切仍然很難定論。

那是個潮溼的夏日早晨。抵達產房時，潘妮一路大喊大叫，但還是努力往前走（他的頭正要冒出來）。是說，克雷比較像被扯出來、而不是生出來，他彷彿是被空氣擠了出來。

產房裡有好多好多血。

潑在地上的那些鮮血有如殺人現場。

至於那個男孩，他躺在悶溼的空氣中，怪異且安靜地微笑著。男孩臉上染了血，一聲也不吭。護士不疑有他，靠了過去，然後驚訝地站在原地，罵了髒話。她停下來說：「耶穌啊！」

結果我們頭暈目眩的母親回答了。

「不要吧，」她說，而我們的父親還在笑個不停。「我們都知道自己對祂幹了什麼好事。」

如我先前所說，就一個男孩而言，他是我們之中最棒的。

對我父母來說，他更特別。對於這點，我很確定。因為他很少吵鬧，幾乎不哭，他喜歡他們的聲音，喜歡他們對他講的每句話。每天晚上，我們其他人都會找藉口溜走，但克雷會幫忙洗碗，為了交換更多故事。

他會對潘妮說：「可以告訴我史達林雕像的事嗎？還有，史達林到底是誰啊？」

他也會對麥可說：「爸，可以告訴我小月的事嗎？還有那條蛇？」

他總是待在廚房裡，我們其他人則在看電視，或在客廳和走廊打架。

可以想見的是，隨著時間經過，我們的父母也會修飾一下內容。

故事幾乎概括了一切。

潘妮沒告訴克雷他們在車庫地上耗費多少心力鞭策、破壞、燃燒彼此，只為清除過往人生留下的陰影。

麥可沒有講起艾比・亨萊，那個後來變成艾比・鄧巴、再成為艾比・某某的人。他沒有提起自己埋了老大，或提到《採石人》，又或是他一度熱愛繪畫。麥可還沒講到什麼是心碎，以及心碎可能是多麼幸運的一件事。

不，就目前而言，百分之九十的實話就夠了。

這已經足夠讓麥可講到未來某天，他會在門廊上遇見那個與鋼琴一起現身的女孩。眼下講到這裡就可以了。他會平靜地說明：「要不是因為那樣，就不會有你或你的兄弟。」

「或是潘妮洛普。」

麥可會微笑著說：「媽的，一點也沒錯。」

他們都不知道，在一切太遲之前（而且這瞬間即將來臨），克雷就會聽到故事的全貌。

到那時，她臉上升起的微笑將十分勉強。

她的面容也將漸趨枯朽。

也許你能想像，克雷最先的記憶只有那兩個模糊畫面。

我們的父母，以及他的兄弟。

我們的樣子，和我們的聲音。

他記得母親彈鋼琴的手在琴鍵上跳躍。那雙手尋找方位的能力相當神奇，按下願、按下意，然後把妳願意嫁給我嗎按完。

對那個男孩而言，她的髮絲就是陽光，她的身體溫暖而纖細。

他記得自己四歲大時被那架棕色的龐然大物嚇到。儘管我們各自有一套處理方式，不過克雷認為那東西就是「不屬於他」。

她彈鋼琴時，他會把頭枕在她腿上。

這雙細瘦的大腿，屬於他。

至於我們的父親麥可・鄧巴，克雷記得的是他車子的聲響，那冬日早晨的引擎咆哮，天快黑時他返家的招呼。他聞起來有壓力的味道，像是辛苦的一日，和那些砌磚的工作。

在後來的那些日子（我們稱之為打赤膊吃東西日，你很快就會看到了），克雷記得他肌肉的模樣。除去建築勞動，他有時候會，至少他是這麼說的，去一趟酷刑室。意思是他要去車庫伏地挺身、仰臥起坐，偶爾舉一下槓鈴（只是槓片甚至算不上什麼重量）。他只有挺舉過頭幾次。

有時我們會跟他一起去。

一個男人加五個男孩一起伏地挺身。

我們五人紛紛倒地。

是的，在那裡長大的幾年間，我們的父親像是一幀風景。他身高中等，體重略輕，身材緊實又精瘦。他的手臂不粗也不壯，那是運動員的肌肉，經過優良的訓練，每個動作、每次扭轉，你都能看得一清二楚。

那些該死的仰臥起坐。

我們的父親核心肌群超強。

那些日子裡，我會提醒自己：我們的父母很不一樣。

當然，他們會吵架，也會爭執。

平淡生活中偶有大吵，但多半能和好。他們很棒，看起來很耀眼，個性又有趣。而且他們時常一鼻孔出氣，像是死也不走的地痞流氓。他們愛著我們，喜歡著我們，而這都是挺不錯的招數。你想想，把五個男孩塞進這樣一個小房子，看起來、聽起來會是如何呢？當然是各種混亂、各種吵鬧。

我記得吃飯時間和其他時候我們往往會玩過頭：叉子掉下桌、拿刀指來指去，每個男孩都在吃，不時會爭執、相互推擠。地上都是食物，衣服上也都是食物，還會聽見「那堆玉米片怎麼會跑到那裡去？怎麼會糊在牆壁上？」直到某天晚上羅里超越紀錄，潑了半碗湯到自己身上。

我們的媽媽不慌不忙。

她起身清理，羅里打赤膊喝完剩下的湯，於是我們的父親冒出這個主意。當我們還在大呼小叫，便聽到他說：「你們也脫。」

亨利和我差點嗆到。「什麼？」

「你們沒聽到嗎？」

「喔，媽的。」亨利說。

「要不要讓你們也脫掉褲子？」

一整個夏天我們都是那樣吃飯，把上衣丟在烤麵包機上。老實說——甚至可以說應該稱讚一下麥可．鄧巴。因為他從第二次起就跟著我們一起脫了衣服。此時的湯米還處於那個時期，那個美好的時期。這個年紀的小孩講起話毫無修飾，他會大叫著說：「欸！欸爸！你露奶坐在這裡幹什麼啊？」

我們幾人會爆出大笑，特別是潘妮．鄧巴，而麥可則認真扮演好他的角色，一條三頭肌微微一顫。

「那媽媽呢？小子？她也應該脫上衣嗎？」

潘妮從來就不需要誰來拯救，但克雷往往願意這麼做。

「不用啦。」他說，然而她還是脫了。

她的內衣舊舊的，而且很皺。

那內衣褪色了，各自掛在一邊胸部上。

她無所謂，笑著吃飯，說：「別燙到胸口。」

我們都知道該買什麼給她當聖誕禮物。

那場景對我們來說非常深刻，那些綻開的縫線。

無論我們做了什麼，永遠有更多要做。有更多衣服要洗、更多地要掃、更多東西要吃、更多碗盤要洗。更多爭吵、更多鬥毆，丟東西揍東西，還有放屁，加上「欸，羅里，我覺得你最好去一下廁所！」接下來當然有更多否認。「才不是我」這句話實在應該印在我們每個人的襯衫上。我們每天至少喊上十次。

到底該如何控制這一切，最重要的事又是什麼，已無所謂，反正不要多久就會亂七八糟。我們都很瘦，也都很敏捷，可是我們的空間從來都不夠安放這一切，以致無論什麼都得立即完成。

有件事我就記得很清楚：他們幫我們剪頭髮的方式。上理髮院的成本太高，所以我們就在廚房剪。那是一條生產線，有兩把椅子。我們會坐下來，先是羅里，然後我，接下來是亨利和克雷。輪到湯米時，麥可會幫湯米剪，讓潘妮稍微休息一下，之後再換回她。

「別動！」我們的父親會對湯米說。

「別動。」潘妮也會對麥可說。

我們的頭髮一束束掉在廚房中。

有些時候，某些回憶真是開心得令人心痛。我記得我們全部一起坐進車裡，擠進去、疊起來。從很多方面來說，我很喜歡這樣。潘妮和麥可其實是非常守法的，不過他們還是這麼做了。這真的是許許多多完美事件的其中之一。一輛車裡竟然塞了那麼多人，如果你看見一群人那樣擠在車子裡，鐵定很快要出意外，他們總是又笑又喊的。

但如果你看到的是我們，那麼，你會透過我們之間的縫隙，看見他們在前座牽起來的手。

那是潘妮洛普彈鋼琴的纖弱雙手。

是我的父親沾滿粉塵的工人之手。

他們周圍是一群男孩，手臂和腿疊成一團。

菸灰缸裡擺著棒棒糖，通常會是安提扣[1]，偶爾換成踢塔糖[2]。擋風玻璃從來沒乾淨過，但空氣總是清新。男孩們老是在吃感冒糖漿，以及一堆薄荷糖。

關於我們的爸爸，克雷最喜歡的回憶都發生在晚上，在睡覺之前。那時麥可老不相信他，總會蹲在床邊，小聲地對他說：「小子，你要上廁所嗎？」克雷會搖搖頭。可是，即使男孩拒絕，依舊會被帶去小小的浴室（裡頭的磁磚是破的），像匹賽馬那樣被逼著尿尿。

「嘿，潘妮！」麥可會大叫著說：「我們家有個他媽的法雅納[3]呢！」接著他會洗乾淨男孩的雙手，再次蹲下，不會再說些什麼。但克雷知道他的意思。有很長一段時間，他都是被揹到床上睡覺的。

「爸，可以再跟我說小月的故事嗎？」

接著是他的兄弟，就是我們。我們代表瘀青，代表鬥毆，就在弓箭街十八號。我們會做哥哥都做的事，揪著上衣拎起他，抓住他的後背，把他放到其他地方去。湯米出生後過了三年，我們也是這樣對他。湯米的一整個童年時光都被我們放到電視後面，或者丟到後院。要是他哭，就會被拖去浴室，裡頭一切準備就緒，羅里正在伸展雙手。

「孩子？」會有人喊著問：「孩子們，有看見湯米嗎？」

亨利會鬼鬼祟祟通風報信，跑去跟水槽邊那一頭金色的長髮說話。

「不准亂說，你這小混帳。」

他點頭，他拚命點頭。

這是他的生存之道。

五歲時，克雷跟我們一樣開始學鋼琴。

我們很討厭，可是還是彈了。

彈那架畫上願意嫁給我嗎的琴鍵，旁有潘妮。

我們非常小的時候，她會跟我們說她的母語，不過只在我們上床睡覺的時候。她時不時會停下來解釋。可是年復一年，我們逐漸遺忘了。至於學音樂，這件事則沒得商量。

我算是很接近「會彈琴」的定義。

羅里則是暴力彈琴。

亨利有彈好的可能，前提是他願意用心。

克雷學得很慢，一旦他學會，就永遠不會忘記。

後來潘妮生病了，湯米就只學了幾年。或許她那時已心灰意冷。我認為多半是因為羅里。

「好了！」他會用力敲出音符，而她會在他身邊大喊著說：「時間到！」

「什麼？」他破壞了那些求婚詞。彼時，那幾個字已漸漸褪去，顏色掉得很快，只是不會徹底消失。

「妳說什麼？」

「我說時間到！」

她常常想，如果是瓦迪克．勒丘什科，會拿他怎麼辦呢？又或者應該說，他那時到底是拿她怎麼辦呢？她是在哪裡練習的？那根雲杉樹枝哪兒來的？在這裡是該找根瓶子刷還是尤加利樹枝呢？她知道五個男孩對上爸爸勤奮的小女兒可說是南轅北轍的狀態，但是看羅里這樣大搖大擺地走開，她不免有點失望。

對克雷來說，坐在客廳角落是他的職責，他願意忍受，至少他願意嘗試。彈琴後，他會跟著她進廚房，

1 Anticols：澳洲糖果品牌

2 Tic Tacs：來自義大利的爽口糖。

3 Phar Lap：澳洲著名賽馬。

隨後問出那個只有兩個字的問句：

「嘿，媽？」

潘妮會停在水槽前方，遞給他一條格子花紋的茶巾。「我在想……」她會這麼說：「我今天呢，來跟你講房子的故事，話說我之前都覺得它們像用紙做的一樣……」

「那蟑螂呢？」

她實在忍不住。「都超大的！」

不過，有些時候我猜父母親也不懂，他們不懂自己為什麼選擇這種生活方式，也因為生活往往太混亂、太挫折，以致多半會為小事生氣。

我記得有一年夏天，雨整整兩個星期沒停。我們回到家時身上沾著厚厚的泥巴，潘妮被我們氣瘋，拿出了那根木湯匙，狠狠招呼了我們的手臂和腳，打得到哪裡就打哪裡，一時間真是塵土飛揚，猶如激烈砲火，好似彈片飛散，直到終於把那根湯匙打斷。她把一隻靴子扔到走廊底。那靴子從這頭一路甩到那頭，不知怎地借力彈了起來，「咚」的打中亨利的臉，他的嘴巴流出血，還吞下了一顆搖晃的牙齒，潘妮則在浴室附近一屁股坐下。我們幾個過去安慰她，她整個人彈起來，說：「去死啦！」

好幾個小時後，她終於過去看他的狀況。亨利還沒決定自己是該充滿罪惡感或者氣得要命。畢竟掉牙齒本來是樁不錯的交易，他說：「我連牙仙給的錢都拿不到了！」張嘴給她看牙齒中間的洞。

「牙仙會知道。」她說。

「那妳覺得如果把牙齒吞了可以多拿一點嗎？」

「如果你身上都是泥巴的話，應該不會。」

我印象最清楚的幾次父母吵架多半跟高諾高中有關。那些作業永遠改不完，家長總是很粗魯，以及勸架時受的傷。

「老天，為什麼妳不乾脆讓他們殺死對方就好？」有一次，我們的爸爸這麼說。「妳怎麼能這麼……」結果潘妮生氣了。

「這麼什麼啊？」

「我不知道。無知？蠢？竟然以為自己能夠改變那一切。」想想麥可既要在工地做事，又要照顧我們，整個人疲憊又痠痛。「妳把所有空閒都用來改作業，努力幫助他們。但妳看看這裡，看看這地方。」他說的沒錯。這裡到處都是樂高，衣服四散，處處灰塵。我們的馬桶跟公共廁所有得比，就跟她過去為了自由、忍耐著工作時見到的一樣。沒有一個人注意到馬桶刷的存在。

「所以怎樣？我應該待在家裡打掃環境？」

「不是，我不是要……」

「我應該要去用那該死的吸塵器嗎？」

「媽的，我不是這個意思。」

「**好啊，那你到底是什麼意思？**」她吼道：「**說啊？**」

他們的聲音已經從生氣變成狂怒，足以讓小孩因此抬頭。這下他們是來真的了。

可是兩人還沒吵完。

「**麥可，你應該要站在我這邊！**」

「我有啊！」他說：「我是啊。」

然後他們壓低聲音，這樣甚至更糟。「你不表現一下嗎？」

在暴風雨結束後，是一片死寂。

如我所說，那種時刻挺少的，而且他們很快就會坐到鋼琴前面。

那是我們孩提時代的悲慘象徵。

卻是他們混亂之中的平靜島嶼。

有一次，麥可站在她身邊，她彈了幾首莫札特，冷靜一下。陽光穿過窗戶，映照琴蓋，而他把手擺上那架樂器，沐浴在陽光中。

「我想寫『我很抱歉』，」他會這麼說道：「不過我忘記顏料都跑哪兒去了。」潘妮洛普稍作停頓，那段回憶令她綻放笑容。

「嗯，那個啊，我們是真的沒地方放了。」她說，繼續彈著那幾個寫了字的琴鍵。

是，她繼續演奏，這是她的一人樂團。雖然有些時候會變得混亂，冒出一些我們稱之為普通爭執（又稱打架）的事，而且往往發生在我們幾個男孩之間。

考慮到這點，克雷六歲開始打橄欖球，兩種都玩。一種是球隊的那種，另一種是我們在家從前門玩到後門的那種。時光飛逝，賽事多半由父親、湯米和羅里對亨利、克雷和我。最後一次鏟球時，你可以把球踢過屋頂，但這僅限潘妮不在草地躺椅上看書或批作業的時候。

「嘿，羅里，」亨利會這麼說：「跑過來啊，這樣我就可以把你揍翻。」而羅里會照辦，直直朝他跑去，壓在他身上或被摔回地板。反正每場比賽都得把他們架開，毫無例外。

「好了好了。」

我們的父親來來回回看著他們兩個。

亨利，一頭金髮，渾身是血。

羅里，是彷彿颶風的顏色。

「好什麼好？」

「你自己知道，」他的呼吸粗重，手臂上都是擦傷。「現在握手。」

他們會握手。

他們會握手、會道歉，然後說：「對啦，真不好意思我得跟你握手啊，豬頭！」說完兩人又打起來。這次他們會被拖到後面，到那個潘妮洛普被作業包圍的地方。

「好，這次你們兩個又吵什麼？」潘妮會這麼問。她沐浴在陽光下，一身洋裝，光著腳。「羅里？」

「啊？」

她瞟了他一眼。

「我是說是？」

「我的椅子你拿，」她開始往屋裡走。「亨利？」

「我知道、我知道。」

他已經趴下去整理掉在地上的紙。

她瞥了下遠處的麥可，眨了下眼睛，那是給夥伴和同謀者的眼神。

「天殺的、該死的男孩。」

我也很喜歡講髒話，難怪。

還有什麼呢？

在那像是跳石頭般跳過的年頭，我們還發生過什麼？

我提過嗎？我們有時會坐在後院的圍籬看著上午的訓練？或者我們是如何注視那些東西被打包，看那地方變成另一片被遺忘的荒野？

我提過克雷七歲時的那場四子棋大戰嗎？

或那場持續四個小時（還是超過了？）的麻煩遊戲？

我有沒有提到潘妮和湯米最終如何贏下那場仗？爸爸和克雷第二，我第三，亨利和羅里（他們被迫組隊）最後一名？我有沒有提過他們是怎樣相互指責，說對方棋藝很爛？

至於四子棋賽後發生了什麼？你只要知道一件事，好幾個月後我們仍然四處找得到棋子的碎片。

「嘿，快看！」我們會在走廊或廚房大叫。「這裡也有一塊耶！」

「羅里，去撿起來。」

「你去撿。」

「我才不，這個棋子是你的。」

吵了又吵、吵了又吵。

吵了再吵。

克雷記得夏天，記得潘妮念《伊利亞德》，湯米開口問蘿希是誰。我們起得晚，大家都在客廳，湯米的頭枕著她大腿，腳擺在我的腳上，克雷則坐在地板。

潘妮歪歪頭，順過湯米的頭髮。

我則對他說：「笨蛋，那不是人的名字，是天空。」

「那是什麼意思？」

這次換克雷發問，潘妮洛普便解釋，說：「那個啊，你知道日出和日落的時候天空會變成橘色和黃色，有時候還會變成紅色吧？」

他在窗戶底下點點頭。

「天空變紅的時候就是蘿希色，玫瑰色（Rosy），是這個意思。很棒對吧？」克雷露出微笑，而潘妮也笑了。

湯米又專心起來。「那海克特也是用來形容天空的嗎？」

唉呀，真是夠了。我站起來。「真的需要我們五個都在場嗎？」

潘妮・鄧巴只是笑笑。

下個冬天又排滿橄欖球隊的活動，以及贏球、訓練與輸球。克雷並沒有特別喜歡比賽，但是我們其他人都參加了，因此他也會參加。我猜家中弟妹可能會有段時間是這樣，他們會模仿哥哥姊姊。就這層意義上，我得說，雖然他跟我們很不一樣，仍然有像的地方。有時候，我們家的橄欖球比賽玩到一半，會有個選手偷打、偷推其他人，接著亨利和羅里就會馬上在那邊「不是我！」「他媽的！」不過呢，如果問我，我倒覺得應該是克雷。那時他架的拐子已經凶猛無比，而且會換很多不同的方式，很難看清楚他出手的時機。

克雷偶爾會承認。

他會說：「嘿，羅里，是我啦！」

話說若是我，你絕對猜不到我的能耐。

但羅里不會接受這種說法，因為跟亨利打架容易多了。

就那件事（和這件事）的結論而言，若談起運動和休閒娛樂，亨利真是惡名在外——推裁判被判出場、被隊友排擠，那可是場上的一大重罪。中場休息時間，經理問他們說：

「欸，橘子在哪兒？」

「什麼橘子？」

「別裝了，你知道的啊，就那些啊。」

那時有人注意到了。

「看！那裡有一大堆剝下來的皮！是亨利啦！該死的亨利！」

男孩、男人和女人，人人都瞪了過去。

整個賽馬區都大失所望。

「真的假的？」

否認毫無意義，他那雙手說明了一切。「我餓了啊。」

球場約六、七公里遠，我們原本得搭火車，亨利被罰徒步回家，我們也得奉陪。只要我們當中有人壞了規矩，每個人都一起受罪。我們走王子公路回家。

「你幹麼推裁判？」我問道。

「他一直踩到我的腳。他穿釘鞋欸。」

接著換羅里問：「那你為什麼要把橘子全吃掉？」

「因為我知道這樣你們也要一起走路回家，豬頭。」

麥可馬上說：「欸！」

「喔，對啊。抱歉。」

這次他沒有撤回抱歉。我覺得那天的我們都十分開心，雖然不久後我們就垮了。亨利吐在水溝，潘妮跪在他旁邊，父親的聲音就在她身旁。

「我猜這就是自由的代價吧。」

我們怎麼可能知道呢？

我們不過是鄧巴家的人，對於將降臨到身上的一切渾然無覺。

彼得潘

「克雷？你醒了嗎？」

沒人回，但亨利知道他醒來了，克雷的特色之一大概就是總是醒著。不過他被亮起的閱讀燈嚇了一跳。克雷說：

「你覺得怎樣？」

亨利微笑。「燙。你呢？」

「我聞起來有醫院的味道。」

「齊曼老太太好樣的啊，她敷的玩意兒還滿痛的，是不是？」

克雷感到半邊臉頰一熱。「比工業酒精好些，」他說：「也好過馬修的李施德霖漱口水。」

稍早發生了幾件事。

客廳收拾好，我們說服魚和鳥留下來。

亨利的豐功偉業從這個廚房流傳出去，齊曼太太從隔壁跑來替克雷包紮。然而更需要她的是亨利。

但進到廚房第一件事：亨利得先解釋自己到底在搞什麼鬼。這次他講得比之前更多，他講到施瓦茲和史塔奇，和那個他已經沒那麼喜歡的女孩。事實上我正打算拿茶壺扔他，或用烤麵包機砸他腦袋。

「你做了什麼？」我真不敢相信自己聽到了什麼。「我還以為你是這裡最聰明的人，我以為只有羅里才會捅這種簍子。」

「欸！」

「對對對，」亨利同意。「可是你先放尊重點。」

「如果我是你，現在就不會亂講話。」此時我也正盯著那把煎鍋，它鍋底朝上地架在爐邊，讓它派上用場不會多難。「到底發生什麼事了？他們是痛揍你一頓還是開著卡車輾過你？」

亨利碰碰其中一個傷口，表情可說是充滿喜悅。「好喔，聽好了，施瓦茲和史塔奇兩個傢伙不錯，是我拜託他們這麼做的。不過我們喝醉了，後來……」他吸了口氣。「他們兩個都不動手，所以我就有點故意去弄那個女生。」他看著克雷和羅里。「你們知道的啊，就那個很特別的妹子。」

你是指內衣肩帶很特別吧。克雷心想。

「那個奶子很特別的啊。」羅里說道。

「就那個。」亨利快樂地點點頭。

「然後呢？」我問。「你做了什麼？」

羅里又說：「那小妞的奶子就像麵包捲。」

亨利說：「你覺得像嗎？麵包捲咧，我從沒聽過那玩意兒。」

「你們兩個到底他媽的有完沒完？」

亨利完全不理我。「超越披薩啊，」他說。該死，這完全是他跟羅里才會懂的對話。「或甜甜圈。」

羅里放聲大笑，臉色一凜。「漢堡。」

「你還想要配薯條嗎？」

「還有可樂。」羅里竊笑，他竟然竊笑！

「披薩餃。」

「披薩餃是什麼鬼？」

「去他的上帝！」

他們兩個還在笑。血橫流過亨利臉頰，至少我得到他們的注意了。

「馬修你還好嗎？」羅里說：「這幾年來我跟亨利就這一次聊得最愉快！」

「可能是有史以來最愉快！」

羅里看著克雷。「這是一個很棒的交心時刻。」

「好吧！」我在他們中間比了比。「很抱歉打斷了你們什麼披薩、漢堡和披薩餃的辯論，你們兩個締結這種麵粉同盟……」

「聽到沒？麵粉吶！就連馬修也抗拒不了！」

「我還是想知道你在外面發生了什麼事。」

亨利一臉迷濛地看著，大概是看著水槽的方向吧。

「然後呢？」

他眨眨眼睛，回過神。「然後什麼？」

「發生什麼事了啦？」

「喔……對啊……」他聚精會神。「嗯總之，你知道的，就他們不打我啊，所以我就直接找上她。我那時很醉。我可能是摸了她吧……所以說起來……」

「然後呢？」羅里問：「感覺如何？」

「我不知道，我有點猶豫。」他認真地想了一下。

「然後呢？」

亨利半笑半嚴肅地說：「嗯，因為她看到我靠過去……」他嚥了口口水，那股痛感再次席捲全身。「所以揍了我的蛋蛋四次、打了我的臉三下。」

那還真是該叫個幾聲「老天！」

「我知道，他媽的她算是讓我見識到了。」

而羅里特別興奮。「克雷，看到沒？四次欸！真是不得了！這完全跟運氣無關喔。」

克雷真心笑出來了，他笑得很狂野。

「然後啊，」亨利終於繼續說：「史塔奇和施瓦茲兩個傢伙收拾了我，他們不做不行。」

可是我不懂。「為什麼不做不行？」

「不是很明顯嗎？」亨利用就事論事的語氣說：「他們怕下一個就輪到自己啊。」

他們又回到臥室。此時已經早就過了午夜，亨利突然坐起身。

「真該死，」他說：「我清醒了，我現在要去牽車。」

克雷嘆口氣，從床上起來

細雨千絲萬縷，簡直可穿雨而過。

雨絲還沒落到地面就蒸發了。

稍早，亨利揭開真相沒多久，兩人在那邊傾吐被痛扁的心事，忽然聽見後門響起刮搔聲，有人敲門。

蘿希和阿基里斯滿懷期望地站在門外。

我們對狗說：「你，進來。」

我們對騾子說：「你，給我聽清楚，廚房不開放。」

然後是前門。敲門聲響，伴隨喊聲。

「馬修，我是齊曼太太。」

我打開門，迎接那位滿臉皺紋、眼神總是明亮的矮小女子，眼中沒有任何指控。她非常清楚這屋裡完全是另一個世界，可她又有什麼資格評斷呢？即使在她發現鄧巴家只剩我們幾個男孩的時候，也沒聽她問起我們如何生活。齊曼太太擁有老人家的智慧，她曾見過跟我和羅里同年紀的男孩被送到海外去挨槍子兒。一開始，她有時會帶湯過來（超級濃稠、超級燙），還會叫我們過去幫忙開罐，直到她臨終之際。

這天晚上，她已經準備好要辦點正事。

她簡單地對我說。

「嗨馬修，你好嗎？我好像瞄到了克雷，他被打傷了是不？之後我再來看看你的手。」

此時，一道聲音從沙發傳來，隨之出現的是開開心心的亨利。

「齊曼太太，我先！」

「我的老天！」

我們家怎麼樣了嗎？

為什麼大家都要喊個老天呢？

那輛車停在奔伯羅公園停車場，他們穿越溼氣，走了過去。

「想兜個幾圈嗎？」克雷問道。

亨利笑著，小小絆了一下。

「如果發得動的話。」

他們在沉默中前進，開過每條街道、每條巷弄，克雷一一記下路名。他們經過帝國、卡賓、查塔姆街，接著踏上黃昏路，軒尼詩馬場，以及酒吧**光手臂**的所在地。他記得自己每回陪著初來乍到的凱莉・諾維走過街道的時光。

他們繼續這樣閒逛，克雷從他們中間看過去。

當他們因紅綠燈在飛萊街停下，「嘿，」他說：「嘿，亨利。」可是他是對著儀表板說話。「謝謝你做的這一切。」

你一定要稱讚一下亨利，特別是在這種時刻。他對他眨了眨眼。「史塔奇的妞兒好樣的。」

回家前，他們最後一站是彼得潘廣場，兩人坐在車上，從擋風玻璃望出去，看著廣場中央的雕像。透過包住雕像的細雨，克雷只能看得出大理石，以及那匹將名字獻給這座廣場的馬兒。上馬用的踏腳板寫著：

彼得潘
英勇的駿馬

兩度於那場舉國停頓的賽事中奪冠

一九三二、一九三四

馬將頭轉向一邊，好像也在看著他們。不過克雷知道，那隻馬是在看別的東西，或許是盯著牠的對手——尤其是羅吉拉。彼得潘恨死羅吉拉了。

背上的騎師達比．蒙洛好像也正看著車。亨利發動引擎，雨刷每隔四秒就刷過眼前，馬匹和騎士先是清晰，之後模糊，清晰又模糊，直到亨利終於開口。

「嘿，克雷。」他搖搖頭，露出微笑，淡淡的、帶點輕視的笑，說：「跟我說說這些日子來他是什麼模樣。」

鋼琴戰爭

之後的幾年其實不難理解。

大家都弄錯了。

他們以為我們之所以變成那樣是因為潘妮過世，外加父親離家出走。當然，那的確讓我們變得更粗魯又更難相處，可我們也更能吃苦了，我們知道該如何奮戰，但不是因為那樣才變得堅強，不是。其實還有其他事情的影響。

一個木製的、高高聳立著的東西。

是那架鋼琴。

■

這是從我開始的。那時的我六年級，此刻我一邊打字，一邊覺得內疚。我先道歉，畢竟這是克雷的故事，我卻在寫自己。但是不知怎麼，這件事似乎很重要，因為它讓我們變得有所不同。

那時上學挺容易的。上課很不錯，我每場橄欖球比賽都參加，很少跟人起爭執，至少都是沒人注意的程度。

可是因為學鋼琴，我被人笑。

沒人在意我們是被迫的，也沒人理會鋼琴這項樂器有著漫長的叛逆歷史——雷・查爾斯[4]是酷炫的化身，傑瑞・李・劉易斯[5]讓鋼琴大紅大紫。在賽馬區長大的男孩裡只有一種人會彈鋼琴，無論世界進步多少，無論你是橄欖球校隊隊長或業餘少年拳擊手，鋼琴只讓你跟一件事劃等號，而那當然是：

你肯定是同性戀。

儘管我們彈得不怎樣，但幾年下來，大家都知道我們在學。話說回來，那都不重要，大多小孩會在不同的時間點盯上某些事物，可能有段時間完全沒人理，十幾歲時卻要獨自面對一切磨難，很可能你在一年級對集郵產生高度興趣，九年級卻變成揮之不去的陰影。

我的話呢，如我所說，那時我才六年級。

這一切只需要一個小孩，他比你矮一些，但力氣大得多。這個小孩還真的是拳擊少年呢。那是個名叫吉米・哈特涅的孩子。他的父親老吉米・哈特涅在海神路開了間三色拳擊俱樂部。

說到吉米，這孩子真是不得了。

4 Ray Charles：美國靈魂音樂家、鋼琴演奏家。
5 Jerry Lee Lewis：美國唱片製作人、鋼琴手。

他的體型好比小型超市。

他身材結實，惹到他要付出高昂代價。

他一頭紅髮，有瀏海。

如果要說這一切究竟是怎麼開始，大概是這樣，走廊上有一群男孩女孩，灰塵飄飛，陽光灑落。有穿著制服的人，有喊聲，還有數不清的人在走動。場景之美，甚至令人厭惡，大塊大塊光線灑落，那明亮而完美的狹長光束。

吉米．哈特涅順著走廊走向我，他滿臉雀斑、充滿自信，身穿白色上衣，灰色短褲。他衣著體面，完全就是個學院風的流氓。吉米身上有早餐的味道，還有一對鋼筋鐵骨般的手臂。

「嘿，」他說：「那不是鄧巴家的小孩嗎？就那些彈鋼琴的？」他轉動一邊肩膀，撞了我。「他媽的**娘炮！**」

這小子還特別強調那兩個字。

接下來好幾個禮拜都那樣，搞不好持續了一個月，而且越來越過分。從肩膀變成手肘，接著再變成攻擊胯下（雖然沒有放了好幾天的麵包捲那麼致命）。沒過多久這就成了他的標準嗜好，在男廁裡捏人奶頭，時不時就來個鎖喉，或在走廊掐我脖子。

而今，從很多方面回想，他們不過就是被寵壞的小孩。心靈扭曲，需要好好管教。這麼一說，你會突然覺得他們像是陽光下的微塵，只是跌跌撞撞穿過房間。

但這不代表我喜歡。

或代表我不會反擊。

我就跟許多面臨那種情況的人一樣，並沒有直接面對問題，或者可以說我還沒有真的面對。我沒有，因為那樣只會顯得自己蠢，所以我針對我有辦法處理的部分進行反擊。

簡言之，我責怪潘妮洛普。

我反抗的是鋼琴。

當然，永遠都有問題，問題問題問題，當時我的問題在於，跟潘妮相比，該死的吉米·哈特涅其實更好相處。

儘管她從沒能讓我們好好彈琴，卻總會逼我們練習。她緊緊抓住歐洲的衣角，至少是東歐的某座城市。那時她甚至還有句口頭禪。是說……老天，我們自己也編了個口頭禪。

「等你們念高中就可以不用彈了。」

但那句話那時卻幫不到我。

第一學期已過一半，代表那年我還有大半時間得想辦法活下去。

我的嘗試一開始沒什麼說服力，像是：

練習到一半就去上廁所。

遲到。

故意彈得很爛。

不久我就開始故意針對她。我故意不彈某些曲子，接著是完全不彈。面對那些麻煩又棘手的學生時，她的耐心無人可比。但就算是高諾的那些孩子也沒能讓她做好準備，面對這一切。

起初她會試著跟我談，她會說：「你最近是怎麼了？」以及「馬修，好了，你明明能彈得更好。」

可我當然什麼都不會跟她說。

我的背上有塊瘀青。

大概過了一整個禮拜，我們會坐下來（我右邊，潘妮左邊），然後我會讀樂理，學那些八分音符、四分音符的節奏。我也記得父親的表情，他才剛離開酷刑室，就發現我們開戰了。

「又來？」他說。

「又來。」她說，沒看他，只注視著前方。

「妳要來杯咖啡嗎？」

「不了謝謝。」

「來點茶？」

「不用。」

她僵著臉，坐在那裡，像座雕像。

偶爾會有人開口，語氣緊繃，但多半是我在說話。潘妮洛普開口時聽起來很平和。

「你不想彈？」她會說：「好吧，那我們就坐在這兒，」她突然從平和變成勃然大怒。「我們就天天坐在這兒，直到你認輸。」

「但我是不會認輸的。」

「你會的。」

此刻我回憶過往，看著坐在彩繪琴鍵前的自己。

我的黑髮亂七八糟，身材高瘦，姿態笨拙，雙眼閃閃發光，那時我的眼珠絕對有某種色澤，跟麥可一樣淺藍。我看見自己緊張又悲慘向她拍胸斷言。「我不會。」

「你會覺得很無聊，彈琴還是比較好的。」她反駁。

「那是妳的想法。」

「不好意思？」她沒聽清楚我說的話。「你說什麼？」

「我說，他媽的那是妳的想法。」

潘妮起身。

她想在我身邊爆發情緒，不過那時她很會模仿。潘妮一聲不吭，連點火花都沒冒出來。她坐回去，看著我，說：「好吧。」她說：「我們就這樣吧。就待在這裡，我們就等著看。」

「我討厭鋼琴，」我輕聲說道：「我討厭鋼琴，也討厭妳。」

麥可．鄧巴聽見了我說的話。

他在沙發那頭，這時他成了美國，他帶著武力踏進戰場，大步穿過客廳，把我拖到後面。他就是吉米．哈特涅。他推著我走過晒衣繩，把我拉到那些夾子下方。他的呼吸急促，而我的雙手抵著籬笆。

「你——永遠——不准——那樣跟你媽說話。」他大力地推著我。

來啊，我想。揍我啊。

但潘妮就在旁邊。

她看著我、審視我。

「嘿，」她說：「嘿，馬修？」

我忍不住看著她。

出其不意永遠是最好的武器。

「站起來，回去，他媽的我們還剩十分鐘。」

我再次回到屋裡，我錯了。

我知道自己不該承認，我不該屈服，但我還是那麼做了。

「我很抱歉。」我說。

「為了什麼抱歉？」

她瞪著前方。

「就是，他媽的……」

她還是瞪著眼前那本樂理書，眼睛眨也不眨。「還有呢？」

「說我討厭妳。」

她轉向我，動作非常輕微，好像根本沒在移動。

「你可以整天都罵髒話，整天討厭我，只要你彈鋼琴就好。」

但我不彈。那晚不彈，隔天晚上也不彈。

我不彈琴，這樣好幾個禮拜，然後是好幾個月。要是吉米．哈特涅能看到就好了，要是他知道我為了擺脫他搞得多痛苦就好了。

他媽的她那些貼身牛仔褲，還有光滑的腳掌，他媽的呼吸聲，廚房裡他媽的那些竊竊低語，她在跟麥可說話，而這個人永遠挺她到底。好，既然我們講到他，那他也去死吧，那個百依百順、死黏著潘妮洛普的傢伙。那段期間，他只做對了一件事，在羅里和亨利也拒絕彈琴時賞了他們一巴掌。那是屬於我的戰爭，不是他們的，還不到時候。他們可以實行自己的餿主意，相信我，他們會的。

不，對我而言那幾個月像是永無止境。

白天在冬日變短，接著在春日拉長，吉米．哈特涅還是針對我。他永遠不會無聊，也沒有失去耐心。他在廁所裡捏我的奶頭，把我的胯下揍到瘀血，他很擅長下鉤拳。總之，他跟潘妮洛普都等在那裡，我則等著被逼到崩潰。

我希望她爆發！

我希望她狠狠拍著大腿，或扯著自己乾乾淨淨的頭髮。

但沒有，她沒有，她做出非常公平的處置，像是共產主義的平靜留下的痕跡。她甚至改了給我的規矩：練習時間大延長。她會在我身邊的椅子等待，父親會為她端來咖啡，拿來抹了果醬的吐司和茶，他帶給她比司吉、水果和巧克力。那幾堂課我背痛不已。

有個晚上，我們坐到午夜，事情就是在那晚發生。我的弟弟都上床睡覺，而她一如往常等到我筋疲力竭為止。我站起身，搖搖晃晃走向沙發，潘妮洛普還是坐得直挺挺。

「欸，」她說：「那是作弊，給我待在鋼琴前面，不然就去床上睡。」就在那時，我決定開誠布公，我真的崩潰了，我覺得我做錯了。

我不滿地起身，經過她身邊，到走廊上解開上衣，然後她便看見藏在衣服底下的模樣，就在那裡，我右邊胸口，滿滿的都是那男孩留下的痕跡和印記，那個紅瀏海的男孩。

她迅速伸出一手。

那纖長而精緻的手指。

在那架樂器旁邊，她擋住我的路。

「那個……」潘妮洛普說：「是怎麼回事？」

就像我跟你們講過的，那時我們的父母親啊，真的很不一樣。

我因為鋼琴的事討厭他們了嗎？

當然。

我因為他們接下來的舉動又更愛他們了嗎？

我可以跟你賭你的房子、車子和雙手。

事情經過是這樣的。

我記得我坐在廚房，恍若匯集了光線的河口。

我坐在那裡，說出一切，他們默默且專注地聽著，連吉米・哈特涅高超的下鉤拳都細細聽著，那是我第一個提到的。

「娘炮，」潘妮洛普終於說道：「你不知道那很蠢嗎？而且那樣講是錯的，實在……」她似乎想找個更嚴厲的詞，更罪大惡極的形容。「難以想像？」

我呢，我得誠實些。「捏奶頭真的很痛……」

她低頭看著自己的茶。「你為什麼從來不告訴我們？」

但我父親是個天才，並且頭腦清晰。

「他是男孩子，」他說，對我眨眨眼，像在說一切都會沒事的。「我說對了嗎？我說對了吧！」

潘妮洛普立刻理解了。

她譴責自己，接著很快說：「當然，」她低聲說道：「就像他們一樣……」

就像高諾高中的那些男孩。

後來，她喝茶時做出重大決定。不幸的是，我們知道只有一個方法可以幫到我，而且絕對不會是讓他們去學校一趟，也不會是找誰來保護我。

麥可說，好吧。

這個宣言非常微弱。

他繼續說，目前這麼做只能混淆吉米的視聽，讓事情平息下來，除了這麼做沒有其他辦法。他講話的時候幾乎像在演獨角戲，而潘妮洛普表示贊成。有一度她還差點笑出來。

他和他的說法是否令她感到驕傲呢？

對於我將經歷的一切，她是否感到喜悅呢？

並沒有。

回憶過往，我認為那只是生命給的暗示，先把可怕的片段標記出來，這麼做當然最容易。

想像是一回事，實際動手去做就覺得幾乎不可能。

即使在麥可說完，問我「你覺得呢？」之後，她還是會嘆氣（但多半是因為鬆了口氣）。雖然當下沒什麼可開玩笑的，她仍開了個玩笑。

「好吧，如果跟那個小孩打架可以讓他重新開始彈琴，那就這樣吧。」她有些不好意思，但也有些感動，我則十分震驚。

本應保護我的父母、用正確方式養育我的父母，卻毫無半刻遲疑要把我送進校園戰場，面對必輸無疑的一場仗，我對他們真是又愛又恨。但此刻我知道，那其實是對我的訓練。

畢竟，潘妮洛普會死。

麥可會離開。

而我當然會留下來。

只是，在這一切發生之前他會教我，他會訓練我怎麼對付哈特涅。

這下有得瞧了。

克勞蒂・柯比有著溫暖的臂彎

隔天早上，亨利和克雷腫著臉起床。

他們之中，一人會去學校被痛揍一頓，安安靜靜，鼻青臉腫。另外一個會跟我一起工作，被痛揍一頓，安安靜靜，鼻青臉腫。他會開始等待週六到來。

不過這次不一樣。

他等著要看她比賽。

第一天就有那麼多事，多半要歸功克勞蒂・柯比，但克雷首先碰到的是阿基里斯。我在離家不遠的地方工作，因而可以晚點出門。克雷走到院裡，陽光照耀在動物身上，狠狠照射著克雷的臉。而陽光也很快就緩解了痠痛。

他先拍拍蘿希，直到牠開始繞著草地跑。

騾子在晒衣繩下微笑。

克雷撫著牠脖子上的鬃毛。

牠看著他說，你回來了。

我回來了……但不會待久。

他彎下腰，檢查騾子的蹄。亨利過來喊他。

「蹄還好嗎？」

「很好。」

「他說話啦！我要去一趟書報攤！」

克雷甚至又多說了一些，從騾子的右蹄抬起頭。「欸，亨利，買一賠六。」

亨利咧嘴一笑。「沒問題。」

說到克勞蒂・柯比……午餐時分，克雷和我坐在一間屋中，在那些地板材料之間。我起身打算洗手，正好手機響起。我叫克雷幫我接，他說是那個老師打來的。她這時也兼諮商顧問了。克勞蒂很驚訝克雷回了家，他表示這只是暫時的。至於打電話的目的……她說她看見了亨利，想知道一切都還好嗎？

「在家裡嗎？」克雷問道。

「嗯……對啊。」

克雷露出一抹微笑，看了過去。「沒事，家裡沒人對亨利動粗，不會有人做那種事的。」而我實在得走過去。「把那該死的手機給我。」

於是他把手機給我。

「柯比小姐？……好，克勞蒂——沒有，一切都沒問題，他只是跟鄰居發生了些小狀況，妳也知道男生都有多蠢。」

「是呀，我知道。」

我們聊了一下，她的聲調很平靜，雖然微小，但很堅定。我透過話筒想像著她的模樣，她穿著深色裙子和奶油白的襯衫嗎？為什麼我要想像她的小腿肚呢？我差不多要掛斷電話時，克雷叫我稍等一下，告訴她說會把她借給他的書帶過去。

「他想讀點新的嗎？」

他聽見她說的話，想了一下，點點頭。

「他最喜歡哪一本？」

他說：「《東十五街的戰鬥》。」

「那是本好書。」

「我喜歡書裡面那個下棋的老人。」這次他的音量更大了點。「比利．溫特格林。」

「喔，他太棒了。」克勞蒂．柯比說，而我站在那裡，被夾在中間。

「你們兩個沒事吧？」我問。我只能說，這情況很像克雷回家的那晚，我被夾在亨利和羅里中間。她在電話那頭微笑。

「明天過來拿書吧。」她說：「放學後我會再多待一會兒。」教職員通常會在星期五留下來喝杯東西。

我掛上電話，看他笑得詭異。

「別笑得那麼蠢好不好。」

「什麼？」他問道。

「少在那裡跟我什麼，他媽的抓著那邊就是了。」

我們把板材抬上臺階。

隔天下午，我坐在車裡，看著克雷走進校園。

「你不來嗎？」

克勞蒂在停車場旁邊。

她在陽光下高高舉起一手，他們交換手上的書本。她說：「天啊，你是怎麼回事？」

「柯比小姐，沒事，這是必要的。」

「你們這些姓鄧巴的人每次都會嚇到我。」此時她發現了車子。「嗨，馬修！」媽的，我得下車。這次我把書名記起來了。

《牧草達人》

《見證者》（這兩本作者同一位）

《索尼博與主廚》

克勞蒂．柯比跟我握手，她那雙手看來很暖和。夜色弄溼樹林，她問起我們的近況，為克雷再次回家而開心，我當然也說了。不過他當然不會待太久。

我們打算要離開了，克勞蒂看了克雷一眼。

她思考著、下定決心，伸出手來。

「嘿，」她說：「給我一本書好嗎？」

她撕了一張紙，寫下手機號碼和即時通訊帳號，擺進《索尼博與主廚》裡。

緊急狀況用
（比方你一直想要逃離書本）

她真的（如我所望）穿了那件套裝，還有那晒出雀斑的臉頰。

她的棕色頭髮長及肩膀。

驅車離開時，我就像死去了一樣。

等到週六，我們五人去了皇家軒尼詩馬場，耳語傳得很快，麥安德魯收了個新徒弟，而且那女孩是弓箭街十一號來的。

賽道上有兩個看臺。

一個會員用，一個閒雜人等用。

會員用的看臺有分級（或至少是有假裝分級），還有走味的香檳。這裡有西裝筆挺的男人、戴著帽子的女人，還有些人頭上戴的根本不是帽子。湯米停下腳步問道，那些怪東西到底是什麼啊？

我們一起走去給閒雜人等的看臺。臺子上油漆剝落，坐著賭徒和一臉笑咪咪的人們。有贏家，也有輸家。他們大多身材肥胖，一點也不時髦，拎著啤酒，吞雲吐霧，手上抓著五塊錢的彩券，滿嘴嚼著肉，還叼著菸。

當然，這兩處中間是上馬區。馬伕會牽著馬兒經過，緩慢而細緻地繞著圈。騎師站在練馬師身邊，練馬師則站在馬主人身旁。馬兒有花的，也有栗的。馬鞍、黑漆、馬鐙和指令，以及點個不停的頭。

克雷一度看見凱莉的父親（有段時間，大家叫他晨操泰德），凱莉曾經這麼跟他說過，她父親的身高對騎師來說太高，在男性之中又嫌太矮。泰德穿著西裝、靠著圍籬，舉起那惡名昭彰的雙手。

沒過多久，他太太也出現。她身穿淺綠色洋裝，一頭金紅色秀髮，飄逸但修剪得宜。這位是難搞的凱瑟琳・諾維。跟衣服搭成一套的皮包在她身側彈著，她一副惴惴不安的模樣，好像有點氣憤，又緘默不語。她有時會把皮包咬在口中，感覺有點像是咬三明治。她顯然痛恨賽馬日。

我們往上走，坐在看臺後面，在帶了水漬又毀壞的座位上。天色昏暗，但沒下雨。我們湊錢讓羅里交出去，之後便看到她出現在上馬區。她站在老麥安德魯身邊，麥安德魯一語不發，只一個勁兒的瞪著前方，活像一根掃帚，手臂和雙腳就像時鐘指針。他轉身離開，克雷看到他的眼神。那雙灰藍色的眼睛澄澈透淨。

克雷回想麥安德魯曾經說過的話，但話不是直接對他說，他只是站在旁邊聽的。那段話是關於時間、關於努力，還提到要除掉枯枝。不知怎麼，他有點喜歡那段話。

當然，克雷看見她時露出了微笑。

麥安德魯叫她靠近點。

他給她下指令。短短七、八個音節，不多不少。

凱莉・諾維點點頭。

她走向那匹馬，翻身上去。

她駕著牠小步跑出閘門。

哈特涅

那時候的我們絕對不可能知道。

即將來臨的事這次真的要來了。

我才要開始準備對付吉米．哈特涅，母親便要邁向死亡。

對潘妮洛普來說，一切都是那麼無害。

讓我們追本溯源……

那時我十二歲，正在接受訓練。羅里十歲、亨利九歲、克雷八歲，湯米五歲。我們母親的大限將至。

那是在九月底，某個星期天早晨。

麥可．鄧巴被電視吵醒。克雷在看卡通：《太空狗狗巨石魯賓》。時間剛過早上六點十五。

「克雷？」

沒有回應。他因為螢幕上的畫面瞪大了眼睛。

這次他的低喃更粗啞。「克雷！」這下那孩子的眼神看了過來。「可以轉小聲點嗎？」

「喔，抱歉，好。」

他調整音量，麥可又更清醒了一點，便過去坐在他身邊。克雷說要聽故事，他就講了小月、蛇和羽頓的事，甚至沒有費心思考該略過哪些細節。而克雷一直都知道，如果他跳過某件事不說，要把故事圓好只會更耗時費力。

他說完故事後，兩人就坐著看電視。麥可搭著克雷的肩頭，克雷則盯著那隻金毛狗，麥可開始打瞌睡，但很快又醒過來。

「嘿，」他說：「快演完了。」他指著電視說：「他們要把他發射回火星。」

有個微弱聲音卡進他們之間。「是回海王星啦，白痴。」

克雷和麥可・鄧巴笑著轉過頭，望向身後走廊上的那名女子。她穿著最破舊的睡衣，說：「你難道什麼都不記得了嗎？」

那天早上，牛奶喝完了，因此潘妮做了鬆餅。我們進到餐廳，又吵又鬧，又灑了柳橙汁，相互指責。潘妮一邊收拾一邊大喊：「你們又打翻了那該死的果機！」我們只是哈哈大笑，沒人發現真相。

她把蛋掉在羅里的趾間。

她失手摔了一個盤子。

真要說起來，那代表了什麼呢？

當我開始回想往事，就知道那代表了許多許多。

從那天早上起，她慢慢遠離我們，死亡漸漸入侵。

它停駐於窗簾桿。

它在陽光下搖曳。

之後，它會靠過來，而且靠得很近，姿態相當隨意，一手掛在冰箱上。如果它只是很在意啤酒，那我只能說，它他媽的演得真好。

另一方面，跟哈特涅迫在眉睫的戰爭就如我所想：非常棒。為了做好萬全準備，為了那個看似尋常的週日，我們會去買兩副拳擊手套。

我們彼此揮拳、相互對峙。

我們糾纏在一起。

那時我整天戴著那副紅色手套，活像是手腕上套了兩座小屋子。

「他會殺了我的。」我說。不過我爸可不會允許這種事。那時的他就只是我的爸爸。雖然我只能這麼說，但這對我來說可是最高的讚美。

在這樣的時刻，他就會停下動作，將包在拳擊手套裡的手放在我脖子上。「好吧。」他一邊思忖，一邊輕聲地對我說。「那你就要這樣想，你得下定決心。」他摸著我的頭，而我輕而易舉就被他鼓勵到了。他是那麼溫柔、那麼貼心，我得到了那麼多關愛。「他想怎麼殺你都無所謂，但你無論如何都不會死。」

他實在很擅長事前心理建設。

至於潘妮，各種警訊不斷出現，而我們簡直毫無警覺。在我們短短幾年生命中所知的那名女子，幾乎連感冒都沒有過。有時可能虛弱不適，但總很快就會甩掉病痛。

潘妮偶爾嚴重頭昏腦脹，時不時也會久久咳一下。

那是令人昏昏欲睡的日正當中，她工作時間很長，做事也認真，我們覺得原因就是這個。可你又怎麼能確定這不是因為在高諾工作的關係呢？畢竟她近距離接觸病菌和學生，總是改作業改到深夜。

她只是需要休息而已。

同時，你應該能想像我們接受的訓練強度有多高。

我們在院子裡面對打，在門廊上對打。

我們在晒衣繩下對打，有時甚至在屋子裡，總之是在任何可以打架的地方。最開始是爸和我，接下來每個人都試了一手。包括湯米和潘妮洛普。她的金髮已經微微泛灰。

「注意一下她的狀況，」某天，我們的爸爸說：「她舉左手的時候會痛。」

至於羅里和亨利則從未這麼和樂融融。他們對峙、對打、彼此又拍又打，激烈拳腳相向。有一次羅里甚至道了歉，而且是心甘情願的（真是奇蹟），因為他出拳的位置稍嫌太低。

在學校，我盡力承受一切。同時間，我們在家裡練習防禦（「手要一直舉著，注意腳步。」）攻擊（「永遠記住，揮拳要這樣揮。」）然後到「是時候了！」

終於，在我要面對吉米．哈特涅的前晚，爸爸來我房間，我跟克雷和湯米睡一起，他們兩人睡在三層上下鋪的下兩層，我則清醒地躺在最上方。我和大部分小孩子一樣，在他走進房間時閉上眼睛。爸爸輕輕搖晃我，說：

「嘿，馬修，要再練一下嗎？」

他其實不需要說服我。

但不同的地方在於，當我伸手去拿手套，他告訴我不需要戴。

「什麼？」我低聲說：「赤手空拳嗎？」

「開打的時候你也不會有手套啊，」他說，這時他講話的速度很慢。「我去了一趟圖書館。」

我跟著他走到起居室，他指著一捲古老的錄影帶和一部古老的錄放影機（銀黑色，破破舊舊），叫我打開。他果然湊出了錢來買那臺機器，從第一筆聖誕節基金拿出一部分。即便我正低頭看著影片的片名——《最後的傳說拳擊手》，依然能感覺得到父親在微笑。

「很棒吧？」

我看著機器吞下影帶。「很棒。」

「好了，按『播放』。」不久後，我們便安靜地看著拳擊手在螢幕上入場。他們有如總統。有些片段是黑白的，從喬．路易斯、強尼．費穆瓊、利昂納．羅西到舒格．雷伊。接著是彩色畫面：冒煙的喬、傑夫．哈丁、丹尼斯．安德里斯，和色彩鮮豔的羅伯托．杜蘭。他們的體重把邊繩都壓得拉長了。在那麼多場比賽之中，選手們一次次被擊倒在地，又再次爬起來。他們明明完全站不穩，卻又那麼勇敢。

影片快結束時，我看著他。

父親的眼睛閃閃發亮。

他把音量關小，捧著我的臉，神色和緩。

他雙手托著我的下巴。

有一瞬間，我以為他可能會模仿螢幕上的畫面，像主播球評那樣說點什麼，但他只是那樣抓著我，在黑暗中捧著我的臉。

「小子，我真的得好好稱讚你，你真了不起。」

這又是故事開始前的故事。

接下來便是那一刻，當日的主角是潘妮・鄧巴。那個早上，她跟名叫裘蒂・艾丘斯的學生在一起。她是她最喜愛的學生之一，因閱讀障礙所苦，潘妮每週跟她碰面兩次。她有著悲傷的雙眼、個子很高，一大條長辮子垂在背上。

那天早上，她們跟著節拍器讀書，這是老伎倆了。潘妮起身拿字典，但接著她卻被人搖醒。

「老師，」裘蒂・艾丘斯說：「老師，」接著她又喊道：「老師！」

潘妮清醒過來，看著她臉上的表情。那本書掉在不遠處，可憐的小裘蒂・艾丘斯好像要崩潰了。

「老師？妳還好嗎？妳還好嗎？」

她的齒列看起來非常完美。

潘妮洛普想伸手，手臂卻不知怎麼不聽使喚。

「裘蒂，我沒事。」她應該讓她去找人幫忙或喝口水，或至少做點可以分神的事。但她卻說（這真是很潘妮的口氣）。「好囉，來打開那本書，我們來查……妳說高興這個詞怎麼樣呢？還是沮喪？妳比較喜歡哪一個？」

看看那女孩的嘴巴和完美對稱的五官。

「高興吧，」她大聲地念出相近詞。「開心……喜悅……愉快。」

「很好，非常好。」

可她的手臂還是不能動。

然後星期五到了。

哈特涅和他的跟班對我奚落有加。

他們講到鋼琴、彈琴還有娘們。

他們都是超厲害的押韻大師，自己卻毫無知覺。

吉米．哈特涅那時的瀏海有點長，可能前幾天就該剪了。他的身材精瘦，滿身肌肉，小小的嘴活像裂縫，有如開到一半的罐頭，但那裂縫很快就開成了個微笑。我直直走向他，鼓起勇氣說：

「午休的時候，我跟你在網子那邊打一場。」我說。

這是他這輩子聽到最好的消息。

後來有天下午，她就跟平常一樣在學生等公車時念書給他們聽。這次是《奧德賽》，那一章是在講獨眼巨人。

她身邊有身穿綠色配白色的學生，他們剛開始嘗試在頭髮上來點變化。

她念著奧德修斯，講到他騙了藏身處的怪物，突然覺得書本上的文字彷彿在旋轉，她的喉嚨變成深深的洞穴。

她咳嗽，然後看到了血。

鮮血噴在書頁上。

她被那抹鮮紅嚇到。那顏色是如此鮮明而不留情面，而她接下來的思緒又回到那列火車，這是她生平第一次看見那兩本書的書名被印成英文。■

那我的血跟那灘血相比，又怎麼樣呢？

根本什麼都不算，真的什麼都不算。

我記得那天風大，天上的雲飄得非常快。前一刻還是白色，下一秒就成了綠的，光影不斷變化。走向板球網的途中，我看見一片貌似煤礦的雲，那是顏色最深暗的補丁。

一開始，我沒看見吉米．哈特涅，不過他就在水泥的投手丘上。他在笑，嘴巴咧得跟瀏海同寬。

「他來了！」他的朋友喊著。「他媽的那娘炮來了！」

我走上前，舉起拳頭。

我們開始對峙，往左或往右移。我記得他的動作之快之嚇人，而我也很快就嘗到苦頭。我記得學校那些小孩的吼叫，聽起來就像拍在岸邊的海浪。我一度看見羅里，他那時只是個小男孩，就站在亨利旁邊，而亨利就像金毛拉布拉多，瘦得皮包骨。透過編成菱形的網子，他們的嘴形在說：揍他。而克雷只是呆呆地看著。

但要打中吉米實在不容易。

最開始，我的嘴巴被逮到破綻（就像咬了一口鐵塊），接著我被打到肋骨。我記得自己那時想著，啊，肋骨斷了，同時拳頭就砸了過來。

「快點！去你媽的鋼琴男！」那個小孩低聲說，又跳了過來。每次他出這招，總能溜到我身邊，接著他會揮出左拳，然後右拳，再一發右拳，打中我了。這麼來回三次，我倒在地上。

歡呼聲響起，我們也打量著有沒有教職員的身影，還沒有人發現。我迅速往前爬，站了起來，只是八秒可能已經讀完了。

「來吧。」我說，光影持續變換，風聲在耳邊呼嘯，他再次踏進我的守備範圍，與我對峙。

這次和前幾回一樣，他的左拳逮到了我，緊接著就是一波重拳攻擊，可是這個策略不再有用，因為我擋開了第三下攻擊，狠狠揍了他的下巴。哈特涅退開，一時結巴，趕緊重新調整動作，再次出拳。他嚇到了，急急往後退。我跟進，欺向他左前方，將所有的力量都灌進那兩下刺拳，正好打在他嘴巴那條細縫，砸中臉頰。

現在不管是什麼賽事，都有球評主播在旁，搞不好連打彈珠比賽都有。要是他們在，會說這叫消耗戰。我們拳腳相向，我一度單膝著地，而他會出手揍我，但很快就會跟我道歉，然後我點點頭，這是我們的無聲共識。圍觀的人漸漸變多，還有人爬上去看，用乾乾淨淨的手指抓著板球網的網眼。最終，我打倒了他兩次，可是他每次都能反擊。結束前，我倒地了四次。第四次時我連站都站不起來。我隱隱約約感覺到，那時好像有人在指揮圍觀的人，那些人就像海鷗，除了我弟弟之外都留在原地。亨利會以優雅的姿態對著幾個溜走的小孩伸出手（此時回想，好像也不太意外），而他們會把剩下的午餐交給他。亨利的賭局早就開始、也早就贏了。

在球場一角，接近球門柱的地方，吉米．哈特涅側身站著。他有點像受了傷的野狗，既可憐，又得給他加個小心惡犬的注意標示。那個老師，那名男子走過去抓著他，但哈特涅聳聳肩，把對方甩開，差點在朝我走來時絆一跤。這時他臉上的縫就只是張嘴。哈特涅蹲下來，在我身邊對我說話。

「你一定很會彈鋼琴，」他說：「假如你彈琴跟打架一樣厲害的話。」

我用手指檢查自己的嘴巴，終於有鬆一口氣的勝利感。

我躺下來，雖然流了血，但臉上掛著笑容。

我的牙齒都還在。

然後就這樣。

她去看醫生。

做一系列測試。

她什麼都沒說，生活照舊。

然而，只要多出現一條裂縫，一切就會變得殘酷而明白。我坐在這裡敲出越來越多個字，整個廚房就像一窪清澈涼爽的水。

有一次羅里和亨利在房間扭打。他們不顧手套，回歸普通的打架方式。潘妮洛普衝向他們。她抓住他們制服的後頸，把他們兩個分開。

兩個男孩彷彿被吊起來晾乾似的。

一週之後，她住院了。那是她第一次住院，接下來還有許多次。

不過那時……遠在那時，在她還沒住院的那幾天，她跟他們一起站在房裡，待在那座襪子加樂高做出的圍籬內，日頭在她身後落下。

天啊，我一定會很想念這一切。

她哭了，又笑了，然後掉下眼淚。

三連勝

週六，才剛入夜，克雷和亨利一起坐在屋頂上。

時刻將近八點。

「就像之前那樣，」亨利說。雖然他們身上有著各式各樣的瘀傷，但那時他們好開心，還說：「那場跑得精采。」他是在說凱莉。

克雷盯著斜對面的十一號。

「是很精采。」

「她應該要贏才對，媽的，還抗議咧。」
後來，他靜靜等待。
在圈圈，她穩定的步伐，沙沙作響的腳步聲。
她來後，他們過了很久才躺下。
兩人坐在床墊邊上。
他們講著話，而克雷想吻她。
他想碰觸她的頭髮。
即便只用兩根手指順過落在她臉側的髮絲。
在夜晚的光線下，那髮絲有時看似金黃，有時泛紅，看不出多長。
克雷不會曉得。
這是當然的。
他們想辦法訂出了規矩，認真遵循，才不會冒險破壞現況。只要能在一起，只要兩人能在這裡獨處，那就夠了。對這一切他們都非常感激。
他拿出那個好沉重的小打火機，和第五場的鬥牛士。
「這是我收過最棒的東西。」他說，點亮打火機一會兒，接著闔上蓋子。「妳今天騎得很棒。」
凱莉把《採石人》還給他。
她微微一笑，說：「我的確是很棒。」
稍早（那也是個很棒的夜晚），齊曼太太打開她家窗戶，喊著他們。
「嘿，鄧巴家的小子。」

最先回她的是亨利。「齊曼太太！謝謝妳那天晚上幫我們擦藥。」說罷就回頭去忙了。「我喜歡妳頭上的捲髮夾。」

「亨利你給我閉嘴！」她是笑著的，臉上皺紋都擠了出來。

兩個男生站起身，走了過去。

兩人蹲在房子邊上。

「嘿，亨利？」齊曼太太問。這件事向來有點好玩。亨利很清楚接下來會發生什麼：只要齊曼太太這樣抬頭看，就是打算來要本書。書來自他每週收集的商品。她喜歡浪漫愛情故事、犯罪和恐怖小說。越是低俗下流，越令人眉頭緊皺，她就越喜歡。「有幫我找到什麼嗎？」

他嗤笑著說。「妳問我有沒有幫妳找到什麼？妳在想啥咪啊？《開膛手傑克的屍體》聽起來怎麼樣？」

「那本我有了。」

「《她藏在樓梯下的男人》？」

「是我的老公，他們一直沒找到屍體喔。」

（兩個男孩都笑出來。認識她之前，她就已經守了寡。三不五時會開這種玩笑。）

「好啦好啦，齊曼太太，媽的妳真是個難搞的客人欸！《勾魂者》怎麼樣？那本可是血腥又唯美呢。」

「成交。」她微笑著說：「多少錢？」

「少來喔，齊曼太太，就別玩那個把戲了，我們就照舊吧？」他對著克雷迅速眨了下眼。「這樣好了，我送妳，無償喔。」

「無償？」這下子她真抬起頭仔細端詳他們了。齊曼太太若有所思地說：「那是什麼？德語嗎？」

亨利忍不住狂笑。

等他們躺下，凱莉開始回想那場賽事。

「但我輸了，」她說：「我搞砸了。」

那是第三場，燈籠酒莊錦標賽。

賽道總長一千兩百公尺，她的坐騎叫槍手，起跑狀態非常糟糕，但凱莉又挽救回來。她揮著手穿越擁擠的賽道，帶牠回到起點。克雷則靜靜地盯著賽道，賽馬跑上直線跑道，狂亂的馬蹄聲一一通過，牠們的眼睛、毛色和鮮血，克雷想像凱莉就在其中。

唯一的問題在於最後一弗隆[6]，她的馬太接近第二名，那匹馬叫做抹上果醬。說真的，這什麼鬼名字？所以她就丟了領獎資格。

「我是第一次在董事面前比賽。」她說。

她的聲音就抵在他脖子上。

屋頂上，當雙方談妥交易條件（齊曼太太堅持要付十元），她說：「克雷先生，你還好嗎？這幾天有好好照顧自己嗎？」

「大部分啦。」

「大部分？」她有點咄咄逼人。

「再努力點吧。」

「好吧。」

「很好，可愛的小伙子。」

她正準備關上窗戶，亨利卻決定再過分一點。「欸，為什麼他就是可愛的小伙子？」

齊曼太太回過頭。「你有張可愛的嘴，亨利，不過可愛的小伙子是他。」最後，她對著他們兩人擺擺手。

亨利轉向克雷。

「你才不可愛。」他說：「說實話你還滿醜的。」

「醜？」

「對，你跟史塔奇的屁眼一樣醜。」

「你最近是一直在看他那個地方嗎？」

這次他推了克雷一下，又輕輕拍了他的耳朵。

就算是我，男孩的友情與兄弟之愛依舊相當神祕。

快離開時，他跟她說。

「那裡還滿安靜的。」

「我想也是。」

「那條河徹底空虛。」

「你爸呢？」

「他也很空虛。」

她哈哈大笑，克雷感覺到她的吐息，想著那陣暖意，想著人可以多麼溫暖，那氣息從體內湧出，那股熱氣會碰觸到你，然後消失，接著再次出現，沒有任何事物是永垂不朽。

是，而她會笑著說：「不要耍白痴。」

克雷只說了兩個字，「好啦。」他覺得心臟跳得太猛烈，而且很確定全世界都能聽見。他看著身邊的女孩和她伸直的腿，看著她衣服最上面的鈕扣洞，看著她襯衫的材質。

她衣服上的格紋。

藍色成了天空藍。

---

6 Furlong：長度單位，等於八分之一英里，二〇一．一七公尺。

紅色褪成淡粉紅。
兩道鎖骨是長長的山脊，鎖骨下方還有兩塊陰影。
以及她淡淡的汗味。
他怎麼能這麼深愛一個人，而且還愛得這麼謹守規矩？竟然這麼長一段時間都如此安分，什麼都沒做？或許，如果克雷可以早點這麼做、早點鼓起勇氣，一切就不會這麼發展。可是他怎麼有辦法預測？他怎麼會知道凱莉，那個躺在他身上的女孩，那個呼吸吹拂在他身上的女孩，她所活過的人生，或說曾經活過的生命，將組成屬於他的三連勝？或說三強鼎立，分別來自愛，還有失去。
當然，他不會知道這些。
將發生的一切蛛絲馬跡都在其中。

那包香菸

那時，潘妮·鄧巴打包好準備住院，準備面對等著她的醫院世界。
他們會叫她努力加油，他們會戳她，會切掉一些什麼。
他們會以善意毒害她。
當他們初次提到放射線治療，我彷彿看見她孤零零地站在大漠中，接著「碰」一聲爆炸，有點像綠巨人浩克。
我們成了漫畫中的人物。■

外觀看起來那就是一般醫院建築，整棟白得像地獄，還有活像購物中心那樣令人不悅的大門。我超恨它們打開來的模樣。

我們就像在逛街。

心臟疾病請左轉。整形外科請右轉。

我也記得我們六人走過走廊，走過裡頭那股半愉悅、半恐怖的氛圍。我記得我們的父親，還有他難得乾淨的雙手。亨利和羅里沒打架——嗯，這裡顯然不正常。湯米也在，他看起來好小好小，總是穿著夏威夷風短褲。而我渾身是傷，但正在痊癒。

走在後頭的克雷距離我們很遠，他似乎最害怕見到她。

「我的兒子在哪？我的兒子在哪兒呢？我有個故事，很好的故事喔。」

聽到這句話，克雷才走到我們中間，而且好像耗費了所有氣力。

「嘿媽，可以跟我講房子的故事嗎？」

她伸長手臂去碰他。

那年她又進出了醫院兩次。

她被打開，再闔上，變得紅通通。

她被縫合，傷口刺痛而明顯。

有時她雖然很疲憊，我們還是會問能不能看看傷口。

「媽，妳可以給我們看看最長的那條疤嗎？那道疤美死了。」

「欸！」

「什麼啦！你說死嗎？這不算髒話好不好！」

那時她通常會在家，會躺在床上，有人念東西給她聽，或是跟我們的爸爸躺在一起。他們依偎的角度很不一樣，她會側躺著縮起膝蓋，大約四十五度角，把臉埋在他胸口。

老實說，從很多角度來看，那都可以算是一段快樂時光，至少我是這麼看那段時日的。我看著數週的時間流過那對緊緊依偎的肩膀，看著好幾個月消失在書頁中。他會朗聲念上幾個小時，那時爸的眼睛看起來總很疲憊，不過他沒有哭。這也是令人感到安慰的事。

當然，也有可怕的時候。比方她吐在水槽裡，以及浴室裡瀰漫糟糕透頂的氣味。她也變得更瘦了，這真是令人難以置信，但她接著又坐回客廳窗邊，念《伊利亞德》給我們聽。湯米睡著了。

同時間，還有其他的進展。

我們創造出自己的音樂。

鋼琴戰爭仍在持續。

我跟吉米．哈特涅的對決產生許多後續效應，很多都滿不錯的：他跟我成了朋友。我們就是那種男生啊，一定要跟對方打過架才會發現共同之處。

吉米之後，還有更多人來排隊叫戰，而我一一將他們擊退。反正他們只要提起那架鋼琴，就算一種開戰信號。只不過，接下來沒有一個挑戰者和哈特涅一樣厲害，只有對上吉米我才需要拚命求勝。

不過，最後因打架而出名的不是我，只可能是羅里。

若以年歲的角度來看，那一年滴答流逝，我上到高中（終於從鋼琴解脫），羅里五年級，亨利比他小一歲，克雷三年級，湯米還在上幼稚園。過去的故事很快就被人遺忘，像是關於板球網的回憶，還有那些心甘情願的男孩。

問題出在羅里身上。

他的力氣真的大到太誇張了。

而最糟的狀況總是發生在結束後。

他會拖著他們穿過球場，就像《伊利亞德》殘忍的結局，就像是阿基里斯看著海克特的屍體。

高諾高中的學生曾來醫院探病。

千瘡百孔的潘妮坐在病床上。

老天，他們一定不只十人，全擠在她身旁吵吵鬧鬧，男女都一樣。亨利則說：「他們都很……毛。」他指著男孩們的腿。

我記得我們站在走廊上看。他們的制服是綠配白，那些個長太高的男孩，噴香水的女孩，隱約的菸味。離開前，我之前提過的那個女孩（可愛的裘蒂．艾丘斯）拿出一個形狀怪異的禮物。

「老師這給妳。」她說，自己先拆了禮物。潘妮的手正擺在毯子底下。

我們的母親嘴脣緩緩綻開，好乾燥，但帶著笑意。

他們帶了節拍器過來，其中一個男孩開口說話，我想他應該叫卡洛斯。

「老師，跟著這個節拍呼吸。」

在家裡的夜晚總是最棒的。

他們的金髮和黑髮開始泛灰。

如果兩人不是在沙發上睡著，就是在廚房裡面玩拼字遊戲，或用大富翁互鬥，有時候他們就是在沙發上醒來，然後看電影一直看到晚上。

對克雷來說，有幾個時刻讓他印象特別深，那是週五晚上，他們看完一部電影，片尾開始跑，我想那部片是《再見，列寧！》[7]

---

7 *Good Bye, Lenin!*。德國電影，二〇〇三年出品。

聽見客廳傳來聲響，克雷和我都跑到走廊上。

我們看著客廳，然後看見他們。

他們在電視前緊緊擁抱。

他們站在那兒，跳起了舞。不過動作很慢，幾乎沒什麼動，她的髮絲依然金黃，看起來如此脆弱易碎，是個只剩臂骨與脛骨的女子。他們的身體貼在一起，我們的父親很快瞄到我們，以無聲的方式跟我們打招呼。

他甚至用嘴形說：快看這女孩有多棒！

我想我得承認——

即便有著疲憊與疼痛，當時的麥可・鄧巴是那樣一臉快樂，看起來真的很帥，而且他舞也不算跳得太糟。

接下來，是在門口臺階，那是一個嚴寒的冬天。

幾天前在高諾高中，潘妮洛普又回去代課，還沒收了些香菸。老實說，她不覺得自己有資格叫這些學生別抽，所以只要是從他們身上沒收，她都會叫他們晚點來找她拿。這樣是不是很不負責呢？或者她只是想尊重他們？難怪他們都那麼愛她。

無論學生是否覺得尷尬丟臉，從來沒人來找潘妮要過那些溫菲爾德藍菸[8]，因此她晚上回家總會在自己的包包找出那些在包包底部壓得扁扁的菸。睡覺前，她會把皮夾和鑰匙拿出來，同時也掏出香菸。

「這些玩意兒到底是什麼？」

麥可會把她逮個正著。

然後他會說，妳一時衝動、妳很荒唐。我好喜歡他們這樣。那時病魔正好遠離，他們會到外面的門廊上，抽著菸，咳著嗽，然後把他吵醒。

稍晚回房，潘妮會去把香菸扔了，但因為某些原因，麥可阻止了她。他說：「就藏起來啊，怎麼樣？」

那個眨眼有狼狽為奸的意味。「妳不會知道我們什麼時候需要抽一根啊！我們可以留著這個小祕密。」

但這個祕密，有個男孩也知道。

你看，即便他們抬起鋼琴蓋，把那包菸丟進去，兩人也不知道男孩就站在走廊上看著。至少那時有件事情已經很明顯了。

我們的父母可能舞跳得不錯，但抽菸技術頂多業餘程度。

中央車站

克雷想待久一點，但他不能。

最難熬的地方在於，他知道自己會錯過凱莉的下一場比賽。那場比賽在瓦維克農場舉行，她仍是期待著他出現。週六晚上，她待在圈圈，說：「克雷，等你回家的時候見。我保證我也會在。」

他看著她走過那條小路。

他就跟上次一樣離開我們。

他什麼都不用說我們就知道了。

雖然如此，但也可以說是完全不一樣。

這次顯然沒那麼沉重，因為該做的事都做完了，我們可以往前走了。

---

8 Winfield Blue：澳洲香菸品牌。

那天是週一晚上，我們終於有空看《光棍俱樂部》，克雷起身要離開。他的東西都擺在走廊上，羅里驚駭地望過去。

「你不是現在就要走吧？他們還沒把行李掛到騾子身上欸！」

（我們的人生跟那部電影竟然這麼像，這麼一想其實還挺可怕的。）

「那頭動物是驢子。」湯米說。

羅里又說：「我才不管那是不是天殺的四分之一的馬混席德蘭小馬！」

他和湯米都笑了出來，亨利開口說：

「欸克雷，把腳抬起來。」他假裝要去廚房，卻把克雷摔在沙發上兩次，只要克雷想站起來，就會被摔。雖然他想辦法掙脫，亨利還是鎖住了他的頭，把他翻倒。「感覺怎麼樣呢，小混蛋？我們現在應該不是在便便家吧？」

在他們身後，《光棍俱樂部》的劇情越來越蠢。海克特溜走後，湯米跳到克雷背上，而羅里叫我過去。

「欸，他媽的，來幫我們一把啊？」

我站在客廳門口。

我倚著門框。

「馬修快點，快幫我們把他拿下。」

他們把克雷當作對手，氣喘吁吁，我終於朝他們走去。

「好了啦克雷，不如揍這些王八蛋一頓。」

結果等我們打完電影也結束了，我們載他去中央車站搭車，就這麼一次。

那是亨利的車。

他跟我坐在前座，其他三個在後座，外加蘿希。

「該死，湯米，那狗非得喘得那麼大聲嗎？」

車站的狀況就跟你心中想的一樣。

煞車的氣味聞起來像咖啡。

臥鋪列車。

散發黃光的圓燈。

克雷揹著背包，裡面沒放衣服，只有那個木盒、克勞蒂．柯比的書，還有《採石人》。

火車準備離站。

我們握手，每個人都跟他握。

我們往最後一節車廂走到一半，喊出聲的是羅里。

「欸，克雷！」

他轉身。

「還記得嗎？用力一點喔！」

他開心地爬上火車。

我們四人呆站在那裡，聞著煞車味和狗味。但到底為什麼會變成這樣……又是另一個謎了。

變成鄧巴男孩的那名女子

我高一快結束時，我們顯然麻煩大了。那時她的衣服變得好寬鬆，有精神的時間越來越短。有些時候看似正常，有些時候我們是在假裝，假裝一切如常，或者如常假裝一切。我不太確定我們是怎麼做的。

或許那就是我們生活的方式。無論如何，我們得想辦法活下去，在想辦法的人也包括潘妮洛普，我們則繼續當好小孩，想辦法不要崩潰。

有時剪剪頭髮，有時彈貝多芬。

對我們來說這一切都有點私人。

當母親單獨帶你出門，你會突然意識到，她時日無多。

我們像跳石頭一樣躍過這些時刻。

我的弟弟都還沒上高中（羅里初中最後一年），因此他們還是要彈琴，就算她住院也一樣。後來亨利會罵罵咧咧地說，她之所以沒死只是為了拿練琴折磨他們，或問他們琴練得怎麼樣——無論她是躺在哪張床：家裡褪色的床，或其他張床，那些個聞起來苦苦、漂得純白的床。

問題在於（潘妮洛普終於接受這件事了）她必須面對現實。

他們打架的身手變俐落，他們的鋼琴彈超爛。

至於這個那個的各種詢問，大概就是一種儀式吧。

住院時，她多半會問他們有沒有練，他們謊稱有。探病的時候男孩們嘴唇多半是破的，指節也是破的，潘妮則無精打采，臉色蠟黃。不過她有百分之百的理由質疑他們。「到底是發生了什麼事？」

「媽，沒事啦，真的。」

「你們有在練習嗎？」

「練習什麼？」

「你們知道的。」

「當然有啊，」亨利負責講話。他指著自己的瘀青說：「不然妳覺得這是什麼咧？」他的微笑已經歪了。

「什麼意思？」

「貝多芬啊，」他說：「妳應該知道那傢伙有多難搞吧。」

她笑的時候流出了鼻血。

可是只要她出院回家，她還是會叫他們坐下來彈給她聽。她會癱軟在他們身旁的椅子上。

「你根本沒練習嘛。」她對羅里說，半開玩笑，語氣不屑。

他低頭承認。「妳說得沒錯。」

有一回，克雷彈到一半停了下來。

反正他不過是在折磨那架鋼琴。

他的眼睛底下也有些瘀青。他去打架了，跟亨利一起。

「你為什麼停？」但她很快就放軟了語氣。「要聽故事嗎？」

「不，不是那樣的。」他嚥了口口水，看著琴鍵。「我在想……說不定妳可以來彈。」

於是她就彈了。

G小調。

非常完美。

沒有彈錯。

克雷已經很久沒有這樣了，他雙膝跪地，頭枕著她的大腿。

她的大腿如紙一樣薄弱。

那段時期還發生了最後一次令人印象深刻的鬥毆。放學回家的路上，羅里、亨利和克雷對上好幾個傢伙，湯米在旁邊看。有個女人拿花園水管潑他們水（那是條好水管，噴頭也不錯），其實很好玩。「繼續啊！」她大喊。「都給我滾。」

「給我滾。」亨利重複著說，結果又被潑了一次。「欸！妳到底他媽的在幹麼啦？」

她穿著睡袍和磨得很舊的拖鞋，時間是下午三點半。「給我放聰明點。」她又潑了他一次。「誰讓你講髒話。」

「妳的水管很棒喔。」

「謝啦！快滾吧。」

克雷扶他站起來。

羅里走在前面，摸著自己的下巴。回到家時，他們看到一張紙條。她回過家，在那張可怕的白紙上寫字，最下方還畫了一個笑臉，有長髮垂在兩側。那表情底下寫著：

好吧！你們可以不用彈鋼琴了。

不過你們一定會後悔，小王八蛋！

就某方面而言，就當這是首詩吧，不怎麼有才氣就是了。

她教我們莫札特和貝多芬。

我們則讓她持續精進髒話技巧。

沒過多久，她做了個決定。

她會陪我們每個人各自做一些什麼，或許是為了給我們創造專屬的回憶，但我希望她也是為了自己。

我選擇去看場電影。

市區有間很舊的電影院，大家都叫它**半路雙胞**。

每週三晚上，那裡都會播一部老片，通常是外語的。我們去的那晚播了一部瑞典片。片名叫《狗臉的歲月》[9]。

我們跟十幾個人一起看電影。

電影還沒開始我就吃光了爆米花。

潘妮努力地解決冰心雪糕。

我愛上電影中那個名叫做莎嘉的帥妹，而且得很努力才能跟上字幕速度。

後來我們在黑暗中坐了一會兒。

直到今日，我都會好好等到片尾播完。

「所以呢？」潘妮洛普說：「你覺得怎麼樣？」

「電影很棒。」我說，真的是很棒。

「你有愛上莎嘉嗎？」冰淇淋全化在塑膠杯裡了。

我說不出話，滿臉通紅。

我的母親就像某種奇蹟，而且是生了一頭脆弱長髮的奇蹟。

她牽起我的手，輕聲說。

「很棒啊，我也好愛她。」

羅里則是看橄欖球比賽。他們到了高高的看臺上看球。

亨利則去車庫拍賣，他跟他們殺價，大獲全勝。

「那個破溜溜球要一塊？你有沒有看到我媽這狀況？」

「亨利，」她嘲弄著他。「不要這樣，就算用你的標準這都太沒品了。」

9 *My Life as a Dog*：瑞典經典兒童電影，一九八五年發行。

「媽的潘妮，妳一點都不好玩。」兩人心有靈犀地笑出來，後來他用三十五分錢買到那個溜溜球。

如果要選，除了她花在克雷身上的時間，我會說她為湯米做的事影響最大。因為她帶湯米去了博物館，他最愛的是一個叫**動物世界**的展館。

他們走了好幾個小時。

那裡有一整排的動物。

那是毛與標本之旅。

有太多東西可以列入最愛了，澳洲野犬和獅子的排名最高，還有奇異而美妙的袋狼[10]。那晚他躺在床上講個不停，他告訴我們塔斯馬尼亞虎[11]，他不停地聊著袋狼。他說，牠們看起來比較像狗。

「狗狗！」他簡直是大喊出聲。

我們的房間漆黑又靜謐。

他講到一半就睡著了。因為他對那些動物的愛，讓我們養了牠們；蘿希、海克特、泰勒馬庫斯、阿迦門農——當然還有那隻偉大又固執的動物。句點要由阿基里斯劃下，永遠都是這樣。

至於克雷，她帶了他去許多地方，但也什麼地方都沒去。

我們其他人都出門。

麥可帶著我們去海邊。

我們一出去，潘妮洛普就會去叫他。她會說：「克雷啊，幫我泡點茶，然後來前面。」但這比較像是某種熱身。

等他到了門口，她已經靠著牆坐在門廊上。太陽出來了，照耀在她身上，鴿子停在電線，城市無邊無際，他們聽見遠處傳來歌聲。

她以一種吞下一整座水庫的氣勢喝著茶，而這麼做能幫助她講出那些故事。克雷聽得很認真。她問克雷，你幾歲了？他說他九歲。然後她就說：「那我猜你已經夠大了，至少大得可以知道更多事。」就這樣，潘妮開始做她一直在做的事，她繼續講紙房子。最後，她提醒他說：

「克雷，有一天我會告訴你幾件都沒有人知道的故事，前提是你想要聽……」

簡而言之，那差不多算是每一件事了。

他真的好特別。

她用手順過他的頭髮。此刻太陽低了許多，她的茶杯翻倒，男孩嚴肅地點點頭。

傍晚，我們回到家，海灘和沙子讓我們筋疲力竭，潘妮和克雷睡著了，看起來像是在沙發上你中有我、我中有你。

幾天後，克雷差點忍不住跑去找她問，到底什麼時候會告訴他最後的故事。不過他很守規矩、不會亂問。但或許他心中已經知道，那些故事會在結局將至的時候到來。

但沒有，我們照樣橫行霸道。幾週過去、幾月過去，她又要入院治療。

那些特別的時刻此時都消失了。

聽到那些讓人坐立不安的消息，我們已經很習慣了。

「好吧。」她說，語氣還算直白。「他們要剃掉我的頭髮，所以我覺得現在輪到你們出手了，這樣搞不好可以贏過他們。」

我們排成一列，世界好像顛倒了過來，理髮師排成一列，準備動刀。我們在烤麵包機前等著。

關於那晚，我還記得幾件事情，湯米不情不願成為第一個。她講了個笑話，逗他笑開，笑話的內容跟酒

---

10 Thylacine：現已全部滅絕，因其身上斑紋似虎，又名塔斯馬尼亞虎。

11 Tasmanian tigers：袋狼的別稱。

吧裡的狗和羊有關。他還是穿著那該死的夏威夷風短褲，結果剪得太歪，頭皮都受傷了。

接著輪到克雷，再來是亨利，然後羅里說：「妳要去當兵，是嗎？」

「當然啊，」潘妮說：「這有怎樣嗎？」

她又說：「羅里，讓我看看你。」潘妮端詳著他的雙眼。「你的眼睛最奇怪了，沒有遺傳到我們，完全屬於你自己。」那雙眼睛沉重但柔和，彷彿銀器。

她的頭髮就這麼變短、消失。

輪到我時，她對著烤麵包機伸出手，想看看自己的倒影。她要我下手輕一點。「剪得整齊點，動作快一些。」

收尾則交給父親。他沒有逃，而是仔細調正她的頭。剪完之後，他緩緩揉著她的頭頂，搓著那顆男孩般的髮型。潘妮低下頭，享受著他的碰觸。她看不見身後男人的表情正在不停變換，也看不見掉在他鞋子上的金髮，甚至看不見他有多麼殘破，而我們則站在那裡看。

她身穿牛仔褲和T恤，光著腳。

或許就是這樣的畫面將我們擊潰。

她看起來就像鄧巴家的男孩。

頂著那個髮型，她就像我們的一員。

回到河邊

這次他沒有站在林中等待，而是直接走過尤加利樹形成的廊道，靜靜闖進陽光下。

溝槽還在，邊緣齊整又乾淨。不過這會兒奧瑪哈河的兩側已經挖出更多餘土，這樣一來，河床上就有更多作業空間。殘餘的碎屑，灰塵、樹枝、樹幹、石頭，不是已經運走就是擺到了岸上。他的手拂過一處，掠過整平的地面。他看見右邊有輪胎痕跡。

克雷再度於河床駐足，俯身看著河床上豐富的色彩。他之前沒注意到這塊河床竟然這麼多彩多姿，像一堂石頭的歷史課。他微笑著說：「河流啊，你好。」

至於我們的父親，他人在屋裡，拎著半杯咖啡在沙發上沉沉睡去。克雷盯著他看了片刻，把背包放進臥室。他拿出書本和老舊的木盒，把《採石人》留在包包，仔仔細細藏起來。

稍晚，他們一起坐在臺階上。儘管天氣漸涼，蚊子還是跑出來肆虐，以輕盈的姿態伏上他們的手臂。

「天啊，牠們真是怪物耶。」

黑色群山聳立遠方。

後方則是整片嫣紅。

凶手再次開口（或說他試圖開口）。

「那個……」

克雷打斷了他。「你用了機器。」

不帶惡意的嘆息。他這算是作弊被抓到嗎？他破壞了造橋的道德準則嗎？「我知道，這樣不太像加爾橋，對不對？」

「不像，」克雷說，但沒有緊迫盯人。「雖然建那座橋的不只兩個人。」

「還有惡魔吧，如果……」

他點點頭。「我知道。」

這件工作已經完成，克雷鬆了一口氣，但無法說出口告訴他。

這時麥可再試了一次，把被打斷的句子講完。

「家裡怎樣？」

「不錯。」

克雷感覺得到他的視線，就落在那些快要痊癒的瘀青上。

他喝完咖啡。

我們的父親輕輕咬著自己的馬克杯。

他咬完杯緣，轉頭去看臺階，但眼神避開男孩身周。「馬修嗎？」

克雷點頭。「都沒事了。」但他又想了一下。「後來羅里有罩我啦。」於是他看到非常淺的一抹微笑。

「他們不介意你回來嗎？我是說回來這裡？」

「當然不會，」克雷說：「我一定得回來。」

他慢慢起身，其實還有很多很多事可說，真的太多了，這段時間發生了那麼多事情。亨利、施瓦茲、史塔奇（別忘了史塔奇的女友），還有亨利、彼得潘、克勞蒂．柯比和我……我們全都去了車站，火車開走時我們都還在。

當然，還有凱莉。

凱莉和皇家軒尼詩馬場，他隔著人群跟她揮手……凱莉敗給**抹上果醬**……

不過死寂如常降臨。

他們怎麼也不開口。

為了打破沉默，克雷說：「我要進去了……在我的血還沒被吸乾之前……」

但接下來發生了什麼事呢？

發生了一個大驚喜。

克雷轉身走回來，突然話匣子大開，就他而言，這個意思就是他多說了十二個字。

克雷拿著咖啡杯說：「我喜歡這裡，我喜歡待在這裡。」他不太清楚自己為什麼要這麼做，或許是為了承認新世界存在（包含弓箭街，也包含這條河），也可能是覺得自己接受了一切。

他同時屬於這兩個地方。

我們之間的連接，就是他。

在男孩還是男孩的時候

到頭來，一切還是要有個了結。

赤手空拳的架打完了。

香菸找到了，也抽完了。

就連跟鋼琴有關的流言蜚語也全沒了。

後來想想，這些事雖很值得我們分心注意，但從沒辦法改變她生命的走向。

她的內在崩毀；她被病痛掏空；她的痛楚橫流。

接下來那幾個月，我們的母親忍受著療程的折磨，真要說的話，一切都是來自她堅強的生命力。那是她最後的幾次抵抗。她被切開、又闔起，像是停在高速公路路肩的車輛。你知道那種聲音吧？你好不容易再次發動那玩意兒，關上引擎蓋，祈禱車子能再跑個幾英里。

我們每天都那樣發動。

又一次次跑到拋錨。

■

這種活法最典型的例子發生在一月剛到的時候，那是在聖誕假期期間。禮物，還有美妙的肉欲。

你沒看錯，就是肉欲。

後來那幾年，我們或許比較偏《光棍俱樂部》的路線，毫不掩飾的興奮，外加純然的愚蠢。當潘妮狀況剛開始急轉直下時，也正好是我們墮落年少開始時。

這到底該算很變態還是很懂得生活呢？端看你的想法。

這是目前為止最熱的夏季，彷彿預示著即將發生的事。（克雷喜歡預示這個詞，這是他從學校聽來的。那個可怕的老師懂得很多字，其他的老師都恪守課程大綱，但這位厲害的伯維克老師一進教室就開始考他們單字，他認為他們本來就該知道這些字：

預示。

惡劣。

難以忍受。包袱。

包袱這詞很不錯，使用時有著完美的意象：你得把它背在身上。）

總之，時序剛邁入一月，日頭高掛，陽光熱到讓人發痛，賽馬區被晒得灼燙。人車在遠處嗡鳴，而後又閒適地轉往其他方向。

亨利去了書報攤，在海神路的頭，酒鬼巷的尾。等到他得意洋洋地鑽出來，立刻拖著克雷拐進巷子。他先看了看四周，然後說：「給你。」這可是句非常鏗然的悄悄話。亨利從上衣底下抽出一本花花公子。「我拿到一大堆這玩意兒。」

他遞給他那本雜誌，翻到中間，書本摺頁切過她的身體，女人剛強又柔軟，尖俏而迷人，身體每處都完美無瑕。她的臀部非常驚人，不過是好的那種。

「很棒吧？」

克雷低頭看了看，他當然看了，這些他早就曉得，畢竟他都十歲了，身邊還有三個哥哥。他在電腦螢幕上看過裸女，但是這完全不一樣。這是那種印刷出來的光滑頁面——偷東西，再加裸體。（就像亨利說過的，「這就是人生！」）克雷真是開心到發抖，以怪裡怪氣的語調念出她的名字，然後露出微笑，更仔細地看著她，問說：

「她真的姓一月嗎？」

他胸腔中的心臟劇烈跳動，亨利．鄧巴咧嘴一笑。

「當然，」他說：「一定是這樣。」

後來他們稍晚回到家（中間停了好幾次，一臉色迷迷地盯著雜誌），在廚房裡撞見我們的爸媽，兩人癱倒在磨壞的地板上，勉強撐在那裡。

父親靠著碗櫥，眼中是頹靡的藍色。

我們的母親吐了，她吐得亂七八糟，但此時又靠著他睡去。而麥可．鄧巴就只是坐在那兒，一臉發愣，茫然地看著。

男孩們的勃起倏地平靜，躺在褲子深處。

亨利突然反應了過來，生出一股責任感。他大叫著說：「湯米？你在家嗎？先別過來！」他邊喊邊看著我們脆弱的母親，兩人中間則是被捲起來的一月小姐。

她的微笑，那完美的身材

此際，我們光是想到她就一陣心痛。

一月小姐是那麼的……健康。

早秋時節，這件事非發生不可。那個下午是命中注定的下午。

羅里剛上高中一個月，克雷十歲。

她的頭髮長回來了，變得更淺，成了個奇怪的金黃色，其他部分則一去不復返。

我們的父母親悄悄出門，沒讓我們知道。

他們去鄰近購物商場的某處，一幢小小的奶油色建築物，窗戶飄出甜甜圈的氣味。

裡頭是一支醫療器材組成的部隊。他們兩人面色死灰，渾身冰冷，但心情激動，外科醫生則是臉很臭。

「請您坐下。」他說。

他用強硬的語氣說了至少八次。

聽來是那麼的殘忍無情。

傍晚時分，他們回到家，我們全跑出來迎接。每次我們都會幫忙提東西進去，但是那天晚上什麼都沒有。電線上站了鴿子，沒有咕咕叫，只是那麼看著。

麥可．鄧巴杵在車旁，彎著身體。他的手放在溫熱的引擎蓋上，潘妮站在他身後，以掌心撫著他的脊椎。天色漸暗，在那平靜的光線中，她的頭髮看起來像是稻草，全往後綁。

我們看著他們，沒人開口發問。

或許他們是吵架了。

此刻回想，那晚死亡當然也在我家門外，高高地蹲踞在鴿子身邊，閒適地懸在電線上。

它看著他們肩並著肩。

■

隔天晚上，潘妮在廚房裡把一切都告訴我們。她聲音沙啞，傷心而支離破碎，我們的父親則碎成了千千萬萬片。

我全都記得，記得一清二楚，羅里拒絕相信，他馬上抓狂，喊著「**什麼**」、「**什麼**」和「**什麼！**」他的嗓音僵硬粗厲，銀色的眼瞳變得深暗。

而潘妮依舊纖細且堅忍，以鎮定的語調，就事論事地說著話。她的眼睛是狂野的綠，她的髮絲飛散，把自己剛說的話再重複一遍：

「孩子們，我就要死了。」

我認為，她之所以又說一次是為了羅里。

羅里雙手緊握又張開。

那一刻，我們每個人心中都響起了一記重擊，那是一個安靜的巨響，是無法解釋原由的震顫。他作勢要掀飛碗櫥，拋出那聲巨響，將我擋開。我能看見，卻聽不見。

他很快去抓靠得最近的人（那人恰好是克雷），對著他的上身大吼大叫。潘妮就在此刻來到他身邊，面對著他們兩人。可是羅里停不下來。一直到此刻，我還清晰地聽見遠方傳來他的吼叫。然而那聲狂吼瞬間將我震開，我們家中傳來的叫嚷有如街上的鬥毆。他吼進克雷的胸口，直穿過那些個鈕扣，他就那麼喊進了他心裡，一次又一次地撼動他，直到克雷眼中燃起火焰，而他自己的眼睛則失去光采，變得冷酷。

天啊，我至今還能聽見。

我是那麼努力地想跟那個瞬間保持距離。

如果可以，我想跟那一刻相隔十萬八千里。

不過即便到今天，那聲尖叫仍是如此深刻。

我看見亨利站在烤麵包機旁，在我們真正需要他時卻無話可說。

我看見湯米茫然地站在他身邊，低頭看著髒兮兮的麵包屑。

我看見我們的父親麥可·鄧巴，他站在水槽邊，無能為力。他靠向潘妮，雙手按著她顫抖的肩膀。

而我，我站在廚房中央，撿拾起自己的怒火，麻木無覺地抱著手臂。

最後，當然，我看見了克雷。

我看著鄧巴家的老四，深色頭髮的老四，他倒在地上，躺在那兒往上看。我看見了那些男孩，看見糾纏在一起的手臂，我看見我們的母親摟住他們。我越想越覺得，或許廚房裡真的遭到颶風肆虐。當時的男孩還只是男孩，凶手只是普通的男人。

而我們的母親潘妮·鄧巴，還有六個月可活。

第 6 部分

城市
+
流水
+
罪犯
+
拱型
+
故事
+
倖存者

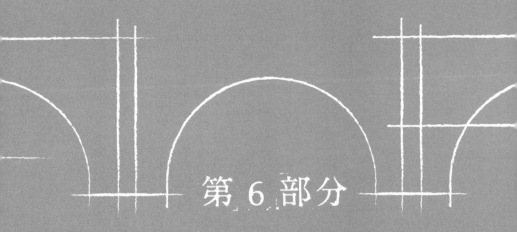

爬出收音機的女孩

星期三早上，克雷摸黑跑步到市區，並在天亮時抵達，從銀角商店買了份報紙。

他回來的途中停下腳步，仔細閱讀賽績指引。

他在尋找特定的名字。

那天，他們邊聊天邊工作，寫下計畫。凶手對報紙相當好奇，但不敢問起。他讓自己去忙其他事，例如數張草圖與測量數據、用來搭建鷹架與架路需要的木材成本、規劃建造拱型用的石頭。講到這件事，克雷說自己有點錢，但很快就有人叫他把錢收好。

「相信我，」凶手說：「外面到處都是礦坑，我知道該上哪兒挖石頭。」

「就像那座小城，」克雷說，幾乎可說是漫不經心。「就像賽堤亞諾。」

麥可．鄧巴停下手邊的動作。「你剛剛說什麼？」

「就像賽堤亞諾。」

就在那瞬間，漫不經心變成大徹大悟，他聽懂他在說什麼了。而且更重要的是他引用了什麼。克雷在同時間將凶手拉近，卻也將他推開。起心動念間，他就這麼抹去前一天晚上展露的寬容（就那句「我喜歡這裡，我喜歡待在這裡」），讓凶手明白他知道得可多了。

他想著，好，我要仔細想想這件事。

但現下他暫且拋下那個念頭。

時間才剛過十二點半，陽光灼燒河床。克雷說：「嘿，我可以跟你借一下車鑰匙嗎？」

凶手揮汗如雨。

要做什麼？

但他回答：「當然可以。你知道放在哪兒吧？」

兩點前他又問了同一件事，四點再問一次。

克雷小跑步穿過尤加利樹林，坐在方向盤後面收聽廣播。那天賽馬的名次是：壯麗，然後是熱浪和可可蛋糕。她最好的成績是第五名。

跑完最後一場，他回到河邊，開口說：「謝了。我不會再這麼做了，這樣很沒規矩。」麥可·鄧巴不禁覺得有點好笑。

「你最好加個班。」

「好。」

「我是在開玩笑。」他隨後鼓起了勇氣。「我不知道你在忙什麼。」在那瞬間，那雙水色的眼睛閃閃發光，他打從顴骨深處笑開了花。「但我想那一定很重要。當男孩子暫時抽身，放下手邊的事情，通常與女孩有關。」

克雷露出恰如其分的震驚。

「喔……還有賽堤亞諾。」凶手繼續說（儘管他已將克雷逼到懸崖）：「米開朗基羅在那裡認識了大理石這材質，並在石板上雕出自己的作品。」

這就代表……

我不知道是在什麼時候。

我不知道是怎麼辦到。

但你找到了，你找到了《採石人》。

你也找到了那個女人。艾比·亨萊？或艾比·鄧巴？你是這樣才得到書的嗎？

是的沒錯。

潘妮跟你講了她的事對不對？在她死去之前？

她告訴了你，你找到了她，她甚至給了你那本書。凶手看著克雷，而那男孩彷彿正以骨與血為材，塑造出自己。

麥可．鄧巴說：我就在這裡。

我知道我離開了你們，但此時此刻我在這裡。

克雷，好好想想這件事。

而他的確想了。

劊子手的雙手

鄧巴家過往歷史的潮汐中，三年半過去了，克雷躺在床上，神智清醒。他今年十三歲，深髮色，孩子氣，瘦得皮包骨，他的心跳刺痛著這片寧靜，他的雙眼各有一簇火焰。

他隨後溜下床鋪、穿好衣服。

他穿著短褲和T恤，光著腳。

他跑出賽馬區，他尖叫著跑過街頭，整個過程中，他都沒有開口喊出聲。

爸！

爸！

爸，你在哪裡！

那是春季，天還沒亮，他跑過建築物之間，以及故事裡那些被人安置於此的房子。路過的車燈照在他身上，照出兩道亮晃晃的鬼影，經過他身邊，隨即消失。

爸，他大叫。
爸。
他的腳步慢下來，而後停止。
麥可・鄧巴，你去哪兒了？

那件事發生在那年初。
潘妮洛普死了。
她在三月過世。

她的大限本該是六個月，但後來拖了三年。她可說是終極版的吉米・哈特涅，這病完全有殺死她的能耐，不過潘妮洛普不會死。當她終於屈服，疾病立刻侵門踏戶。
我想我們是希望父親能給我們一點希望。給我們勇氣，讓我們覺得更親近。比方抱抱我們，或在最低潮時拉我們一把。

這些都沒有發生。
那兩輛警車就這麼丟下我們，救護車駛過這條街。
麥可・鄧巴來我們身邊，他朝我們過來。接著他踏出家門，離我們而去。他走上草地，並繼續往前。
我們五個就站在門廊上。

葬禮也是明亮燦爛的。
在陽光明媚的丘頂墓地。
我們的父親念了一段《伊利亞德》。

他們拖著他們的船，駛入那親切的大海。

他穿著他們結婚時那套西裝。數年後，他也會穿著同一套西裝回來面對阿基里斯，那對水色的眼睛黯淡無光。

亨利發表了一段演說。

他模仿她在廚房裡拔高的語氣，逗得大家都笑出來，可是他眼眶泛著淚。現場至少來了兩百個學生，全是高諾高中的孩子，每個人都好好地穿著制服，衣服厚重，乾淨整潔，深綠色。他們講到節拍器，有幾個學生是因為她才學會閱讀的。我在想，最難搞的那幾個鐵定最愛她。「老師再見、老師再見、老師再見。」有幾個學生碰了碰棺木，在陽光下魚貫而過。

葬禮在戶外舉行，他們會帶她回去火化；棺材滑進火中。

那有點像鋼琴，真的滿像的。不過應該算是長得比較樸實的表親。要是你想，是可以好好給它打扮一下，只是它依舊是硬邦邦的木頭一塊，上面丟了些雛菊。她選擇不撒骨灰，也不要像堆沙子那樣擺在骨灰罈裡。我們花錢買了一小塊紀念碑，讓我們得以駐足、得以懷念，得以在城市頂上看著屬於她的石頭。

我們抬著她離開。

一邊是亨利、克雷和我，另一邊是麥可、湯米和羅里（跟我們在弓箭街分的橄欖球隊伍一模一樣）。棺木裡面的女子纖纖嫋嫋，棺木本身則如千斤重負。

她是根裹在木塊裡的羽毛。

守靈儀式最後，我們分送茶水和咖啡蛋糕，站在那棟建築物外頭。

我們全穿著黑色長褲；我們全穿著白色襯衫。

我們看起來像一夥摩門教徒，只是心中少了那股慷慨大愛。

羅里憤怒且安靜，我就像是另一塊墓碑，眼睛溼潤又灼燙。

亨利看著外面，湯米的淚痕還沒乾。

克雷當然也在。他先是站著，然後就坐到沙發上。自她死去的那天，他就握著一枚晒衣夾。此時他握緊了夾子，直到手發痛，然後再迅速收回口袋。我們沒有人看過那夾子。那東西光潔簇新（是黃色的），而且他總忍不住持續把玩它。他跟我們一樣，也在等父親，但父親消失了。我們的心彷彿落在腳邊，被自己人踢來踢去，感受到的淨是柔軟且血腥的血肉。此時整座城市在我們下方閃閃爍爍。

他是穿著西裝的垃圾。

他佝僂著身體，滿身瘡痍。

後來他終於現身，但舉步維艱。他沒辦法看我們，我們也沒辦法看他。

最後開口的人是我，而我們已經等了兩個小時。

「他到底死去哪裡了？」

葬禮之後還滿好笑的，感覺就像到處都是屍體與傷患。

我們的客廳比較像醫院病房，就是你會在電影裡看到的那種。男孩個個痛苦癱倒，有什麼東西能躺就靠在上頭。

陽光不太對勁，但倒是很閃耀。

至於麥可．鄧巴，雖然他是那副德性，可是他的崩潰竟在這麼短時間變得這麼清晰，我們不免驚訝。

我們的父親只剩一半。

另外一半隨潘妮而去。

有天晚上，葬禮過後幾天，他又離開了。我們五人出門去找他。一開始先找墓園，然後去了**光手臂**，此時我們的腦袋還很清楚。

後來我們打開車庫時嚇了一跳，總算是找到他了。他躺在一塊油漬旁邊，因為警察把她的車拖走了。唯一消失的東西就是潘妮．鄧巴的畫廊，但他之前也沒有提筆畫過她，不是嗎？

他後來還有正常上班一陣子。

其他人則回學校去。

那時我每天的工時已經滿長。那是一家製作地板和地毯的公司，我甚至跟那個偶爾共事的傢伙買了那輛旅行車。

先前，我們的父親被學校叫去，他看起來就像戰後的倖存者，儘管是個完美的冒牌貨。他衣服穿得整整齊齊，鬍子刮得乾乾淨淨，彷彿一切都在控制之中。我們都在處理了，他說，校長頻頻點頭，老師都被蒙在鼓裡，他們永遠無法看清他內心的深淵，就藏在那一身衣裝之下。

很多男人會在酒精中釋放自我，也許爆發，或者動粗，但他不像那些人，他不是那樣。對他來說轉為抽離模式更簡單。他在場，但也從未在場。他坐在空蕩蕩的車庫裡，手上拿著一杯永遠不會去啜飲的酒。我們會喊他來吃晚餐，他卻以緩慢但穩定的速度消失，就連逃脫大師胡迪尼都會跌破眼鏡。

他便是以那種方式逐漸丟下我們。

至於我們幾個鄧巴男孩，最開始的半年是這樣的。

湯米的小學老師特別留意他，也回報說他狀況還行。

至於那三個念高中的，他們得去找一位老師。這位老師算是兼任的心理諮商師。之前是由另一個人負責這個職務，不過那個人後來離開了，接手的那位非常討人喜歡。那是有著溫暖臂彎的克勞蒂．柯比。那時她才剛滿二十一歲，一頭棕髮，身高頗高，臉上的妝不是很濃，總是穿著高跟鞋。她的教室裡貼了幾張海報——珍．奧斯汀和她的啞鈴，以及麥教授是神，她桌上擺著書本和企劃案，還有好幾疊待批改的作業。

見過她後，他們就經常在家裡進行那種男孩間會有的對話，也就是毫無重點的閒聊。

亨利：「克勞蒂好樣的啊？」

羅里：「她有雙美腿。」

拳擊手套，美腿，還有胸部。

他們之間的連結只有這個。

我則說：「看在老天的份上，閉嘴。」

不過我也在想那雙腿，這是一定要的。

至於克勞蒂，靠近點看的話，可以看到她臉頰上有可愛的晒斑，就在中央。她的眼睛是和善的棕色，她教了我們一堆有的沒的的英文，教材來自《藍色海豚島》（*Island of the Blue Dolphins*）和《羅密歐與茱麗葉》。她是個笑容滿面的諮商師，但搞不太清楚狀況，她在大學修過幾堂心理學，所以有資格處理這類慘劇。然而比較可能的原因是這所學校最菜的老師就是她，所以額外的工作就落到她頭上。不過最沒指望的地方在於，一旦這些男孩們說自己沒事，她會非常想要相信他們的話。而在這個例子裡，其中兩人的確沒事，剩下那人則跟「沒事」八竿子扯不上關係。

或許，到頭來最致命的就是最細微的事物。幾個月過去，時序流轉入冬，我們看著他下班回家。

他會坐在車裡面，有時坐上好幾個小時。

他會用灰撲撲的手扶著方向盤。

再也沒有安提扣，踢塔糖一顆不剩。

水費是我在繳，不是他。後來連電費也是。

我週末去橄欖球比賽打工。他去看了比賽，但什麼都沒看進去，後來甚至也不再出現。

他的手臂沒了氣力，軟弱鬆垂，缺乏動力，原先堅實的腹部軟糊一片。他死去的方式就是變得不像自己。

他忘了我們的生日，甚至不記得我滿十八歲，跨入了成年的大門。

他有時會跟我們一起吃飯，他會洗碗，不過接著就會出門，又回到車庫裡，或站到晒衣繩下，而克雷會跟他一起去。因為克雷知道一些我們不知道的事，我們的父親最怕的就是克雷。

某個難得的夜晚，他竟然在家。我們發現他站在鋼琴前面盯著那些彩繪琴鍵，克雷就站在他身後，靠得很近，他的手指僵在琴鍵上嫁給二字之間。

「爸？」

沒有回應。

他想對他說，爸，沒事的。雖然發生了那些事，但沒關係。沒事的、沒事的，我不會說出去，我不會把任何事講給任何人聽，永遠都不會，我不會跟他們說。

但話說回來，晒衣夾一直都在。

克雷帶著它睡覺，從不離身。

也因為他整晚壓著晒衣夾睡覺，有幾個早上，他會在廁所檢查自己的腿，那東西就像蝕刻在大腿上的作品。有時克雷真希望他能摸黑過來，搖醒睡在床上的自己。要是我們的爸爸能拖著他穿過房子、來到後院，那麼他就不介意自己身上是不是只穿內褲，晒衣夾還塞在褲腰。

或許那樣一來，他就可以再次回去當個孩子，能維持手臂瘦巴巴、雙腿還像個小男孩的模樣。他會狠狠撞上晒衣竿，身體勾住握把，肋骨卡到金屬桿。他會抬起頭，越過那些繩子往上看，看那一排排安靜的晒衣夾。哪怕天色一片昏暗，他只能看見形狀和顏色，但可以這樣開心度過好幾個小時，直至白晝，直至晒衣夾擋住整座城市的光，直至他們挑戰太陽，並且贏得勝利。

不過重點就在這裡。

我們的父親一直沒來，也沒有這麼對他。

除了不斷增加的距離，什麼都沒有。

麥可．鄧巴不久後就會離我們遠去。

他會先讓我們孤苦無依。

到最後，距離她死去那日將近過了六個月。

秋日入冬，接著逢春，他幾乎沒跟我們說上話。

那天是星期六，介於非常晚和非常早之間。

那時我們還留著那張三層上下鋪，克雷睡在中間那層。三點四十五分左右，他醒過來，看見他站在床邊。克雷對著他的上衣和肚子說話：

「爸？」

「繼續睡。」

月亮躲在窗簾後，那名男子動也不動，而克雷知道他要做什麼，所以他乖乖聽話，閉上眼睛，但嘴巴還是繼續說話。「爸，你要走了，對不對？」

「小聲點。」

好幾個月來，他第一次碰了他。

我們的父親俯身，用兩隻手，當然，這是劊子手的雙手，分別放在他的頭上和背後。那雙灰撲撲的手很僵硬，溫暖，但筋疲力竭。滿懷愛意，卻殘酷，而且無情。

他這樣待了好一會兒，但等克雷再次睜開眼睛，他已經不見了，此事正式劃下句點。而克雷似乎還能感覺到那雙手，那手正捧著、摸著他的頭。

那時房裡就我們五人。

我們在自己的房間裡做夢，我們睡著了。

我們都是男孩，但也是奇蹟般的存在。

我們躺著、活著、呼吸著——
那就是他殺死我們的晚上。
在我們的床鋪上，他殺了我們每個人。

阿肯色斯

席佛鎮，他們在乾燥的河床上工作，數日連成數週，數週再連成一個月。而克雷的折衷方法是，他會在週六回到圈圈，但只有麥可去礦坑工作時才回去。

除此之外，他們每天還沒破曉就起床工作，工作到夜色深沉之時。

入冬後，他們在河邊生火，夜晚繼續做上好幾個小時。昆蟲已經安靜了好久。紅色落日十分涼爽，從早到晚都瀰漫煙的氣息。橋梁正在成形，即便緩慢，卻是那麼篤定，只是你可能不知道該怎麼判別。河床像是臥室，青少年的臥室，只不過裡頭散落的不是襪子和衣服，而是翻起的泥土、各種記號與歪扭的枝條。

每個黎明，他們都在此駐足。

一個男孩，一個男人，兩杯咖啡。

「你只需要這些就夠了。」他說，但大家都知道凶手在說謊。

他們也需要收音機。

某個週五，他們開車去市區，他在聖文生找到那東西。

長長的、黑色的，外觀有點破爛，破損的卡座不知怎地竟還能用，但得用寶貼[1]硬黏起來才行，裡面甚至還有一張卡帶。是自製的滾石樂團精選集。

每到週三和週六，天線總是呈四十五度角往外延伸，於是凶手很快就知道，他知道哪幾場比賽有著不同意義。

那段時間，克雷每次回到弓箭街的家狀況都很糟，勉強活著，但累個半死，渾身沾滿粉塵，口袋都是土。他拿走衣服、買了靴子。那些衣物起初是棕色，然後變深，最後褪了顏色。而他總是帶著那臺收音機，如果她在軒尼詩比賽，他會到場，如果是其他地方，像是羅斯希爾、沃里克農場，或蘭德威克，他就會改為在廚房裡面聽廣播，或自己一人待在後院，或門廊，然後在圈圈等她。

她會過去，躺在他身邊。

她會告訴他關於馬兒的事。

他看著天空，絕口不提一件事：她從沒有贏過。他看得出來這令她多麼低落，然而講出口情況會變得更糟。天氣很冷，但他們不曾抱怨。兩人就這樣躺著，穿著牛仔褲和厚外套。她臉上紅紅的雀斑像道謎題。有時候她會拉上帽兜，髮絲從側邊冒出來，搔得他脖子癢兮兮。她總有辦法搔到他。

凱莉・諾維就是這樣。

到了七月，有天晚上麥可・鄧巴要去礦坑上工，他留下新的筆記，那用在架棚計畫以及鑄模跟拱型的尺寸。克雷對著鷹架的圖面露出微笑。可惜的是，他得再挖一次土。這次是為了架出坡道、搬運石塊。

他削進河床邊緣，慢慢開出一條路。那不只是座橋，還包含周遭一切。當克雷自己一個人待在河邊，甚至會更加賣力。他邊工作邊聽廣播，再跌跌撞撞走進屋裡，癱倒在凹陷的沙發上。

---

1 Blu-Tack：一種萬用貼土。

■

賽堤亞諾之後，他們有了只可意會、不可言傳的相互理解。

凶手不會提，他不會問克雷知道了什麼。

《採石人》？米開朗基羅？艾比．亨萊（或艾比．鄧巴）？那些畫？他的畫。他究竟了解到什麼程度？

麥可不在身邊的時候，克雷會閱讀他最愛的章節，以及凱莉最愛的章節。

她的最愛仍是前面那幾章。那座城市，還有他的成長過程那個被人打歪鼻子的青少年。

那座雕像，「聖殤」，基督宛如一灘液體那樣倒在瑪莉亞的臂膀中。

而克雷還是喜歡大衛像。

大衛像，還有囚徒們。

他就跟父親一樣愛著它們。

他也喜歡書中另一段描述，寫到這些雕塑作品目前位於何方：佛羅倫斯的學院美術館。

而今，大衛仍在美術館的走廊盡頭，站在那明亮的拱頂之下，依舊猶豫不決，永遠心懷恐懼，永遠處於挑釁的姿態，永遠在心中盤算：他有可能打倒巨人歌利亞嗎？他的凝望掠過我們頭頂、瞥向遠方，而囚徒們就在遠方等候。他們歷經數個世紀的掙扎與等待，等待雕刻家回來完成作品，現在看來得多等上幾百年了……

要是他回家，會在晚上爬上屋頂，或窩在沙發裡看書，而我會坐在沙發另外一邊看書。

我們常一起看電影。

有時一次看兩部。

《戰慄遊戲》[2]，還有《衝鋒飛車隊》[3]。

和《無法無天》[4]。（「什麼？」亨利在廚房裡大喊。「不要為了換口味就拿這個世紀拍的東西好不好！」）

為了平衡一下，接著我們又看《摩登保母》[5]。（「那他媽的算好一點，一九八五年！」）最後那部又是他們送的禮物來著，這次是生日禮物，羅里和亨利合送的。

連看四部片，很棒的一晚。

我們坐在那兒愣愣地盯著電視。

里約的貧民區將我們淹沒，接著則讚嘆起凱莉．拉布洛克[6]。

「嘿，」羅里會說：「倒回去一點！」還有「這鬼東西應該贏座奧斯卡啦！」

他在河邊聽廣播。先聽幾場，接著聽數十場賽事，她還沒拿下生涯首勝。軒尼詩的第一個下午，她一個轉向，無視抗議。忽然之間感覺像是好幾年前，卻又灼熱燙人得恍若昨日。

有一回，她騎著名喚**昏擊槍**的牝馬，勢如破竹地衝過賽道，不料前頭有個騎師掉了鞭子，正好打到她下巴，害她分心片刻，馬兒也失去衝勁。

她以第四名作收，小命仍在，只是氣得要死。

最終勝利到來，而且勢不可擋。

那是某個週三下午。

---

2 *Misery*：史蒂芬．金的恐怖小說改編電影，一九九〇年出品。

3 *Mad Max 2*：澳洲末日幻想動作片，為一九七九年《迷霧追魂手》（Mad Max）續集，一九八一年出品。

4 *City of God*：巴西犯罪劇情片，二〇〇三年出品。

5 *Weird Science*：科幻電影，一九八五年出品。

6 Kelly LeBrock：電影《摩登保母》女主角。

在羅斯希爾，名喚阿肯色斯的一里馬[7]。

這時克雷獨自待在河床上。

那座城市下了幾天雨，她讓牠待在內圈練跑。同時間，其他騎士則牽著他們的賽馬，直接朝賽道外頭較扎實的地面走去。凱莉遵照麥安德魯的建議，他以幽默的語氣給予她明智的建言。

「孩子，直接帶牠走過那些泥濘，然後就讓牠待在賽道上。妳帶牠來的時候，我簡直想直接在牠身上噴顏色了妳知道嗎？」

「知道了。」

不過麥安德魯看得出她心存懷疑。「聽好，沒有誰的馬能跑上一整天，賽事可能會耽擱，這樣一來，妳就可以讓牠少跑幾步。」

「彼德潘有一次就是這樣拿下墨爾本盃。」

「不對，」他糾正她。「牠沒有，情況正好相反，牠跑到筋疲力盡，但那時一整區的賽道都很泥濘。」

這種事凱莉很少記錯，她想一定是因為自己太緊張，而且麥安德魯對她露出了接近微笑的表情，之前在比賽日他從沒笑過。他訓練過許多騎師，只是他們多半不知道彼得潘是哪位，也不知道那匹馬或牠讓人津津樂道的性格。

「他媽的，妳贏下來就是了。」

她辦到了。

河床上的克雷欣喜萬分。

克雷一手扶著架棚的板子。他聽過醉漢說出類似以下的句子。「只要四罐啤酒，就沒人能把我臉上的微笑扯掉。」對他來說就是那樣。

她贏了。

他想像凱莉帶他加入，想像那些光芒、時鐘指針般細瘦的手臂，以及麥安德魯。廣播上提到，他們很快就會動身南下弗萊明頓，主播以笑聲劃下句點。他說：「看看這位騎師，她正抱著那位嚴格的老練馬師，你們看麥安德魯！你看過哪個傢伙比他還不自在嗎？」

廣播中傳出笑聲，克雷也笑了。

他暫停一下，然後繼續上工。

下一趟克雷回家，便在車上做著白日夢。他想像了無數個非凡的時刻，慶祝阿肯色斯的勝利，不過他知道現實總是有所不同。

他直接去了軒尼詩的看臺。

他看她拿下兩個第四名和一個第三名，接著她二度奪冠，那是一匹短途馬，名叫**腦溢血**，馬主人是個有錢的喪葬業人士，每匹馬顯然都是以致命症狀為名：**血栓**、**心臟病**、**動脈瘤**；他最愛的是**流行性感冒**。「大家都低估了這個病，」他會這麼說：「其實很致命呢。」

她讓**腦溢血**保持舒適與放鬆的狀態，在轉彎處帶著牠超前。她抵達的時候，克雷看著麥安德魯。

他穿著深藍色西裝，顯得緊張興奮，克雷幾乎能從他的嘴唇讀出他在講什麼。

「不要想抱我喔。」

「別擔心。」她會說：「這次不會的。」

比賽結束後，克雷走路回家。

他穿過軒尼詩的防洪閘門，穿過停車場的廢氣，以及好幾排明亮的紅色車尾燈。他轉上黃昏路，那條路

---

7 Miler。專參加一英里賽的賽馬。

就是那麼吵、那麼令人窒息。

他雙手插在口袋裡。

近晚時分，這座城市彷彿往內收攏，然後……

「嘿！」

他轉過身。

「克雷！」

她就出現在大門口。

她脫下騎裝，換上牛仔褲和襯衫。（但是腳光著），她的笑容依舊那麼直接。

「克雷等等！等等！」她看見他時，還在距離他五公尺之外的地方。他依舊能感受到她體內的溫度與湧動的血液。他對她說：「腦溢血，」再笑著說：「阿肯色斯。」

她穿過夜色，半跳到他身上，差點把他鏟倒。

她的心跳快得像暴風雨，但溫暖地裹在外套中。

旁邊的車流仍是動彈不得，停滯在那裡。

她抱緊了他，盡了全力。

路過的人都在看，但他們兩個根本不管。

她就踩在他鞋子上，對著他鎖骨的凹陷處說話。

當她狠狠地、毫不留情地抱緊克雷，他同時感覺到她瘦削的肋骨起伏，那是她身軀的鷹架。

「我很想你，你知道嗎？」

他擁緊了她，力氣大到讓人疼痛。他們喜歡這樣，她柔軟的胸口都被擠扁了。

他說：「我也想妳。」

兩人鬆開手，她問他說：「待會兒見？」

他回答：「當然，」他說：「我會過去。」

他們會去那裡，他們會謹守分際，那是他們的規矩、他們的約定，雖沒說出口，但總能意識到。她會搔他癢，但僅止於此。她會告訴他每件事，但不會告訴他，她覺得最棒的是：把腳踩在他的腳上。

找尋者

在過去，有幾個逐漸明確的事實。

我們的母親死了。

我們的父親逃了。

一週之後，克雷開始找他。

在那之前，隨著時間流逝，好似有些什麼在他心中緩緩累積，只是他不太確定到底是什麼。有點類似足球賽前的緊張感，但又似乎永遠無法消溶。或許其不同之處在於：橄欖球比賽會開打，你會跑上球場，比賽開始、比賽結束，但這件事不一樣，它永遠都是進行式。

我們都是一樣的。克雷也想他，但他想念的方式特別筋疲力盡。

失去潘妮已經夠艱難了。

關於她的事，至少你還知道該如何應對，這是死亡的美麗之處，它非常明確。關於我們的父親卻還有太多疑問，關於他的想法也危險許多。

他怎麼能離開我們？

他到底去了哪裡？

他還好嗎？

一週後的那天早晨，克雷發現自己醒了過來，穿戴整齊地站在臥室裡。不久後，他就出門。他必須填補那個空缺。這個反應來得突然，卻非常出於直覺。

他上街跑步。

如我所說，克雷就這麼喊著：爸**！爸！爸，你在哪裡？**

但他不太有辦法喊出來。

那是個涼爽的春日早晨。

他頭一次溜出家門、賣力狂奔，走在天色未明的清晨裡，心頭突然湧上一股恐懼與興奮。他不知道自己要去哪兒，等到他終於開始在心裡大叫，就發現自己迷了路。然而他很幸運，最後仍晃回了家裡。

一回到家，就看到我在門廊上。

我走下臺階，拎起他的領子，伸出一隻手臂，把他扯到身邊。

我說過，我已經十八歲了。

我想我應該努力表現得像個成年人。

「你還好嗎？」我問他，他點頭。

揪緊的胃放鬆下來。

他第二次跑出去就是隔天，我就沒那麼寬宏大量了。我還是扯了他的領子，不過改成拖著他穿過草坪。

「你到底在想什麼？」我問：「你到底在幹麼？」

克雷似乎挺開心的，完全壓不下來，可是他馬上又忍了下來，雖然是暫時的。

「你到底有沒有在聽？」

我們停在紗門前面，這個男孩光著腳，腳底很髒。

我說：「你得跟我保證。」

「保證什麼？」

這時他才注意到自己腳上有血，簡直像是腳趾中間生了鏽。克雷好像很喜歡，對著血跡露出微笑。他似乎非常中意那些血。

「他媽的，你猜猜看啊！他媽的別再給我這樣不見人影！」

那人不見人影已經夠糟了。

我這麼想著，卻還無法說出口。

「好，」他說：「我不會再那樣了。」

克雷承諾，但他撒謊。

好幾個禮拜，他每天早上都跑出去。

有時我們會出門，找尋他的蹤影。

此時想想，我也不知道我們為什麼要那麼做。

他也不是置身於非常危險的處境（最糟的情況頂多是又迷了路），但這件事不知怎麼感覺很重要，這是另一件必須堅持的事。我們失去了母親，接著失去父親，我們不能再失去其他事物，無論如何就是不能允許這種事發生。儘管如此，我們也不會對他多好。還真是多虧羅里和亨利大發慈悲，他回來後，腳都要沒知覺了。

從那時問題就已浮現，無論我們怎麼傷害他都無關緊要，因為我們其實傷不了他。此外，不管我們有多想抓住他，都是徒勞。反正他隔天又會消失。

有次我們還真的在外面發現了他。

那天是星期二早上七點，我上班快要遲到了。

這座城市涼爽多雲，瞥見他的是羅里，我們在東邊好幾個路口之外，羅吉拉與賀卓真大道口。

「看那兒！」他說。

我們一路追著他到艾傑巷（巷底堆了一排裝牛奶的木箱），把他摔到圍牆邊。我的大拇指上插滿冰冷的灰色碎片。

「媽的！」亨利大叫。

「怎樣？」

「我覺得他剛剛咬我！」

「那是我的皮帶頭！」

「壓好那邊的膝蓋！」

或許克雷還沒意識到，但他已在內心深處認真發誓：他永遠不要再像那樣被人扣住——或者至少不要那麼輕易地被拿下。

可是在那個早上，當我們推著他穿過街道回家，就連他也搞錯了一件事，他覺得一切都結束了。

其實不然。

要是幾個月前沒有發生那件事，要是麥可．鄧巴沒有拖著他到後院，那我可以幫他一把，由我推著他穿過玄關，把他甩進後院，「碰」一聲把梯子架上排水溝。

「好了，」我對他說：「爬上去。」

「什麼？爬到屋頂嗎？」

「照做就是，否則我打斷你的腿，看你到時怎麼跑！」等到克雷爬上屋脊，他終於明白我在說什麼了。而這甚至讓他的心情更加沉重。

「懂了沒有？你看到市區有多大了嗎？」

這讓他想起五年前的某件事。那時他想做個專題報告，主題是世界上的每項運動，他要潘妮買一本關於新型運動的書。印象中，他只需要列出自己所知的每個運動。第一頁寫了一半，他才列出少得可憐的八個項目，便清楚意識到完蛋了。此刻他就是這個感受。

在屋頂上，都市看起來更大了。

他可以從這裡看見市區的每一個面向，都在眼前。

這裡巨大廣袤、無比龐然。這是他聽過的形容詞，用來描述打不倒的事物。

有短暫片刻，我幾乎要心懷歉意。不過我無論如何得叫他回家。「小子，你想跑多遠都可以，但你是永遠都找不到他的。」我望著遠方的房子，看著數不盡的斜屋頂。「克雷，他走了，他殺了我們，他殺死了我們。」我逼自己說出這話，我逼自己感到樂意。「過去的我們已經一點都不剩。」

那日的天空是毯子般的灰。

我們身邊除了城市什麼都沒有。

在我身旁有個男孩，以及他的光腳丫。

我們都在想，他殺了我們，而且我們知道，某種層面來說，這是真的。

該綽號於彼日誕生。

來自瑞福利納的馬

自從軒尼詩停車場後，一些前所未有的事物開始運作。表面感覺起來一切如常，冬季繼續發威，黑漆抹烏的早晨，乾淨無垢的陽光，還有橋，以及那不知疲倦的建築作業。

接下來的比賽中，凱莉贏了四次，總計六冠。她一如既往地從廣播聲響中爬出，克雷喜歡坐在那裡想像她的模樣。此外還有三次第三名，從沒拿過亞軍。這女孩似乎沒辦法拿亞軍這個名次。

麥可不在的星期三，克雷比往常更思念她。他帶著收音機走到樹林裡，拿著打火機和晒衣夾，對著那塊金屬和那根羽毛露出微笑。他坐在剝落的樹皮之間，像是模型，也像局部身體的鑄件，比方手臂，或垂下的手肘。他有時會在聽到最後一里路的轉播時站起身。

快啊，凱莉，帶牠奪冠。

聽起來有一整隊的馬。

凱阿瑪、**那威**，**恩加丁**。

（看來她對地名特別擅長。）

割草機。**金士曼**。

有時候她又會騎上**玫瑰戰爭**，手腳並用駕著牠前進。

然後便是那日，來了匹馬，一位騎師被拖出賽道，釀成肩膀脫臼事件，於是換成凱莉出賽。那匹馬用某個小鎮為名，在瑞福利納外。對她而言，這將改變一切，也將改變這裡發生的故事。

那是一匹名叫**庫塔曼德拉**的馬。

當時已是八月，清晨氣溫極凍，到處都是木材與木工構件和一大堆石頭。他們靜靜地做事，只動手、不動口，像在興建一座看臺，或許真的有點像那樣。

克雷抬起巨大的木條，幫他搬至定位。

「不是這邊，」麥可．鄧巴說：「是擺在那裡。」

他調整了一下。

父親在的那幾個晚上，克雷會在河邊待到很晚。他在指定的位置立起木頭，拿石頭在石頭上搓磨，以求精準。有時麥可會帶著茶走出來，他們坐在石頭上看著前方，周邊圍繞巨大的木塊。

有些時候，他會爬上鷹架。每過去一天、每搭出一個拱型，鷹架便隨之延伸。最開始應該是測試模型（也就是鷹架的鷹架），但從第二組便架得更快也更穩，他們是邊搭邊學。他不只一次想起那張照片：布拉德菲爾德[8]知名的橋梁，他是設計出衣架的人。那宏偉的拱型就要相接，它將分開雙腿、各據一側，下方是恍若死亡的巨大鴻溝。

他一如往常聽著收音機，錄音帶的兩面都播過了。裡面收錄了那麼多經典歌曲，他的最愛是〈馱獸〉[9]，或許是為了向阿基里斯致敬，但更可能是對凱莉，她就藏在這些歌曲之中。

接著是週六，那時已是月底，廣播播報著賽況：第六場賽事，閘廂有點狀況。一匹叫做**你在夢中**的馬（騎師是法蘭克．艾爾頓）被海鷗嚇到，搞得現場亂成一片。艾爾頓處理得很好。只是，當他以為自己恢復了，準備要跑最後一場，卻發現肩膀出了問題。

那匹馬有點擦傷，所幸活了下來，騎師則被送進醫院。

大家對他的坐騎有很高的期望，那就是即將上場的庫塔曼德拉。牠本會參加當天的最後一場比賽，馬主正在跟練馬師說話，他要求麥安德魯提供最好的人選。

---

8 Bradfield：雪梨港灣大橋的工程師。

9 *Beast of Burden*：滾石樂團的歌曲。

「我找不到別人了，我的騎師就這些。」

參加季賽的騎師都已行程滿檔，必須讓未出師的學徒出賽。

老先生對著身後大叫：「嘿，凱莉。」

她趕忙衝向這個出賽的機會。

她接過那件紅綠白三色上衣，直接走回**屎罐**。這是女性騎師休息室的別名，因為那裡擺了個年代久遠的馬桶。她走出來準備上場。

她知道。

那匹馬會贏。

她說，有時你就是有這種直覺。

麥安德魯也感覺到了。

他音量很小，但很強硬。

「把牠帶進領先集團，沒跑到黃昏路不要給我停。」凱莉．諾維點點頭。

她離開的時候，他重重拍了她背一下。

席佛鎮上，奧瑪哈河畔，他們收聽最新消息。麥可．鄧巴看見克雷停下手邊鑄模的動作，立刻明白。是她。

是凱莉．諾維。

就是那個名字。

他們坐在那裡收聽那場賽事，就跟麥安德魯說的一樣，她帶著牠衝到前方。那匹馬未曾領先，牠體型很大，深棕毛色，嚴格說是棗紅色。牠很勇猛，一心一意地奔跑，大勝四個馬身。

■

後來的事情是這樣的。

一整個九月，在河上，只要麥可從礦坑回來，他們就會握個手，接著像發瘋一樣拚命工作。

他們又切、又量、又鋸。

他們裁掉石頭邊邊，他們以完美的節奏進行。

他們搞定那些個會用到滑車系統的作業，就開始測試拱肩的重量。先是二分之一個點頭，然後是完整而且快樂的點頭。那繩子跟特洛伊人一樣堅實，輪子材質是打折買來的鋼材。

「有些時候礦坑對我們還挺好的。」麥可說。克雷非常贊成。

有些時候，他們會注意到光線的變化，太陽被黑色吞噬，黑色的雲撞上山峰，蹣跚轉向。此處目前還沒什麼大事，但下雨的日子肯定要來了。

他們趕忙在屋外露臺上計畫一番，討論什麼東西要放在最上面。

「木頭嗎？」麥可．鄧巴說。

「不行。」

「水泥？」

最適合的材質非砂岩莫屬。

再後來的事情是這樣。

馬主哈里斯．辛寇雷很喜歡這位騎師。

他說她無所畏懼，而且運氣佳。

他喜歡她的長髮（他說，你會以為在說話的是她的頭髮。）他喜歡她纖瘦的體型，以及鄉下人實在的個性。

春季賽馬節[10]之前，庫塔曼德拉贏了兩冠，擊敗了更優秀且經驗更佳的好手。她告訴克雷自己喜歡勇往直前的馬，因為牠們十分勇敢。當時是嘈雜的星期六晚上，他們在圈圈那兒。「牠就這樣衝出去、直往前跑。」她說，那話語被風吹散。

就算牠跑了第二名（而那是凱莉的第一次），馬主還是送了她禮物，一大杯啤酒，安慰獎。

「你是在開玩笑嗎？」老麥安德魯說。「把那該死的玩意兒拿過來。」

「噢，該死……抱歉啊小朋友。」

他就是那種冷酷無情的商人、律師，有著低沉的嗓音，習慣發號施令，看起來永遠像是剛吃完午餐（而且你可以確定的是，那頓飯絕對很好吃）。

到了十月，橋梁緩緩成型，而著名的春日賽事也開始了。

有部分賽事會在這裡舉行，多半是在南部的弗萊明頓，和其他著名賽道，比方說考爾菲爾德、滿利谷市。麥安德魯會帶上三匹馬，其中之一就是庫塔曼德拉。

這次，他得跟辛寇雷討論一下。雖然他之前看過凱莉的潛力，協會本身也推薦她，但那次她拿第二名讓他稍有猶豫。直到今天，他們還是常常這麼說。但她可以讓馬匹減輕負重，因為這騎師只是個學徒。如果是那些比較壯的傢伙就做不到了。有天下午她聽見他們在說話，那是麥安德魯的辦公室，桌上擺著賽程表和剛吃完早餐的髒盤子。凱莉就站在辦公室外面偷聽，耳朵壓在紗門上。

「聽著，我只是想知道有沒有替代方案好嗎？」哈里斯．辛寇雷粗聲粗氣地說：「恩尼斯，我知道她很棒，不過那可是一級賽。」

「那就是一場普通的賽馬。」

「是日平線北來風錦標賽！」

「沒錯，不過……」

「恩尼斯，你給我聽著……」

「不，你才給我聽著，」她一聽見那有如稻草人的嗓音，立刻領悟。「我沒有感情用事，我只是因為她就是一名騎師，只是這樣。如果她受傷、暫時無法出賽，或在接下來三週一頭栽進蛋糕店，那很合理，我們就把她換掉。不過如果是現在……根本沒有什麼不對勁，所以我不會做出任何調整。關於這件事，你必須相信我，好嗎？」

接下來是好長一段充滿著懷疑的靜謐，直到麥安德魯再次開口。

「好了，他媽的練馬師是誰？」

「好吧……」哈里斯．辛寇雷說。而那女孩往後絆了一下，拔腿狂奔。

她完全忘了自己的腳踏車還鎖在圍籬上，就這麼直接跑回家找泰德和凱瑟琳。就連到了晚上，這個驚嚇還是太大，她完全睡不著，所以她逃出去，跑出家門，獨自一人躺在圈圈那兒。

不幸的是，她沒聽到接下來的話。

「可是恩尼斯，我可是馬主。」哈里斯．辛寇雷說。

她好接近，她是那麼接近，然後就被換掉了。

鄧巴男孩勉力生存

弓箭街十八號這棟房子剩下我們五個。

我們是鄧巴家的男孩，我們（用自己的方式）繼續活下去。

克雷當然是安安靜靜，只是在那之前，他變得很怪。他跑遍賽馬區，又爬上屋頂，是說那天我真不該帶

10 Spring Racing Carnival：墨爾本春季賽馬節，舉行包含墨爾本盃等賽事。

他爬上去的，他硬是把這件事變成嗜好。至於在附近到處跑……這時我們知道，他永遠都會回來，坐在屋頂的瓦片上看風景。

我問他說，我是否該跟他一起跑，但他會聳聳肩，於是我們之間剩下的一切很快就變成訓練，以及逃離。非常痛苦，以及無比幸福。

最開始，羅里會來插花。

他的目標是被學校開除，他打從幼稚園就想逃離學校，所以願意趁此之便。他說得清楚明白：我不是他的監護人，也不能無恥地接手父母的角色。他非常坦白，而且不容我拒絕。

他到處破壞，他老是蹺課。

他告訴老師們要給作業的話就塞到他○○裡。

他在操場喝酒。（「那只是啤酒！真不懂你們是在氣什麼！」）

當然，這件事帶來的唯一好處是讓我遇見克勞蒂．柯比，那是羅里第一次收到停學處分。

我還記得我敲了她的門，走進辦公室，桌上到處都是作業。那篇文章的題目是《遠大前程》[11]，最上面的那篇打分是四分（滿分二十）。

「天啊，那不會是羅里的吧？」

她試圖要把作業收拾好。「不是，羅里拿的是一分，而且這一分是要鼓勵他交了作業，他寫的東西毫無價值。」

但我們不是來討論作業的。

「停學嗎？」我問。

「停學啊。」

她很直率，卻顯得非常友善。她語氣中帶有一絲幽默，讓我驚豔。停學可不是開玩笑的，但她的語氣不太一樣。我想她是在安慰我吧。有些十二年級的學生看起來簡直比她還大，這件事不知怎麼讓我有點開心。如果我留下來念完書，就會在去年畢業。這感覺起來似乎相當重要。

不過她很快就回歸正題。

「所以你對於停學處分沒有意見？」

我點點頭。

「那你們的……」

我知道她打算說父親，然而，關於他丟下我們這件事我還沒通知學校。反正時候到了，他們自會明白。

「他現在不在家，而且，我想我就可以處理了。」

「你現在……」

「十八歲了。」

其實也不需要澄清這一點，畢竟我看起來比較成熟（當然也可能是我自己這樣認為）。對我來說，克雷和湯米的模樣永遠比他們實際年齡小。後來的這些年，我一直提醒自己湯米已經不是六歲小孩。

我們在她的教室裡繼續聊。

她告訴我，只要停學兩天。

不過當然了，還有其他事。

面前景象當然賞心悅目，她的小腿、她的脛骨，但跟我一開始想像的不一樣。我也不知道該怎麼說。就是很……克勞蒂。我沒有別的言詞可以表達。

「所以你見過校長了嗎？」她打斷我的思路，因為我正盯著地板發呆。我抬頭看，見到黑板上的筆跡，整齊俐落的草書。寫的好像是勞夫和小豬，基督教主題。「你跟賀蘭德女士談過了？」

11 *Great Expectations*：英國作家查爾斯・狄更斯（Charles Dickens）晚年的作品。

我又點了下頭。

「我想你應該懂，我一定得問，是不是……你覺得這是不是因為……」

我捕捉到了她眼中的暖意。

她就像早上的那杯咖啡。

我回過神。

「因為我們的母親死了？」

接下來她什麼都沒說，但也沒有從我身上別開視線。我對著辦公桌和作業繼續說話。

「我不覺得。」我都差點要拿起其中一份來讀了，不過我及時阻止了自己。「他一直都是這樣。我認為他只是終於下定了決心。」

他又被停學了兩次，我也更常被叫去學校。但老實說，我一點抱怨都沒有。

那是羅里最懂浪漫的時刻，他是有著一對拳頭的帕克[12]。

接下來是亨利。亨利將自己的路安排妥當。

他有著瘦巴巴的身軀，外加十分發達的腦子。

他的第一個天才之舉是在**光手臂**攢錢。那裡有群站在店門外的中年酒客，亨利發現這些人都牽了狗，狗都過重，看起來跟主人一樣有糖尿病的問題。

有天晚上，等到他、克雷和羅里從商店回來，他就放下購物袋。

「你他媽的到底在做啥？」羅里說：「把那該死的袋子拿起來。」

亨利看過去。「我去看一下門外的那群傢伙。」此時的亨利十四歲又一個月。「欸，聽好，他們都跟老婆說他們出來遛狗啦。」

「啥？」

「你看，你的眼睛是被髒東西糊到嗎？他們說出來遛狗，卻跑到酒吧喝一杯，看看那些黃金獵犬！」他走了過去，對著他們每個人露出微笑，而那是他第一次（也是最後一次）這麼做。「你們這些懶惰的混帳，有沒有人想要我幫你們遛遛狗啊？」

他們當然愛死他了，他們完全被他迷倒。

這種大膽的舉動令他們心醉神迷。

好幾個月，他每天晚上都可以賺二十元。

然後是湯米。他的狀況是這樣的。

湯米在市區迷了路，他想找博物館。

他那時才十歲，克雷先前消失已經夠糟了，但至少湯米知道要打電話。他人在好幾英里外的電話亭，我們開車去接他。

「嘿，湯米！」亨利大叫著說：「我都不知道你竟然知道電話亭的用途欸！」那是個非常棒的下午，我們開了好幾個小時，穿過市區、開到海邊，並且保證改天會帶他出門。

至於克雷和我，某天早上，我們開始了訓練。

我逮到他逃跑的瞬間。

天剛破曉時，他來到門口，就算他因為我站在信箱旁邊而感到驚訝，也完全沒有表現出來，只是若無其事地繼續走。至少那時他穿著鞋子。

「想要有個同伴嗎？」我問他。

---

12 Puck：莎士比亞劇作《仲夏夜之夢》中的小精靈，因他的惡作劇串起幾對情人間的愛情故事。

他聳聳肩，別開視線，於是我們跑了起來。

我們每天早上都一起跑步。之後我會回廚房喝咖啡，克雷則回屋頂。

說實話，我知道為什麼跑步會這麼吸引人。

起先是腿會脹痛。

接著是喉嚨和肺。

當你的手臂也有感覺，就會知道自己跑得很拚命。

我們跑到墓園，跑過海神路，跑在卡賓路正中央。有一回，一輛車對我們按喇叭，所以我們分開隊形，轉往各自的方向，我們踏過爛掉的雞蛋花，我們從墓園注視著這座城市。

還有其他的美好清晨。我們會看拳擊手從三色俱樂部現身，看著他們晨跑。

「嘿，小子，」他們會這樣說：「小子。」

弓起的背部，癒合中的顴骨，歪鼻拳擊手的步伐。

吉米．哈特涅當然是其中之一。曾有一次，他往後跑，把我叫住。他就跟那群人一樣，汗水浸溼一整圈上衣領口。「欸，鋼琴仔！」他大叫著。「欸，鄧巴！」說完話就揮揮手繼續往前跑。其他時候，我們若是錯身而過，就會擊掌，像是球賽更換球員上場，我們一個上、一個下，我們邁步跑過每一個問題。

有些時候還有別人，像是麥安德魯訓練的年輕騎師學徒。這是他的其中一個要求，接受騎師訓練的頭一年，每隔一天，就要跟三色俱樂部的男孩一起跑步，毫無例外。

我也記得我們第一次跑到奔伯羅公園那時。

那是星期天，日出景色像是縱火犯那樣染紅天際。

看臺燃燒起來，彷彿某間遭罪犯縱火的屋子。而賽道早被淹沒——被野草、褥瘡和溼疹。操場有點像叢林，儘管它這樣孤孤單單，肯定還是過得很好。

我們跑了八圈四百公尺，休息三十秒。

「再來一趟？」我問。

克雷點頭。

他胃裡的小宇宙已經不知去向，被純粹的美麗折磨著。在奔伯羅公園，他又回到打著赤腳的狀態，晒衣夾在他短褲的口袋裡……有時我覺得他計畫好了一切。有時，我覺得他知道……

我們會跑過賽馬區的街道。

他會上屋頂上找尋他的身影。

他裝出一副在找我們父親的模樣，但我認為克雷知道外頭還有些什麼，此刻我也知道了。因為在那裡，在郊區的世界，這些訓練帶領我們朝牠奔去。

我們往前奔跑，找尋著一頭騾子。

照片

那個週末，庫塔曼德拉在南部的賽馬首都出賽，恩尼斯．麥安德魯做出一個決定。這個決定相當精明。

凱莉不會上場。

她在日平線北來風錦標賽出賽的機會被搶走了，第一次的一級賽，而且她今年才十七歲。克雷不會為了她回到城裡，他不會帶著她。要是看著那匹栗色大馬出現在賽道上，她鐵定會受不了。

不行，他簡潔扼要地對她說：

「我覺得妳賺到了週末休假的機會。」

他可不是平凡無奇的練馬師。

克雷特別表明那個週末要回家，因為廣播已經聊了一整週——那匹馬，以及更換騎師的事。

週五晚上，他正準備離開，而麥可．鄧巴嚇了他一跳。

他開車載他到鎮上，兩人還是沒有交談。但在抵達車站時，他從置物箱拿出一個信封，把信封放在克雷腿上。那上面寫著凱莉．諾維。

「這是？」

「拿給她就是了？好嗎？她會喜歡的，我保證。」

他沒打算好好思索這件事，只是點點頭，非常輕微地撇一下。車站的燈光感覺起來很遠，整個小鎮都很安靜，只有遠處酒吧傳來低聲的交談。他看著那個他曾擁有的東西，克雷也予以回應。

他就這樣拿出《採石人》。

輕輕把信封夾進去。

■

隔天在弓箭街，泰德和凱瑟琳都出門工作，凱莉和克雷就待在她家廚房。

他們架設起一臺破破爛爛的黑色收音機。

客廳裡有架挺不錯的立體音響，有數位顯示等等功能，然而他們決定用他的收音機聽。克雷坐下之後才發覺，這個廚房乾淨得令人驚奇。

他們交換了個短短的凝視，兩人都不想開口說話。

那個騎師，傑克．博德是個職業的高手。近三點鐘，賽事開始，他沒有早早策馬奔馳，領先的距離也不太夠，過彎時還被困住。等到他策馬衝刺，馬已經沒力氣了。克雷耳朵在聽，但大半是在看她。他隔著一段距離注視她長長的頭髮，以及放在桌上的前臂，捧在掌心的臉龐。她看起來介於傷感與悲慘之間，只說了句：「去他媽的。」

■

不久他們跑去看電影。

她伸出手，牽起他的手。

他看向她，不過她正盯著螢幕，一滴淚滑落臉龐。

接下來發生的事很怪。

他傾身吻了她的臉頰。

這不算違反規矩，他們都知道。他能嘗到心痛的鹹味，就這麼看著她放在自己掌心中的手。

晚點，他們去了圈圈，她靠著他躺下。此時她已經準備好要多講一些，並憤憤不平地說了一個數字。

「第七名。」

第七名，這是個令人蒙羞的失誤。

他一度數著她臉上的雀斑，共有十五顆，非常小，你必須仔細尋找才行。脖子上有十六個，比她的髮色要紅得多，金色陽光襯著斑斑紅點。

「我知道，」她說：「世界上還有更糟的事。」的確，肯定還有更糟的事。

她躺了一陣子，頭壓在他身上。

一如既往，克雷感覺到她的呼吸，那股溫暖、那個步態。

用這種方式形容呼吸似乎有點蠢，就像步幅、就像賽道長度，可是那就是他描述的方式。

克雷低頭凝望片刻。

他又看見那十六個血色小點，想去碰觸它們，想將自己的手掌放在那兒，但突然發現自己開口說話。這舉動只有她能理解。

「碎骨機，」克雷對她說：「我們的威佛萊之星。」他希望能喚起她的興趣。「這是兩匹馬之間的戰爭。」

接著他又說：「神聖和卡賓……」他在講幾場特定賽事，以及贏得比賽的馬名。她只跟他講過一次。那是他們第一次在賽馬區散步的時候。「還有最厲害的：法雅納。」接著他嚥了口口水，說：「西班牙人。」那個名字幾乎令兩人一陣刺痛，西班牙人，鬥牛士的父系。但他還是得繼續說下去。「嘿。」他牽起她的手，暫時將她拉靠向自己，緊捏她裹著絨布襯衫的手臂。「我猜，妳的最愛從來沒變，一直都是京士頓城。」

終於，最後一步總最漫長，他感覺到那些黑白格紋。

「天啊，」她說：「你記得。」

她的每件事克雷都記得。而且他知道，如果講到一九八二年的爵士盾，她回答的速度會變快。就在那時，潘妮洛普來到這個地方生活，一切都是如此剛好。凱莉說出主播講的那句話：「京士頓城沒辦法贏。」

他牽起她的手，包在自己手中，半是氣音、半是真音地說：

「我一直都能聽見觀眾的聲音。」他說：「看牠半路殺出來，大家真的是瘋狂尖叫。」

他迅速起身，也拉著她一同站起，把沉重的塑膠墊推到地上，塞進土裡。

「來吧。」走上巷道時，克雷開口說。那本書還在他身邊，裡面夾著那個信封。

他們走到弓箭街底，踏上海神路。

看電影時，她會牽著他的手，但這時則像從前一樣，那是他們第一次成為朋友時養成的習慣。她會勾著他的手臂，而他會微笑，心中沒有任何擔憂。他們不打算走老夫老妻的路線，或給人類似的誤解。她的舉動與常人不同。

他們走過熟悉的街道，例如帝國、查塔姆和塔洛奇。更往上走，則是那些他們初次踏上的街道，比方巴比巷。那天晚上，他們經過理髮店，那裡掛著他們熟悉且深愛的名字。而條條大路都通往奔伯羅，月亮高高掛在草地上方。

在直線賽道上，他打開書本。

她在前方幾公尺處，那裡很靠近終點線，克雷喊著：「嘿，凱莉。」

她轉過身，動作非常緩慢。

他走過去，交給她那個信封。

她看著自己手上的信封，念出自己的名字，念得很大聲。在奔伯羅的紅色PU賽道上，不知怎麼，她重整了旗鼓。

他瞥見海玻璃的一抹綠。

「這是你爸寫的嗎？」

克雷點點頭，沒有開口。她打開那個薄薄的白色信封，看著裡頭那張照片。此時我也在想像，不知道她會想些什麼。我以為會是太美了，或太棒了，或我希望我也在場，可以親自看著你——然而此時此刻，她只是捏緊了相片，慢慢遞給他，手還有些微顫抖。

「你，」她輕聲說道：「就是那座橋。」

混亂時刻的愛

季節由春入夏，我們的生活有兩道足跡。

有跑步，有生活。

有紀律，以及徹徹底底的一群傻瓜。

在家裡，我們可說是群龍無首，永遠有事可以大吵或大笑，有時甚至是同時進行。

至於在賽馬區，情況則不太一樣。

我們跑步的時候很清楚自己身在何方。

我猜那算是最完美的混搭，混亂時刻的愛，自制時刻的愛，我們身在其中，被扯向兩頭。

至於跑步，我們在十月的時候跑。那時克雷加入了田徑隊，但一點興奮之情都沒有，甚至絕口不提。田徑隊不會去奔伯羅公園（跑道品質太差），而是去切斯宏姆，那裡靠近機場。

隊上每個人都討厭他。

他只跑四百公尺，幾乎不說話。

他認識了一個孩子，那傢伙跟野獸一樣，名叫做史塔奇。

他是個體型龐大的選手，負責丟鉛球和擲鐵餅。

原本跑四百公尺的是個名叫史賓賽的孩子。

克雷起跑時距離終點還有三百公尺。

「媽的。」整個田徑隊的人都出言狂罵。

他在直線賽道的一半就贏了。

回到家已是午後。

那只是成千上百次打架其中之一，第兩百七十八次。

羅里和亨利正在發洩心情。

他們房間傳來一陣喧鬧。那裡頭的模樣是男生臥室。衣物隨手亂堆，遭人遺忘，襪子失蹤，味道很臭，並且互勾脖子打架。罵出的話聽起來像是要置對方於死地。

「我跟你說過了把你的鬼東西跟你其他鬼東西擺在一起！但那些東西一直入侵到我的這邊來……」以及「說得好像我的東西會想入侵（你自己聽聽這是什麼話！）到你的蠢地盤一樣。真是夠了。」還有「要是你對我的蠢地盤有什麼意見，可以把你的鬼東西收遠一點。」

類似這樣講個沒完。

十分鐘之後，我走進去把他們分開。房間裡分別是金髮和鐵鏽色髮的男孩在爭執。他們的頭髮像被炸到，髮梢指著東南西北、四面八方。而湯米，好小一隻的湯米則站在門口。

「我們可以去博物館之類的地方嗎？」

亨利聽見他說話，也回答了，不過是隔著一個羅里說的。

「當然可以，」他說：「可是等會兒好嗎？給我們一秒鐘打趴馬修。」兩人就這樣又言歸於好。

接著又快又狠地撲到我身上。

我嘗到了襪子的味道。

街道上的情況簡直是正經八百。

克雷跑步，我努力跟上他。

以及他熱燙的左邊口袋。

「加速、加速。」

那時我們的交談變得很精簡，只剩這些，是說如果他還有開口的話。

奔伯羅公園則從未變過。

四百公尺衝刺，跑個八圈。

休息三十秒。

我們跑到身體整個垮掉。

我們一同踏進博物館，抱怨門票很貴，不過很值得。光是看著那孩子，看見他跟袋狼對上眼的模樣，每一分錢都值得。另外就是，他說的沒錯，袋狼看起來真的比較像狗，只是肚子特別橢圓。而我們深愛塔斯馬尼亞虎。

湯米全都喜歡。

藍鯨的骸骨在我們頭頂上伸展，像一大塊攤平的商業大樓。我們又看了一次澳洲獵犬敏捷的頸項，各種不同的企鵝。他甚至喜歡上其中最嚇人的展示物，尤其是那條紅腹黑蛇，以及閃閃發光又優雅的澳洲太攀蛇。

對我來說，那看起來有點詭異。一堆動物標本的同盟會，雖然死了，卻不願離去。好吧，不要那麼偏頗，只是我覺得它們不願離去。

當然，我想起了潘妮洛普。

我想像她在這裡陪伴湯米。

我看見她緩緩蹲下身，我想克雷也想起了她。

有時我的確會看到他盯著某處猛瞧，但多半是看著缺了標本的展櫃，特別是那些隔著玻璃的。我很確定他瞥見了她的倒影，一頭金髮、骨瘦如柴、滿面笑容。

博物館關門時，我們疲憊地走出去。

我們都累了，只有湯米不累。

這座城市在我們身邊迅速移動。

這件事發生在我們跑步的某一天。

這件事在清晨時分找上門來。

相異的世界混在一塊兒。

我真該早點想到。

第一道曙光中，我們跑在德利威路上，距離我家幾公里外。克雷看見那張紙黏在電線杆上，有點凸起。

他還特地跑回去盯著包在電線杆上的廣告。

有母貓剛剛生了小貓。

如果可以擁有活生生的動物，為什麼還要帶湯米去看死掉的？

我把電話的前半段記下，克雷記後半段。當我們打過去，有人高聲地告訴我們那張告示是三個月前貼的，最後一隻小貓六週前就賣掉了。但接電話那位女士知道該讓我們上哪兒去，她的聲音聽起來像男的，感覺跟你很麻吉，但是不會亂開玩笑。「網路上有十幾個動物網站，你們最好去找賽論報。」

她指的是賽馬區論壇報，而且她很精闢，一語中的。我們第一次翻開那份報紙（我們區的地方報）就看到一隻邊境牧羊犬求售，此外還有卡爾比犬，以及兩隻玄鳳鸚鵡，一隻天竺鼠、一隻國王鸚鵡，和三隻不同品種的貓咪。

不過牠在報紙最下方默默等待，而且已經在哪裡有段時間了。看見克雷火燙的眼神，我實在應該早點察覺。他的那雙眼睛一瞬間充滿笑意，手往下一指。

固執、有善的騾子
不亂踢、不亂叫
＊＊＊
兩百元（可議）
你絕對不會後悔
請電馬爾科姆

我說：「無論你想做什麼，別給湯米看這個。」不過克雷根本沒放在心上。他只會再伸出一根指頭，輕輕指著最上面那排錯字。

「固執，」他說著：「但很有善。」

我們勉強接受其中一隻貓，有一家人要搬到海外。因為費用太貴，所以沒辦法帶著虎斑貓一起。他們告訴我們牠的名字是**條條**，但我們早就知道那名字鐵定會被我們換掉。牠是一大團會呼嚕呼嚕叫的生物，黑色嘴脣，柏油碎石般的腳掌，尾巴像把蓬鬆利劍。

我們開車去了維特萊爾，往西兩個區。那隻貓窩在克雷的腿上跟著我們回家，一路上完全沒有動，只是應著引擎的拍子一起呼嚕叫，以爪子快樂地踩著克雷。

天啊，你真該看看湯米的模樣。

我好希望你能看見他。

我們到了家，走上門廊。

「嘿，湯米！」我大叫，他過來了。他的眼神是那麼年輕，彷彿永恆不變。他抱過貓咪時幾乎哭了出來，那團條紋靠在他胸口，他拍了拍牠，撫摸著牠，無聲地對牠說著話。

等到羅里和亨利都跑出來，做出的反應也很有他們的風格。這兩人異口同聲地抱怨，像是一同被下了咒。

「欸，該死的為什麼湯米有貓？」

克雷別開視線，由我回答。

「因為我們喜歡他。」

「你們就不喜歡我們？」

沒多久我們就聽到湯米的聲明與克雷立即而直接的反應。

「我要叫他阿基里斯。」

「不行，這隻不是。」克雷回得很唐突。

我馬上看向他。

我很固執，而且不太友善。

媽的，別這樣，克雷，要是我可以用眼神說話就好了。但我以為自己是在跟誰開玩笑？湯米抱著那隻貓的模樣就像抱著一個新生兒。

「那好吧，」他說：「阿迦門農。」這次換羅里阻止他。

「要不要取一個他媽的能讓我們念出來的名字啊？」

但他還是持續對潘妮洛普致敬。

「海克特如何？」

特洛伊人的第一勇士。

我們都點了頭，低聲附和。

隔天早上，賽馬區，我們轉過幾個我從沒弄懂過的彎，上了埃普索姆路，距離白金礦隧道不遠。火車從頭上匆匆走過。這裡也是被人遺忘的街道，連接一塊被人遺忘的田野。大部分籬笆都歪七扭八。細細長長的尤加利樹高高聳立，拒絕讓步。

樹下露出補丁般的泥地，還有一塊塊草皮，彷彿有拳頭打在泥地上。圍籬纏繞著帶倒勾的鐵絲網，鏽蝕斑斑。這裡有褪成灰色的小棚屋，還有輛旅行拖車，老舊而疲憊，有如凌晨三點鐘的一名醉漢。

我記得他那時的腳步聲，他是如何在坑坑疤疤的路上慢下腳步。克雷從不曾跑到一半慢下，他只會加速、加速、再加速，但我很快就懂了。我一看到那輛旅行拖車與旁邊那塊無人整頓的地，我就知道這裡沒有理性思維生存的餘地，不過騾子多半可以。我邊往前走，邊厭惡地開口。

「你打了《賽論報》上面的電話對不對？」

克雷堅定地往前走。

「我不知道你在說什麼。」

話聲一落，我們就看到了那個牌子。

回想起來，那話其實也沒說錯。

如今我懂了，也可以大聲說出口了。

不過那時我倒是疑神疑鬼。走進籬笆裡的時候，我非常火大，那塊牌子想必曾經是白色的，這時卻發了霉，而且滿是灰塵，斜斜掛在最高那道籬笆的中間，就算不是全世界最優，至少也算是整個賽馬區的最了不起的招牌。

（褪去顏色的）粗黑馬克筆寫道：

如果任合人私自餵馬

一定提告！

「天啊！」我說：「你看那個。」

怎麼會有人寫錯「任何」卻寫對「提告」呢？但我猜賽馬區就是那樣的，它就像那樣。裡頭連匹馬都沒有，有那麼一會兒，似乎什麼東西都沒有，就在克雷繞過小屋時……

忽然之間冒出一顆騾子的腦袋，臉上的表情就跟他一樣。

牠在觀望，牠在收集訊息。

牠試圖溝通。

就像某隻至高無上卻遭人拋棄的生物。

牠略歪的長臉那時就已是一副「你他媽的到底在看啥」的表情。牠又再多看個一時半刻，說了句：

「喔，那好吧。」

在斑斕的日出中，牠緩慢且笨拙地靠過來。

從近處看，牠算得上很有魅力。雖然牠安安靜靜、風度翩翩，卻十分健談。牠的腦袋摸起來有硬毛刷的質感，身上還恣意潑灑著各種顏色，全身上下從土黃色到鏽色都有。牠的身體像是開墾過後的農地，蹄子如木炭般深黑。可是我們該怎麼辦？你要怎麼跟騾子溝通？

克雷會接下這個挑戰。

他深深看進這隻動物的眼睛，那雙有如小牛犢的眼睛。牠就像個被送到屠宰場的孩子，滿腹傷心，卻又充滿生命力。克雷摸索著自己的口袋，但不是在找那個亮黃色的晒衣夾。

克雷・鄧巴正在絞盡腦汁。

一把細沙般的糖粉。

掌心的糖有著未經修飾的甜味，那頭騾子真是蒙主恩澤啊！那面招牌、那些錯字，都管他去死。牠的鼻孔抽動起來，騾子對他咧嘴而笑，眼神變得不一樣了。

我就知道，有一天你一定會來。

囚徒們

你實在不得不稱讚變老的麥可・鄧巴。

這次他做得很對。

那張照片是件藝術品。

克雷回到席佛鎮上，人在廚房裡靠近爐子的地方。

「你給她了嗎？」

他凹下去的雙眼充滿期望，雙手看起來模糊不清，使人分心。

克雷點點頭。

「她很喜歡。」

「我也是。我還有另外一張，是前不久拍的。」他彷彿知道克雷在想什麼，便開口說：「你在外面的時候，想偷偷接近你滿容易的。你放空到不知哪裡去了。」

至於克雷，這好像是他有史以來第一次做出正確的回應（或說任何回應）。

「我能藉此忘記，」他說，視線從地板移到麥可臉上。「不過我還不太確定自己是不是真的想忘記。」流理臺邊的人一定是犯錯狂，是金髮的潘妮．鄧巴。「嘿，爸？」這話很嚇人，他們都嚇到了，然後是第二句。「你知道嗎……我真的很想念她。爸，我好想她，好想好想她。」就在那時、就因為那幾步路，世界完全改變了。

他走上前，拉過那個男孩。

他以手臂勾住他的脖子，擁抱了他。

我們的爸爸，變成了他的父親。

但他們立刻重回橋邊，彷彿一切從未發生。

他們製作架棚，祈禱拱型能順利成型，或者再貪心一點，他們祈禱拱型能永垂不朽。

真正有趣的地方在於，如果你仔細去想父子之間的氣氛……特別是這個父和這個子之間，他們說出的每一個字其實都夾藏上百條思緒，而且前提是他們真的有開口說。那天，以及後來的無數個日子，克雷都覺得自己很難開口說話。說起來都是因為有太多事情得告訴他。好幾個晚上，他會走出臥室，想跟他聊聊，可是又會緊張得心跳加快，最後再次撤退回房間。他清清楚楚記得小時候，他會討著要聽來自羽頓的故事。彼時，他甚至會騎著爸爸的背回到床上。

克雷在空蕩蕩的老舊桌前練習，身邊是那個盒子，還有他的書。他手上抓著阿泰的羽毛。

「爸？」

他有多少次預演的機會呢？

有一次，在明亮的廚房裡，他差一點點就成功了。可是他又退回走廊。可是接下來那次他真的辦到了。

克雷緊緊抓著《採石人》，而麥可．鄧巴注意到了。

「克雷，進來吧。你在那裡做什麼啊？」

克雷站在光線下，準備誘敵。

他從身側舉起書本，說：「可不可以……」

他又說了一次「可不可以……」然後把書舉得更高。那本書是如此泛白破舊，書脊發皺綻開。在眼前，他舉起的是義大利，是牆壁上的溼壁畫，是那歪掉的鼻子。她每讀一次，就多添一道摺痕。

「克雷？」

麥可穿著T恤和牛仔褲，雙手都是乾掉的混凝土。或許他們有著神似的雙眼，就克雷而言，無論是他的哪一部分，總在熊熊燃燒。

他也有過超強的核心肌群。

你還記得嗎？

你曾有一頭鬈髮，現在還是有一頭鬈髮，只是裡頭夾了更多灰色。因為你死過一次、老了一些，還有……

「克雷？」

他終於說出口。

血液流穿石頭。

他把手中的書遞給他。

「可以跟我說說囚徒們和大衛像嗎？」

沙丘之間的手

從很多方面，你可以說那隻貓是我們犯下最大的錯。牠有一大堆可恥的習慣。

牠無法控制流口水。

牠的口臭令人難以忍受。

牠掉毛的情況超級糟糕，牠有頭皮屑，而且吃東西時似乎有愛亂甩食物的傾向。

牠會嘔吐。

（「看這個！」有天早上亨利大喊。「在我的鞋子旁邊！」

「牠沒吐在裡面你就該心存感激了。」

「羅里你給我閉嘴……湯米！過來把這鬼東西清乾淨！」）

牠會整晚喵喵叫，哀戚又高亢的貓叫！不管到誰的腿上都會開心地把爪子一張一闔，意圖抓傷我們的蛋蛋。有時我們在看電視，牠會到每個人的腿上睡覺，同時試圖以呼嚕聲震垮房屋。羅里最厭惡牠，超越我們所有人加總的量。

「湯米，如果那隻貓又來抓我的蛋蛋，我會宰了那混帳，我發誓。相信我，下一個就是你。」

不過湯米看起來挺開心的，亨利教他這樣回答。

「羅里，牠只是很努力想找到你的蛋蛋。」就連羅里都忍不住哈哈大笑。當那隻虎斑大貓上了他的大腿，開始伸爪撈短褲，他還真的對著那隻貓拍了拍胯下。

接下來呢，還有那條魚、那隻鳥以及阿基里斯，下一位是狗。海克特幫牠鋪好了一條回家的路。

我們在十二月了解到一個永恆不變的事實。

克雷是跑四百公尺的專家。

這點距離根本小菜一碟。

切斯宏姆沒有一個人跟得上他的腳步，但很快就會有挑戰者上門。新一年度將會舉辦地區預賽與區域複賽，如果夠快，他能跑進全國大賽。我尋找著一些可以用來訓練他的新方法，並且回溯先前的動機。我跟他從同一個地方開始下手：圖書館。

我看了書本和文章。

我翻遍ＤＶＤ光碟片。

我尋找一切和運動員有關的主題，直到有個女士站到我身後。

「那個，」她說：「年輕人，九點了，我們要關門了。」

下一個聖誕節，牠跑了。

海克特跑出家門、不見了。

我們全都出去找牠，這就像是去找克雷（只是這次克雷是跟我們一起）。早上，我們都出去找，其他幾人放學繼續。等我到家，也會加入搜索行列。我們甚至還開去維特萊爾。但那隻貓徹底消失了。那時我們聽到笑話都笑不出來。

「嘿，羅里，」我們在街道上閒晃時，亨利說：「至少你的蛋蛋有機會復原了。」

「我知道，他媽的我終於擺脫了。」

湯米落在最外側，氣得要命，又難過得不得了。他們還沒講完他就衝了過來，試圖把他們兩個撞倒。湯米甩動他幼小的手臂。「你們兩個混蛋！你們這兩個他媽的蠢蛋！」

「你們兩個混蛋！」他氣呼呼地把所有傷心都吼出來，胡亂揮動著雙手，使勁出拳。

起先，在晦暗的街道上，他們不當一回事。

「媽的！我都不知道湯米這麼會講髒話！」

「對啊！罵得真不錯。」

然而，此時他們察覺到他的眼神，察覺到他十歲靈魂中的傷痛。就像那時克雷在未來的某天晚上，在席佛的廚房裡崩潰。而此刻的湯米就是那樣，他跪倒在地，雙手撐著地面，亨利俯身拉起他，羅里則摟著他的肩膀。

「湯米，我們會找到牠的，我們會找到的。」

「我好想他們。」他說。

我們都蹲在他身邊。

那天晚上，回家路上沒人吭聲。

等到其他人都上床睡覺，克雷和我看起我借來的片子，閱讀那一小疊書本。我們看奧運題材的影片，還有永無止境的紀錄片，凡是關於跑步的東西我們都看。

我的最愛是圖書館員推薦的《加里波利》[13]，講一次世界大戰和運動員。我喜歡阿奇・漢彌爾頓的叔叔，一個帶著碼錶、一臉嚴肅的練馬師。

「你的腳是什麼做的？」他會這麼對阿奇說。

而阿奇會回答：「鋼做成的彈簧。」

這部片我們看了好幾次。

克雷的最愛是《烈火戰車》[14]，一九二四年的片。

李愛銳[15]與哈洛德·亞伯拉罕斯[16]。

他特別喜歡的事情有兩件。

其一，亞伯拉罕斯看見李愛銳跑步後說：「李愛銳？我從沒見過那樣的衝勁，多麼投入的跑者啊……他跑起來就像一頭野生動物。」

然後他最愛的李愛銳會說，

「那股讓你撐到終點的力量，究竟是來自哪裡呢？

是來自內心。」

又或者，就像演員伊恩·查爾森以他那神奇的蘇格蘭腔吐出的臺詞。

來自那心。

隨著時間過去，我們開始在想。

是不是應該在《賽論報》登個廣告，協尋一隻失蹤的惱人虎斑貓？

不，我們永遠不會做出這樣合邏輯的事。

所以變成克雷，再加上我，我們會看遍每個分類廣告，最後總會停在那頭騾子上。我們跑步時牠會試圖把我們引過去，而我會停下來對牠大喊著說：「**不行！**」

---

13 *Gallipoli*。一九八一年出品的澳洲電影。

14 *Chariots of Fire*：一九八一年出品的英國電影。

15 Eric Liddell：埃里克·利德爾是蘇格蘭田徑運動員，傳教士，中文名字為李愛銳。

16 Harold Abrahams：哈洛德·亞伯拉罕斯，英國田徑運動員。

牠會看著我，一臉失望。
牠會聳聳肩，表示道：來嘛。
為了阻止牠，當其他動物出現時我就沒那麼反對。那時一英鎊的區塊登了一則廣告。
三歲大邊境牧羊犬，女生。
我自己開車過去接牠。回家時，我受到這輩子最大的驚嚇。因為在那兒、在我眼前的門廊，他們全跑出來，歡笑慶祝，他們中間就是那天殺的貓咪。那混帳回來了！
我走下車，看著那隻滿身瘡痍、項圈不見的虎斑貓。
牠看著我，牠早就知道。
這隻貓特別會幸災樂禍。
有一瞬間，我還以為牠會對我敬禮。
「我想我就把這隻狗帶回去好了。」我說。但羅里把海克特往旁邊一丟，貓飛了有五公尺遠，發出一聲尖銳而恐怖的喵叫。（我想應該是回到家所以很開心吧？）羅里走了過來。
「你們又幫那個小混帳弄了隻狗？」不過他看起來好像也有點開心。
至於湯米呢？
湯米抱起海克特，保護牠免受我們其他人的毒手，隨後走過來打開車門。他同時抱著那隻貓和那隻狗，說：「天啊，真不敢相信。」他看向克雷，問了他，而克雷竟然馬上知道他想問什麼，這真是太奇怪了。
「阿基里斯？」
他又搖頭。
我說：「這隻其實是女生。」
「好吧，那我要叫她蘿希。」
「你應該知道那不是——」

「我知道啦，我知道那是天空的意思。」那個瞬間，我們都回到了那一刻。在客廳裡，他的頭枕在她大腿上。

十二月中某個星期日，我們一大早開車去南方的海邊，在國家公園深處。那裡的正式名稱是探勘者，當地人都稱之為紐澳軍團（Anzacs）。

我記得那輛車，以及那趟兜風之旅。

我記得暈車，和睡不著的感覺。

黑暗中的林影輪廓，車中已經散發出過去的味道，地毯、木工，以及亮光漆。

我記得我們是怎麼跑到沙丘那兒的。日出時分的沙丘還很涼爽，但讓人筋疲力盡，我們差不多是爬著上丘頂的。

克雷超過我，率先登頂，而且他沒有躺下來或倒下來。相信我，你真的會很想這麼做。可是他沒有。他反而轉身探向我以及身後的海與岸，他伸出手，拉我上去，我們喘吁吁地躺在丘頂。

後來他跟我講起這件事，就是他告訴我一切的時候。他說：「我覺得那是我們最美好的時刻之一。你和海，都在燃燒。」

到了那時，海克特回家的意義已經不只如此。

牠永遠不會再離開我們。

那隻他媽的貓似乎有十四個分身，無論你跑到哪裡牠都會出現。如果你走向烤麵包機，牠就會坐在機器的左邊或右邊，在那堆麵包屑中間，如果你去坐在沙發，牠就會趴在遙控器上打呼嚕。甚至還有一回，我去上廁所，牠就在水箱上面看著我。

蘿希開始在晒衣繩下跑，繞著鏤空的影子往前跑去。我們站在一段距離之外的竿底遛牠。牠有黑色的腿、白色腳掌，以及眼睛附近的金色花紋。牠會先回個頭才跑出去。直到現在，我才看出這件事的重要性。牠可能還記得該如何驅趕放牧的牲畜，至少記得那氣味，或者更糟的是，牠有一個躁動不安的靈魂。

就某種程度，那時的弓箭街十八號一直有些浮躁。對我來說，那便是死亡與失蹤，和壓抑不了想惡作劇一番的心情。這最終導致他們帶著那隻鳥和那尾金魚回家，導致了一個瘋狂的聖誕節，尤其是平安夜。

我下班剛到家。

亨利笑呵呵，看起來神智不清。

我講了當天的第一句「去他的上帝！」

他們肯定去了寵物店，買下那尾金魚加入寵物名單，湯米很愛那隻普普通通的鴿子。他一面講故事（一群凶惡的八哥在卡珊街上跟牠單挑，結果連寵物店老闆也跳進來勸架），牠跳到他的手指上。

「你不覺得牠活該嗎？」羅里說。然而湯米按直覺行事。他走過去檢查那隻魚，鴿子斜靠著他的手臂。

「快看，」他對他們說：「看這隻。」

那隻金魚有著羽毛般的鱗片，尾巴彷彿金色耙子。

他們只能把牠帶回家，而我就這麼站在門口，湯米正在幫牠們取名字。我呢，除了講幾句對神不敬的話，還能怎麼辦？

他倒是讓這一切變得很合理。

「這條金魚是阿迦門農，」他告訴我。「這隻鴿子，我要叫他泰勒馬庫斯。」

諸王之王，和來自伊薩卡島的男孩。

潘妮洛普與奧德修斯的兒子。

太陽落下，羅里看著亨利。

「我要殺了那小混蛋。」

第八場的凱莉・諾維

在一級賽跑出第七名這種華麗的失敗後，庫塔曼德拉整個夏天都暫時休息，而復出賽事將由凱莉擔任騎師。她騎過牠四次，三次奪冠，一次拿下第三。

她變得很受歡迎。

而克雷呢，他的日子中有收音機，河床，市區，和圈圈。

再加默不作聲的奧瑪哈河與廚房裡的故事。因為他問起囚徒們和大衛像，最後兩人那天整晚沒睡。他們喝了很多咖啡。麥可告訴他自己是怎麼獲得那本月曆，找到埃米爾・扎托佩克，愛因斯坦，還有其他人。他談起有個女孩曾弄壞一個男孩的太空梭，英文課時坐在他前面，頭髮長到腰際。

他不像潘妮洛普，沒講那麼多細節，他並非壽命將盡，所以不會那麼拚命。可是他真的很用心，而且誠實。他說：「我也不知道為什麼自己從來沒跟你講這些。」

「你本來會講的，」克雷說：「如果你沒有離開。」

他並不想刺傷他。克雷的意思是，這些故事要等他大一點再說比較好。

而且你現在不就在跟我講故事嗎？

他知道他一定能懂。

他們聊到大衛像，困在大理石裡的囚徒們，那時天已破曉。「那些扭曲而掙扎的軀體，」麥可說：「他們拚了命想脫離石頭。」他說自己已經幾十年沒有想起它們了，可是它們一直都在。「我願意付出生命，換得未來某天能發掘出這種偉大的美，就如大衛像。即便只是短短一瞬間也沒關係。」他看著眼前那男孩的眼睛。「不過我知道……我知道……」

克雷代他說出答案。

這個答案狠狠地打擊了他們兩人，然而他必須說出口。

「我們過的是囚徒們的生活。」

他們就只有那座橋。

一月中那週，山上下了雨，奧瑪哈河流動起來。他們看見那一大片雲飄來。便踩著架棚與厚實的木製鷹架探出頭，身邊落下綿綿雨絲。

「這都會被沖走的。」

克雷音量很小，但很堅定。「不會的。」

他說的沒錯。

河水只漲到脛骨高度，它也正在接受某種訓練。

屬於奧瑪哈河的熱身方式。

整個三月，整座城市都在準備秋季賽馬節。這次一級賽屬於她了。

庫塔曼達拉。

復活節的週一，第八場賽事，皇家軒尼詩賽道。

這場是吉姆．派克錦標賽。

那個週末的連續假期，克雷當然有回家，但稍早他還做了點其他的事。

他去了趟海神路，找一間開鎖、修鞋兼雕刻的店鋪。店裡有個老人家，蓄著雪白的鬍子，看起來像穿著工作裝的聖誕老公公。他看了眼Zippo打火機，說：「喔我記得它，」他搖搖頭。「對，就是它，第五場的鬥牛士。有個女孩……打火機上寫這個滿怪的。」搖頭變成點頭。「但她真的很討人喜歡。」他把紙和筆遞給克雷。「好好寫，你想刻在哪裡？」

「刻在兩個地方。」

「給我看看，」他搶過那張半透明的紙。「哈！」點頭又變成微微搖頭。「你們這些小孩他媽的真是瘋了。你知道京士頓城嗎？」

他們知道京士頓城嗎？

「大概吧，」克雷說：「把第八場的凱莉・諾維放在原本那句下面，另一句刻在背面。」

聖誕老公公微微一笑，接著轉為大笑。「選得好。」他的笑聲不是呵呵呵，比較像是嘿嘿嘿。「京士頓城沒辦法贏？那是啥意思呀？」

「她會知道的。」克雷說。

「嗯，那才是最要緊的。」

老人開始刻字。

他走出那間店，心裡一直想著一件事。

自從第一次離家前往河邊他就想著那筆錢，亨利交給他的那捆，那應該就是給他造橋用的。但那筆錢注定得用在這件事上，整整二十二元他全花光了。

回到弓箭街十八號，他把那疊鈔票剩下的部分放在對面床上。

「亨利，謝了，」他輕聲說道：「剩下的你收著吧。」那時，他想起奔伯羅公園，想起那些還稱不上男人的男孩，接著轉身前往席佛鎮。■

復活節週六的早上，距離比賽還有兩天。他醒過來，坐在黑暗中，尋找著奧瑪哈河。克雷坐在床邊，盒子拿在手上。他把打火機以外的東西都掏出來，把摺起來的信封放進去。

那是他前晚寫的信。

那個星期六晚上，他們躺在那裡，她跟他說了。

那是一樣的指令，讓他狂奔。

祈禱，然後帶他回家。

她很緊張，不過這種緊張是好事一樁。

快要分開時，她說：「你會來嗎？」

他對著胖胖的星星露出微笑。

「當然會。」

「你的兄弟呢？」

「當然會。」

「他們知道這裡嗎？」她說。她指的是圈圈。「他們知道我們的事嗎？」

她之前從來沒問過，不過克雷很確定。「不知道，他們只知道我們很熟。」

女孩點點頭。

「嘿，我要跟妳說……」他頓了一下。「還有一件事……」但他又不講了。

「什麼？」

克雷退縮了，就跟之前一樣。「沒，沒事。」

太遲了。因為她已經撐著手肘爬了起來。「快點嘛！克雷，什麼事？」她伸手戳他。

「噢！」

「快告訴我。」她作勢再次攻擊，直戳肋骨。這之前發生過一次，當時狀況變得很糟，大水依舊襲來。但這就是凱莉的美，那是真正的美麗，忘掉紅褐色的頭髮、海玻璃色的眼珠，她願意再次冒險，她願意為他賭上一把。

「告訴我，不然我就再戳你一次，」她說：「我會搔你癢喔，讓你半死不活。」

「好啦！好啦……」

他說了。

他對她說，他愛她。

「妳的臉上有十五顆雀斑，只是得很用力地看才看得見……妳下面的脖子上有十六顆。」克雷碰觸著她脖子那塊地方。當他打算移開手，她抓住他的手指。答案就在她的注視中。

「別，」她說：「別動。」

後來，過了很久，先起身的是克雷。

克雷翻身拿了個東西，靠著她擺在床墊上。

他在賽馬區把東西包好，打火機放在盒子裡，那是放在禮物中的禮物。

此外還有一封信。

星期一晚上再打開。

復活節的週一，她被印在報紙背面，一個紅髮女孩，身材瘦削的練馬師，中間站著那匹深棕色的馬。

頭條標題是大師之徒。

廣播放送麥安德魯的訪問。那個禮拜稍早，他們去採訪他，問起他對騎師的選擇。假使有機會，全國任何一位專業騎師一定願意騎上這匹馬。關於這個問題，麥安德魯只是生硬地說：「我會繼續派我的學徒上場。」

「沒錯，她的確是明日之星，但……」

「我不打算回答這種問題。」他的語氣非常冷淡。「去年春天的日平線北來風我們換掉了她，看看那場比賽是什麼結果？她很了解那匹馬，就是這樣。」

週一下午。

比賽下午四點五十分開始，我們三點抵達，我付了門票錢。在投注站附近湊錢時，亨利拿出那疊鈔票，意有所指地對克雷眨了下眼。「小子，別擔心，我來處理。」

下好注後，我們走過去，往上爬，經過會員區，再來到龍蛇雜處的區域，在最高的那排找到座位。

四點，太陽開始落下，但天色還是很亮。

四點三十分，凱莉動也不動地站在上馬區。我們身後，陽光漸漸昏黃。

變換的光線，嘈雜聲，及各種躁動之中，麥安德魯一身西裝，一個字都沒對她說，只是伸出手按著她的肩膀。他手邊最棒的馬伕彼提．希姆也在，而麥安德魯把她舉高，騎上庫塔曼德拉。

她帶著牠，踩著輕盈的小碎步離開。

看到那一個飛越，觀眾全站了起來。

克雷的心臟也跟著狂敲。

那匹深棕色的馬，騎在上頭的騎師直接衝到了最前面，紅綠白三色。「意料之中！」賽事司儀對大家說：「不過這不是一般賽道，讓我們看看庫塔曼德拉會怎麼表現……讓我們看看這位年輕的學徒有什麼能耐……**紅色中心**落後三個馬身，排名第二。」

我們在看臺的陰影中觀望比賽，馬匹在陽光下狂奔。

「天啊。」站在我旁邊的男人說：「他媽的領先五個馬身！」

「快啊，庫塔，你這棕色混帳！」

我想那應該是羅里。

到轉彎處，每匹馬都危險地逼近過來。

跑到直線賽道，她要牠再加把勁。

兩匹馬，**紅色中心**以及**鑽石賽事**，緩緩靠來，觀眾大吼大叫，叫牠們快點衝線。我、湯米，亨利和羅里大喊大叫，我們為了庫塔曼德拉放聲咆哮。

當然還有克雷。

克雷在我們中間，他站在椅子上。

他動也不動，他一聲不響。

她手腳並用，帶著牠奔回終點。

兩個馬身，和那女孩，與她海玻璃般的綠色眼眸。

第八場的凱莉．諾維。

他很久沒有坐在屋頂上了。不過他星期一晚上爬了上去，以屋瓦當掩護。

凱莉．諾維看見他了。

她會趕上凱瑟琳和晨操泰德，她會獨自站在門廊，她會匆匆舉起手。

我們贏了，我們贏了。

而後就這樣進屋去。

親愛的凱莉，

如果妳一件事都沒做錯（我知道妳一定不會），那麼，妳讀著這封信的時候大概已經回到家，庫塔曼德拉已經贏得比賽，而且早在第一弗隆就甩開他們。我知道妳喜歡那樣。妳一向喜歡那些超厲害的領先型選手，妳說他們是最勇敢的。

妳看，我全都記得。

我記得妳第一次見到我的時候說：那個屋頂上有個男生。

有時我之所以吃吐司，只是為了用麵包屑寫下妳的名字。

我記得妳跟我說過的每一件事，關於妳長大的小鎮，妳的爸媽、妳的兄弟，每一件事。我記得妳說「就這樣？你不想知道我的名字嗎？」的模樣。那是我們頭一次在弓箭街上講話。

好多好多次，我真希望潘妮．鄧巴還活著。這樣一來妳就能跟她說說話，她也可以跟妳講幾個自己的故事。妳會在我家的廚房待上好幾個小時……她會試著教妳彈鋼琴。

總之，我希望妳可以留著這個打火機。

我朋友向來不多，但我有我的兄弟和妳，這樣就夠了。

先講到這裡就好，我還是要補充：如果庫塔曼德拉不知為何沒有贏，我知道一定還會有其他機會。我的兄弟和我會拿點錢出來下注，但我們賭的不是那匹馬。

愛妳的

克雷

你知道嗎，有時我會想像。

我喜歡想像這樣的場景。那天晚上，她最後又擁抱了一次父母。凱瑟琳．諾維很開心，她的父親則非常驕傲。我看見她在她的房間裡穿著法蘭絨襯衫、牛仔褲，捲起袖子露出前臂。我看見她拿著打火機，讀著那封信，覺得克雷是個特別的人。

我在想。她到底讀了那封信多少次？

我不知道。

我們永遠不會知道。

不，我只知道她那天晚上跑了出去，打破了週六晚上的規矩。

週六晚上在圈圈。

不是週一。

永遠不會是週一。

但克雷呢？

克雷應該是回去了。

他那天晚上應該搭上了火車，回到席佛鎮，回到奧瑪哈河，回去蓋完一座橋，回去跟我父親握個手。可是他也去了，他也在圈圈，聽她踩著窸窸窣窣的腳步聲而來。

那我們呢？

我們什麼都做不了。

我們之中，一人在寫，一人在讀。

我們什麼都做不了。我只能述說這個故事，而你只能看著故事推展。

我們如此敲擊按鍵，為了此刻。

全國大賽與忌日

當我們看著他們朝那裡走去，最後一次走向圈圈，過去的一切湧上我心頭。那段期間發生了那麼多事，在在領著他們走向那裡，一步比一步更加靠近。

先是地區預賽，再是區域複賽。

接著是忌日，與全國大賽。

湯米的寵物增加三倍。

新年過到二月，克雷受了有點棘手的傷（那男孩的腳和玻璃一樣脆弱），但他還是立下約定（又或者更像警告）。

「要是贏了全國大賽，我們就去接牠，好嗎？」

他當然是指阿基里斯。

我可以用不同的順序、各種不同方式來講述，可是我覺得就是該從那件事說起，而且一切線索也都指向這個地方。

第一個忌日時的情況。

那是潘妮洛普死去的一年之後。

三月那天早晨，我們全都起得很早。那天沒有人要去上班或上學，我們七點鐘就去了墓園，往上爬，經過許多座墓地，在她前面放下雛菊，湯米尋找著我們父親的身影。而我跟他說，他應該已經忘記了。

八點時，我們開始打掃。屋裡很髒，所以我們必須冷酷無情。我們丟了衣服和床單，扔掉小飾品和其他垃圾，但留下她的書和書架。我們知道，那些書是神聖的。

我們在某一刻都停下了手邊的動作，有人坐在床上，有人坐在床邊。我拿著《奧德賽》和《伊利亞德》。

「快啊，」亨利說：「念個幾句。」

《奧德賽》第十二章。

「我們的船已經離開浩淼的洋川，順利進入波開浪裂水路寬廣的大海……那是新生的黎明擁有歌舞場地的定居所……[17]」

就連蘿希都靜靜待在一旁。

故事繼續，書頁翻面，屋裡的我們也輕輕漂移著。

臥室順弓箭街漂流而下。

同時，克雷不再光腳比賽，但也還沒穿上鞋。

訓練時，我們讓一切維持單純。

我們清早跑步，在奔伯羅公園跑四百公尺，傍晚看電影。

《加里波利》的開場和結局，天啊，這結局好樣的！

從頭到尾看完《烈火戰車》。

羅里和亨利都說那兩部無聊得要命，但還是跑過來，而我三不五時會逮到他們心醉神迷的表情。

區域複賽之前的週四，距離賽事只剩兩天，他們有了麻煩。因為有學生醉倒在奔伯羅公園，跑道上到處玻璃。克雷根本沒看到，甚至也沒注意自己流血了。後來，我們花好幾個小時夾乾淨碎屑。過程中，我突然又想到紀錄片中的某一瞬間，我們家裡還留著那捲錄影帶。

《奧運興與衰》（Olympic Highs and Lows）。

17《荷馬史詩：奧德賽》書林出版，二〇一八年一月，呂健忠譯。

我們又聚集在客廳裡，我拿出那塊古老的膠卷，記錄洛杉磯的那場偉大卻悲劇的賽跑，你可能知道我在說哪場比賽，就是那些女人，三千公尺。

贏下那場賽事的運動員就是那位腰桿直挺的羅馬尼亞人瑪利西卡・普伊卡。她並非那場比賽中最出名的選手，另外兩位才是，瑪莉・德克爾，佐拉・巴德[18]。在黑暗中，我們全都盯著前方（而克雷特別恐懼），密切注視那起所謂的爭議事件。奧運跑道上，巴德遭人指控在推擠中惡意絆倒德克爾，但她當然沒有那麼做。

最重要的是，克雷看到了。

他看到我希望他看見的東西。

他說：「暫停，快點停。」然後更仔細地瞧著佐拉・巴德，他看著她跑步時的雙腳。「那是……她腳底下那是膠帶嗎？」

第一個忌日時，克雷的疤痕癒合良好。可是打從我們開始用膠帶貼他的腳，他就愛上了纏膠帶的感覺，一直纏著。在潘妮和麥可的房間，我念完一小段書後，他便搓揉著腳上的膠帶。他腳底都長繭了，但照顧得很好。

最後，我們扔掉父母親的衣服，只留一件。我帶著那件衣服穿過走廊，給它找到適合存放的位置。

「就這裡。」我對羅里說，他打開琴弦的蓋子。

「欸，你們看！」亨利對我們說：「一包香菸欸！」

我先放下兩本書，接著放那件藍色羊毛洋裝。從今以後，它們屬於這架鋼琴。

「快點，」羅里說。「把海克特塞進去！」然而就連他也失去了氣力，只是將一手輕輕放進鋼琴，碰觸著洋裝的口袋以及口袋裡的鈕扣，她一直無法鼓起勇氣補好那顆扣子。

■

接下來的日子，也就是那年的一月和二月，我體會到時局艱難。不過也有些好日子，還有很棒的日子。比方湯米和他的每一隻寵物。

我們熱愛阿迦門農好笑的舉止，那所謂的諸王之王。有時我們會坐下來盯著牠看，看牠拿腦袋去敲魚缸的玻璃。

「一……二……三。」我們數著數，數到四十，周遭就只剩羅里。

「你沒有其他事好做了嗎？」我會這麼問。

「沒有啊，」他會這麼回。「我沒有。」

他還是一個勁兒地朝著退學之路去，無論如何，我還是試著問了。「功課呢？」

「馬修，我們都知道功課根本沒屁用。」他讚嘆著那隻金魚的不屈不撓。「這條魚他媽的最棒了。」

當然，海克特依舊是海克特，牠一整個夏天都在呼嚕呼嚕、抓人蛋蛋，或蹲在水箱上看我們在浴室裡面忙活。

「欸，湯米！」我常會這樣叫他。「我打算沖個澡啦！」

那隻貓坐在那兒，恍若鬼魅，霧氣在牠身邊朦朧蒸騰。牠會瞪著眼睛瞧，好像還對我露出詭異的笑。

本喵想要流點汗欸！

牠舔著自己柏油般的黑色腳掌，輪胎般深黑的嘴唇扯出奸笑。

泰勒馬庫斯（我們已經將牠簡稱為阿泰）在籠子裡裡外外昂首闊步。特洛伊人只驚擾到牠一次，而湯米跟牠說了不可以，於是海克特回去睡覺，今晚的夢很可能是蒸汽浴。

然後是蘿希。蘿希還在到處跑，不過在亨利幫牠帶了個懶骨頭回來後（法拍會上找到的，他時時都在留意），就變成把懶骨頭扔來扔去，我們很喜歡看。等到牠終於要躺下來，則喜歡躺在大太陽底下。牠每次都

18　三人名字分別是：Maricica Puica、Mary Decker 以及 Zola Budd。

會把那東西撿起來、拖著跑，沿著陽光灑落的路徑狂奔。接著牠會在地上挖出個舒服的位置，而這只會導致一個結果。

後院覆著一層積雪，都是懶骨頭裡面的聚乙烯樹脂塑膠球。當時是有史以來最溼熱的夏日。羅里看著亨利，說：

「嘿！湯米！湯米！快過來看看這個！」

「我敢發誓，你真他媽的是個天才。」

「什麼？」

「你開玩笑嗎？就是把那該死的懶骨頭帶回家啊！」

「我不知道那條狗會把它弄壞，那都是湯米的錯，反正……」他消失了一會兒，再帶著吸塵器回來。

「欸，你不能拿吸塵器吸這個啦。」

「為什麼不行？」

「不知道，但是你會把它弄壞。」

「羅里，你是在替吸塵器擔心嗎？」換我說話。「他媽的你甚至連怎麼打開這玩意兒都不知道。」

「對嘛對嘛。」

「亨利你閉嘴。」

「你也不知道怎麼用。」

「馬修你閉嘴。」

我們全站在那兒看著亨利打掃，蘿希到處亂跳亂叫、大吵大鬧，齊曼太太在籬笆旁邊咧著嘴笑，她踮腳站在一罐油漆桶上。

「你們這些鄧巴小子！」她說。

■

第一個忌日最棒的地方就是臥室大搬風。我們把她的書和那件洋裝擺進鋼琴，隨後就開始進行這個活動。

一開始，我們拆掉上下鋪。

每個床位都可以變成一張單人床，儘管我不願意，還是搬進了主臥室（因為其他人都不要）。我還是帶上我的舊床鋪，我絕不可能睡在他們的床上。但在進行這一切之前，我們決定要來點變化：我們要拆散亨利和羅里。

亨利：「終於！我等了一輩子！」

羅里：「什麼你等了一輩子，他媽的見鬼，我才是甩掉一個大包袱！收好你的垃圾快滾吧！」

「什麼我的垃圾？你憑什麼？」他對著他一派寬宏大量地擺擺手。「我不搬！」

「我才不搬！」

「都給我閉嘴。」我說：「我真希望可以一次擺脫你們兩個，可惜我沒辦法。所以我們就這麼做，我丟這枚硬幣，丟兩次。第一次是決定誰搬出去。」

「對啦，可是他東西比較——」

「我不想聽。總之贏的留下來，輸的人搬走。羅里，你選一個。」

硬幣往上彈，打到臥室天花板。

「人頭。」

硬幣在地毯彈跳，落在一隻襪子上。

是字。

「媽的！」

「哈哈，不走運啊兄弟！」

「打到天花板！不算！」

我轉身面向亨利。

羅里還在堅持。「他媽的打到天花板了！」

「羅里……」我說：「閉嘴。好，亨利，我要再丟一次。人頭的話你跟湯米睡，字的話換克雷。」

又是字。於是克雷搬進房間，亨利講的第一句話就是：「欸，你看這個。」他丟給他那本過期的《花花公子》，一月小姐，而羅里跟湯米建立起友好的關係。

「他媽的把那隻貓從我床上趕走，豬頭。」

什麼你的床？

不愧是海克特。

接著來到二月中，地方冠軍賽在ES馬克思運動場舉行，那裡的看臺是巨大的水泥建築。我們把克雷腳下貼的膠帶做到藝術品等級，並且把這個舉動變成某種儀式，就像是在說：「你雙腳真正的樣貌」或「那股力量來自內心」。

一開始，我會蹲到他身下，慢慢抽出膠帶。

一條線直接拉到腳中央。

在腳趾處貼成一道十字架。

起先那看來像耶穌受難像，但成果有些不同，比較像是早被人遺忘的英文字母，其中幾條會從邊邊繞到腿上。

叫到四百公尺選手時，我跟著他一起走到起跑區附近。那天沒有風，天氣悶熱潮溼。他走開的時候，我想起亞伯拉罕斯，以及那個傳教士李愛銳。他則想到那位瘦削嬌小的南非女子，那人纏著膠帶的雙腳給了他靈感。

我說：「比賽結束再見。」克雷竟然回應了我，他的晒衣夾擺在短褲口袋。「欸，馬修……」但他只說：「謝了。」

他跑起來像個他媽的戰士。

他真的是快腿的阿基里斯。

結果，在第一個忌日近晚時分，羅里一個回神，說：「我們燒了那張床吧。」

我們一同做出決定。

我們坐在廚房桌邊。

其實沒什麼決定好做。

或許，男孩加上火焰就等同宇宙的定律，一如我們三不五時就會丟石頭。我們把石頭撿起來，隨便瞄準個什麼扔出去。連我也是這樣，即便我已經快十九歲了。

我應該更像成年人才是。

如果搬進主臥室是所謂成熟的舉止，那麼燒掉那張床就是小孩的行為。而這就是我硬著頭皮去應付的方式：我兩個都要做。

起先沒人說話。

克雷和亨利分配到那張床墊。

羅里和我負責床架。

湯米是火柴和松節油。

我們把東西從廚房後門搬到後院，從籬笆上面推過去。多年前，差不多在同一個位置，潘妮洛普在這裡遇見城市特使。

我們爬到另一邊，我說：「好了。」

氣候溫暖，一陣清風吹來。

我們把手擺在口袋裡面好一陣子。

克雷握著一把晒衣夾，但接下來床墊就回到床架上，我們走到圈圈。馬廄疲憊而搖搖欲墜，草地坑坑疤疤、不太平整。

沒有多久，我們就看到了遠方的那臺老舊洗衣機。

以及碎裂且了無聲息的電視。

「那裡。」我說。

我伸出手，那個地方可以算中間，不過更靠近我們家。我們把父母的床搬到那裡。兩人站著，三人蹲著。克雷跑到旁邊（他是站著的），面對我們的房子。

「馬修，風是不是有點大啊？」亨利問。

「可能吧。」

「是西風嗎？」風漸漸變強了。「我們可能會把整塊地都燒起來。」

「這樣不是更好！」羅里大喊。我正要開口罵他，然而，切斷這一切，切斷這片田野、這塊草地、那臺電視外加孤孤單單、無人聞問的洗衣機的人是克雷。他直接說：

「不行。」

「什麼？」

我們異口同聲，風勢更大了。

「克雷，你說什麼？」

在這片溫暖的田野上，克雷看起來好冷。他的短髮貼在頭頂上，體內的火燄點燃。他輕聲再說一次，那是一個堅決而肯定的「不行。」

我們便知道了。

我們要把這些東西留在這裡，讓它們自生自滅，至少我們是這樣相信著。畢竟，誰能預見得到？

誰知道克雷會再回來？躺在這裡？

誰知道他會握緊晒衣夾，直到刺痛雙手。

第一次參加全國大賽的前一天晚上，他和我在廚房坐了一會兒，對我說出一切真相。

他會贏得全國大賽，然後去接阿基里斯。

他手上有兩百塊，可能是他畢生積蓄。

他甚至沒有等我回答。

他只是這樣走到門口，在賽馬區輕鬆地跑了跑，把我們的幾根胡蘿蔔餵給那隻騾子，再回到屋頂。

後來，那是很後來的事了。等我們其他人都沉沉睡去，克雷爬下床，晃到那裡，挑出一個全新的晒衣夾，爬上圍籬，走過小路。外頭很黑，不見月光，但他輕而易舉就找到了路。

他閒晃到那地方，爬上去。

那張床就躺在幽幽夜色中。

他像個男孩般縮起身子。

他躺在黑暗裡，在床上做了夢，他不在乎比賽輸贏，也不在乎全國大賽。

他什麼都不在乎，只是在對著另一個男孩說話（那個男孩來自鄉間小鎮），以及一名穿越海洋的女子。

「對不起，」他輕輕地對著那兩個人說：「真的對不起……對不起、對不起！」他緊緊捏著晒衣夾，最後一次對著他們說：「我保證會把這個故事告訴你們，」他說：「關於我怎麼把阿基里斯帶回家給你們的故事。」

那頭騾子從來不是為了湯米。

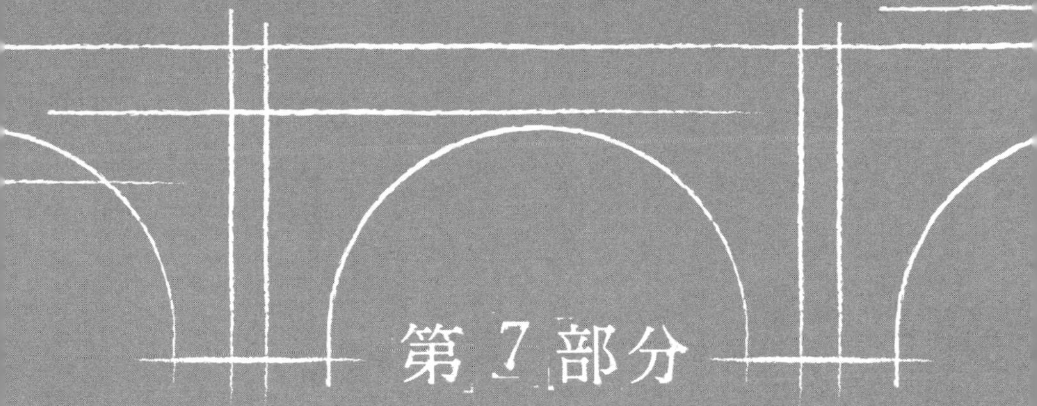

第7部分

城市
＋
流水
＋
罪犯
＋
拱型
＋
故事
＋
倖存者
＋
橋梁

畫廊路上的那個女孩

從前從前，鄧巴家過往歷史的潮汐中，出現過一個女孩，她認識一個姓鄧巴的男孩，她是個了不起的女生。

她有著一頭紅髮，漂亮的綠色眼眸。

她的臉上點綴著血紅色雀斑。

她很有名，因為她贏過一級賽，並在比賽隔天過世，這件事得怪克雷。

他活過那件事，呼吸著那件事，成為了那件事。

後來他終於把一切告訴他們。

然而，若說什麼樣的開頭最恰當，那麼就是凱莉初次見到克雷，看見他坐在屋頂上頭。

她長大的小鎮叫卡拉米亞。

她的父親是騎師。

父親的父親也一樣。

再更久遠以前的事她就不清楚了。

她喜歡馬、喜歡晨操、喜歡騎馬，喜歡純種馬的比賽紀錄與故事。

卡拉米亞距此七個小時車程。她記得的頭一件事就是父親。他早上在晨操之後回到家，她會問他狀況如何。有時她會在他出門的時候醒過來，時間會是凌晨三點四十五分。她會揉著眼睛對他說：「欸泰德，我也可以去嗎？」

不知為何，只要她摸黑醒來，就會叫她母親「凱瑟琳」，叫父親「泰德」。但如果是白天就不會，他們就是爸和媽。多年之後，他們得知她墜馬身亡，那時湧現許多不會被寫到或談起的小事，而那就是其中之一。

我說過了，她喜歡馬，只是喜歡的方式跟大部分女孩不一樣。

她喜歡賽馬的氣氛，而非賽事結果。

比起展示會，她更喜歡馬廄。

隨著年紀漸長，當學校放假，她和哥哥們會央求著說想去看晨練。她喜愛一片漆黑的早晨，劃破薄霧和雲靄的馬蹄聲。她喜愛太陽升起的方式，看起來是那麼遙遠、巨大且溫暖，空氣如此緊密又冰涼。

那時他們會在圍籬邊上（純白色，只有柵欄，沒用木片間隔）吃吐司。他們很愛那些練馬師，喜歡看他們操著各種口音罵髒話，也喜歡那些在附近閒晃的老騎師，像堅毅而聲音低沉的孩童。他們喜歡看著那些人穿上晨練服，配牛仔褲和舊毛帽，感覺挺不搭的。

她的兩個哥哥分別是四歲和五歲，等他們年紀夠大，也會參加賽馬。這件事顯然刻在血液之中。

賽馬場上，大家的話題都離不開血。

或者該這麼說，他們聊的是血統。

就像克雷和我們其他人，在那個時候，我們還有很多不明白的事。

根據凱莉的說法，她家只有一個人懷疑賽馬，看不起賽馬，那個人就是她母親凱瑟琳．諾維。她要不是睜著淺藍而水色的眼睛冷眼旁觀，就是搖身一變，成為勃然大怒的金髮女子。她當然愛馬，也享受賽馬比賽，不過痛恨賽馬這個產業。因為浪費又過度繁殖。貪婪地抓住人們的軟肋，就像個美麗的妓女。她能看見它的真面目。

凱莉的哥哥叫她凱瑟琳大帝，因為她極為嚴格又嚴肅，從不虛擲光陰。賽馬日時，若聽見她叫他們毫髮無傷地回家，他們會知道她真正的意思是這樣的。

要是你們墜馬，別指望我會同情你們。

騎師的生活不易。

賽馬人生更是加倍、加倍的艱難。

接著來說泰德。

晨操泰德。

凱莉知道那個故事。

職業生涯早期，他可能是全國最有希望的學徒，就像派克或布雷斯利，或惡魔達布．馬羅。他五英尺七英寸的身高在騎師之中太高，就男人而言又太矮。不過他體型完美，非常適合賽馬，還擁有眾人夢寐以求的新陳代謝，他似乎永遠增不了重。但缺點就是，他的五官看起來像是草草拼湊，彷彿造物者太過匆忙。然而這也要看你問的是誰。那位名喚凱瑟琳．傑米森的女孩就不覺得那麼糟。她喜歡他亂糟糟的五官和漂亮的綠色眼睛，也喜歡自己可以輕鬆將他攬在臂彎裡。直到有天早上，悲劇降臨。

他那時二十三歲。

一夜之間，他的新陳代謝系統忽然轉變。

賽馬日當天，他本來能吃掉整包雅樂思巧克力夾心餅乾[1]，如今能吃的大概只有包裝紙。

那時他們已經搬到市區一陣子。搬家是為了力爭上游，凱瑟琳在威爾斯王子醫院當護理師，位置靠近蘭德威克。

一週之後，泰德開始覺得有點不一樣，接下來他花了好幾年的時間節制飲食。在那天破曉前幾小時，他照常前往浴室，浴室裡的體重計不會說謊，鏡子也很誠實。他的體型變大，也長肉了，他的五官不再拖拖垂垂……但這件事又好在哪裡呢？他到底是想變帥，還是想在唐克斯特馬場躍上最好的一里馬的馬背？他的世界天翻地覆。

手的狀況最糟了。

在他們小公寓的廚房，他甚至看也不看自己的早餐，只是坐在餐桌前瞪著自己的雙手，那幾根手指是他見過最肉嘟嘟的東西。

漫長的五年間，他訓練，並且禁食。

他去了蒸汽浴。

他吃萵苣葉。

如果要看報紙，他會坐在太陽烤熱的車裡，關上所有窗戶，身上穿著最新最保暖的晨操服裝。他會穿著外套和牛仔褲除草，裡面還加背心。他有時會抽筋，他非常急躁，他跑步時則穿著冬天的羊毛褲，底下裹著垃圾袋。這便是賽馬要付的代價，再加上上千個遭到壓抑的美夢，吉百利巧克力棒和巧克力蛋糕，以及那些關於起司的不純思想。

他也特別容易受傷。他會摔出去，兩邊手腕都斷掉，他在馬廄裡面慘遭迎面踢中，晨操時被踩了兩回。曾有一次，在沃里克農場，前面的馬掉了一隻鞋，砸中他的耳朵……情況可能糟上數倍。

到了職業生涯晚期，他就像名士兵，或古時候駕馭戰車的人，每場賽事都像上戰場。他會胃痛、牙痛、頭痛，偶爾暈眩，但最終的羞辱是得到嚴重的香港腳。他是在休息室的地板被感染的。

「那件事啊！」開車去賽道的路上，他常對著七歲的凱莉開玩笑說：「就是我生涯的句點。」

問題在於泰德．諾維說了謊。因為他走不下去不是因為香港腳，不是因為餓到不行，也不是脫水或力氣

---

1 Tim Tams：澳洲著名零食。

匱乏，而是因為一匹馬。當然是因為一匹馬。

那是個栗色的大傢伙，西班牙人。

西班牙人是匹引人注目的馬。牠性格豪爽，就像京士頓城和法雅納。但重點是牠還沒被閹割，這就表示牠的血統可以繼續傳下去。

恩尼斯．麥安德魯負責訓練牠。他是一個瘦如掃帚的知名練馬師。

這匹馬來到他的馬廄時，麥安德魯打了通電話。

「你最近體重多重？」

他撥的是泰德．諾維的號碼。

西班牙人幾乎參加了所有一英里（或以上）的大賽。

牠勇於衝刺，能跟人並駕齊驅。他要牠做什麼牠都照辦。

但要是跑出第二或第三名就等同失敗。

第四名根本是災難。

馬背上的人永遠是泰德．諾維。報上寫著他的名字，那張笑臉好像在打盹兒……還是說他只是臉在癢，所以五官扭曲了？不，在西班牙人背上，他從來沒有這種感覺。他會哄牠穩穩地先跑個前半場，緩緩推進一弗隆，最後領牠一路衝回終點。

那匹馬的生涯快結束時，泰德也想離開賽場。

他們只有一場比賽沒拿下。不，不是那場舉國停頓的比賽。麥安德魯、泰德和馬主都不在意那場賽事，他們想要的是覺士盾。在真正的行家心中，那才是最棒的比賽。

對泰德來說，那真是太滑稽了。

因為他達不到體重標準。

就算是依齡配磅（他早就知道標準了），泰德還是超出太多。每一項例行公事他都做了。他除了上百個草坪的草，回家之後整個人癱倒在蓮蓬頭下。可是這件事賽前一週就決定好了，感覺就像是有隻稻草人把手放在他肩上。西班牙人當然贏了。

後來那些年，他跟她提起時還是很不好受。另一個騎師，永遠親切又和藹的大鬍子麥可斯．麥基恩帶著那匹馬繞過所有對手，消失在滿利谷的直線賽道上。西班牙人贏了一整個馬身。

至於泰德．諾維，他停在車道上，坐在車裡聽轉播。

那時他們住到另外一個賽馬區，弓箭街十一號，比潘妮和麥可早了幾年。他笑了又哭、哭了又笑。

他覺得癢，但不願去抓。

他是個雙腳在燃燒的男人。

退休之後，有段時間他還是會去做晨操。他是這座城市中一大清早最受歡迎的騎士之一。只是他們很快就變得腳踏實地。凱瑟琳喜歡鄉下，在他們做的各種決定中，留下弓箭街的房子可說最糟糕也最明智的。至少，那場比賽給了他們那棟房子。

時光緩緩流逝，他們在鄉下有了孩子。泰德又變回一般體重，有時會胖個幾公斤，因為他蛋糕吃太多。畢竟都到了這種時候，他應該可以吃點蛋糕吧？

他做過很多工作，從賣鞋到錄影帶店助理，還去農場幫忙照顧過牛。有些工作他做得挺不錯。然而他還是最喜歡早上去那裡的跑道上騎馬做晨操，他們管那個地方叫畫廊路。

那時他有了個綽號：晨操泰德。

是因為兩件事的關係。

第一件是練馬師麥安德魯帶了兩個前途無量的騎師出城看他騎馬。那天是星期二，天空金黃閃耀。

「看見了沒？」

那名練馬師幾乎沒變，只有頭髮變白。

他指著匆匆經過他們的騎士。

「看到他的腳跟沒？還有他的雙手？他在馬上的模樣就好像根本沒在騎。」

那兩個孩子有著典型的傲慢態度。

「他很胖。」其中一人說，另一人則哈哈大笑。麥安德魯狠狠摑了他們巴掌，分別打在下巴和臉頰。

「看好！」他說：「他又要過來了。」他講起話就跟世上每個練馬師一樣，邊說話眼睛邊往外探。「說到紀錄，那人拿的冠軍比你們這兩個混帳一輩子加起來還多，而且在晨操這個項目他還可以贏更多。」

於此同時，泰德走了過來。

「麥安德魯！」

麥安德魯咧開嘴巴，露出大大的笑容。「嘿！泰德！」

「我看起來怎麼樣？」

「我還在想帕華洛帝跑這麼遠來當騎師幹麼呢？」

他們熱情擁抱了彼此，拍了對方背後好幾下。

他們想起了西班牙人。

第二件事發生在幾年之後。諾維家的兒子分別滿十二、十三歲，女兒凱莉只有八歲。那是晨操泰德最後的一次晨操。

時逢春天，學校放假，下過雨後草又綠又長（每次只要想到為了那些馬得保養多久的草地，往往令人嘖嘖稱奇）。那匹馬絆了一下，泰德被拋飛出去，大家都看見他摔下來。練馬師阻止男孩靠近，但凱莉不知怎麼跑了過去。她鑽過人群，格開擋路的腿。她最先看見的是皮膚上糊成一團的鮮血與汗水，而後是他的鎖骨，彎曲了、折斷了。

發現她後，他努力地露出微笑。

「嗨，小鬼。」

那骨頭好白，白得令人毛骨悚然。

恍若陽光，如此野生而純粹。

他躺在地上。穿著工作服的人、穿著靴子的人、叼著煙的人，這些人都同意不該移動他。他們爭先恐後，而且非常敬重泰德。起初他懷疑自己是不是弄傷了脖子，因為他感覺不到腿。

「凱莉。」他說。

汗水直淌。

太陽一面顫動一面升起。

陽光沿著直線賽道照來。

她跪了下來，離他很近，但無法不盯著那兒看。她看著鮮血與灰塵匯聚，從他嘴脣滑落，接著凝結在他的牛仔褲和法蘭絨襯衫。背心拉鍊被扯下，彷彿某種野生動物從他體內緩緩爬出。

「凱莉。」他又喊了一次。這回注意力放在其他地方。「妳可以抓一下我那邊的腳趾頭嗎？」

當然可以。

他出現了幻覺。

他以為自己又回到了那裡，回到幸福美好的香港腳日。他也希望自己能稍微轉移她的注意力。「別管鎖骨……我的腳他媽的快癢死了！」

他笑了，他忍不住。

她過去幫他鬆開靴子，此時他痛得尖叫。

陽光如泉水湧來，吞沒了他。

幾天之後，醫生來巡房。

他握了兩個兒子的手，揉亂凱莉的頭髮，那打了結又男孩子氣的紅髮。

陽光白得像鎖骨。

醫生檢查過泰德的情況，親切地看著那幾個小孩。

「你們三個長大之後要做什麼？」他問，那些男孩好像一個字都沒聽見。最認真地看著、咧著嘴巴笑的是凱莉。她正瞇著眼睛，用力瞪著窗外，淡然伸出手指，指著不修邊幅、毫無尊嚴的爸爸。她也踏上了自己選擇的路。

她指著此地、指著克雷，還有弓箭街。

她說：「我將來要跟他一樣。」

河中人影

說起來，我就是在這裡，也就是樹林中，被沖上岸的。那是庫塔曼德拉之後的那天。

我自己一個人站在尤加利樹林中，踩在那些樹皮之間。

眼前是一段長長的陽光。

我聽見了那個單音，一時之間動彈不得。音樂是從收音機傳出來的。這表示他還不知道。

■

我看著河床上的兩人。我甚至無法告訴你們過了多久。
那座橋（雖然還不完整）已經美得令我不敢置信。
那些拱型一定會非常壯麗。
看那些石頭的弧度。
就像加爾橋。它不會塗上任何砂漿，會精準地堆疊、成型。彷彿一座教堂，在天地間發光。
從他倚著橋的方式，手的動作，我都能看得出來。
我看得出他是如何和它對話，如何將它鎖緊、如何製作，如何站在它旁邊。
那座橋便是由他做成。

可是在那時，我必須這麼做。
我的旅行車停在身後。
我慢慢走出樹林，直接走了過去。我站在午後的陽光下，河中兩個人影停下動作。我到現在都還記得他們的手臂，疲憊，但被生活磨得更加堅定。
他們抬起頭。克雷說：「馬修？」
我沒有任何做好心理準備的方法。我朝他們走去，不過是一具必須完成任務的軀體，因為我怎麼也料不到這件事。他偏著頭，如此有朝氣，充滿生命力。此外我也沒料到那座橋會這麼令人驚嘆。
先跌坐在地的人是我，不是他。我的膝蓋落在河床邊的地上。
「凱莉出事了，」我說：「她死了。」

凌晨四點的阿基里斯

要是他們沒有留下那個地方，會怎樣呢？

弓箭街十一號的房子。

要是他們沒有回來，會怎樣呢？

為什麼他們不乾脆賣了房子、拋下過去，卻要精打細算地收取租金呢？

可是不行，我不能那樣想。

她來的時候快滿十六歲，她搬到一條充滿男孩與動物的街上，目前還包括騾子一頭。

起初是三月的一個晚上，克雷贏得全國大賽。

比賽場地再回到ES馬克思運動場。

我細心地把他的雙腳貼起。

跟他實力最相近的是一名來自貝加鎮的農場男孩。

我們費了一番力氣才說服克雷別離開。

他不想站上頒獎臺，也不想要獎牌，他只想要阿基里斯。

他破了全國紀錄，縮短正好一秒。根據他們的說法，在那種等級中，這樣的表現真是太扯了。主辦單位跟他握手，克雷腦中則想著埃普索姆路。

我們離開停車場、投身午後車潮，他從後照鏡中看著我，而我短短瞥了他一眼。平心而論，他似乎嚇到了。金牌掛在蘿希脖子上，牠靠在湯米的大腿上喘氣。我回頭看了一眼，細聲地說。

你不掛上獎牌算你走運，不然我會用那條繩子勒你脖子。

我們回家，放羅里和亨利下車，也讓那隻狗下車。

湯米正要下去，克雷卻拉著他的手臂。

「湯米，你跟我們一起去。」

我們到的時候已經入夜，牠就在圍欄邊等著，哇哇大叫，對著天空發出嘶鳴。我還記得分類版裡的廣告詞：「不亂踢，」我念著：「不亂叫。」但克雷完全不理我，而湯米已經墜入愛河。這是我們人畜無害的第五個成員。

這次，我們站了一會兒，旅行車搖動起來。有個男人衝出來，身上穿著破損的舊褲子與襯衫，臉上掛著友善的微笑。他盡可能加快腳步走著，就像推著一輛沒力的卡車在爬坡。

「有幾個混帳餵了這隻悲慘的老混帳……是你們嗎？」那人問道。他臉上的微笑就像個孩子。是他嗎？潘妮洛普越過弓箭街十八號的圍籬遇上的頭一個馬夫，是他嗎？我們永遠不會知道。

那時夜已漸深。

那個人是馬爾科姆．史威尼。

體型有如盛裝打扮的甜甜圈。

他曾經是騎師，接著當了馬伕，再成為合格的馬廄清掃人員。他臉上掛了個酒糟鼻。就算是在男孩的眼中，他臉上的悲傷還是太多，甚至可以泅泳其中。他正要搬到北方的妹妹家。

「我們可以讓這個孩子進去拍拍牠嗎？」我問。馬爾科姆．史威尼則樂見其成。他讓我想起之前看過的某個書中角色，那個臉上喜怒哀樂不斷變換的男子。他一臉溫柔，卻又滿懷悔恨。

「你們看了論壇報？」他說：「還有那個廣告？」

克雷和我點點頭。湯米已經走過去了，他去拍牠的頭。

馬爾科姆再度開口。

「他叫做……」

「我們不需要知道名字。」克雷對他說，眼睛只看著湯米。

我盡力對馬爾科姆．史威尼露出鼓勵的微笑，比比克雷。「他會付你兩百元換掉那個名字。」我感到自己幾乎是沉下了一張臉。「不過要是你想收三百，也隨便。」

他發出笑聲，這聲音好像曾在哪裡聽過。

「兩百，」他說：「成交。」

克雷和湯米在圍籬邊。

「阿基里斯？」其中一人對另一人說。

「阿基里斯。」

他們心想，終於啊，終於。

然而，要養阿基里斯我們得先思考一下。這件事既美妙又愚蠢，可以用常理思考，也可以非常偏離常理。很難釐清該從哪裡下手。

我查了地方規章。肯定有條地方法案（制訂於一九四六年）提及可於特定前提下飼養牲畜，只要牠們受到妥善照顧即可。條文寫道：上述動物不得損害任何居民的健康、安全及福祉，包含居住於物業本身或周圍之居民。這字裡行間的意思就是：你想養什麼就養什麼，除非有人跑來抱怨。因為這條規定，我們找上齊曼太太，我們僅有的、真正的鄰居。

我登門拜訪時，她請我進屋裡坐，但我們依舊沒離開那條午後的門廊。她問我能不能開個果醬罐頭，我就順勢提到那隻騾。她先是笑在心裡，臉頰上浮現皺紋，接著從肺部深處大笑出聲。「你們鄧巴家的男孩真是棒透了。」同時又再好好讚美三、四句，最後的結語還嚇了我一跳。「任誰都有過如此人生吶。」

■

接著是亨利和羅里。

我們一開始就跟亨利說了，但對羅里保密。因為他的反應肯定千金難換（我覺得我可能就是因此才同意整件事）。因為海克特睡在他床上，他已經常常火冒三丈，有時候甚至連蘿希也來參一腳（或者至少會把牠的下巴擱上去）。

「欸湯米，」他會從房間大叫出聲。「叫那該死的貓離我遠一點。」或「湯米，該死！叫蘿希不要呼吸。」

湯米則盡力而為。「羅里，牠是狗，牠得呼吸。」

「接近我的時候不准！」

就這樣吵個沒完。

我們等了一整個禮拜，在週六帶騾子回家。那樣我們就都能在家，監控事情進展，以防出什麼差錯（這很有可能）。

週四我們收到通知，馬爾科姆・史威尼賣了運馬的拖車。這樣一來，我們就得牽著牠走路回家。而最棒的一點在於，我們都同意在一大清早（晨練時段）進行這件事。週六的凌晨四點鐘。

上週四夜晚很美。我們四個去找史威尼，羅里大概是出門喝酒去了。天空和雲朵都是粉紅色，馬爾科姆似乎非常中意這樣的天色。

湯米正在刷馬，同時亨利在評估工具。他拿著馬鐙和轡頭走過來，滿意地舉起。「這鬼東西有點搞頭……」他說：「不過那傢伙他媽的根本沒用。」

他邊笑邊將頭撇向那頭騾子。

於是乎，我們帶牠回家。

三月底的某個靜謐早晨，四個鄧巴家的男孩走在賽馬區，中間是頭取了希臘名字的騾子。

有時牠會停在信箱旁邊。

牠會弄得叮噹響，在草地上拉屎。

亨利說：「有沒有人帶打包袋？」

我們就這樣在人行道上哈哈大笑。

每當想起馬爾科姆・史威尼，想到他看著我們牽著騾子慢慢走掉，站在圍籬邊靜靜哭泣，總是讓我感觸特別深。他伸手把臉頰上泡泡粉粉的東西擦掉，一手耙過濃密的頭髮。他總是這樣多愁善感，一身卡其色。一個憂傷而美麗的胖老人。

而後只剩下那個聲響，蹄子敲過街道。

我們周遭是城市，道路、街燈、交通，整晚沒回家的狂歡者大吼大叫，聲音掠過我們，其中點綴騾子規律的腳步聲，我們牽著牠走過行人穿越道，通過空蕩蕩的京士威路。我們哄著牠穿過長長的行人陸橋，走過地面上的街燈，以及陰暗處鋪成的塊塊補丁。

亨利和我在這側。

湯米和克雷在那側。

你可以拿蹄聲來對時，也可以把命交到湯米手上。那孩子開心地領著騾子回家，迎接將來的幾個月，迎接後來的那個女孩。

兩片珍貴的胸膛

事情是這樣的。

他們破壞了那沒有明說的規矩。

他記得她光裸雙腿的觸感。

他記得她躺倒的模樣，塑膠墊堆在身邊，他記得她的動作，她是怎麼輕輕咬他，還有她拉著他躺下的方式。

「克雷，過來這裡。」

他都記得。

「用牙齒咬，別怕，不會傷到我的。」

他記得，剛過凌晨三點他們就離開了。克雷清醒地躺在家裡，接著前往中央車站。

凱莉當然去參加了晨練。那是黎明時分，經驗老道的玫瑰戰爭從內側練習道返回，回來時卻沒人騎在背上。

她背朝下摔了下來。

太陽冰冷又蒼白。

城市的天空很安靜。

那個女孩側著臉倒在地上，所有人拔腿狂奔。

在席佛鎮的奧瑪哈河畔，克雷狂亂地跑走了。他踉踉蹌蹌衝向河的上游。

天啊，這裡的陽光好刺眼。我可以清楚地看見他靠近樹林的身影，消失在石塊之間。

父親愣愣地看著我，非常憂傷，但也滿溢著溫情。

見他打算跟上去，我碰了他一下。

我握住他的手臂。

「別去，」我說：「我們應該要相信他。」

凶手又成了凶手。「要是……」

「別去。」

我也不是對一切瞭若指掌，但我很確定克雷的選擇。此時此刻，他會想要感受痛苦。我們都同意應該先等個一小時。

河床旁邊，高高的樹林中，克雷跪倒在山坡上。他胸中兩片珍貴的肺包裹著死亡。他無法自己，痛哭失聲。

後來他終於發現，從身體之外傳來的聲響就是他自己發出來的。樹林、石堆、昆蟲。

一切都緩下，而後終止。

克雷想到麥安德魯，想到凱瑟琳，想到晨操泰德。他知道自己必須告訴他們，而他會承認一切都是他的錯。因為一個女孩子不會就這麼消失無蹤，如果不是因為誰，她們不會做錯事。凱莉・諾維不會就這麼死掉，都是像他這樣的男孩害死了她們。

他想著那十五顆雀斑。

想著海玻璃眼珠的形狀，以及短暫的眼神交會。

脖子上則是十六顆。

她會跟他說話，她很了解他，她會勾著他的手臂，有時她會叫他白痴。他記得那淡淡的汗味，她的頭髮搔得他喉嚨很癢，嘴巴裡嘗得到她的氣味。克雷知道，如果他檢視身體，臀骨附近還能看見她的咬痕。那是個隱隱約約的提醒，要他記得，自己活得比某個人、某件事還長久。

那個有著清澈眼眸的凱莉死了。

空氣漸漸變涼，克雷覺得冷，他祈求雨水和暴力。

他祈求在奧瑪哈陡峭的河畔上溺斃。
然而它好乾燥，只是靜靜擁著他。
克雷跪倒的模樣比較像一具殘骸，好似遭沖到上游處的某個男孩。

吵架

無論如何，你得好好稱讚凱莉·諾維。
她下定了決心。
儘管她爸媽接受了現實，他們的兒子將成為騎師。但他們拒絕了她的志向。每次聽她提起此事，他們就只會說：「不可以。」沒有但書。
儘管如此，她十一歲就開始固定寫信給一位住在市區的練馬師，每個月至少二到三封。最開始她是問問題，像是：想成為騎師該怎麼做呢？雖然她已經知道了。該怎麼提早訓練？該怎麼做好準備？她在這些信上署名來自鄉間的凱莉，以卡拉戴爾（這是附近的小鎮）的朋友家當寄件地址，靜候回音。
沒有多久，卡拉米亞鎮哈維街上的電話響起。
那通電話講到一半泰德就頓住了，他只能說出：「什麼？」過了一會兒，他繼續說：「對啊，那是隔壁鎮。」接著又說：「真的嗎？來自鄉間的凱莉？你是在開玩笑吧……該死的那就是她，我很確定……」
媽的，客廳那個正在偷聽的女孩想著。
她正要從走廊溜走，卻聽到那個聲音喊了她。
「欸，凱莉。」他說：「別那麼急。」

她聽得出來父親在笑。

那就表示她有機會了。

就這樣，幾週變成幾個月，然後過了幾年。

她是個知道自己想要什麼的小孩，也一直滿懷希望。

畫廊路上所有馬廄工作她都做了。她手臂細瘦，而且很有清潔馬廄的天分。但她在馬鞍上看起來也很棒。

「表現得很好，就跟我見過的那些孩子一樣。」泰德承認。

對此凱瑟琳沒什麼好印象。

恩尼斯．麥安德魯也是。

是的，恩尼斯，麥安德魯先生。

恩尼斯．麥安德魯有幾個規矩。

首先，他會讓學徒等。你頭一年絕對上不了馬，而且前提還是他一開始願意收你為徒。他當然在意騎術，可是他也會看你的成績單，也特別關心老師的評語。要是容易分心四個字出現過那麼一回，你就算了吧。就算他收你為徒，也會叫你一大早就到馬廄來，每週三天。你可以負責清理馬廄和牽馬，可以在旁邊看。但是無論任何情況，你都不能開口說話。你可以寫下疑問，或記在心裡，留到星期天再問。星期六你可以參加賽馬會議，一樣不准說話。如果他想要知道你是否在場……總之他會知道。事實上，有人會說你應該多跟家人待在一起，或跟朋友出門去。因為第二年起，你也許難得碰上他們一面。

在週間的其他日子裡，你可以睡晚一點。這意思就是，你可以在五點三十分去三色拳擊俱樂部報到，和所有拳擊手一起路跑。要是你錯過一次，那個老人會知道的。他什麼都知道。

儘管如此，他從未如此堅持。

十四歲時，她又開始寄信。這次寄件者用的是凱莉・諾維。來自鄉間的凱莉已經消失了。她為自己的判斷錯誤致歉，希望之前的事不會影響他對她的看法。她清楚每一條規矩（亦即他的學徒規章），而且什麼都願意做。如有必要，馬廄的糞便她可以一直清下去。

終於，她收到一封回信。

恩尼斯・麥安德魯潦草且擁擠的筆跡上寫的是無可逃避的制式規定。

母親的許可。

父親的許可。

那就是她最大問題所在。

她的父母親也早早下定決心。

答案還是堅定的「不行」。

她絕對不能成為騎師。

對凱莉來說，這很丟臉。

她那些不守規矩的哥哥才能平庸又懶惰。可是他們想成為騎師？當然沒問題，完全可以接受，她就不行。有次她甚至拆了客廳牆壁上的相框，抱著西班牙人的照片，大吵一架。

「麥安德魯甚至拿到一匹牠的後代！」

「什麼？」

「你沒有看報紙嗎？」

接著是：

「你怎麼可以這樣？你自己都當了騎師，卻不准我去？你看看牠！」她的雀斑熊熊燃燒，髮絲糾結。

「你不記得那是什麼感覺了嗎？抵達彎道！跑上直線賽道！」

她沒有把相片掛回牆壁，反而摔在茶几上。力道之大，整個將玻璃撞碎。

「妳可以買票進場看啊。」他說。所幸那個相框很便宜。

但沒有一件事比這件事幸運（有些人會表示，這應該是不幸才對吧？）

他們兩人跪下來收拾碎玻璃，父親心不在焉地對著地板說話。

「我當然有看報紙。那匹馬叫鬥牛士。」

最後，凱瑟琳甩了她一巴掌。

一巴掌可以產生好多種效果，這麼一想還真是有趣。

她水色的眼睛變亮了一些，因為失控和憤怒而充滿力量。她有幾綹髮絲豎起，泰德獨自站在門口。

「妳真的不該那麼做。」

他邊指著凱莉邊對她說。

除此之外，另一個事實是：

只有你贏的時候凱瑟琳才會甩你巴掌。

於是凱莉做了這件事，那是她最棒的童年歷險之一。

那時學校放了假。

她一早出門，本該在愷麗．恩特維托家過夜，她卻搭上開往城市的火車。那天傍晚，她在麥安德魯的馬廄外站了將近一小時（那間小辦公室需要重新粉刷一下了）。等到她終於再也沒得閒晃，才走進去，面對那張桌子。麥安德魯的妻子坐在辦公桌前，嚼著口香糖，正忙著數數。

「不好意思？」凱莉問，她真是緊張到不行，聲音非常非常細小。「我想找恩尼斯先生。」

那位女士看著她，頂著一頭鬈髮，嚼著司迪麥口香糖，好奇地開口：「我想妳指的應該是麥安德魯？」

「喔對，抱歉，」她似笑非笑。「我有點緊張。」此時，那位女士注意到了。她抬起頭、拉低眼鏡。這麼一個動作，她就從毫無頭緒進展到能夠做出結論。

「妳不會是晨操泰德那老傢伙的女兒吧？是嗎？」

媽的！

「是的，女士。」

「妳爸媽曉得妳來這邊嗎？」

凱莉的頭髮緊緊紮成辮子，垂落下來。「女士，他們不知道。」

她很懊惱，接近遺憾。「天啊，小姑娘。妳是自己跑來的嗎？」

「是的，我搭了火車，再轉公車。」她差點就要這樣沒完沒了地說下去。「嗯，我一開始上錯了公車。」她制止自己。「麥安德魯太太，我是來找工作的。」

就那樣，就在那個當下，凱莉贏得了她的心。

女人把筆插進頭髮中。

「再說一次，妳多大年紀？」

「十四歲。」

那位女士一邊大笑一邊猛吸鼻子。

他們晚上關在廚房裡面講話，她有時會聽見他們在說什麼。

泰德，以及凱瑟琳。

好鬥的凱瑟琳大帝。

「聽著，」泰德說：「如果她要走這行，恩尼斯是最好的選擇。他會照顧她。他甚至不會讓他們睡馬廄。他們必須有個家。」

「真是個好人呢。」

「嘿！講話注意點。」

「好吧，」但她根本沒有軟化。「你知道我不是針對他，我是針對比賽。」

凱莉站在走廊上，穿著睡衣，無袖汗衫加短褲。

腳丫子溫暖溼黏。

光線照著她的腳趾。

「喔，妳和那該死的比賽啊，」泰德說，起身走到水槽邊。「比賽給了我一切。」

「是喔。」她的非難發自內心。「潰瘍啦，精神崩潰啦……是說你斷過幾根骨頭？」

「別忘了還有香港腳。」

他努力想讓氣氛輕鬆點。

沒用。

她繼續說、繼續罵，走廊上的女孩變得陰沉。「場上的是我們家的女兒，我要她好好活著，不要受那些罪，像你以前、像我們兒子以後……」

有時，那些話語會隆隆穿過我身體。如此灼燙，彷彿賽馬的蹄聲。

我要她活著。

我要她活著。

凱莉曾跟克雷提過一次。那是某個晚上她在圈圈裡告訴他的。

凱瑟琳大帝說的沒錯。她永遠都是對的。

腳踏車密碼鎖

我們在上游找到他。那是尤加利樹林的邊緣。

我們還能說什麼呢？

麥可一直站在他身邊，非常輕柔地將手放在他身上，直到我們靜靜下山。

那天我留下來過夜。我一定得留下。

克雷讓我睡他的床，自己靠牆壁坐。我晚上醒了六次，克雷一直安安靜靜，坐得挺挺的。

到了第七次，他終於倒下。

克雷歪向一邊，倒在地板上睡著了。

隔天早上，他帶著口袋裡的東西。

他感受著那褪色的晒衣夾。

開車回家的路上，他挺直了腰桿坐在我旁邊，一直看著後照鏡，簡直像是期待看見她的身影。

有一次，他開口說：「靠邊停。」

他覺得自己可能會吐出來，但只是覺得很冷，非常冷。他想著她可能會跟上來，然而他只是這樣自己一個人坐在路邊。

「克雷？」

我大概叫了他十幾次。

我們走回車裡，繼續上路。

■

報紙寫到，這是幾十年來前景最看好的年輕騎師。他們提到老麥安德魯，照片上的他看起來就像一根壞掉的掃帚。他們講起騎師一家，還有她的母親之前有多想阻止她，禁止她參賽。她哥哥會從鄉下趕回來參加她的葬禮。

他們講到百分之九十這個數據。

每一年，都有百分之九十的騎師受傷。

他們講到這個艱辛的行業，普遍低薪，而且是世界上最危險的職業之一。

報紙上漏了什麼呢？

報紙上沒提到陽光，沒提到他們初次交談那天，太陽就在她身側，如此接近、如此巨大。她的手臂是那麼燦亮。他們沒提到她來到圈圈的腳步聲，以及窸窣靠近的聲響。他們沒提到《採石人》，沒提到她會讀完這本書，而且每次都會還給他。也沒講她有多喜歡他歪掉的鼻子。這樣的話，報紙還有什麼用呢？

最重要的是，他們沒有寫到是否曾驗屍，也沒說前一天晚上她做了什麼事。他們很確定，死亡發生在一瞬間。就是那樣，就是那麼迅速。

麥安德魯退休了。

他們說這不是他的錯，他們說得對。這就是比賽，這種事情就是會發生，而他向來把騎師照顧得非常好。

他們都這麼說，但他需要休息一下。

就像很久以前的凱瑟琳．諾維，那些馬匹保護主義論者都說這是樁悲劇，馬匹的死也是一樣，繁殖過度、操勞過度。他們說，比賽會殺死每一匹馬和每一名騎師。

但克雷明白，問題的答案就是他。

到家後，我們在車子裡面坐了很久。

我們變得跟父親一樣，潘妮過世之後他就是這副德性。

坐在那裡，盯著前方。

就算這裡真有踢塔糖或安提扣，我也確定我們不會去吃。

克雷反覆想著那個念頭，一遍又一遍。

她會死不是因為比賽，是因為我，是我。

我真的要好好感謝其他幾個兄弟，他們一個個走了過來。

他們走過來跟我們一起坐在車裡。起先只說「嗨，克雷。」最小也最菜的湯米一直試著要講些美好的事。比方她過來見我們的那天（後來大水依舊降臨），以及她是如何直接穿越整棟屋子。

「克雷，你還記得嗎？」

而他一語不發。

「你還記得她碰上阿基里斯的時候嗎？」

這次克雷沒用跑的，只是一如往常地走過迷宮般的郊區，賽馬區的街道，以及田野。

他不吃不睡，仍甩不掉她的畫面。他在每件事物的輪廓上都看見那個女孩。

這件事令克雷大受打擊。這十分明顯，我們看得出來，但我們也覺得那根本不算什麼。我們怎麼會懂呢？我們不知道他們在圈圈碰了面，不知道前晚發生的事，也不知道打火機、京士頓城、鬥牛士，或第八場的凱莉·諾維。我們不知道那張沒能燒掉的床上發生過什麼。

我們的父親連續幾天打電話來，而克雷只是對著我搖頭。我對他說，我們會好好照顧他。

那麼那場葬禮呢？

儘管是在室內舉行，依舊明亮燦爛。

教堂擠滿人。

人從木製建築裡走出來。從賽馬界名人，到廣播主持人，個個都出席。每個人都想認識她，而有好多人是非常了解她的。

沒有人看見我們。

他們沒有聽見他無數次的告解。

我們藏在教堂後方的人群中。

有好長一段時間他都無法面對。

甚至沒辦法回去橋邊，只能假裝什麼事也沒有。

克雷跟我一起去上班。

我們的父親打來時，他會跟他聊天。

他就是個完美的冒牌青少年。

那天晚上，他看著斜對街的房子，看著裡面移動的人影，思忖不知道打火機在哪裡。她是把它留在床底下嗎？還是放在舊木盒，跟那封摺起來的信擺在一起？是這樣嗎？

他不上去坐屋頂，再也不了。他只會待在門廊上，不坐下，只站著，並往前傾著身體。

晚上，他會走向軒尼詩，裡頭的看臺悠悠哉哉地看著他。

會有一小群人站在馬廄邊，那些人聚集在圍籬旁。

馬伕和騎師學徒全彎著腰，克雷看他們看了二十分鐘。一直等到他們離開他才知道，他們是想解開她的腳踏車。

克雷無視心裡的每一句自責，還有胃中那孤獨空虛的感受，緩緩蹲下，去觸碰那四碼的數字鎖，他馬上知道是哪幾個數字。她回到一切的最初，那匹馬，還有他沒去的覺士盾賽事。三十五場比賽中，西班牙人贏了二十七場。

密碼是三五二七。

鎖栓是如此輕易地滑開。

他重新鎖上，再把密碼撥亂。

那時，兩座看臺感覺更靠近了，在夜色之中大大敞開。

分手的藝術家

從很多角度上來看，回頭再講弓箭街十八號和她搬來之前的事實在荒謬，而且太過瑣碎。但如果你問我學會了什麼，那就是，在我們的結局之後、在故事開始之前，生命總是持續前進。

總會有一段變動從未停歇的時期。

那像是某種準備。

他的變動時期就是在凱莉的故事開始之前。

因此（一定得）從阿基里斯開始。

老實說，我或許對於花那兩百塊有著滿心疑惑，心裡也沒留下什麼好印象。但在這件事情中，有個橋段我會永遠珍藏。也就是我們帶牠回家的早上，羅里站在廚房窗邊的模樣。

星期六總是這樣的。十一點左右，他會搖搖晃晃穿過門口，以為自己酒還沒醒，正在做夢。

那難道是？

（他搖搖頭。）

搞什麼鬼？

（他定睛看著外頭。）

最後終於對著身後大喊。

「欸，湯米，這是怎樣？」

「啥？」

「你說啥是什麼意思？你是想唬爛我嗎？後院有隻驢子欸！」

「他不是驢子，他是騾子。」

他帶著酒氣的呼吸中冒出疑問。「有什麼差？」

「驢是驢子，騾子是兩種不同——」

「我不管這是不是四分之一血統的馬去跟天殺的席德蘭小馬混種……」

我們在他們身後笑到不行，亨利終於出手搞定。「羅里，」他說：「來見過阿基里斯。」

反正那天結束時他會原諒我們的，或者至少願意待在家裡，又或者至少願意待在家裡抱怨個沒完。

那天晚上我們全都跑去後院，就連齊曼太太都在，而湯米正用最最柔情蜜意的聲音喊著「嘿，小子，嘿，小子。」拍拍牠頸後的鬃毛。騾子冷靜地站在那裡看他，羅里則向亨利抱怨。

「看在老天的份上，我看接下來他就要帶那混帳出門吃晚餐了。」

那天晚上，羅里躺在那裡險些被海克特悶死，蘿希則在微微打鼾。左邊的床不時傳來氣憤但細如蚊蚋的嘟囔。「這些動物他媽的想殺了我。」

既然全國大賽結束，我們也養了那頭騾子，我以為克雷會少跑一些、減緩一點，但我大錯特錯。真要說起來，他跑得更猛了。

不知怎麼，我非常迷惑。

「你為什麼不休息一下呢？」我說：「老天，你才剛贏了全國大賽欸。」

他注視著眼前的弓箭街。

一直以來我都沒有注意到，那天早上也不例外。

那東西正在他口袋中燃燒。

「嘿，馬修，」他說：「要一起跑嗎？」

四月時，問題出現。

那頭騾子十分神祕。

或者該說純粹是固執。

牠的確很愛湯米，這點我很確定，不過牠恰好更愛克雷。牠會讓克雷檢查牠的蹄，除他之外沒人能移動它們半分。只有克雷能讓牠安靜下來。

特別在幾個晚上，時間很晚（或說很早），阿基里斯會猛地嘶聲大叫，直到現在我還能聽見那悲傷卻嚇人的咿—哇。騾子叫聲有如門軸的哀嚎，另外好像還混雜其他種聲音。亨利會吼著說「湯米！他媽的！」我會說「叫那騾子閉嘴！」羅里會大叫「把那該死的貓咪從我身上弄走！」而克雷只會安安靜靜地躺著。

「克雷！給我起來！」

湯米瘋狂地又推又拉，直到他趕忙起身，走到廚房。克雷隔著窗戶看見阿基里斯，那頭騾子站在晒衣繩下，叫聲一如鏽蝕的門。牠站在那兒，頭往上抬，嘴往空中甩啊甩。

克雷看著他，一時之間動不了。他怔了一陣子。可是湯米拖太久了，我們都醒過來，那騾子對著空中發出一長聲嚎叫，克雷則負責糖。他打開蓋子，塞了把湯匙進去，跟湯米一起走到後院。

「來，」他堅定地說：「手伸出來。」他們站在沙發邊的門廊上。除了騾子和月光，周圍一片漆黑。湯米兩手掌心都用上了。

「好，」他說：「我準備好了。」克雷倒光糖粉。那些糖粉像沙子，我之前看過，阿基里斯也看過。牠頓了片刻，看著他們，邁步走來。一派頑固，但顯然相當開心。

嘿，阿基里斯。

嗨，克雷。

你實在有點吵欸。

我知道。

湯米一碰到牠，立刻伸出雙手，阿基里斯則一頭栽進糖堆，吃掉糖粉。手上每個角角牠都吸遍。最後一次是在五月。湯米終於放棄了。他會照顧其他動物，對牠們一視同仁。至於阿基里斯，我們給牠準備更多穀物、更多牧草，清空賽馬區的胡蘿蔔。當羅里問起是誰吃掉最後一顆蘋果，他很清楚那顆蘋果是被騾子吃掉的。

此情此景，南方午夜，風吹過街道和街區，吹來火車的聲響。我知道一定就是這聲音讓牠哇哇大叫，騾子就是靜不下來，就連湯米跑去找牠，牠也理都不理。阿基里斯抬著頭嘶鳴，呈現四十五度角。晒衣繩在他們頭上打轉。

「糖罐呢？」湯米問克雷。

但那天晚上他跟他說用不到。

還不用。

這一次，克雷走過去，晒衣夾抵著他的大腿。克雷做的第一件事就是站在牠身邊，非常緩慢地把手往上伸，拉住那轉個不停的晒衣繩，接著更緩慢地伸出另一隻手，放在騾子的臉上，壓著那片乾燥且鬆脆的短毛。

「沒有關係的，」他對牠說：「都結束了。」然而克雷比誰都清楚，有些事情永遠不會結束。儘管湯米沒理會他，還是回去拿了糖罐，讓阿基里斯吸光那些糖粉（牠鼻孔周圍都亮晶晶的），騾子還是看著克雷。

牠能看得出他口袋裡那東西的輪廓嗎？

或許可以，也可能不行。

我很確定一件事，那頭騾子一點也不笨。阿基里斯一直都知道。

牠知道眼前這人就是那個鄧巴男孩。

就是牠需要的那個鄧巴男孩。

那段時間我們很常去墓園，在大冬天的時候爬上山丘，再走進去。

早晨越來越晦暗。

太陽爬到我們背後。

有一回，我們跑去埃普索姆路。那位史威尼是個言出必行的人。

拖車不見了，棚屋還在那裡逕自腐朽。

我們露出微笑，而克雷說：「任合人。」

接著到了六月。說真話，我認為阿基里斯比羅里更聰明，因為羅里又被停學了。他逐漸逼近退學之路，目標就要實現。

我再一次見到了克勞蒂・柯比。

這回她的頭髮較短，剛好是那種會讓人注意到的程度。她戴了漂亮的耳環，造型是狀似輕巧的箭，一枚微微晃動的銀製品。她的桌上都是紙，海報依然完好無缺。

這次的倒楣鬼是一位新來的老師（又是個年輕女子。羅里拿她殺雞儆猴）。

「嗯，事情是這樣的，」柯比小姐說明道：「他打掉喬・李奧尼洛午餐的葡萄，踢飛到白板上。她停下腳步轉身時被砸中，葡萄從她襯衫前方滑落。」

她講起話漸漸有點像詩了。

我站起來，閉上眼。

「老實說，」她繼續講：「我認為那位老師可能有點反應過度，不過我們不能一直忍受這種事。」

「她有權生氣，」我說，但很快就胡言亂語了起來。我迷失在她襯衫的奶油色調之中，以及衣料如波浪般起伏的模樣。「我是覺得，她竟然正好在那時轉身……」襯衫上會有潮汐嗎？「這機率有多大呢？」我就這麼脫口而出，而且馬上知道自己錯了。

「你是要說這是她的錯嗎？」

「不是！我是……」

她偷襲我！

她拿起那些作業，溫柔地笑笑，給人一股寬心的感受。「馬修，沒關係，我知道你不是那個意思。」

我坐在一張有塗鴉的桌上。

非常典型又細膩的青少年作品，他媽的一整桌陰莖。

我怎麼有辦法抗拒呢？

就在那時，她不再說話，無聲無息地冒了個風險，動作非常明目張膽。我想，大概就是那一點讓我淪陷。

她把掌心放在我臂上。

她的手溫暖而纖細。

「老實跟你講，」她說：「這裡每天都有更糟糕的事發生。說到羅里，我還有一件事。」她讓我知道她是站在我們這邊的。「雖然不是藉口，但他很痛苦。他還只是個小男孩。」那一刻，她就這樣殺了我。「我說對了嗎？說對了吧？」

那一刻，她只需對我眨眨眼，但她沒有這麼做，對此我非常感激。因為她一字不差地講出了同一句話，接著就退了開來，坐回桌邊。

而我必須給點回應。

我說：「妳知道嗎，」吞嚥這個動作令人疼痛，而她的襯衫還是像水那樣。「上一個對我說這句話的人，是我爸。」

跑著跑著，好像有某件事就要發生。

是令人難過的事，不過難過的主要是我。

整個冬天，我們始終如一。我們跑過奔伯羅公園，跑過街道，回來後我會去廚房喝咖啡，克雷則爬上屋頂。

當我幫他計時，問題就浮上表面。

雖然他跑得更認真，速度卻沒有變快。

我們認為那是因為缺少腎上腺素。他突然沒了動力。除了贏下全國大賽，他還能做什麼呢？體育季還有好幾個月，也難怪他沒精打采。

可是克雷不吃這套。

我在他身邊催促著他。

「加速！」我說：「加速啊。」克雷，快點，想想李愛銳或巴德會怎麼做。

我應該要知道，我對他太好了。

羅里最後一次被停學，我要他跟我一起去工作，我都跟老闆講好了。在那充滿地毯與地板的三天中，有件事情逐漸明顯：他對工作並不感冒，每天結束他似乎都很失望。接著他離開學校，事情就此定案。最後我差不多是用懇求的方式跟他們談。

我們坐在校長辦公室裡頭。

他溜進理科辦公室，拿走熱壓三明治機。「反正他們在那裡吃那麼多！」他解釋道。「他媽的我是好心要幫他們好不好。」

羅里和我坐在桌子這邊。

克勞蒂．柯比、賀蘭德太太在另一邊。

柯比小姐穿著黑色套裝、淺藍色襯衫，賀蘭德太太穿什麼呢？我記不得了。我只記得她的髮型，是類似油頭的銀髮，還有像烏鴉腳爪那樣軟弱的雙腿，以及左邊口袋的胸針，一朵雪絨花，學校的校徽。

「所以呢？」我說。

「所以什麼？」她問。

（這不是我意料中的回答。）

「他這次被踢出去就再也不能回來了嗎？」

「呃，我不太確定這是不是……」

我打斷她。「面對現實吧，這傢伙他媽的就該被退學。」

羅里大爆發（然而是滿心喜悅）。「我就坐在這裡欸！」

「妳看看他，」我說道，他們也看了。「衣服沒紮，掛著那一臉冷笑。他看起來像是有一絲一毫介意嗎？他看起來有在懺悔……」

「一絲一毫？」此時換羅里插話。「懺悔？媽的馬修，你幹麼不拿本字典給我們算了？」

可是賀蘭德知道。她知道我不笨。「馬修，老實說，呃，我們可以讓你念完最後一年，跟我們的十二年級生一起。你好像一直都沒什麼興趣，但你是想念書的吧？不是嗎？」

「那個，我以為我們是在談我。」

「羅里，閉嘴。」講話的是克勞蒂．柯比。

「好啦好啦，這樣好多了，」羅里回答。「很直接。」他堅定地看著別的方向。她則微微使力抱緊自己的套裝外套。

「不要那樣。」我說。

「啥鬼？」

「你知道的。」我又回到和賀蘭德太太的對話。此時是下午，我提早下班回家只是為了先把鬍子刮乾淨，好好穿件衣服，但那不表示我就不累。「如果這次你們不開除他，我就要跳過這張桌子，扯下妳那個校長徽章別到身上，自己開除那混帳！」

羅里簡直太興奮了。他差點要鼓起掌來。

克勞蒂・柯比非常清醒地點著頭。

校長摸了下徽章。「那個，呃，我不太確定……」

「快點好不好！」羅里大叫。

大家都很驚訝，她還真的這麼做了。

她有條不紊地處理那些書面作業，建議了附近幾間學校，但我說我們不需要，他會去工作。我們相互握手，大事就此底定。我們就這麼丟下她們離開。

到停車場的半路上，我往回跑。而這是為了我們還是為了克勞蒂・柯比呢？我敲了門，再次踏進那間辦公室。她們兩個都還在裡面說話。

我說：「柯比小姐、賀蘭德太太，我想道歉，很抱歉造成妳們的困擾，還有……謝了。」這很瘋狂，我開始冒汗。我想她臉上的是真心的同情。噢，還有那件套裝，那金色的耳環。小小的圓型耳環在她耳朵上圈出一個閃耀的圓。「還有，抱歉現在才問，我一直在忙羅里的事。那個，我都沒有問過亨利和克雷的狀況怎麼樣。」

賀蘭德太太讓柯比小姐來回答。

「馬修，他們很好，」她站起來。「他們都是好孩子。」她微笑著，沒有眨眼。

「不管妳信不信，」我對著門口的方向點點頭。「但外面那個也是。」
「我知道。」
我知道。
她說我知道，我一直忘不了這句話。我聽到外頭有人在喊。
有那麼一會兒，我希望她會走出來。我靠在外面牆邊，肩胛骨有點受傷了。可是只有羅里的聲音。
「欸，」他說：「要一起來嗎？」
他站在車旁問我。「我可以開車嗎？」
我說：「他媽的，想都別想。」
那週結束前他就找到了工作。

冬天就這樣轉為春天。
克雷還是跑得很慢。然後，一個星期天的早上，事情就這麼發生。
自從羅里成了板金維修師，就很努力工作賺酒錢。他開始釣女生，接著又跟她們分手。我記得幾個名字，和少許評論。其中一個叫潘。潘是個有口臭的金髮女生。
「媽的，」亨利說：「你有跟她說嗎？」
「有啊。」羅里說：「她呼了我一巴掌，甩了我，跟我要薄荷糖。我沒有按照特定順序說。」
他會在早上步伐不穩地回家。十月中旬那個週日，克雷和我正要去奔伯羅，羅里腳步蹣跚地跟過來。
「老天，看看你這什麼鬼樣。」
「欸，很棒吧，謝囉馬修。是說你們兩個混帳要上哪兒去？」
還真是非常羅里。
他穿著牛仔褲，加一件吸飽啤酒的外套。即便如此，他依舊跟得上我們，一點問題也沒有。奔伯羅公園早就是老地方了。

日出的光束劫掠了看臺。

我們一起跑了第一個四百公尺。

我對克雷說：「李愛銳。」

羅里咧嘴一笑。

（但比較像個下流的假笑。）

第二圈時，他跑進叢林。

他得撒泡尿。

第四圈時，他跑去睡覺。

最後一圈四百公尺，羅里似乎差不多醒了。他盯著克雷，又看著我，輕蔑地搖頭。

在火紅的跑道上，我說：「你到底有什麼毛病？」

他又露出那個假笑。

「你弄錯了。」他邊說邊瞥了克雷一眼。不過他要攻擊的對象是我。「馬修，」他說：「你是在開玩笑吧？你一定知道他為什麼跑不好啊。」他一副已經準備要過來搖晃我的模樣。「馬修，你快點想一想啊。就是那些美好又浪漫的事，他贏了全國大賽，但那他媽的又怎樣呢？他才不鳥那些玩意兒。」

怎麼會發生這種事呢？

但羅里哪裡知道自己竟能一語中的，一擊動搖鄧巴家的歷史。

「你看看他！」他說。

我看了。

「他才不想要這些……這……天啊。」他轉去看著克雷。「小子，你想要這些嗎？」

克雷搖了搖頭。

羅里不放過他。

他一手劈向我胸口。「他必須用這裡去感受，」忽然之間，他的心變得如此沉重、如此痛苦，那股力量彷彿來自鋼琴。「他必須受傷，必須痛苦，痛到差一點就會死的程度，」他說：「因為他媽的我們就是得這樣活著。」

我想跟他吵，但一句話都說不出來。

「如果你做不到，那我來替你做。」他有些生硬地呼氣吸氣，內心充滿掙扎。「馬修，你不需要跟著他跑。」他看著蹲在我身旁的男孩，看著他眼中的火焰。「你必須想辦法阻止他。」

那天晚上，克雷跟我說了。

我正在客廳裡面看《異形》[2]。

（還有什麼比這更令人毛骨悚然！）

他說他很感激，也很抱歉。我則對著電視說話，臉上掛著微笑，保持鎮靜。

「至少我現在可以休息了。我的腿和背痛得要死。」

我說了謊。我們假裝相信這謊話。

至於訓練的方式……簡直是太天才了。

一百公尺標線處有三個男孩。

兩百公尺站了兩個。

然後是羅里，他站在最後一小段跑道上。

但是要找到願意傷害他的男孩也不容易。克雷會帶著一身瘀青回家，半邊臉擦傷。他們會懲罰他，直到他露出微笑。他微笑的時候，就是訓練結束的時候。

■

有天晚上，我們在廚房裡。

克雷洗盤子，我負責擦乾。

「嘿，馬修，」他很小聲地說。「我明天要在奔伯羅跑步，沒人擋我。我要挑戰一下我贏全國大賽的那個紀錄。」

我……我沒有看他，但也沒辦法別開視線。

「我在想……」他說：「如果你不介意……」他臉上的表情道盡一切。「我想，或許你可以幫我的腳纏膠帶。」

隔天早上，我在奔伯羅公園看著，就坐在炎熱的看臺上。

我盡我所能幫他纏好膠帶。

我心裡同時想著，這是我最後一次這麼做。事實上這次也算特例。我的看法已經不一樣了。我來這裡只是為了看他跑步，就像李愛銳再加巴德。

而這次他比自己的最佳紀錄還快一秒鐘，就在這死氣沉沉、將要荒廢的跑道上。羅里看著他衝過終點線，笑了出來，手插口袋。亨利喊出數字，湯米帶著蘿希跑過去。他們都上前擁抱他，把他抱起來。

「嘿！馬修！」亨利大叫。「新的全國紀錄欸！」

羅里鐵鏽色的髮絲狂亂飛舞。

他眼睛的顏色稱得上多年來最優質的金屬。

而我走出看臺，跟克雷和羅里握了手。「老天，看看你的樣子。」我一字一句都百分之百認真。「那是

---

2 *Alien*：一九七九年上映的科幻恐怖片。

我這輩子看過跑得最棒的一次。」

克雷就在終點前的跑道上蹲下來等待。他靠得那麼近，都能聞到油漆的味道了。經過整整十二個月，他將回到這裡接受亨利的訓練，訓練內容包含一堆男孩、粉筆，外加賭注。

有好一會兒，此處陷入詭異的死寂，破曉轉為白晝。

他待在跑道線上，感受著那東西。

口袋裡完好無缺的晒衣夾。

克雷迅速起身，很快邁開步伐，走進眼前澄淨的天空之下。

兩扇大門

除了腳踏車密碼鎖，他還有兩扇大門必須去拜訪。第一扇屬於恩尼斯．麥安德魯，就在賽馬區外。

那房子是幾棟大房子其中之一。

年代久遠又美麗，屋頂上鋪了鐵皮，更有巨大的木頭走廊。

克雷繞著那區跑了幾圈。

那區的前院都種著山茶花，幾棵巨大的木蘭樹，幾個老派的信箱（關於這點，羅里肯定會同意他的看法）。

他沒有去算自己在那區走了幾回。就像潘妮，她也曾這麼走過。也像麥可，在某個晚上去拜訪某一扇大門。

那是一扇沉重的紅色大門。

時間一久，他便能看見門上的油漆筆觸。

其他人家的大門都十分耀眼。

而克雷知道，他自己家裡的不是這樣。

然後是第二扇門，那是在弓箭街斜對面。

泰德，以及凱瑟琳．諾維。

克雷在門廊上注視著那兒。他跟我一起工作，就這樣將好幾天鑄成好幾週，至今尚未重返奔伯羅。他沒去墓園，沒上屋頂，當然也不去圈圈。他滿心罪惡。

曾有一度，我退讓了，我問他要不要回去那座橋邊，克雷只是聳聳肩。

我知道，畢竟我曾經因為他離家揍了他一頓。

但是他必須完成那座橋，這件事清楚明白。

沒有人能這麼活著。

最後他終於邁步跨過麥安德魯的臺階。

有位老太太前來應門。

她頂著一頭染過的鬈髮。而我同意克雷的看法，只不過因為有人出來應門，這扇門就在突然之間變得十分耀眼。

「有什麼事嗎？」

克雷設想過最壞的狀況，也想過最好的狀況。他說：「麥安德魯太太，很抱歉打擾您，不過如果您不介意，我能跟您先生說句話嗎？我叫克雷．鄧巴。」

房子裡的老人認得這名字。

諾維家的人也知道他，但他們只有看過他的印象。那個屋頂上的男孩。

「進來吧。」他們說。他們對他非常體貼，簡直到了令人惱怒的程度。他們也對他很好，好到令人心痛。那兩人泡了茶，泰德跟他握手，問起他過得如何。凱瑟琳．諾維臉上掛著微笑。可是，那究竟是阻止自己赴死或阻止自己哭泣的微笑？或兩者皆是？他不太確定。

總之，克雷告訴他們時避談她那天到底是坐在哪裡。那天他們收聽南方的賽事，那匹龐然栗馬比賽失利……他的茶都冷了，他沒有喝。

他告訴他們週六晚上代表的意義。

他告訴他們第五場的鬥牛士。

他說他愛她，從她頭一次跟他說話起。還有這都是他的錯，都是因為他。克雷哽咽了，但沒有崩潰，因為他不配擁有眼淚或同情。「她墜馬前一天晚上，」他說：「我們在那裡碰面，在那裡脫掉衣服，然後——」

他沒說完，因為凱瑟琳．諾維（她金紅色的髮絲飄然）起身走向他，輕輕拉著他從椅子上起來，緊緊擁抱著他，拍拍他的短髮。非常溫柔，溫柔到他媽的令人心痛。

她說：「你來找我們了，你來了。」

對泰德和凱瑟琳．諾維來說沒有誰對誰錯，至少不怪這個可憐的男孩。

是他們帶她來到這座城市。

他們很清楚這有多危險。

■

然後是麥安德魯。

跟賽馬的合照。

與騎師的合照。

屋內照耀橘黃的光線。

「我知道你。」他說。此刻，那個男人看起來也彷彿縮了水，像是沙發上一根斷裂的細枝。下一章的時候，你將回到那一刻。麥安德魯曾這麼說過。「我跟她說，要除掉無用的枯枝。說的就是你。」他的頭髮是偏白的黃，臉上戴著眼鏡，一支筆插在口袋。那雙眼睛閃閃發亮，但一點也不快樂。「我猜你是來罵我的，是嗎？」

克雷坐在對面沙發看著他，僵硬地挺直了腰。

「不是的，先生。我是來跟您說，您是對的。」

麥安德魯吃了一驚，急切地望向對面，說：「什麼？」

「先生，我……」

「看在老天的份上……叫我恩尼斯就好。繼續說。」

「好吧，嗯……」

「我叫你繼續說。」

克雷吞了口口水。「這不是您的錯，錯都在我。」

克雷沒有告訴他他在諾維家說的話，但他很確定麥安德魯明白他的意思。「你知道的，她一直無法擺脫我，結果卻發生這種事。她一定是太累，或者沒辦法專心……」

麥安德魯緩緩點頭。「她在馬鞍上分心了。」

「是的，我想她分心了。」

「你前一天晚上跟她一起待在外頭。」

「是的。」克雷說完，便打算離開。

他才剛要走下臺階，恩尼斯和他太太就跑了出來。老人朝著他大喊。

「嘿！克雷・鄧巴！」

克雷轉過身。

「你絕對不知道這些年來我看過多少騎師因為別的事情分心，而且……」忽然之間，他湧上同情。「跟你的比起來，那些讓他們分心的事情差得多了。」他甚至步下臺階，兩人就這樣一起站在門口。「孩子，你聽我說。」這還是頭一次，克雷發現麥安德魯有顆銀色的牙齒，斜斜藏在右側深處。「我無法想像你怎麼有辦法過來這裡，告訴我那些話。」

「先生，謝謝您。」

「回來屋裡吧？好不好？」

「我最好回家了。」

「好吧。不過要是你有什麼事情，任何事情都可以，任何我可以幫得上忙的，你讓我知道。」

「麥安德魯先生。」

老人停下腳步，那張紙就夾在他的手臂下。他稍稍抬起頭。

克雷差點要問他凱莉到底有多棒（或者可能有多棒）。只是此刻他們都無法承受這些念頭。於是他試著講點別的。「您能繼續當練馬師嗎？」他問：「如果不能也沒關係，這不是您的……」

恩尼斯．麥安德魯強自振作，重新調整一下那張紙，走回小徑。他自顧自地說：「克雷．鄧巴。」

我倒是希望他可以講得更清楚點。

他應該講些關於法雅納的事。

（而大水就要來了。）

在泰德和凱瑟琳的家中，最後只找到以下這些：

打火機，那個盒子，克雷的信。

他們並不知道。因為他們還沒動過她的床，那個盒子就在床底下的地板。

第五場的鬥牛士。

第八場的凱莉．諾維。

京士頓城沒辦法贏。

泰德摸著那些字句。

不過，對克雷來說，最令他困擾、令他無法放下的，是在盒中又找到兩樣東西的那一刻。其一，是他父親給的照片，橋上的男孩。第二樣東西則是他從來沒給過她的，那其實是她偷來的，而他永遠不會知道這到底是在什麼時候發生。

那東西是很淡的綠色，已經有點鬆。

她去了那裡。她去了弓箭街十八號。

她他媽的偷了一個晒衣夾。

六個亨萊

就泰德和凱瑟琳．諾維的觀點，命運會自己做出抉擇。如果她不是師承麥安德魯，也會出現其他練馬師。也許這已經是最好的情況。

他們告訴她時是在廚房，伴著幾杯咖啡。

時鐘在身後大聲滴答響。

那女孩盯著地板，露出微笑。

快滿十六歲的十二月初，她站在草皮上。這裡是城市的賽馬區，烤麵包機的插頭垂在她腳邊，她停下腳步，定睛凝望，開口說：

「快看，」她說：「對面的屋頂上……」

當然，下回是她過街走來的那晚。

「就這樣？你不想知道我的名字嗎？」

第三次是在週二清晨。

她是直到隔年初才開始學徒生涯，但是早在麥安德魯指示的好幾週前，她就開始跟著三色俱樂部的男孩晨跑了。

他的名言就是：「騎師和拳擊手，他媽的這兩種人差不多是一樣的啊。」這兩種人都為重量瘋狂，都必須為生存奮鬥，危險與死亡都近在咫尺。

十二月中旬的那個星期二，她跟著領口一圈汗的拳擊手一起跑步。她的髮絲飛散（她幾乎沒在綁頭髮的），努力跟在他們身後。他們跑過海神路，那條路上總能看見煙，來自麵包店和冶金舖。而在夜行軍大道的街角，克雷先看見了她。那時他還是獨自訓練，凱莉則穿著短褲與無袖上衣。她一抬起頭就發現他在看她。

她的上衣是褪色的藍。

她的短褲是牛仔褲剪成的。

那一瞬間，她轉頭看著他。

「嘿，小子！」其中一個拳擊手跟他打招呼。

「嗨，各位。」他則小聲地對凱莉打招呼。

下一回，他在屋頂，天色快要黑了，氣溫很暖和。他爬下來找她。凱莉一個人站在小徑上。

「嘿，凱莉。」

「嗨，克雷・鄧巴。」

空氣一陣顫動。

「妳知道我姓什麼？」

他又注意到她的牙齒（不太整齊），還有那對海玻璃。

「喔對啊，你也知道的，大家都認得你們鄧巴家的小孩。」她差點要笑出來。「你們真的窩藏騾子喔？」

「窩藏？」

「你耳朵沒聾吧？」

她偷襲他！（是個小小的、快樂的偷襲。）

他樂意回答這個問題。

「沒有。」

「你們沒有窩藏騾子？」

「沒有，」他說：「我是說我沒聾。那頭騾子我們已經養了一陣子，我們還養了邊境牧羊犬，貓咪，鴿子，和一條金魚。」

「鴿子？」

他往回走。「妳耳朵沒聾吧？牠叫泰勒馬庫斯。我們家的動物名字都很爛，妳絕對沒聽過這麼糟的，大概只有蘿希例外。喔，阿基里斯也是例外。阿基里斯這名字很美。」

「阿基里斯是那頭騾子的名字嗎？」

他點頭。女孩靠得更近，然後轉身，走向郊區。

他們想都沒想，就這樣散起步來。

兩人走到弓箭街口，克雷看著她牛仔褲下的雙腿。畢竟他也是個男孩子，會注意這些。他也看見了她纖細的腳踝，和穿舊的帆布鞋（Volley牌的）。他注意到她身上的無袖汗衫隨著她的姿勢移動，還瞄了衣服底下的東西。

「只要一想就覺得很棒，」她站在街角說：「竟然可以住在弓箭街。」街燈的光束把她照亮。「跟第一匹冠軍馬同名，就是在那場讓舉國停頓的賽事。」

那時的克雷想讓她對他刮目相看。「牠贏了兩次，第一屆和第二屆。」

是有點用，不過只有一點點。

「那你也知道牠的練馬師是誰嗎？」

這個問題他完全答不出來。

「是梅斯特，」她說：「他贏了五座冠軍，但沒半個人知道。」

他們接著走遍了賽馬區，走過每一條以純種馬命名的街道。海神是匹冠軍馬。他們也喜歡路上許多商店的名字，比方**馬鞍與三叉戟咖啡店**、**馬頭縫紉用品店**，還有個當仁不讓的現役冠軍，理髮店**賽馬區短打**。

海神路底靠近哀懇大道（這條路通往山丘上的墓園）的地方，右側有條小岔路，那裡有個叫巴比巷的巷子。凱莉在巷口停下來等他。

「太完美了，」她靠在圍籬上，身體壓著柵欄。「他們把這裡取名巴比巷。」

在她身邊不遠處，克雷也倚著籬笆。

女孩望著天空。

「法雅納，」她說。克雷本以為她快哭了，卻看見了她的眼睛，沉醉在那片綠色之中。「你看，這甚至不是什麼大街，只是小巷，他們卻用了牠的馬廄名。誰會不愛呢？」

有那麼一會兒，周遭幾乎是無聲狀態，只餘城市衰敗的氣息。克雷當然知道，我們大部分人都知道這個故事，那是我們國家的名馬。他知道法雅納贏過幾場比賽，知道賽馬會逼牠超出負重範圍，差點害牠瘸了腿。他也知道在美國發生什麼事，知道牠是怎麼出國贏了一場比賽，隔天就死了。（不過實際上拖了超過兩週。）克雷就跟大多數人一樣，要是談到勇敢，或是什麼都願意嘗試，他非常喜歡大家常講的那句話：

他的心臟該死的就跟法雅納一樣大。

但是那晚，當他們倚在平凡無奇的小巷旁，凱莉講起了他不知道的事。

「你知道嗎，法雅納死掉的時候總理是喬瑟夫・萊昂斯[3]。那天他贏得高等法院的裁決，可是現在再也沒人關心這件事了。他走下法院階梯，有人問起這件事，他說『法雅納死了，贏了高等法院裁決又有什麼用呢？』」凱莉抬起頭看向克雷，再望著天空。「我真的好愛這個故事。」

而克雷一定得問那個問題。

「妳覺得牠是被謀殺的嗎？就跟大家說的一樣？」

凱莉只是嗤之以鼻。

「才不。」

她很開心（同時傷心得要命），也很堅定。

「牠是匹偉大的馬，」她繼續說：「也是完美的傳說。如果牠還活著，我們就不會這麼愛牠。」

他們就這麼離開圍籬，穿過整個賽馬區，走了好長一段路，從塔洛奇走到卡賓，最後到奔伯羅。「他們竟然用馬的名字幫田徑場命名！」凱莉每匹馬都曉得，她能背出每匹馬的紀錄，能告訴你牠們高幾個掌寬、體重多少，是不是一起跑就會衝在前頭，還是會先等待機會。在彼得潘廣場，她告訴他彼得潘當年就跟法雅納一樣受人喜愛，牠有金色的鬃毛，和特別愛炫耀的個性。在空蕩蕩的鵝卵石廣場中，她將一手放上雕像的鼻子，注視著達比・蒙洛。她告訴克雷說，這匹馬曾經輸過一場，因為牠和羅吉拉（牠主要的對手之一）在

3 Joseph Lyons：澳洲第十任總理，任期自一九三二年一月至一九三九年四月。

直線賽道上一路糾纏，然後牠咬了可憐的老羅吉拉。

她的最愛絕對是覺士盾（這場賽事是賽馬純粹主義者的心之所屬）。她聊到那些偉大的冠軍，碎骨機，壯碩的神聖和神威，以及偉大的京士頓城，牠連續三年奪冠。

最後她告訴他那個故事，泰德，還有那匹叫西班牙人的賽馬。她說了他是怎樣笑了又哭、哭了又笑。最後他們來到白金礦隧道。

有時我會想像那個場景，克雷稍微殿後，看她通過隧道。我看見橘色的燈光，聽見穿行的火車。某部分的我甚至覺得他正看著她，把她的身體看成畫筆，頭髮是紅褐色的刷毛。

但我就停在這個地方，收拾自己的心神。他則輕輕鬆鬆趕上她。

你大概可以猜到，之後他們便形影不離。

她頭一次爬上屋頂的時候，也是他們第一次去圈圈的那天。她將見到我們，並摸了偉大的阿基里斯。

那是一年之初，她開始每天的訓練行程。

恩尼斯．麥安德魯我行我素。有些練馬師說他不正常，其他人則說了很多不好聽的話。他們指控他太有人性。你真是不得不喜歡賽馬區的人，真的。因為很多人都會這麼說：「我們賽馬區出身的不一樣啦。」

她會在淩晨去軒尼詩報到，隔天五點則是三色俱樂部。

她必須接受馬術教育和測驗，但還沒能完成晨練。根據恩尼斯的說法（用他那一絲不苟的語氣），你絕不能誤把軟弱當耐心，或以為等得太久是一種保護。他自有一套訓練理論和保護騎師的時程。他說，那些馬廄總是要人清掃。

晚上，他們常在賽馬區散步。兩人會走到埃普索姆路。他會說：「我們就是在這裡找到牠的，史威尼真是會拼字！」

他們回到家，她見了阿基里斯。克雷帶著她安安靜靜穿過屋子。早些時候他跟湯米一起打掃過了。

「那是……」亨利說：「女生嗎？」

他們躺在那裡看《七寶奇謀》[4]。

就連羅里也大為震驚。「剛才是有個女人穿越我們家嗎？這裡是發生什麼事啦？」

我們全都蹦蹦跳跳地跑到後院，而那個女孩……她從毛刷上抬起頭，走了過來，半是嚴肅，半是緊張。

「剛剛沒停下來跟你們打招呼，很抱歉。」她看了看我們每個人的臉。「很高興終於見到你們了。」那頭騾子推開我們，站到中間，就像那種不受歡迎的親戚，在那邊等她揉揉牠的身體，一臉嚴厲地看著我們，表示：

> 你們這些混帳別打擾我們好嗎？
>
> 這真他媽的棒透了。

圈圈有些變化，那張床解體了。

床架被偷走、燒掉。我猜鐵定是那些渴望火焰的小孩。這對克雷來說正好，因為這樣床墊更不容易被發現。他們走到那兒，默不作聲地站著。女孩問說能不能坐在床邊。

「當然，」他對她說：「當然可以。」

「你是想要告訴我你有時候會過來這裡睡嗎？」她問。

克雷本來還帶著點防衛心，但覺得用在她身上似乎沒什麼意義。

「對呀，」他說：「我會睡這兒。」凱莉把一隻手放在上面，好像只要她想，就能扯下一角。她接下來要講的話無論換成誰來說，都沒辦法說得好。

她低頭看著自己的腳，直接對著地上說話。

---

4 *The Goonies*：一九八五年上映的美國電影。

「這是我聽過最奇怪也最美麗的事。」然後……或許過了幾分鐘吧。「嘿，克雷？」他望向她。「他們叫什麼名字？」

兩人安靜又冷靜地坐在床墊邊，感覺像是過了好久好久，夜晚即將降臨。

他說：「潘妮．鄧巴，麥可．鄧巴。」

克雷帶她去看他喜歡坐在屋頂的哪個地方，那裡有點藏在屋瓦之間。凱莉仔細傾聽，同時注視著這座城市。她看見了那幾道刺眼的光線。

「看那邊，」她說：「奔伯羅公園。」

「還有那邊，」克雷無法阻止自己。「那是墓園。如果妳不介意，我們可以去一趟。我會告訴妳該怎麼走到墓碑。」

他有點內疚，因為他害她傷心難過，程度甚至超過他已經感受到的內疚。但凱莉顯然喜歡他的坦白，她讓克雷覺得，能認識他彷彿是她的榮幸。她沒有錯，我很高興她沒有錯。

有些時刻，克雷會覺得撕心裂肺。他藏了那麼多心事，卻在此刻全數湧出。她能看見他的內心，看到其他人看不見的部分。

那是發生在夜晚的屋頂。

「嘿，克雷？」她看著遠方的城市。「你口袋裡面的是什麼？」

她太急了，早了好幾個月。

在三月底的奔伯羅公園，她跟他賽跑。

她就像個有辦法跑四百公尺的女生，而且一點也不在意跑步帶來的痛苦。

他追逐她雀斑的輪廓，看著她骨感的小腿。

等到通過擲鐵餅的網子，克雷才繞過她身邊。凱莉說：「你竟敢讓我！」可他沒有，他趁機加速，兩人最終在終點線彎下腰，感受疼痛。他們的肺部發疼，又充滿希望。他們來到這裡就是想要這個感受。

一雙灼熱的呼吸。

她投來眼神，說：「再來嗎？」

「不，我認為再一次我們就不行了。」

那是她第一次對他伸出手。她勾住他的手臂，克雷真希望她知道自己的這個動作多麼正確。

「謝天謝地，」她說：「因為我快死了。」

接下來，進入四月，她一直在為這個賽馬日存錢。

「等到你見過這匹馬再說。」她說。而她講的當然是鬥牛士。

她很愛觀察投注站和賭客，看著那些亂花錢的五十來歲男子。他們個個不修邊幅，抓著屁股，聞起來就像喝醉的西方人，腋下養了整個生態系統。她會帶著憂傷與喜愛之情注視他們……太陽在他們身邊落下無數次。

而她的最愛就站在圍欄邊。凱莉背對看臺，看著馬群進入直線賽道。

彎道的聲音聽來就像土石流，那些絕望的人大聲叫嚷。

「快啊，口水塞，你這混帳！」

總有一波長長的聲浪，有歡呼與嘲弄，有愛有失落，以及張大了嘴喊出的各種呼聲。那些人的體重增加到極限，全裹在衣服與外套中。菸蒂丟了滿地。

「挪動那個他媽的屁股啊，你這騙子！快跑啊小子！」

贏家贏得彩金，輸家只能坐下。

「來啊，」她初次開口。「你該來見見這傢伙。」

馬廄位於兩座大看臺後方，幾排馬棚占去大半空間。馬都待在馬廄裡，不是在等待自己的賽事，就是等著恢復元氣。

三十八號欄位，牠眼睛眨也不眨地站在那裡。牠體型龐大，電子看板上顯示鬥牛士，不過凱莉叫牠瓦力。彼提．希姆，這名馬伕穿著牛仔褲和破爛的馬球襯衫，腰上繫一條皮帶，脣上叼著一根菸，朝向上方。

他一見到那女孩就笑開。

「嘿，凱莉小鬼。」

「嘿，阿彼。」

克雷看得更清楚了。那匹馬是淺栗色，臉上劃了一道白色閃電，猶如裂縫。牠輕輕抽動耳朵，甩開蒼蠅，牠皮毛光滑，但布滿了血管。那樹幹般的腿被鎖著，鬃毛經過修剪，比多數的馬匹更短，那是因為跟馬廄裡的其他馬比起來，牠更容易弄髒自己。「就連灰塵都愛牠！」彼提之前這麼說過。

看到克雷靠近，那匹馬終於眨了眨眼。牠的眼睛大而深邃，是那種在馬身上才會看到的溫柔。

「來，」彼提說：「來拍拍這個大混蛋。」

克雷看著凱莉，等她許可。

「去吧，」她說：「沒關係的。」

凱莉自己先來，讓克雷知道其實不用怕。實則就連要碰牠都是一次正面對決。

「這匹他媽的馬真是他媽的愛她。」彼提說。

這跟拍拍阿基里斯完全不一樣。

「這大傢伙怎麼樣？」

身後那道聲音又乾又啞，有如沙漠。

麥安德魯。

深色西裝，淺色襯衫，一條從青銅時代用到現在的領帶。

彼提沒有回答，他知道那個老人沒想聽回答。他只是在跟自己說話。老人漫步走進馬廄，雙手撫過馬身，再彎下身檢查馬蹄。

「精確無誤。」

他起身看著凱莉，再看看克雷。

「這傢伙是哪位？」

女孩態度雖溫柔，但很不馴。

「麥安德魯先生，這位是克雷・鄧巴。」

麥安德魯微微一笑。那是個有如稻草人的微笑，但又不只這樣。「唔，」他說：「小鬼們，好好享受吧，你們也只有現在了。到了明年……」他的語氣變得更嚴肅。他對凱莉比著克雷。「明年就得斬除掉。妳必須除掉無用的枯枝。」

克雷永遠忘不了這番話。

那天的賽事是普雷茅斯二級賽。對許多參賽者來說，二級賽事規模盛大。但對鬥牛士來說那只是熱身場。牠的賠率是二賠一。

牠的騎師身穿黑色和金色。

黑色上衣，金色袖子。

凱莉和克雷坐在看臺上。一整天下來，這是她頭一次感到緊張。騎師上馬後，克雷看著下方上馬區，看到彼提揮手要她過去。他跟麥安德魯一起站在圍籬邊，於是他們穿過人群往那裡去。克雷看著大門打開，麥安德魯擰著他的手，看著他的鞋子。

「到哪裡了？」他說，彼提回答。
「目前第三。」
「很好。」下一個問題。「領跑的是？」
「堪薩斯市。」
「媽的！那頭老黃牛。這就表示這場很慢。」
此時播報員證實了這點：
「堪薩斯市第一，再來半杯水，然後一個馬身之後的是藍色木工……」
此時麥安德魯又問。「牠看起來怎麼樣？」
「他們在鬥。」
「該死的騎師！」
「不過他還是處理好情況了。」
到了彎道，似乎已經沒什麼好擔心。
「媽的，這樣好多了。」
「鬥、牛、士、來、了！」
（播報員很清楚該怎麼利用停頓。）
就這樣，那匹馬領先，牠超了過去，拉開差距。騎師艾羅爾．巴納比抬高臀部，站起來騎。
老麥安德魯鬆了一口氣。
接下來是彼提常說的話，嘴砲滿天飛。
「你覺得牠是不是可以參加女皇錦標賽了？」
麥安德魯的五官皺了一下，隨即離開。
最後一注可說是凱莉的囊中物。

她不知道什麼時候下了個一元，後來把彩金交給克雷，他們在回家的路上全花光。兩元加上零錢湊一湊，熱薯條配一小堆鹽巴。

果不其然，那是鬥牛士最後一年參賽，而且牠每場都贏，幾場特別重要的賽事除外。就是那些一級賽。

牠每場一級賽都碰上當代（或者任何時代）最偉大的名駒。牠體型很大，毛色很深，氣宇軒昂，舉國上下都愛牠。國民無論什麼事都想到牠，並拿來跟許多名駒相提並論。

京士頓城和白金礦。

魚子精華和法雅納。

牠的馬廄名叫賈姬。

賽場上牠叫紅心皇后。

沒錯，鬥牛士是匹不同凡響的馬，卻被拿來跟另一匹馬相比，也就是精力充沛的棗紅馬「名冊」。這匹馬老輸給魚子精華。

對恩尼斯．麥安德魯和馬主來說，他們別無選擇，只能讓牠上場。距離恰當的一級賽就剩這麼幾場，每場都碰上紅心皇后。牠也一樣未嘗敗績、無人能及，而且總能超前其他對手六、七個馬身。假使牠輕鬆衝線，那就是兩個馬身。牠以一個馬身的距離擊敗鬥牛士，還有一次只贏半個馬頭。

牠的騎師身穿彩衣，顏色就像撲克牌。

白配紅，妝點黑色愛心。

當兩匹馬站在一起，牠使得鬥牛士看起來像個小男孩，或至多是個笨拙的年輕人。牠的毛色是超乎你想像最深的棕，可能還會讓人誤以為牠其實是黑的。

電視上會出現閘位的特寫鏡頭。

牠在其他賽馬之中一枝獨秀。

牠極度警覺，隨時緊繃。

接著是出閘一躍，牠旋即失去影蹤。

他們去看了第二場比賽。秋天的施密富錦標賽，鬥牛士看起來有很大的機會擊敗牠。騎師過彎前就領著牠衝出去，領先的勢頭恍若無法超越。不過紅心皇后把牠遠拋在後，五六大步之內取得領先，接著再也沒有落後。

回到馬廄，一群人圍著十四號，賈姬，紅心皇后就在裡面。四十二號處只有幾個徘徊不去的熱中人士，如彼提．希姆、凱莉，和克雷。女孩的手撫過牠的閃電。

「小子，跑得很棒。」

彼提表示贊同。「我以為牠追上紅心皇后了，牠跟那些馬不一樣。」

兩邊中間，大約在二十八號，有兩位練馬師站在那裡握手。他們講話時都沒看對方。

克雷莫名喜歡那個場景。

比起賽馬，他更喜歡那個場景。

深冬之時，那匹馬再度輸給牠的剋星，這次輸得一敗塗地，輸了四個馬身。牠只超前其他對手那麼一點。接下來牠就進入輪休時期。他們去了光手臂，在沙發上看了天空電視臺的電視直播。那是澳洲北方昆士蘭省舉行的賽事。

「可憐的老瓦力。」她說，然後喊了酒保（他叫史考堤．畢爾）。「嘿，來一、兩杯啤酒聊表慰問，你說怎麼樣？」

「慰問？」他笑了。「紅心皇后贏了啊！而且你們未成年。」

凱莉露出一臉厭惡，是因為第一句話，不是第二句。

「克雷，我們走。」

酒保看著那個女孩，又看著克雷。史考堤．畢爾和男孩都長大了，所以他有一瞬間認不出克雷，不過他知道，那兩人之間並不單純。

等到他終於想起來，他倆已經要走到門口了。

「嘿！」他叫著。「是你。你跟他們一起，那是幾年前的事了，對不對？」

先開口的是凱莉。

「『他們』是誰？」

「七杯啤酒！」史考堤．畢爾喊著。他的頭都要全禿了，克雷回過身對他說：「她說那些啤酒很好喝。」

我之前跟你說過什麼呢？

凱莉．諾維總能讓你據實以告，但克雷是她碰過最棘手的一位。酒吧外，他倚著光手臂的磁磚，她則跟他一起靠牆站著。他們站得很近，手臂相觸。

「什麼七杯啤酒？那個人在講什麼啊？」

克雷把手伸進口袋。

「為什麼？」她問道。「每次你不安，就會伸手去碰口袋裡那個不知道是什麼的玩意兒？」她看著他，緊迫盯人。

「沒什麼玩意兒。」

「不對，」她說：「才不是。」

她搖搖頭，決定賭一把。她把手往下伸。

「住手。」

「喔，克雷，別這樣！」

她笑開來，用手指去觸碰那個口袋，另一手伸向他肋骨。當你看見某人情緒上來、表情大變，總有種糟糕又焦慮的感覺。克雷抓住她，把她推開。

「住手！」

他叫得像隻受驚的動物。

女孩往後跌，結巴了。她一手撐著自己，以免跌到地上，但是拒絕讓人拉一把。女孩往後跌坐到牆邊，縮起膝蓋。他開口說：「我很抱歉……」

「不，別道歉。」她以凶狠的眼神看著身邊的男孩。「克雷，不要道歉。」她受了傷，所以也想傷害他。「你到底有什麼毛病？你為什麼要這麼……」

「這麼什麼？什麼啊？」

他媽的這麼怪咖。

全世界的年輕人都是這麼講話。

這句話就像傷口，裂在他們之間。

之後，他們肯定在那裡坐了整整一小時。克雷不知道該怎麼和好，也不知道能不能和好。衝突帶來某種類似紅腫發炎的氛圍。

他輕輕拿出晒衣夾，握在手中。

他把晒衣夾放在她的大腿上。

「我什麼都可以跟妳說。」克雷說，不過聲音很細。「什麼都可以，就這件不行。」他們看著擺在中間的夾子。「七杯啤酒、她的每一個綽號……她爸爸是怎麼留著史達林的鬍子。她說那些鬍子好像在他嘴上生了根。」

她稍稍軟化，微微一笑。

「她曾經這麼形容過。」他的聲音聽來比較像說悄悄話。「可是那個晒衣夾不行，現在還不行。」這是他唯一能夠接受自己的方式。克雷在心裡對自己說，要是哪天她要拋下他了，他就能對她說出一切，

「克雷，好吧，我會等。」凱莉起身，也拉著他站起來。她原諒他的方式就是表現得冷酷無情。「現在就把其他事都告訴我。」她一副沒什麼人會這麼講的口氣。「把全部的事都跟我說。」

於是他就說了。

克雷跟她說出一切，說了目前為止我告訴你們的故事，以及我將要告訴你們的故事，只缺後院的晒衣繩。而凱莉做到了無人能做到的事情。她百分之百明白他為什麼說不出口。

下一回，當他們站在墓園中，兩人都捏著圍籬。她遞給他一小張紙條。

「我在想，」她說，而太陽漸漸退卻。「那個離開你父親的女人……還有她帶走的那本書。」

她的雀斑是十五個座標，最後一枚落在脖子上。就在那裡，就在那一小張皺巴巴的紙上，寫了一個名字和好幾個數字。她寫下「亨萊」。

「電話簿裡有六個亨萊。」她說。

裂隙

他醒過來。

他在冒汗。

他撥開層層被單。

告訴麥安德魯、泰德和凱瑟琳．諾維事實後，克雷只剩最後一個問題。

坦白這一切，只是為了他自己嗎？

就算是在最陰鬱的時刻，他也相信，這麼做是出於必須。他們應該知道事情為何發生。

而今，好幾個夜晚之後，他醒過來，感到她壓在他身上。

那女孩壓在他胸口。

那是一場夢，我知道那是一場夢。

純粹是他想像出來的。

她帶有馬匹與死亡的氣息，卻又如此鮮活、栩栩如生。他知道，因為她很暖。她沒做什麼動作，可是他感覺得到她的氣息。

「凱莉？」他說，她動了動，睡眼惺忪地起身，坐到他旁邊。那牛仔褲，閃閃發光的手臂，與她初次走過來那天一樣。

「是妳。」他說。

「是我……」可是她卻在此時轉身而去。克雷摸著她紅色的頭髮。「我之所以會在這裡，是因為你殺了我。」

他倒進被子中，倒在床上，卻被扯進裂隙。

後來克雷又開始跑步。一早跟我上工前，他會去跑。他的推論非常合理，跑得越用力、吃得越少，越有機會再見到她。

問題是，他再也沒見到她了。

「她已經死了。」

他悄聲說。

有幾天晚上，克雷走到墓園，手指緊緊捏著圍籬。

他想再見那女人一面，回到一切的開始，回到先前那時候，遇到那個跟他討鬱金香的女人。

妳在哪裡？他差點就要問她。

我需要妳，妳人在哪裡？

他曾經深深望進她的淚痕，以及眉毛上方的皺紋。

但克雷反而去了奔伯羅。

他每天晚上都這麼做。

最後，過了兩、三個月。克雷在半夜站在跑道。風呼嘯著、吹襲著，漸漸變強。天上不見月亮，只有街燈。他站在靠近終點線的地方，再轉去看那長長野草。

一時間，他讓手臂滑進草叢（真是冷得扎手）；一時間，他聽見了聲音，那聲音清清楚楚喊著克雷。一時間，他想相信這件事真的發生了，於是也叫著「凱莉？」可是他知道不能過去。

他就這麼站在那裡叫著她的名字，叫了好幾個小時，直到太陽升起，直到確信這種感覺永遠不會消退。

他將這麼活著、這麼死去，心中再也不會有太陽升起。

「凱莉，」他輕輕呼喊。「凱莉。」風掃過他身邊，再徹底止歇。

「凱莉。」他輕輕呼喊，絕望更甚，做了最後一個無用之舉。

「凱莉，」他輕聲呼喊。「潘妮。」

在某處，有個人聽見了。

喜歡遊戲節目的女孩

過去，在他們交上朋友的那年，曾有過單純是「凱莉」與「克雷」的時刻。他們很親近，積極樂觀地生活。不過，也還是有很多「那種時刻」。克雷有時會停下來提醒自己，他不該墜入愛河。

他怎麼能覺得自己有資格墜入愛河？

沒錯，如果是在屋頂上、公園裡，甚至墓地中，若在這些地方說他們愛彼此並沒有問題。兩人會走過賽馬區的街道，那時不過十五、六歲，他們會碰觸彼此，但不接吻。

女孩覺得沒問題，給他肯定的信號。

她是眼神清澈的凱莉．諾維，他是眼中燃燒著火焰的男孩。

他們愛著彼此，親如手足。

提到電話簿那天，他們從最上面開始打電話給每個人。

沒有一個人的名字縮寫是A開頭[5]，因此他們決定每個都打，希望有機會找到她的親戚。

第四個就是他們想找的人了。

他叫派翠克．亨萊。

他說：「妳說什麼？找誰？艾比嗎？」

那通電話是凱莉打的，因為他們輪流播電話，她播第二和第四。凱莉強迫克雷先開始，他們兩人緊貼話筒，並聽出對方聲音裡的懷疑。肯定是他，其他人都是一副毫無頭緒。凱莉說他們在找一位來自羽頓的女士。不過對方掛了電話。

「看來我們得過去一趟了。」她邊說，又找起地址。「恩德森公園區，恩斯特廣場。」

那時是七月，她星期天請了假。

他們搭上火車和公車。

那兒有片田野和條腳踏車道。

那間房子在街角，就在一條死路的右手邊。

他應門時就知道是他們了。

他們在磚牆邊盯著他看。

他有著深色頭髮，身穿黑色T恤，以及偽裝成小鬍子的一道弧。

「哇！」凱莉．諾維說。她沒注意到自己就這麼脫口而出。「你看那八字鬍的尺寸！」

但派翠克．亨萊不為所動。

當克雷鼓起勇氣發問，這問題又碰上另一個問題。

「你們找我姊姊到底想做什麼？」

接著他仔細地看了克雷。克雷跟他很像，他察覺出氣氛轉變的瞬間。派翠克還記得麥可嗎？他不只是曾跟艾比結婚的男人，也是曾跟她一起在小鎮上散步的男孩。

無論如何，氣氛變得比較友善了。他們彼此自我介紹。

「這位是凱莉，」克雷說：「我是克雷。」這時派翠克．亨萊站得更近了。

---

5 艾比的英文原名是Abbey，姓名縮寫是A。

「克雷・鄧巴。」他一派隨性地說，只在姓和名之間頓了一下。這是陳述事實，不是確認。

她住在一個美輪美奐的街區。

她家占去那水泥巨人的好幾扇明亮的窗戶，很資本家的那種。兩個禮拜後，他們去了一趟（凱莉隔天休息）。那是一個八月午後，兩人站在那屋子嚇人的陰影中。

「這房子真是一路通往天國。」凱莉說。她跟平常一樣沒綁頭髮，血紅色的雀斑散發緊張氛圍。「你準備好了嗎？」

「沒。」

「快點啦，你看看你！」

她伸出手，這樣他們就能互勾手臂，就能變成麥可和艾比。

但他還是沒動。

「看什麼？」

「你啦！」

她一如往常穿著牛仔褲（那件褲子早磨舊了），絨布襯衫褪了色，再加一件敞開的黑色外套。

她在門鈴旁給了他一個擁抱。

「如果我住在這種地方，也不會把電話號碼登記上去。」她說。

「我想這是妳第一次看我穿襯衫吧。」他說。

「沒錯！」她勾緊了他們交纏的手臂。「你看吧，我不是跟你說過你準備好了嗎？」

他按下一八二號。

他在電梯裡不安地變換重心，緊張到可能會吐出來。等他站到走廊上就好多了。走廊粉刷成白色，鑲了深藍色的邊，盡頭可以看見這座城市，那是超乎你想像最棒的景致，到處都是水，海水，好像一伸手就能觸到天際線。

右手邊矗立歌劇院，左手邊就是它永遠的夥伴。

他們的視線從船帆落到衣架，有道聲音出現在身後。

「我的天啊。」

她的眼睛是親切的煙灰色。

「你看起來就跟他一模一樣。」

這座公寓屬於一名女子。

沒有男人，沒有小孩。

不知為何，這一點是如此明顯。

他們看著前艾比．鄧巴，並且知道她過去曾是個美人。他們看得出她的髮型漂亮，服飾高級，各方面都很迷人。儘管如此，她的愛與忠誠還是另有所屬。這人不是潘妮洛普，兩者沒有半點神似之處。

「你們想喝點什麼嗎？」她問。

他們齊聲說。「不用了謝謝。」

「茶或咖啡？」

是，她灰色的眼睛很美。

她的髮型就像電視裡看到的人一樣漂亮，鮑伯頭令人驚豔，你必須非常用力才能看見當初那個瘦得跟小牛犢一樣的女孩。

「可以喝牛奶配餅乾嗎？」凱莉說，試圖要讓氣氛輕鬆點。她跟艾比開玩笑，因為她覺得自己需要這麼做。

「嘿，小鬼，」那女人露出微笑（這是年長版本的她）。她就連褲子都很完美，再配上貴氣的襯衫。「我喜歡妳，不過妳最好別講話。」

克雷跟我講起這一切的時候，說了最好笑的部分。

他說電視開著，背景一直迴響著遊戲節目的聲音。她曾經很喜歡看《太空仙女戀》，如今喜歡的似乎是這個。他看不出那是哪個節目，那些人正在介紹參賽者，其中一個叫史提夫。史提夫是個電腦程式設計師，嗜好是滑翔賽和網球。他喜歡戶外活動和閱讀。

等到他們全部坐下，凱莉也冷靜下來，他們便閒聊了一會兒，聊學校和工作，還聊到凱莉的騎師學徒身分。但說話的人是克雷。艾比提到他父親，還有他曾是個多美麗的男孩，又是怎樣牽著狗走過羽頓。

「小月。」凱莉．諾維說，聲音很輕，幾乎像在跟自己說話。

克雷和艾比都笑了。

等到凱莉真的對她講話，便問了個尖銳的問題。「妳再婚過嗎？」

艾比說：「嗯，這樣好多了。」並回答：「是，我再婚過。」

克雷看著凱莉想，感謝老天，還好有妳在。他也覺得這裡簡直亮得看不見東西，實在是太亮了！陽光直接射進屋內，照著時髦的沙發和長長的流理臺，甚至咖啡機，彷彿它們都有一種聖光。他知道這裡沒有鋼琴。是啊，她什麼都有，但也什麼都沒有。克雷心意堅定，他會靜靜對抗這一切。

至於艾比，她看著外頭，為自己弄了杯咖啡。

「有的，我再婚過，一共兩次。」突然之間，她好像再也等不下去，便說：「過來，我想給你看個東西。」然後又說：「來啊，我又不會咬人。」克雷發現她帶著他走向臥室，有些猶豫。「這邊。」

對，來這邊沒關係，因為東西就在床的另一側，在牆上那一小塊地方。那個東西令他心裡一沉，接著把他的心緩緩抽走。

粗糙的銀色畫框中，那麼簡單，那麼柔和。

是艾比的雙手。

那是一張素描，那手看來彷彿枝條，但很溫柔。

彷彿枝條，但很柔軟，好像能躺在那雙手上。

她說：「他畫那張圖時我想應該是十七歲。」這是克雷第一次看見她，看見她那副皮相下的美好。

「謝謝妳讓我看這張畫。」他說。而艾比想趁著這氣氛做點什麼。她對克雷和潘妮一無所知，也不知道五兄弟以及那些吵鬧與混亂，外加鋼琴大戰，和臨終的一切。她只看到眼前這個男孩，因此不打算浪費機會。

她說：「克雷，我該怎麼告訴你呢？」她站在男孩和女孩中間。「我想告訴你我有多抱歉、有多蠢。但你來了，我也懂了。」有一瞬間，她看著凱莉，說：「他是個美麗的男孩，不是嗎？」

凱莉回望著她，把注意力放在克雷身上。她的雀斑不再焦躁不安，並露出令人聯想到海洋的笑容。而她一定會說「這是當然。」

「我也這麼覺得。」艾比．亨萊說。她雖遺憾，但並不自憐。「我想，離開你父親真的是我犯下最好的錯誤。」

後來他們真的喝了茶（實在沒辦法拒絕）。艾比又喝了些咖啡，接著跟他們談起自己。她在某間銀行工作。

「跟蝙蝠大便一樣無聊。」她說，而克雷可以感覺到她的痛苦，便說：「我兩個哥哥也是這樣說的。不過他們是說馬修的電影。」

她那雙煙灰色的眼睛微微睜大。

「你有幾個兄弟？」

「我們有五個人，」他對她說：「還有五隻動物，包括阿基里斯。」

「阿基里斯？」

「那頭騾子。」

「騾子？」

這時他真的比較放鬆了，凱莉直言不諱。「妳一定沒看過那種家庭。」或許艾比會因此受傷，因為她從沒活過這種人生。但是再這麼聊下去也可能會有些問題。所以他們都不打算亂賭運氣。他們沒有聊起潘妮，也沒聊到麥可。艾比先放下杯子。

她帶著滿滿的喜愛說：「看看你們兩個。」她逕自搖著頭笑，表示：你們讓我想起我和他。

她想著這事，克雷看得出來，不過沒說破。

她說：「克雷，我想我知道你們為什麼來找我。」

她走開一下，帶著《採石人》回來。

那本書褪成淡淡的古銅色，書脊綻開，但它的歷經風霜只是讓它更加迷人。窗外天色變暗了，她打開廚房裡的燈，從茶壺邊的牆上拿了把刀。

她在茶几旁溫柔地切開內頁。精準地沿著書脊切下第一頁，那頁寫著作者生平，再闔上書本，交給克雷。

至於那頁，她給他們看了。艾比說：「如果你們不介意，我想留下這一頁。」接著又說，「超級、超級、超級愛的人」她看起來像是傷感，而非不在乎。「我想我一直很清楚，你們知道的，這從來不屬於我。」

他們離開時，艾比目送他們出去。他們一起站在電梯外，克雷走上前跟她握手，然而她拒絕了。「就給我個擁抱吧。」

被她摟著的感覺很怪。

她比外表看起來柔軟，而且溫暖。

克雷永遠無法解釋他有多感激。他感激那本書，還有她的臂彎。他知道他永遠不會再見到她，就是這樣。最後的最後，在電梯向下前，她對著正在闔起的電梯門露出微笑。

最後的信

他永遠不會再見到艾比。

當然，克雷錯了。

從前從前，在鄧巴家……

喔，去他媽的！

總之，在凱莉・諾維的葬禮上，我們坐在教堂後頭。克雷以為沒人看見他，但他錯了。在那些真心哀悼的人、賽馬界人士和諸多名人之間，有個女人也出席了。她有著親切的煙灰色眼睛，穿著美麗的衣裳，還頂著令人眼睛一亮的鮑伯頭。

親愛的克雷，

我為很多事情感到遺憾。

我應該早點寫信給你。

凱莉的事，我很遺憾。

我曾叫她別耍嘴皮子，然後她就跟我說他的狗叫什麼名字……

後來（儘管這件事已經過了一年多）有那麼多人聚集在教堂，我站在門口的人群裡，看見你跟你的兄弟在教堂後頭。

我差點就要去找你了。我很後悔自己沒那麼做。

我跟你們兩個碰面時就應該告訴你，你們讓我想起麥可和我。你們靠得那麼近，我從這件事就看得出來，你們之間只隔著一條手臂的距離。你們會拯救彼此，你不會讓她受到我或任何事物傷害。在那座教堂裡，你好崩潰。我希望你一切都好。

我不會問你母親在哪裡，也不會追問你父親的下落。因為我很清楚，有些事我們只會留給自己，而且會特別瞞著父母親。

你不用覺得非回信不可。

我不會叫你按她希望的方式活下去，但你得活下去。去完成你必須完成的事。

不過你的確……我是這麼想的。你的確得活下去。

如果我說了什麼不該說的話，那我很抱歉，我先請求你原諒。

誠摯的

艾比．亨萊

克雷跑去奔伯羅，在跑道上待到天亮。沒過幾天他就收到這封信。那封信是親自送達，沒有郵票也沒寫地址。只寫了克雷．鄧巴，就這麼丟進信箱。

一週後，他走過賽馬區，走過整座城市，走到她家門口。他拒絕用門鈴，只是等著其他住戶，跟在某個人身後溜進大門，搭電梯到十八樓。

他在她家門口猶豫不決，花了好幾分鐘才敲門，而且敲得非常輕。她來應門還嚇了他一跳。就跟之前一樣，艾比和善又幹練。但是她的擔憂很快就掩蓋一切，她的髮絲和此處的光線都很致命。

「克雷？」她靠近他。她甚至連悲傷的時候都很美麗。「老天，克雷，你看起來好瘦。」

他用上了全部自制力才沒有再去擁抱她，只是這麼停在那扇溫暖的門口。克雷沒這麼做，他不能任憑自己這麼做。他可以跟她聊聊，這樣就好。

「我會照妳信裡說的去做，」他說：「我會活下去，完成必須完成的事。我會啟程完成那座橋。」

他的聲音就跟河床一樣乾啞，而艾比的反應很棒。她沒有問他橋是什麼意思，或叫他回答任何問題。

他張開嘴，想要再說點話，卻退縮了。他熱淚盈眶，又氣沖沖地抹掉眼淚，於是艾比．亨萊冒險一試、放手一搏。那些擔憂都滾到一邊吧！她願意一賭，賭上她在這團混亂中所占的位置，又或者，她只是想做出正確的事。所以，她做了以前也做過的動作。

她吻了自己的兩隻手指，放在他臉頰上。

那時，克雷想告訴她關於潘妮的故事，還有麥可，以及發生在我們身上、發生在他身上的一切。是，他想要把一切都告訴她，然而他只是跟她握了手，搭上電梯、邁開步伐。

鬥牛士對決紅心皇后

話說回來，就是這樣了。

他跟凱莉一起去找艾比．亨萊，看著她撕走《採石人》的第一頁，而他們永遠不會明白那代表什麼意思。最開始，那曾是另一個衡量標準，另一個開始之前的故事。好幾個月的時光朝他們流來，再溜過身邊離去。

春天時，牠們都回歸了。

鬥牛士，以及紅心皇后。

夏天時，儘管先前已經有人警告過凱莉，但等待還是令人心急。

她必須除掉枯枝，而克雷得讓她全心投入。

克雷會想個辦法。

你可能也猜到了。在中間插花的是一個持續出現的常數，也就是他們的最愛，米開朗基羅的書。她會滿懷愛意地叫他雕刻家或藝術家，或博那羅蒂家的第四個孩子（他最喜歡這一個）。

他們躺在圈圈。

他們在那裡看書，一章翻過一章。

他們帶著手電筒和備用電池。

為了保護日漸散架的床墊，她帶了一大塊塑膠墊。離開時，他們會在床墊上鋪好墊子，把整個床墊塞在墊子下。回家的路上，她會勾著他的手臂，臀部相碰觸。

到了十一月，歷史再度重演。

紅心皇后真是太棒了。

鬥牛士盡了全力。牠們比了兩場，牠都沒能出線。接下來還有一個機會，最後一場一級賽將在這座城市舉行，時間是十二月初，恩尼斯·麥安德魯正在訓練牠。他會說牠沒能出線是因為還沒準備好，這是他想要拿下的賽事。這場比賽的名字很怪。沒有盾，也不是堅尼賽，不是盃賽，也非錦標賽。這場比賽叫做聖安妮展示賽。這會是鬥牛士的最後一場賽事，十二月十一日，皇家軒尼詩的第五場比賽。

那天，他們按照她喜歡的方式，下了一元買第五場的鬥牛士。

她跟一個在抓屁股的傢伙下注。

他幫他們下好注，卻笑著跟他們說：「你們應該知道牠根本他媽的沒希望吧？牠要對上的可是紅心皇后。」

「所以呢？」

「所以他絕對贏不了。」

「他們怎麼說京士頓城的呢?」

「鬥牛士又不是京士頓城。」

但這時她稍微給他點好看。「我幹麼費事跟你這傢伙瞎扯?你最近贏過幾場?」

他又笑開。「不多。」然後一手耙過臉頰上的鬍鬚。

「我也這麼覺得。你甚至笨到沒說句謊話。不過,嘿……」她咧嘴一笑。「還是謝謝你幫我們下注。」

「當然當然,」他們分道揚鑣,那人又對著他們大叫著說:「欸,我覺得我可能被妳說服了!」

那天下午的觀眾是他們見過最多的一次,因為紅心皇后也要離開了。牠要去海外跑個一陣子。因此看臺上幾乎沒有空位。可是他們還是找到兩個位子,看著彼提·希姆,牽著那匹馬在上馬區繞圈。麥安德魯看起來很不爽,這是當然,但這也代表一切如常。

出閘之前,她握著克雷的手。

克雷則看著前方說。「祝你好運。」

凱莉捏了他的手一下,接著放開。那天馬匹一出閘,所有觀眾都站了起來,開始尖叫,下一秒賽況驟變。

賽馬跑到彎道,狀況不太對勁。

紅心皇后往前直衝,鬥牛士和牠背上黑金色的騎師亦步亦趨地跟著。這真的不太尋常,畢竟紅心皇后每個跨步都大多了。牠加快速度,可是鬥牛士還是跟著牠。

看臺上的人們陷入恐慌。

他們啞著聲音,近乎恐懼地呼喊著皇后。這不可能……不可能啊。

但事實就是如此。

牠們跑到直線賽道,只剩那兩個上下起伏的腦袋。

鬥牛士看起來贏了，聽起來也是一樣。所有觀眾正在大噓不已。

她看著他。

一手握著他。

她的雀斑好像快要爆開。

牠贏了。

她心裡這麼想，但講不出話來。幸運的是她沒開口，這是他們看過最棒的比賽，身為看臺上的一員也棒極了。他們知道有一首詩正適合這樣的心情。

好接近，那麼接近，可是就沒了。

不知怎麼，照片證明：紅心皇后的鼻孔率先抵達。

「牠的鼻孔，他媽的那個鼻孔！」之後，彼提在隔欄的邊上大叫。這次麥安德魯笑了。

他看見凱莉如此悲傷喪氣，於是走上前看看她（簡直是嚴加審視的程度）。她想他搞不好都要檢查起她的腳了。

「見鬼的，妳怎啦？那匹馬還活著不是嗎？」

「牠應該贏的。」

「沒有什麼應不應該。我們從來沒見過這種事、見過這種比賽。」他讓她看著自己，看著那雙稻草人般的冰藍眼珠。「未來有一天，妳會替牠拿下那場一級賽，知不知道？」

某種幸福就此展開。

「知道，麥安德魯先生。」

就這樣，凱莉・諾維，這個來自畫廊路的女孩，鄭重展開學徒生涯。從一月一日起。

她真的是全天候工作。

沒有時間分給任何事，或任何人。

她得騎馬，會有更多的晨練與出閘練習，在心裡乞求能上場比賽。打從一開始麥安德魯就跟她說：「如果妳來吵著要，妳就什麼都得不到。而且是永遠得不到。」

她會開心地低下頭、閉上嘴，乖乖練習。

至於克雷，他心意已決。

他知道她必須離開他。

他也能夠讓她離得遠遠的。

他計畫要再次開始訓練，越辛苦越好，亨利也準備好了。有天晚上，他們一起坐在屋頂上，一月小姐參與了一切。他們弄到便便公寓的鑰匙，賽事在奔伯羅公園重新登場。有錢，和許多賭注。

「說定了？」亨利說。

「說定了。」

他們握手，這動作合情合理，真的，因為亨利也放手了。他放下那位身體結構最為曼妙的女子。無論因為什麼，總之他已下定決心。

他把她摺起來，放在屋瓦傾斜的板子上。

十二月三十一號晚上，凱莉和克雷來到奔伯羅。

他們在破爛的跑道上跑了一圈。

看臺在日出光線中有如地獄，但你會很樂意走進那座地獄。

他們站在那裡，克雷捏緊那個晒衣夾，再緩緩拿出來。

他說：「我必須告訴妳。」接著他便把一切都告訴她。關於那總會襲來的大水。此時兩人距離終點線還有十公尺，而凱莉靜靜聽著。她隔著他的手捏緊了那個夾子。

克雷跟她講完整個故事之後，說：「妳懂了嗎？懂了嗎？我多擁有了一年時光，可是我從來不配得到這些，跟妳度過的一年。妳永遠不能跟我在一起。」他看著叢林般的內野，心中覺得沒什麼好吵的。凱莉・諾維永遠不會被打倒，馬可以輸，凱莉不行。你儘管因為這一點咒罵她，但我們很愛她，因為她接下來這麼做了。

她把他的臉轉過來，就這麼捧著。

她拿過夾子，握著它。

接著緩緩把夾子舉到脣邊。

她說：「天啊，克雷，你這可憐的孩子……可憐的男孩……」看臺點亮她的髮絲。「艾比・亨萊說得沒錯……她說你是美麗的。你難道不懂嗎？」她距離很近，語氣輕鬆，但完全發自內心。單是她懇切的話語就能讓你存活。那雙綠色的眼中滿是痛苦。「克雷，我永遠不會離開你的，你不懂嗎？你難道不知道我永遠不會離開嗎？」

克雷好像就要在那瞬間倒下。凱莉緊緊抱著他。

她只是這麼摟著他、抱著他，輕聲對他說話。他感覺到她身體的骨架。凱莉笑了又哭，又笑出聲。

她說：「去圈圈。星期六晚上過去那裡。」她吻了他脖子，印下那些字句。「我永遠不會離開你，永遠不會……」我喜歡將這樣的他們記在心裡。

我看見她抱著他，在奔伯羅公園緊抱他。

一個男孩，一個女孩，和一枚晒衣夾。

我看見了跑道，以及那把火，就在他們身後。

燃燒的床

弓箭街十八號裡，我非常興奮，又因悲傷而有些火大。

克雷正在打包。

好一會兒，我們一起站在老舊的後門廊上。蘿希趴在沙發，睡在中空的懶骨頭上，那玩意兒都磨壞了。我們的首要任務就是把它扔掉。

阿基里斯在晒衣繩下，以咀嚼的方式表達哀悼。

我們站在那裡，直到天際泛白。我們這位完美的兄弟一語不發，心中卻非常清楚，他很快就要離開。克雷告訴我們，他還有件事要辦。湯米應該要帶上松節油，不要帶火柴，接下來我們全都安安靜靜走出去。

我們走到圈圈，跟那些家用紀念品站在一起。

它們是那麼遙遠，那麼飽受摧殘。

我們走到床墊邊，站在他身旁，對那塑膠墊不置一詞。我們只是站在那裡，看他從口袋拿出打火機（另一個口袋仍裝著晒衣夾）。

我們一直站到湯米澆上松節油、火焰直往上竄為止。克雷拿著打火機蹲下。起初那張床頑強抵抗，但很快就狂燒起來。那個聲音就像拍岸浪花。

田野被點亮。

我們五人站在那裡。

五個男孩，加上一張燃燒的床墊。

我們留下圈圈，走回屋裡。

吹來的風根本不算西風。

克雷會自己去中央車站。

他熱情地擁抱我們每一個人，然後離開。

抱過湯米之後，他最後抱我。我們都叫他先等一下，雖然說這話的時機不同。我打開鋼琴蓋子，伸手去拿裙子裡的鈕扣。我知道，那本書得先等等。

他拿著那個來自維也納的扣子。

她再次回到抉擇時刻。

在他掌心，扣子磨損了卻又明亮如新。

至於湯米，在那之後過了將近十分鐘，我們站在門廊上看著克雷走掉，湯米做了件非常瘋狂的事。

他把海克特交給羅里照顧。

「來。」他迅速地說：「抱著牠。」

羅里和海克特都嚇了一跳，對彼此充滿不信任。他們仔細地打量對方，湯米則衝過屋子，又很快地跑回來。

我們站在那裡看著克雷。

湯米追在他身後跑過去。

「克雷！」他尖叫著說：「嘿，克雷！」

他當然牽了阿基里斯，那頭騾子竟然在跑步？太驚人了。牠在跑！那個男孩牽著牠衝過街道，蹄聲達達。克雷轉過身來迎接，他看著那男孩和那頭動物。

時間不到一分鐘，沒有半刻的遲疑。

本來就該這樣的。克雷伸手接過韁繩。

「湯米，謝了。」

音量很小，可是我們都聽見了。克雷轉過身，牽起牠，離開。而弓箭街就這樣迎來早晨。我們都走到湯米身邊，看著他們留下我們離去。

在那個離我們很遠的郊區，有個男孩牽著一頭騾子走在街上。他們啟程前往位於席佛的一座橋，將最晦暗的大水帶走。

第8部分

城市

+

流水

+

罪犯

+

拱型

+

故事

+

倖存者

+

橋梁

+

火焰

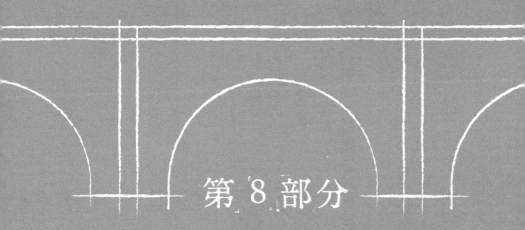

走廊上的胡鬧者

從前從前……至少這是我最後幾次這麼寫了，鄧巴家過往歷史的潮汐中，有個女人告訴我們，她就要死了。而就在那晚、在那個廚房裡，世界就此終結。地上躺了幾個男孩，他們渾身熱燙，接著太陽又在翌晨升起。

我們都起早了。

我們的夢就像飛行，就像亂流。

六點時，亨利和羅里差不多醒了，這兩位是我們最惡名昭彰、嗜睡如命的兄弟。

這時是三月，夏日餘波仍充斥各處。我們在走廊上站在一塊兒，細瘦的手臂，堅毅如錨的肩膀，我們站在那兒進退兩難，心中思索該如何是好。

我們的父親先做出努力，輪番將手擺上我們的頸子。

像要給我們某種安慰。

但問題是，當他走開，我們看到他抓住布簾，一手放在鋼琴上。他的手停在那兒，渾身顫抖。溫暖的陽光湧動，我們在走廊上，在他身後一語不發。

他跟我們說他真的沒事。

儘管如此，當他轉過來面對我們，那雙溼潤的眼中沒有一絲光芒。

而我們呢？

亨利、克雷和我穿著汗衫和舊短褲。

羅里和湯米只穿內衣。

他們穿這樣就去睡了。

我們的下顎都繃得緊緊。

整條走廊瀰漫某種倦怠感，被充滿雄性氣息的腿與脛塞滿。這幾雙腳都離開自己的臥室，排成一線，朝廚房前進。

她出來時，穿的是上班的衣服，牛仔褲，深藍襯衫，衣服上有一直排的金屬扣。她的頭髮在後方編成一條辮子垂下，彷彿已準備好上馬馳騁……之類的。而我們望著她，眼神小心翼翼。潘妮洛普實在是忍不住了。

她一頭金髮，辮子俐落，滿面笑容。

「你們這些人是怎麼搞的？」她問：「沒人掛點吧？」

最後的確有人掛點。

她笑了，但湯米哭了，她屈身靠近他、擁抱他，也靠向其他人，我們這些身穿汗衫與短褲並且正在墜落的人。

「太過頭了嗎？」她問，心中清楚的確如此，因為我們緊緊抱住了她。

她感到男孩們將臂膀收緊。

我們的父親無力地在一旁觀看。

席佛的騾

有個女人。

她是我們的母親。

許多許多年前——

在走廊上，在清晨時分。

還有克雷，在下午時分，在他的那條走廊，又或者換成他喜歡的叫法：廊道。

那有著魁梧尤加利樹的廊道。

載他去那裡的是恩尼斯．麥安德魯，他用的是卡車結合載馬拖車的交通工具。

克雷離家去見他至少過了三個月。

比較厲害的是，恩尼斯．麥安德魯又開始練馬。當他看到克雷和阿基里斯一起出現在軒尼詩，先搖了搖頭，再走過去，一時間什麼都顧不上了。

他說：「噯，瞧瞧是誰來了。」

他們大半路程都在寂靜無聲中前進。若開口說話，總是看著遠方，看著擋風玻璃外的景色。

克雷問了他那匹叫西班牙人的馬。

還有唱歌劇的帕華洛帝。

「怕什麼？」

他握在方向盤上的指節好蒼白。

「你就那麼一次叫了晨操泰德，就是你在畫廊路看到他的那回。你帶了兩個年輕的騎師去找他，記得嗎？你帶著學徒去看他，讓他們學怎麼騎馬？」但克雷將眼神從擋風玻璃移開，轉去看窗外，看著那巨大而空曠的世界。「有一次她把這個故事跟我說了。」

「噢，對啊，」恩尼斯．麥安德魯說，一臉深思地繼續開車。「那幾個騎師他嗶的沒路用。」

「他嗶的？」

「沒路用。」

接下來他們又開始各自傷痛。

不管是什麼樣的享受，都會帶來罪惡感。

尤其是因遺忘而產生的愉悅。

當他們開到叉路，克雷說他從這邊自己走就好，但恩尼斯死也不肯。「我想見你父親，」他說：「我想看看這座橋，我想看看這他媽的壯觀的橋……我們都走了這麼遠，我一定要看到。」

他們駛過開闊的山丘，轉進廊道，尤加利樹一如以往。它們聚在一起，等在那兒，恍如陰影中肌肉結實的大腿，像一支樹木組成的橄欖球隊。

當麥安德魯看見，他注意到了。

「老天啊，」他說：「瞧瞧它們。」

另一邊，在光線之中，他們在河床看到他。橋還是跟之前一樣，打從我將腳埋進那深及膝蓋的土中，好幾個月來都沒有進展。

橋的弧度、木材和石頭。

那些零件就杵在那兒，等著他們。

兩人從卡車上下來。

當他們站在河床邊看，先開口的是恩尼斯。「等橋造完，絕對會非常了不得，不覺得嗎？」克雷倒沒那麼誇大。

他只回了「是啊」。

■

他們打開拖車，牽著那頭動物出來，他們陪著牠走到岩床，騾子盡責地四處觀察，研究那乾旱的河。而克雷心中有兩個疑問。

「如何？」他問那頭動物。

「有什麼奇怪的地方嗎？」

怎說呢……那些該死的水去哪兒了？

但克雷知道水就要來了。而就某種程度來說，騾子也將明白這件事。

同時間，恩尼斯跟麥可握了手。

他們有一搭沒一搭地講話，猶如親友，好像兩人地位相當。

麥安德魯引述亨利說的話。

他指著馬轡和乾草，說：「也許你還可以拿那些玩意兒做點什麼，但這傢伙根本沒用。」

可是麥可．鄧巴知道該如何回答，他（幾乎是心不在焉地）看向克雷，他們之間唯一的默契就是那頭騾子。他說：「我得說，我不會把話講得那麼死，畢竟搞破壞、闖空門牠可是很擅長的。」

話說回來，那些罪惡感與羞恥感還在，而假使麥安德魯和克雷覺得必須暫時壓下，那麼凶手知道，他也應該這麼做。

有那麼一會兒，他們看著那頭騾子，慢吞吞又彎來繞去的阿基里斯。牠穩穩地走下河床，當場就開始幹活兒。牠彎下身，溫吞地嚼著。

麥安德魯沒想太多，他微微做了個動作，明顯是對著那名男孩開口。

「鄧巴先生，對牠溫柔一點，」這次他終於說出來了。「牠的心臟該死的就跟法雅納[1]一樣。」

麥可．鄧巴表示同意。

「一點也沒錯。」

十分鐘後，咖啡和茶都上了（但被婉拒）。麥安德魯啟程回家。他再次對男孩和男孩的父親揮手道別，開車回到樹林。克雷追在他後方。

「麥安德魯先生！」

卡車在樹蔭裡停下，那位瘦如掃帚的練馬師下了車。他從黑暗之中走到光亮之下，呼出一口氣。「我的上帝啊，叫我恩尼斯就好。」

「好，恩尼斯，」此時卻換克雷轉開眼神。他們兩人沐浴在陽光下，一個興奮的男孩，和一個老人。他說：「你知道——你認得凱莉……」然而，只不過是說出她的名字都令他心痛。「你認得她的腳踏車嗎？」

恩尼斯點點頭，靠近一些。「我還知道密碼鎖的密碼，是三五二七。」恩尼斯立刻認出這組數字。

這些數字代表那匹馬。

他走回停在樹蔭下的卡車。

「我會跟泰德說，也會跟凱瑟琳說，好嗎？但我不認為他們會接受。當你拿到那個東西、打開了鎖，東西就是你的了。」

他便這樣駕車離開。

他再次爬進卡車。

他伸出一隻細瘦的手，短暫舉起一下。

他對著車窗外的男孩揮手，那個男孩慢慢往後退。

---

1 Phar Lap。二十世紀初澳洲知名賽馬，後因遭人毒殺而死。

第一道陽光打上屋子之前

總之，他們給她六個月時間，也許那樣還好一點。這當然是長痛不如短痛，或者說，至少比她史詩級的哈特涅任務來得短暫。直接死，而不是等死。

當然了，這全都是些悲慘不幸的細節。

我幾乎不去注意這些。

那些藥看來看去都一樣，只有索引不同。我想，這就像是學另一種語言吧。當你看著某人離去，就像接受一種全新的訓練。你拿處方藥的盒子建起高塔，數算藥丸以及有毒液體的數量，在醫院病房待幾分鐘變成待幾小時，最後則開始思考最漫長的夜到底有多長。

我想，對潘妮洛普而言，差別只在用字。

像死神，和死神自己的行話。

她的藥就是藥局。

每道藥方又名矛盾修辭。

她第一次這樣講的時候是在廚房。潘妮簡直是以愉悅的心情在研究那些貼上貼紙的盒子。她大聲讀出藥名：毒性藥物、破壞性藥物、消化不良四〇九。

「嘿，」她把那些堆疊成塔的藥物排排站，這是她的第一試。她似乎覺得自己遭到詐騙（不如我們面對現實，她大概真的被騙了）。「對我來說它們聽起來都一樣。」

她用各種方式為它們想出完美的代號，這些玩意兒聽起來的確很像什麼密碼，例如矛盾什麼的。同時，這個行為也很可笑，竟然想要與之對抗，真是愚蠢，為了要活，你得先將自己置於死地。這些東西上頭實在應該附個警告，就像香菸一樣。服用此藥，慢慢死掉。

■

即使沒效，她還是做了一次手術，也算是先對住院來個暖身。

是說，如果有人提起醫院的氣味，絕對不要被糊弄。當你連衣服上都留有那種感覺，就會知道沒有最糟只有更糟。等幾個禮拜後回到家，醫院的味道還是會在，雖然就那麼一點。

有一次，某個早晨，羅里在餐桌上突然大抖一下。他們站起來時，他把手放下，潘妮洛普在桌子對面說：「你知道那代表什麼嗎？」她邊問邊瞪著那碗玉米片，實在不知道該不該吃下去。「那表示醫生在睡夢中翻了個身。」

「或者更糟，」爸說：「是麻醉醫生翻了身。」

羅里說：「是喔，」便去偷拿母親的早餐，沒有任何勉強地表示：「我最討厭那些該死的王八蛋了！」

「嘿！小鬼，你該死的把我的玉米片都吃了。」

她把碗推向他，對他眨了個眼。

之後，各種治療再次排山倒海而來。起先洶湧得像是不斷落下的鞭子，彷彿被暴亂吞沒的身軀，接著漸漸變成更專業面的嘗試，偶爾會有些突破。

但不久它們就像恐怖分子一樣來襲。

那是經過精密計算的混亂。

我們的母親好像在燃燒、在墜落。

一如發生在人身上的九一一。

又或者說，這個女人變成一個國家，你看著她漸漸脫離這副身軀。如同東方集團[2]末期的寒冬，危機來得又急又快。

2 Eastern Bloc。冷戰期間西方對中歐與東歐社會主義國家的泛稱。

爛瘡一個個冒出，像是戰場的土地。

它們展開閃電攻擊，爬滿背上。

那些藥的破壞力透過她維持身體恆溫的系統整個爆發，既灼燒她，又讓她受凍，接著癱瘓。當她從床上下來，立刻昏過去，她的頭髮在枕頭上鋪開，像鳥巢，又像落在草皮上的貓毛。

對潘妮而言，你能感覺出這對她來說是一種背叛，最糟的是，在那失去綠意的眼中有純然的失望。她怎能被如此辜負？被這世界，還有她自己的身體？

話說回來，就像《奧德賽》與《伊利亞德》，神總會介入，直到情況迅速轉為一場大災難。因此神也與她同在。她努力振作，讓自己更像過往的自己，有時她差點都要相信了。但不管怎麼樣，我們還是很快會厭倦。

醫院病房醜死了的照明。

那些好護士的靈魂。

我有多討厭他們走路的樣子。

那些女士穿的長筒襪！

但你不得不敬佩一些護士，有幾位，我們對他們抱著愛恨交雜的心情。即便是此刻，我正將發生的一切敲打出來，心中依舊感謝著每一個護士。我感謝他們將她從枕頭上抬起，小心翼翼，彷彿某種易碎物，他們握著她的手，跟她說話，並坦蕩蕩面對我們的恨，他們給她溫暖，排解她體內的火，而他們就跟我們一樣，將繼續生活，繼續等待。

某個早上，當整體狀況即將突破臨界點，羅里偷了一個聽診器，我猜是某種報復吧。那時我們的母親變得像是冒牌貨，她當時呈現黃疸的顏色，膚色再不如前。直到那時，我們才分辨得出黃與金黃有何差異。

她抓著我們的上臂（或說她抓著我們掌心與手腕的肉）。拜我們受過教育之賜，數算她雙手的指節與骨頭一點兒也不難。她透過窗戶望出去，看著明亮而無憂無慮的外頭世界。

見到自己的父親變了個人，也算某種奇觀。

看見他在各個地方彎著身子。

看見他用不同姿勢墜入夢鄉。

他往前靠著病床。

他雖吸入空氣，但不是真的在呼吸。

那麼多的壓力憋在體內。

那是一種極度疲倦的狀態，是遭受蹂躪的模樣，彷彿連衣服縫線都逸出嘆息。潘妮的頭髮再也無法恢復成金色，我們的父親也體格不再。他們都成了一片漸漸消亡的顏色與形狀。當你看著某人緩緩死去，便會知道消失的不只這些。

但是，她逃脫成功了。

她不知怎麼逃脫了這一切，走出醫院大門。接下來自是直接回到工作崗位，雖然死神仍與她同在。

它再也不用為了某個老傢伙掛在電線上。

或者守在電冰箱附近。

但它永遠都會在某個地方。

火車上或公車上，或某條小徑。

在去我們家的路上。

十一月，她恢復程度之驚人。

八個月後，她已經能夠正常生活。

的確有另一次為期兩週的住院，醫生不保證任何事，但有時會停下來跟我們說：

「我真不知道她怎麼辦到的，我從沒看過這麼……」

「如果你是要說不認命，」我們的爸爸說，非常鎮定地指著羅里。「那我就要……你看到那孩子了嗎？」

「看到了。」

「好，我就要叫他揍你一頓。」

「不好意思，你說什麼？」

醫生挺驚訝的，而羅里突然站起來，這句話比什麼嗅鹽還有用。

「真假？」他幾乎開始摩拳擦掌。「真的可以嗎？」

「當然不可以，我是在開玩笑。」

但羅里試圖要說服他。「拜託啦，醫生，一會兒就不會痛了喔。」

「你們這些人，」某個專科醫生說道：「真的是瘋了。」

他左邊傳來潘妮的笑聲。

她在笑著，也在壓抑疼痛。

「說不定……」她對醫生說：「說不定就是因為這樣，我才能辦到。」

她就像個裹著毛毯、開心又悲傷的小生物。

因此，當她回家，我們把整間房子裝飾起來。

有橫幅，有氣球，湯米還做了牌子。

「你把歡迎寫錯了。」亨利說。

「什麼？」

「你寫成歡近。」
潘妮洛普才不在意。
父親把她從車上抱下來，而且她還真的願意給他抱，這算是破天荒。第二天早上，第一道陽光打在房子上之前，我們都聽到了那個聲音。
潘妮在彈鋼琴。
太陽升起時，她彈著琴，我們打架時，她彈著琴。早餐的時候她也彈著琴，如此這般繼續下去。我們沒有一個人知道那是什麼歌，也許我們都搞錯了重點，當她彈琴，她就不再趨向死神。而就我們所知，死神很快會再回來，它正在一根根電線之間盪來盪去。
沒必要關窗簾，或鎖上任一扇門。
它在裡頭，它在外頭，它在等著。
它就住在我們家前面的門廊上。

與魔鬼訂契約

克雷從麥安德魯那裡跑回來時，我們的父親正跟阿基里斯站在一起，他問克雷還好嗎。
他對克雷說，他真的很想他。
「我不在時你都沒有動工嗎？」
「沒有。」他拍拍那頭騾子，動作小心翼翼。「這座橋可能需要上千人來建造，搞不好全世界都會來看……

可是他們都會知道這橋屬於誰。」他把那頭動物的牽繩遞給克雷。「只有你能完成。」

有好長一段時間，克雷站在外邊。

他看著阿基里斯吃東西。

夜色很快就要降臨在他們身上。

有一個想法一直揮之不去，起初他還不知道原因。

我猜他只是想跟他聊聊。

那是加爾橋的傳說。

曾經，在法國，當時那裡還不是法國，那是在更早以前，有一條咸認無人能治的河流。那條河在今日叫加爾登河。

數世紀來，住在那裡的人總是建不好一座橋。又或者，就算他們建好，河流就會把橋摧毀。有一天，魔鬼緩緩走到鎮裡，跟村民提出交易。它說：「我可以輕輕鬆鬆幫你們造出一座橋！一個晚上就能完成！」

村民幾乎要落淚。

「但是！」魔鬼自己也很興奮。「造好橋的第二天，第一個走過橋的要任我處置。」

因此，村裡開了場會議。

大家討論半天，終於達成共識。

他們接受魔鬼的提議，如痴如醉地在旁觀看。夜晚來臨，它從山頂把石頭扯下，把得到的所有零件拿來。把碎片拋來丟去、隨意耍弄，接著做出兩、三個拱型。便造出橋，造出溝渠。到了早上，便等著收取酬勞。

它做了協議，也徹底實踐。

但是，就這一次，村民以謀略勝過魔鬼。他們放了一隻野兔，自由自在地跑上去，成為「第一個」走過河的生物。魔鬼非常憤怒。

它抓起野兔、狠狠捏碎。

它全力把兔子甩向拱橋，那痕跡至今還在。

在那塊地，在阿基里斯和河流旁邊，克雷和麥可．鄧巴站起身，克雷看著他，說：

「爸？」

昆蟲幾乎一語不發。

每天都有該死的夕陽，但對阿基里斯而言，這是牠的第一個日落。當然，騾子根本無視此事，全心投入牠與生俱來的本能：吃草。這片地就是要讓牠大吃特吃的。

麥可走上前，等待著。

他還不確定該怎麼跟克雷開口，這孩子經歷太多，變得不太一樣。

「還記得嗎？你問我知不知道加爾橋的傳說？」

麥可回答到一半就被打斷。

「當然了，但是……」

「我得說，我不會那麼做。」

「你不……不會怎麼做？」

阿基里斯也豎著耳聽，牠從草上抬起頭。

「我不會做這個交易，就是讓橋一夜造好。」

那時天色已暗，非常黑。克雷繼續說。

「但我會為她們想出另一個交易，」他狠狠咬著下唇，開口說：「為了讓她們起死回生，我會去到地獄，我們可以一起，你跟我，我們之一換她們之一。我知道她們不在地獄……我知道、我都知道。但是……」他停下來，彎身，再次喊道：「爸，你得幫我。」夜色將他斬為兩半。為了將她們再帶回來，他可以死。潘妮洛普，他想著，還有凱莉。至少，他欠她們一次。

「我們必須做得很完美，」他說：「我們要把橋造得很威風。」

他轉過身，面對著河床。

這將會是個奇蹟，沒有其他可能。

潘妮・鄧巴的七杯啤酒

不知怎麼，她將那些時日縫在了一起。

她將一日日縫成一週週。

有時我們只能猜想：

她是跟死神做了交易嗎？

如果是，那就是本世紀最大騙局，被難住的應該是死神才對。

最好的時候，就是過去了整整一年的時候。

時間來到幸運的第十三個月。

當時潘妮・鄧巴離開醫院，說自己口很渴，說想喝啤酒。我們扶她走到門廊，可是她告訴我們不用麻煩。以往她是不喝酒的。

麥可抓住她的雙臂。

他看著她，問：「怎麼樣？妳要休息嗎？」

她立刻（加重語氣）說：「我們去**光手臂**吧。」

夜色籠罩街道，麥可把她拉近身旁。

「抱歉……」他說：「妳說什麼？」

「我說，我們去那家酒吧。」

她穿著洋裝，那是我們為一名十二歲的女孩買的，只是那女孩並不存在。

她在弓箭街的黑暗之中微笑。

在那持續了許久的一瞬間，她發出的光芒點亮街道。我知道這麼說聽起來很怪，但克雷就是這樣講的。他說她那時非常蒼白，皮膚跟紙一樣薄，她的雙眼一直在變得黃濁。

她的牙齒變成老屋的結構。

她的雙臂彷彿釘在肘上。

嘴巴則例外，又或者只是看起來還可以。

尤其是在這種時候。

「來——嘛，」她拉扯著他。雖然殘破、雖然乾枯，但她生氣蓬勃。「我們去喝杯酒！你可是麥奇・鄧巴啊！」

我們這些男孩就是愛鬧。

「耶！快點！麥奇！嘿！麥奇！」

「欸，」他說：「我還是可以叫妳清掃家裡、修剪雜草喔。」他在靠近門廊的地方動也不動，知道講道理大概沒什麼用，她又回頭往馬路上走，可是他還是要嘗試一下。「潘妮！潘妮！」

我想這就是所謂的「那種時刻」，你懂吧？

你可以看得出他有多愛她。
他的心被消耗殆盡，但拚命擠出意志來推動。
他很累，非常累，他站在門廊的燈光中。
僅是某個人的零散碎片。

而對我們來說……當時我們只是小鬼，要走情境喜劇路線。
我們很年輕，蠢笨而不知疲倦。
即便是我，未來的我成了最有責任的人，都在他朝我們走來時轉過身去。「爸，我不知道……說不定她真的得去一下。」

「說不定什麼也……」
但她打斷他的話。
那虛弱而壞死的手臂。
她伸出手，好像鳥爪。
「麥可，」她說：「拜託，喝個一杯不會死人的。」
麥奇．鄧巴放鬆下來。
他一手拂過自己起伏的髮線。
他像個男孩那樣親吻她的臉頰。
「好吧。」他說。
「很好。」她說。
「好吧。」他又說了一次。
「你說過了，」她擁抱她，低聲說道：「我愛你，我有跟你說過嗎？」

他衝向她懷中。

衝向她雙膺的一片小小黑色海洋。

他帶她往車子走去，身上的衣服看起來溼漉漉又深暗，但話說回來，她不會因此退卻。

「不，」她說：「我們要用走的，」這個想法直截了當擊中他，該死，這個女人真的要死了，而且堅持要我跟她一起用走的。「今晚我們要一起走過去。」

一大群人（五個男孩、一個母親）越過寬廣大路。我依舊記得我們的短褲和T恤，記得她很像小女孩的雙腿，記得黑暗，記得街燈，記得仍算暖和的秋天空氣。這畫面慢慢在我心中顯影，但也很快來到盡頭。

我們的父親落後，停在草坪上。

部分的他崩潰了，我們其他人轉頭去看，他看起來非常非常孤單。

「爸？」

「快點啦爸。」

但我們的父親坐了下來，頭埋在手中。而克雷……是啊，除了他不會有別人。

他回到我們弓箭街的草坪上，靠向爸爸的影子。他站到他身旁，慢慢蹲下、蜷起身體，當我以為他打算跟他一起留在那兒，他又站起來了。克雷在他身後，把雙手放在那兒，在世上每一個人都有的位置。

每個人的腋下都有個生態系統。

他將我們的父親拉起來。

他們站了起來，搖搖晃晃，接著站穩腳步。

我們行走時按照潘妮洛普的步調走，每個動作都很小。我們又轉過幾個街角，來到暮色路，酒吧一派平靜卻耀眼地坐落於此；磚瓦是奶油色加紫紅色。

進了裡面，我們剩下的人在找凳子，父親去了吧檯，說：「麻煩兩杯啤酒，五杯薑汁啤酒。」但潘妮悄悄出現在他身後，她滿頭大汗，瘦得只剩骨頭。

她把雙手放在啤酒杯墊上方。

她彷彿深深挖入自己體內，挖遍那貧弱的肺臟。

她將手直伸到最深處，翻找她熟悉且熱愛的某樣物品。「不如……」她問道，一字一句說出口。「我們點個七杯啤酒？」

那名酒保很年輕，本已轉身去拿氣泡飲料，他的名牌上寫著史考特，而他們叫他史考堤．比爾斯。「妳說什麼？」

「我說，」她堂堂正正看著史考堤的臉。他雖然快要沒了頭髮，但可沒缺了鼻子。「來七杯啤酒吧。」

就在這個時候，伊恩．比爾斯過來了。他可以說是**光手臂**的靈魂。「史考堤，一切都好嗎？？」

「這位女士，」史考堤．比爾斯說：「點了七杯啤酒。」他的一手揹在身體外側，像個搜索隊隊員。「那邊那些男孩……」

而伊恩．比爾斯甚至連看也沒看一眼。

他的眼神堅定地放在這名軟綿如液體的女士身上，她整個人靠著他的吧檯。「鹿角淡啤酒[3]可以吧？」

潘妮．鄧巴對上他的眼神。

「聽起來不賴。」

酒館的這位年長老闆嚴肅的一點頭。

他戴的帽子上有一頭飛奔的野馬。

「全算我的。」

■

我猜我們還是有贏過的，而且是好幾次吧。這個勝利其實索價不菲。等我們終於把她弄回家，甚至認為她可能會在那晚撒手。

第二天，我們全都在家陪著她。

我們看著她，檢查她的呼吸。

她光裸的手臂，和**光手臂**。

她發出啤酒與疾病的惡臭。

到了傍晚，我寫了請假單。

那是我仿冒父親草寫字最像的一次。

如您所知，我太太病得很重……

但我知道，我應該要這麼寫才對：

親愛的庫柏小姐，

今天請讓湯米請假一天。因為他覺得自己的媽媽可能會死掉，但其實不是。我跟您說真話，他只是有點宿醉……

嚴格說來，那不是真話。

3 Tooheys Light。澳洲著名啤酒品牌。

做為家中最年長的人，只有我成功撐過這次大醉。而且，我得說就連我都相當吃力。羅里和亨利各喝了半杯，而克雷和湯米都吐泡泡了。但是這都無所謂、完全無所謂。因為當我們看到潘妮・鄧巴對著自己微笑，這身穿白衣又瘦骨如柴的女孩認為自己能讓我們變成男人，而每個女人都只能靠自己。

犯錯狂完全沒有犯錯。

她撐完全程，把它們全解決掉。

前往羽頓的徒步旅程

他們再次談起加爾橋，是為了宣告結局將要揭幕。

他們走著，然後開始工作。

他們工作，而克雷不眠不休。

麥可・鄧巴數算克雷的造橋工作，連續算到一百二十日，他睡得很少，吃得也很少。他只是一個能夠操作滑車、舉起他無力舉起的石塊的男孩。「那裡，」他會這樣對父親說：「不是，不是那兒，是在上面那兒。」假使他停下，也只是要跟那頭騾子一起站一會兒。克雷，再加忠心耿耿的阿基里斯。

他常常就這麼睡在外頭的地上。

身上覆蓋毛毯，和鷹架。

頭髮糾纏又扁塌。

他問麥可是不是可以幫忙剪一下。

於是頭髮在他腳下落成一堆堆。
他們在橋旁修剪，就在拱橋朦朧不清的陰影中。
克雷說了謝謝，又回去工作。

當麥可必須為了挖礦暫離，便叫克雷一定要記得吃飯。
他甚至打電話到我們這裡，確保我們會撥給他確認他的狀況。對於這項任務，我帶著一百二十分的虔誠心態去做。我一週打給他三次，數著二十四聲鈴響，直到他接起為止。那是衝到屋內所需的時長。
他只講橋，以及造橋。
我們不該過去，他這麼說，到完成之前都別來。
他要我們等橋造好，而且造得完美。

麥可做得最好的大概就是逼他休息吧。
休一個週末。
一整個週末。
克雷當然不願意。他說他要去倉庫。他覺得自己需要那把受盡折磨的鏟子。
「不行。」
我們的父親，這名凶手，他非常堅決。
「為什麼不行？」
「你跟我來。」
他開車載克雷到羽頓時，克雷一路上在車裡睡死，完全不意外。他們停在磨坊街的時候，他把他叫醒。
克雷揉揉眼睛，眼神都亮了起來。

「難道……」他說：「難道這裡是你埋他們的地方嗎？」

麥可點點頭，遞了杯咖啡給他。

整個鄉間似乎開始旋轉。

在車裡，克雷一邊喝東西，我們的父親輕輕地解釋。他不知道他們是不是還住在那兒，但有一對姓馬契森的夫妻買下那裡。雖然現在似乎沒人在家，除了埋在後院的三個傢伙。

有段時間，他們非常想越過那溫軟的草坪，但很快又繼續前進，停在靠近河岸的地方。兩人走在這座古鎮的街上。

他說：「我就是在這裡丟磚塊……我拿一堆磚塊丟給一個人，然後他也丟……」

克雷說：「艾比之前住在這兒。」

欸，鄧巴，你這沒用的傻子！我他媽的磚頭呢?!

而麥可．鄧巴只說：「好詩。」

在那之後，他們走了一整晚，直接走上公路。克雷逐漸看清許多事物的源頭，像是艾比吃了一根冰棒，他父親，以及那條叫小月的狗。

在鎮上，他看見了那間診所：

在魏勞赫醫生惡名昭彰的切肉板上。

然後是那個女人，那個常駐於此的拳擊手。她會在診所之中痛擊打字機。

「這裡跟我以為的不太一樣，」他說：「但我猜事情從來就不是這樣。」

「我們永遠沒辦法把事情想得盡善盡美，」麥可說：「總會有點偏差……就連我也辦不到……我以前還住過這兒呢。」

到了晚上，路快走完了，但他們拖拖拉拉。
他們得做出決定。
「你想過去拿一下嗎？」麥可說：「你想去把打字機挖出來嗎？我覺得這些人一定不會在意。」
而今要做決定的人變成克雷，更堅定、更果決的人是克雷。我想他應該是在那時才明白。
就開場而言，這故事尚未結束。
即便這樣，也不會結束在他身上。
這故事屬於他，但不由他下筆。
活在這故事中、成為這個故事，已足夠艱難。

商人與騙子

七杯啤酒是另一個開始。
是死亡與各種事件的時間軸。
當我回顧以往，可以看見我們是多麼粗野，潘妮又是怎樣無禮。
我們這幾個男孩又打又吵。
因為面對死亡，我們受了好多傷。
有時我們仍盡力去超越，或一笑置之，或對它吐唾沫，但一直保持著距離。
我們盡一切可能出手干預。

死神就要來帶走她了，我們至少要當個不好對付的輸家。

那年冬天，我在這裡的地板地毯公司做假日打工，後來他們給我全職工作。

十六歲時，我在學校擅長與不擅長的東西很多，我向來最喜歡英文，我喜歡寫作，我愛書。有一次，我們老師提到了荷馬，其他人哈哈大笑，不當一回事。他們聊起最多人喜歡的美國卡通中最受喜愛的角色[4]，而我什麼都沒說。那天他們還開老師姓氏的玩笑。課堂結束後，我告訴她——

「我最喜歡的向來是《奧德賽》。」

辛普森小姐有點困惑。

我喜歡她亂七八糟的鬈髮，和滿是墨水的修長雙手。

「你知道《奧德賽》卻提都不提？」

我很不好意思，但又停不下來地繼續說：「奧德賽是足智多謀的那個，阿迦門農是諸王之王，還有……」

我迅速吸了一口氣。「快腿的阿基里斯。」

我幾乎可以看見她腦中在想，該死！

我離開學校的時候沒有問任何人的意見。

我對臥病在床的母親說，對待在廚房的麥可．鄧巴說，他們都表示我應該繼續念書，但我心意已決。如果要談怎麼做較明智，帳單會有如潮水那樣湧來，對抗死亡是吝嗇不得的，但這依舊不是我這麼做的原因。不是這樣，我只是覺得這麼做似乎是對的，我只能這麼說。甚至，當潘妮邊看著我邊要我坐到她身旁，我依舊非常確定，覺得理由十分正當。

她掙扎著要舉起一隻手。

她把手舉到我臉旁。

那手就像鐵皮屋頂一樣散發熱度，我可以感覺到，她躺在床罩上，身體像是著了火，又是那個矛盾的病況，體熱從體內烘烤著她。

她說：「答應我你會繼續讀書。」她吞了一口口水，像臺沉重的機械。「答應我，要答應我好不好？孩子？」

我說：「當然。」你真該看看她當時臉上的表情。

她就在我身旁，在那床上，猶如著了火。

她薄弱如紙的臉面亮了起來。

而待在廚房中的麥可．鄧巴，也就是我們的父親，做了很怪的舉動。

他看看帳罩，又看看我。

接著他拿著咖啡杯走到外面，對著圍欄狠狠把杯子扔出去，但不知怎麼，他抓錯了角度，杯子落在草皮上。

一分鐘過去，他去把杯子撿起來，杯子完好無缺。

就在此時，門晃開來，死亡從四面八方而至，奪走屬於她的一切。

可是她仍不肯束手就擒。

最棒的是二月底的某個晚上，算起來差不多二十四個月，有個聲音傳進廚房。當時天氣很熱，又很潮溼，連架上的盤子都在流汗。而這代表今晚是玩大富翁的最佳時機，我們的父母在客廳看電視。我的角色戴著紳士帽，亨利的則開著車，湯米的是小狗，克雷是打毛衣的老奶奶，而羅里一如往常，是

---

4 指《辛普森家庭》中的荷馬．辛普森。

大力士（這是跟他平日形象最接近的）。他一直贏、一直贏，而且不斷攻擊大家。

羅里知道我最討厭的就是作弊鬼和貪心鬼，所以他兩個都來，還做到極端。每次我們得付錢給他，他簡直連一根毛都不放過，這樣弄了幾個小時，就開始了。

「欸。」

出聲的是我。

「怎樣？」

這是羅里。

「你丟了九可是走十步。」

亨利摩拳擦掌，這下有好戲看了。

「十步？你是在說什麼鬼話？」

「你看，你本來在這裡啊，萊斯特廣場。給我把你的大屁股往後退一步，到我的鐵路，然後把二十五塊吐出來。」

羅里高聲質疑。

「數字是十！我丟的是十！」

「如果你不退回去，我就要把大力士拿走，把你從這個遊戲驅逐。」

「你要驅逐我？」

我們的汗流個不停，像是商人和騙子，而羅里正準備變身。他一隻手撫過粗如鋼絲的頭髮，雙手已然捏實，那雙眼則更為犀利。

他朝我微笑，像是什麼危險分子似的。「你開玩笑，」他說：「你隨便說說的。」

但我必須堅持到底。

「羅里，我他媽的看起來像在開玩笑嗎？」

「這是放屁。」

「夠了，到此為止。」

我伸手去拿大力士，但慢了羅里那油膩又汗溼的手指一拍，結果我們打了起來——不對，我們只有手指打了起來，直到客廳傳來咳嗽聲。

我們停下來。

羅里放手了。

亨利過去看。他回來時，點了個頭表示一切都好。「好，剛剛我們到哪裡了？」

湯米說：「大力士。」

亨利說：「喔對，非常好，東西咧？」

我面無表情。「沒了。」

羅里發瘋似的在遊戲板上到處找。「哪兒去了？」

此時此刻，我的臉可說是無表情中的無表情。「我吃了。」

「不可能。」羅里不敢置信、大吼大叫。「你一定是在開玩笑！」他打算站起身，但角落的克雷讓他靜下來。

「他吃了，」克雷說：「我看見了。」

亨利大為震驚。「什麼？真的假的？」

克雷點點頭。「就像吞止痛藥。」

「什麼？真的一口吃掉嗎？」

他猛地爆出震天價響的大笑，羅里迅速轉過身看著他。

「亨利，如果我是你，一定會馬上閉嘴！」他頓了一會兒，跑出去又回來。回來時帶了根生鏽的鐵釘，把釘子戳進正確的方格，付了該付的錢，接著狠狠瞪我。「拿去，你這死王八蛋，要吞吞這個。」

但我當然不用吞啊。遊戲再次開始，湯米丟出骰子，而我們聽見旁邊房間傳來聲音。是潘妮，處於半活半死狀態的潘妮。

「嘿，羅里？」

一陣安靜。

我們全停下了動作。

「嗯？」

如今回想，我挺喜歡他回話的模樣，他的姿態，以及打算朝她走去的模樣，似乎準備要把她抱起來，或者可以為她而死，就像聽見號令的希臘人。

我們都坐在那兒，跟雕像一樣。

我們一動也不動，保持警戒狀態。

老天啊！這廚房、這裡面的熱度和那些盤子看起來都緊繃得要命，那聲音就這麼磕磕絆絆傳過來，傳到我們中間的遊戲板上。

「檢查衣服……」我們感覺得到她在笑。「左邊口袋。」於是我就得讓羅里檢查，我讓他把手伸過來、進口袋掏。

「王八蛋，我手伸進去時絕對要狠狠捏爛你的奶頭。」

他很快就找到了。

羅里把一手伸進去，拿出大力士，邊搖頭邊親吻著它，那堅韌的雙唇貼在銀色的人偶上。

他拿著人偶站在門口。有那麼一瞬間，他就只是羅里，還沒那麼堅強、年輕的羅里。在那個瞬間，他的強硬暫時軟化了。他露出微笑，高聲宣告自己的清白無辜，聲音簡直要穿透天花板。

「潘妮！他媽的馬修又作弊啦！」整棟房子都開始顫動，是羅里讓它顫動的，不過他很快就回到桌邊，把大力士放回我的鐵路，望著我，接著看向湯米，亨利，最後是克雷。

這擁有廢鐵色眼睛的男孩。

他什麼都不在意，真的什麼都不在意。

但那眼神是如此恐懼、如此絕望。他說出的話，像是碎成片片的男孩。

「沒有她我們該怎麼辦？馬修？他媽的我們到底該怎麼辦？」

河床的橄欖球

我們在十二月初那麼做了。

我們坐上我的車。

克雷想怎麼說都可以。說什麼無論如何都得等到他做完，而我們……我們都受夠了。我拿出工具和配備，我們伸手扶正座位，羅里也跟我們一起，湯米試圖去抱海克特，但我們對他說，我看你還是別太貪心老天，我們真的是一邊開車一邊想著牠。

這空位實在太巨大了。

我們一路開著，卻幾乎沒說一句話。

同時間，雲層聚積，這代表兩個可能性之一。

風暴可能要來了，但不會下雨，可是數年來他們一直在等著這個考驗。

又或者，洪水將提早襲擊，就在他們拚了命要把工作做完的時候。

最偉大的時刻大概是脫模那時，也就是讓拱型自行立起的瞬間。他們聊天的內容不一樣了。他們說造橋，而不談死亡。所以他們要討論三角支撐壁的強度，並在心中希望每個楔石都做得完美無缺。

但在河床上，他們，或至少麥可，卻被最簡單的事情打敗。

「我們就只能希望這些該死的玩意兒撐得住了。」

那些東西看起來就像突出海面的魚鰭。你心中確定牠們是海豚，但是你真的、真的確定嗎？在靠近一窺之前你都無法斷言。

他們打從心底知道自己盡了全力。

他們盡全力把它做得完美。

沙岩在晨光中閃耀。

「準備好了嗎？」麥可說，克雷點點頭。

這就像是最貨真價實的試煉。他下去了。

麥可說：「克雷，你留在那裡。留在光可以照到的地方。」他把最後一部分拆下來，拱型矗立不倒、堅固依舊，他先是露出微笑，接著就聽見笑聲。

「來，」他說：「來，克雷，到底下來。」

他們像兩個孩子一樣在拱底下擁抱。

我還記得我們到那裡看到橋是什麼心情。

橋看起來是完成了，沙岩橋面抹得滑順。

「老天，」羅里說：「瞧瞧。」

「嘿，」亨利高喊道：「他在那裡！」他從移動的車上跳下來。

他摔了一跤，又哈哈大笑，他跑過去抓住他，一把抱住，把他壓到地上。

而這又是另一段過往回憶。

關於男孩、兄弟之間如何表達感情。

晚上，我們在河床玩橄欖球。

這件事一定要做。

就連蚊子都跟不上我們的速度。

地面非常堅硬，簡直到了誇張的程度。所以我們雖會把對方撲倒，但也會將對方拉起。

雖然，有時我們也會突然停下，就這麼傻傻看著，以崇敬的眼神望著那橋，望著面前這令人印象深刻的橋面，猶如同個模子印出的拱狀。矗立在我們面前的它確實散發些許宗教意味，有如聖父聖子的大教堂。

我站在左側拱型旁邊。

我知道造出這座橋的是他。

材料是石頭，也是克雷。

我還可以讓自己做些什麼呢？

這時我不知道的事情還太多。如果知道，我很可能會更早喊出聲，對著站在蘿希和阿基里斯中間的他喊。

「嘿！」

然後再喊一次。

「嘿！」我喊著，差點叫了爸，但我立刻換成麥可，他看著站在底下河床的我。「我們需要你平衡兩邊人數。」

很奇怪的是，他看了克雷一眼。

這個河床屬於克雷，橋也屬於克雷。以此類推，這個球場也屬於克雷。而克雷點了頭，麥可很快就上場。

在這種情況下，往往需要更加團結……我們有好好談過這件事情嗎？

當然沒有，我們可是鄧巴家的男孩。

下個跟他說話的是亨利，亨利跟他說了一串規則。

「你可以直接跑過拱橋，知道嗎？把球從上面踢過去，有懂嗎？」

「懂。」就算只那麼一瞬間，凶手露出的微笑彷彿來自多年以前。

「還有，」亨利把話做個收尾。「他媽的叫羅里不准再作弊！」

「我沒有作弊！」

我們在血色的陽光中開始比賽。

死亡世界盃

時間以優雅的姿態來到兩年後。

又很驚人的再到兩年半。

她又回去當代課老師。

她說：「快死掉這種事根本小菜一碟。」

（她剛剛才在洗手檯吐了。）

有時她的確成功出門工作，卻沒回來，我們會在回家路上發現她，或者在停在停車場的車上。有一次，她跑到鐵路沿線，在靠近車站的地方把座椅往後壓，躺下來，火車從她身側疾駛過去，另一側則是車水馬龍。我們敲車窗把她叫醒。

「喔，」她會這麼說：「我還活著吧？」

有些早晨，她會突然對我們叨念。「今天要是你們這群小鬼看到死神，叫他過來找我。」我們會知道她在虛張聲勢，裝勇敢。

白天，若她太不舒服，無法出門，就會把我們叫到鋼琴前。

「孩子，來，親一下。」

我們會排排隊，親她臉頰。

每一次都可能是最後一次。

儘管氣氛這樣輕鬆、這樣開朗，你依舊曉得距離溺斃不會太遠。

結果，第三次聖誕節就是她最後的聖誕節。

我們都坐到了廚房桌邊。

大家真的是拚上了九牛二虎之力，我們做了波蘭餃，還有慘不忍睹的羅宋湯。

那時她終於能再唱〈長命百歲〉，我們則唱出對潘妮洛普的愛、對瓦迪克的愛，是史達林雕像，不是他的國家。我們只為眼前這名女子而唱，只為她的故事而唱。

那件事很快就發生了。

她必須做出最後抉擇：死在醫院，或死在家中。

她在病房裡看著羅里，接著看我，再看其他人，思忖著該問誰意見。

羅里一定會說：「欸，那邊那個護士，對，就你，沒錯，把這爛東西給我解開。」如果是我，可能不會那麼粗魯，但我嘴巴很笨。亨利的話會很有自信，湯米則還沒辦法。他太小了。

簡而言之，她決定問克雷。她把他叫到身邊，對他咬耳朵。於是，克雷轉向護士和醫生（兩人都是女的，都善良到超乎尋常）：「她說，如果待在這裡她會很想念自己的廚房，所以為了我們，她想在家。」她用那雙因黃疸而染色的眼睛對克雷眨眨眼。而且，她也得繼續彈琴……還要盯好那傢伙。」

但他指的不是羅里，而是那個把手放在湯米身上的人。

她躺在床上對著大家說：

「謝謝你們做的一切。」

當時克雷滿十三歲，來到中學二年級。

他被叫到輔導老師的教室，接在剛走出去的亨利腳跟後面。他們問他需不需要談談，那是克勞蒂．柯比出現前的一段黑暗歲月。

那人叫做富勒先生。

他跟她一樣不是什麼心理醫師，只是個受到指派、接下工作的老師，不過他是個好人。可是克雷有什麼好跟他講的？他找不到理由。

「你知道，」那老師說。他相當年輕，穿著淺藍色襯衫，領帶上有青蛙圖案。於是克雷想著，青蛙？「有時候，跟不是家人的人談起來會比較容易。」

「我沒事啊。」

「好，呃，總之，我都會在。」

「謝謝。我就直接回去數學課嗎？」

當然有些辛苦的日子，也有可怕的日子。我們會在浴室地上發現她，像隻無力南飛的燕鷗。我們會看到潘妮和父親一起站在走廊，他一路攙扶著她，像個白痴一樣，每次都要看著我們，用嘴形無聲地說，快看看這女孩有多棒！動作超級小心翼翼，怕會弄傷她。

怕弄出瘀傷，刮傷或擦傷。

沒有什麼值得冒這個風險。

他們應該在鋼琴那邊稍停片刻，抽根菸，休息一下。

但我猜走向死亡是沒有休息時間的，它從不間斷，也從不退讓。我知道這種說法很蠢，但到這種時候，你真的已經不在乎了。走向死亡的路正以兩倍速前進。

有時你必須逼她吃早餐，逼她坐在廚房桌前，而她向來無法承受玉米片。

有一次亨利跑到車庫。

他把捲起來的地毯往死裡打，一看到我就倒到地上。

我站在那裡，束手無策、毫無頭緒。

後來我走過去，伸出一隻手。

他等了一分鐘才握住，我們一起走回院子。

有時我們會全跑到他們房間，上去床上，或大刺刺躺在地毯。

她面前就這麼躺了一堆橫七豎八的男孩身軀，像戰犯一樣。

我們當然像是模仿著忌日那天的自己。那時我念了一段《奧德賽》。

只是此時讀給我們聽的人換成麥可。

海洋的聲音，伊薩卡島[5]的聲音。

他站在臥室窗戶邊。

5 Ithaca。希臘的一個小島。

會有護士固定來為她檢查，並以嗎啡讓她舉手投降，做完例行的脈搏檢查。
還是說，她全心全意聽著那聲音，藉此忘記生病，忽視護士為何來此？忽視她是誰、又是來做什麼的？
或許這就是要她放手的聲音。

■

我們的母親自是相當了不起，但也毀壞殆盡，是一個悲傷的奇蹟。
她像是以枕頭撐起的一片曠野。
她的嘴唇乾燥而無生氣。
她的身軀在毛毯中翻覆。
她的頭髮還堅守在原地。
我們的父親會讀亞該亞[6]的故事，那些船隻艘艘準備下水出發。
但是再也沒有潮溼的曠野。
再也沒有酒色般深沉的海洋。
只有一艘孤舟漸漸腐壞，卻還不至完全沉沒。

但沒錯——
該死，真的是這樣！
有時會有好日子，有時則會有很棒的日子。
羅里和亨利在克雷的數學課（或自然課？）外頭等著，酷酷地靠著牆。
深鐵鏽色的頭髮。
歪歪的微笑。

「快點，克雷，走吧。」

他們全跑回家，跟她坐在一起。克雷朗讀，羅里吐槽說：「我就是不懂阿基里斯幹麼這麼沒種。」

她嘴脣顫動的幅度微乎其微。

她還有禮物要給他們。

「阿迦門農偷走他女友吶。」

我們的父親會開車再把他們載回去，對著擋風玻璃說教，但他們看得出他的心思根本不在這上頭。

有些晚上，我們會在沙發上熬到很晚，看老電影，從《鳥》、《岸上風雲》到一些你怎麼也想不到會是她的菜的片。像是《迷霧追魂手》和《衝鋒飛車隊》。她最喜歡的仍是八〇年代電影。嚴格說來，羅里和亨利唯一能容忍的是後面這兩部，其他的都太慢了。當他們哼哼唉唉地呻吟，她會露出微笑。「無聊得就跟蝙蝠大便一樣！」他們會這樣哇哇叫，這也沒關係，反正這是固定橋段。節拍器也是老招了。

終於終於，我預料之中的那個早晨來了。她一定也知道很接近了，所以在三點鐘去找他。她拿著點滴從我們臥室門走進來，他們先坐在沙發上。

她得扯著嘴角才能勉強笑開。

她的面容已經漸漸毀壞。

她說：「克雷，就是現在，好嗎？」她把一切重新拼湊後告訴他。他那時才十三歲，還太小，但她說時機到了。潘妮把好久以前在胡椒街的往事告訴他，以及性愛的祕密，和那些畫。她說：「之後應該叫你父親

---

6 Achaeans。亞該亞人為古希臘時代的部族，荷馬在著作中把阿迦門農的領地稱為亞該亞。

畫一個才對。」她再次起身，但又倒下來。「你無視他的表情就好。」

一會兒後，她說覺得很熱。

「我們可以到外面的門廊去嗎？」

外面在下雨，雨滴在發光，如此明亮，甚至蓋過街燈。他們坐在那兒，把腳往前伸直，一起靠著牆壁，她緩緩拉他靠向自己。

她以自己的人生換故事。

從歐洲，到這城市，到羽頓。

有個女孩，叫艾比．亨萊。

有本書，叫《採石人》。

她離開他時一併帶走了。

她說：「你的父親埋了一臺打字機，你知道嗎？」她講得非常仔細，那是只有瀕死之人才會知道的細節。有艾黛兒和她漿過的領子，她把那臺機器稱做**老大**。他們曾回去過，回到舊市區那廢棄的後院，把那臺了不起的老雷明頓給埋起來。那就是人生，她這麼說道，那就是一切。「那就是我們真正的模樣。」

最後，雨勢更加輕柔。

她的點滴差點翻倒。

鄧巴家的第四個男孩嚇壞了。

一切瞬間崩毀時，才剛滿十三歲的男孩怎麼有辦法就這麼看著，並將一切整理完好？

但他當然能理解。

他睡眼惺忪，卻也無比清醒。

那個早晨，他們兩人都像是身穿睡衣的骷髏。我們之中，只有他喜歡他們的故事，更全心全意地愛著他們。她最相信的人是他，也認為未來有一天會去到那裡、把打字機挖出來的，只會是他。造化弄人，何其殘酷。

我不禁思忖他究竟是什麼時候知道這件事。

他給了我一些暗示。

距離早晨第一道陽光還有大概半小時。有時，所謂的好運是真的，因為風向開始改變。風側貼著他們的身體吹過，在門廊上將他們緊緊圈住。風吹過來，把他們包圍，接著……「嘿，」她說：「嘿，克雷……」克雷又靠得更近一些，他靠向她的金髮及那張精緻的臉，那時她已經把雙眼閉了起來。「我要你跟我說那個故事。」

而克雷……他其實可以躺上她的大腿，痛哭失聲，但他只問了她。「我該從哪裡開始說呢？」

「哪裡都行，」她吞了一口口水。「你想從哪裡開始講都行。」克雷吞吞吐吐，努力說出口。

「從前從前，」他說：「有一個女人，她有許多名字。」

她露出微笑，但緊閉雙眼。

她露出微笑，慢慢糾正他。

「不是這樣。」她說。這聲音屬於將死之人。

「是像這樣……」這聲音屬於存活之人。

她盡了全力保持清醒。

她的雙眼又不肯睜開了。但她轉過頭說：「從前從前，鄧巴家過往歷史的潮汐中曾有一個女人，她有許多名字，」這聲音雖在身旁，卻像在千里之外。克雷呼喚著它，他自己也有些別的要補充。

「她是個了不起的女人。」

三週之後，她過世了。

父親看起來像個老頭

沒有多久就什麼也不剩。

他們完工了，但也可說從未完工，因為接下來還會有其他事件到來。

由於造橋工程已經結束，建造和清理也做完了，他們便從各個角度檢視著它。傍晚時分，橋好似閃耀得更久，彷彿吸收了白晝的熱能，因此被點亮，之後光芒漸弱，最終消失。

第一個走過橋的是阿基里斯，

牠似乎想要嘶叫，但沒叫出聲。

我們非常幸運，沒跟什麼壞心或墮落的惡靈訂契約。阿基里斯以謹慎非常的態度率先走過，四處查看，但才走到中間牠便做了個宣示主權的動作。

後院，郊區屋子的廚房。

工地，再加這徒手造出的橋。

對阿基里斯而言，並無二致。

一瞬間，他們有些手足無措。

「我想你該回學校了。」

但那時機當然早就過了。打從凱莉．諾維過世，克雷就失去數算時間的意志。如今他只是個（沒有任何證照的）造橋人，他的證明就是那雙手。

一個月過去，克雷回到城市，但麥可還沒讓他看那東西。

他們都在廚房裡，面前是烤箱，他可不是普通男孩，沒有誰能這麼快速造出一座橋，當然也不可能造得這麼雄偉，普通男孩也不會要求說想做什麼拱橋。但話說回來，普通男孩不做的事情有很多。麥可想起那個早晨，最後一波洪水來臨，將他們淹沒。

「我要回家幫馬修，」克雷說。而麥可開口：「跟我走。」

他們先從橋下走過，他一手靠在拱型走道的弧形上。兩人在早晨的冷意中喝著咖啡，阿基里斯居高臨下。

「嘿，克雷，」麥可平靜地說：「還沒有完成，對不對？」

站在石頭旁的男孩說：「還沒。」

從克雷回答的方式，他知道，等橋完成他就會永遠離開。不是因為他想走，而是因為他必須走，只是這樣而已。

接下來發生的事早就注定好了。打從潘妮洛普、打從門廊那一刻，打從那些故事發生開始。

你應該叫你父親畫一個。

或是教你該怎麼畫。

「來，」麥可說道：「來這裡。」

他帶克雷出去到小屋那兒，克雷終於知道父親阻止他的原因。那天，麥可開車載他去羽頓，克雷要去拿那把鑲子。小屋中，稍微靠在遠處的手工畫架上放了一幅速寫，畫的是一個廚房裡的男孩，男孩對著畫布之外呈上某樣東西。

他張開一手掌心，又微微縮攏。

如果你仔細看，就會知道那是什麼。

那是一個晒衣夾的碎片。

就在我坐著的廚房中。

那是我們許許多多的開頭之一。

「你知道嗎，」克雷說：「她要我去問你，叫你給我看看。」他嚥了一口口水，先在心中想過，再預演一遍。

這太棒了，爸，這真的很棒。

而麥可搶先他一步。

「我知道，」他說：「我應該要畫她的。」

但他沒畫，可是他有克雷。

他會去描繪那個男孩。

他會把那個男孩畫出來。

他會用好多年時間去做這件事。

在開始之前。

明亮的後院

最後的幾週，大多時候陪伴我們的只剩她的軀殼，她其餘的部分遙遠無法觸及。每當護士來訪，就是一場折磨。我們發現自己不斷揣摩她的想法，又或者那些人的想法早就刻在我們心中——

她的心臟怎麼有辦法繼續跳？

曾有一段時間，死神在此逗留。有時高高從電線上盪下來，有時舉臂環抱冰箱。

它老來跟我們要東西。
而今卻是我們想要給出去。

我們曾聽見一些低聲交談，這避不掉。
我們跟父親坐在廚房角角。
他說還有個幾天。
醫生昨天解釋過，再前一天早上也有說。
這些「之前」真是永無止境。
那時我們實在該每個人拿個碼錶，再用粉筆寫賭注。但潘妮會繼續活下去，沒人會贏，以後也沒人能贏。

我們全都低頭看著桌子。
是說，我們家有過那種成對的調味料罐嗎？

是，我總會猜想父親究竟是什麼感受。這樣每天早上送我們離開，這是她死前願望之一，看我們起床離家，出外打拚。
我們每天早上都親吻她的臉頰。
單為這件事，她可以盡全力撐住。
「去吧，親愛的孩子，出門吧。」
那聲音不屬於潘妮洛普。

淚流滿面的也不是她。

看那雙黃色的眼睛。

她永遠見不到我們長大成人了。

她哭泣著，靜靜地哭。

她永遠看不到我的弟弟念完高中，看不見各種荒謬好笑的里程碑，她永遠看不見我們的各種掙扎與苦痛，看不見我們第一次繫上領帶。她無法問一堆關於第一個女友的問題：這女孩有沒有聽過蕭邦？她知不知道偉大的阿基里斯？這些傻事之中蘊含美好的意義。而今，她體內的力量全都要用來編織故事，揣想我們未來的人生。

我們是孑然一身的伊利亞德。

我們是貪得無厭的奧德賽。

她在那些想像中漂進漂出。

關於後來發生的事，我只知道她每天早上都求他幫忙。

最糟的那刻，就是他轉身離開的那刻。

「六個月，」她說：「麥可，麥可，六個月，我已經花太久時間等死，幫我，拜託幫我。」

是說，現在他很少這樣，至少好幾個禮拜沒發生了，羅里、亨利和克雷會蹺課回家看看，又或者我們都是蠢蛋，蠢到會相信這件事。因為他們之一其實會再回學校，但很擅長隱藏行蹤。克雷會抓各種不同的時段離開，在窗框邊緣偷看一下，直到有一次，他沒看到她。

每回他一到學校就急著離開。

克雷回到家，走上草皮。

他走到他們臥室的窗旁。

床沒有鋪，上面空蕩蕩。

他想也沒想就後退一步。

他覺得氣血上衝、一陣心急。

出事了。

出大事了。

他知道自己得進去，應該直接走進房子。當他進去，光線直接擊中他，直勾勾地從走道射來，痛擊他的雙眼。

但克雷還是繼續前進，他從打開的後門走出去。

當他在門廊上看到他們，他停下腳步。

他聽到左方的車聲，就那麼不成調的一聲，克雷剎時明白了真相：那輛車子並不是要離開車庫。

他看見父親站在那裡，站在院子那令人目眩的光中，那個女子在他懷裡，那個許久沒有彈琴的女人，纏綿病榻多年，卻不得離世，或者更糟，勉強苟活，卻無法好好活著。她就像一道拱橋那樣橫在他臂中，我們的父親跪了下來。

「我做不到，」麥可．鄧巴說。他輕輕將她放到地上，看著車庫的側門，對身下的女人這麼說。他將雙掌放到她的胸口與上臂。「我真的真的努力了，潘妮，但我做不到，真的做不到。」

那個男人跪在那兒輕輕顫抖。

草地上的女人彷彿漸漸解體。

鄧巴家的第四個男孩站在那兒，落淚哭泣。

不知為何，他想起這麼一個故事。

他看見她回到華沙。

那個身在潮溼曠野中的女孩。

她坐在那裡彈鋼琴，史達林雕像跟她在一起。每次只要她一手鬆懈或犯錯，他就用棍子抽她指節。他深藏在心說不出口的愛是那麼多，那時的她還只是個蒼白的孩子。她被打了足足二十七次，因為她彈琴犯下二十七次錯誤。她的父親給了她這個綽號。

他在那堂課結束時這麼說道，此時外頭正在下雪。

那時她八歲。

當她十八歲，他做了決定。

他下定決心要把她弄出去。

但首先，他得先讓她停下來。

他讓她停下彈奏，握起她的手（她的手被打了，那雙小小的手，溫暖的手）。他用力握緊，但很溫柔，就握在他方尖碑似的手指中。

他會讓她停下彈奏，並告訴她。

還有告訴那男孩。

那個屬於我們的男孩。

男孩雖然年輕，但因為這些故事變得堅強。他走上前，信念堅定。

他慢慢跪下。

他緩緩對我們的父親說著話。麥可．鄧巴沒聽到他發出的聲響，而他就算驚訝，也沒表現出來，他在草地上整個傻了，動彈不得。

男孩說：「爸，沒事的，爸，」他把雙臂挪到她身後，起身將她帶走。他完全沒有回頭，我們的父親也毫無反應。在那一天，她的雙眼似乎不黃了。過去，這雙眼睛屬於她，未來也將永遠如此。她的頭髮又一次垂在背後，雙手清爽且乾淨，她看起來一點也不像難民。他靜靜陪她走開。

「沒事的，」他又說了一次，這次是對著她。「沒事的。」他非常確定自己看到了她的微笑，跟他一樣。他只會微笑，也只願意微笑。

「*Już wystarczy*，」他輕輕地說，為她翻譯出來。「可以了，犯錯狂……」他跟她一起站在晒衣繩下，她直到那時才閉上眼睛。她還在呼吸，但已準備好上路。他帶著她，向著他聽見的那個音調走去，從光線之中，走進門口的煙霧裡。克雷幾乎可以確定，潘妮洛普在這世上看到的最後一樣事物就是長長的線，以及它身上的顏色。也就是他們頭頂上的晒衣繩和夾子。

如麻雀那樣輕飄，如陽光那樣閃耀。

有一瞬間，他們幾乎遮蔽天際。

他們向太陽發出挑戰，並贏得勝利。

大水來時

於是，水來了。

全向橋沖去。

潘妮洛普終於覺得夠了，但對克雷而言，則是另一個開始。從他抱著她離開，就踏上了未知的人生。他再次回到晒衣繩旁時，伸出手拿了第一個晒衣夾。

父親抬不起頭看他。

他們再也無法跟從前一樣。

在那瞬間，他做的一切、他成為的模樣，都迅速變成無盡悔恨。

克雷怎麼也想不起自己是如何走回學校。

他只感覺到晒衣夾輕得像羽毛。

他坐了下來，在遊戲場茫然所失。後來羅里和亨利找到他，把他拉起來，半扛著走。

「他們要開車載我們回家，」兩人說，聲音聽來像受傷的鳥兒。「是潘妮，潘妮她……」

那個句子從沒講完。

他們塞滿整條街。

在家裡，先來警察，接著救護車。

到下午一切還算順利，我們的父親撒下漫天大謊，說這一直以來都是她的計畫，麥可本來要幫她，可是他告訴他們，他只是稍微離開一下。潘妮……是她太絕望……

那孩子回到家，毀了一切。

他回來，又拯救了一切。

我們將父親稱做凶手。

但最殘忍的救世主卻是他。

最後的最後，總有一座橋。

橋建好，等著迎接洪水。

風暴則總是在不該來時來臨。

就我們的情形，是在冬天。

一整塊地沒多久就泡在水中。

我記得那彷彿不見盡頭的壞天氣，城市受暴雨襲擊。

但這些跟奧瑪哈河完全不能比。

克雷依舊跟我一起工作。

他在賽馬區的街上逗留。令人感到驚訝的是，她的腳踏車還留在那裡。沒人拿出大鐵剪，也沒人解出密碼。又或者，他們只是不想這麼做。

當氣象新聞傳來，雨比預期的更早落下。克雷站在第一場雨中，跑向軒尼詩馬場的馬廄。

他在鎖上輸入正確的密碼，小心牽走腳踏車。他甚至帶來小型腳踏車打氣筒，把空氣打進扁扁的車胎。庫塔曼德拉、西班牙人、鬥牛士、勇敢的京士頓。他一邊在心中默念這些名字，一邊使力壓幫浦。

當他從賽場騎出去，看見一個女孩在海神路上，剛好在往北的最遠處，靠近三色俱樂部與理髮店賽馬區短打。轉暗的天空襯著她的一頭金髮。

「嘿！」他喊出聲。

「這天氣真是！」她答道，克雷從那輛舊腳踏車上跳下來。

「妳想騎這個回家嗎？」

「欸，我這輩子沒這麼幸運過。」

「妳走運的日子來了，」他說：「拿去吧。」克雷把腳架立起來，轉身走掉。即便天空已掀起暴風，她過去拿時，他還是待在一旁看。克雷喊道：

「妳知道凱莉・諾維嗎？」

「什麼？」她也喊回去。「誰？」

喊出她的名字令克雷痛苦萬分，但他覺得好多了。「那個鎖！」他高聲地說，聲音穿越雨勢。「是三五二七！」他在最後一刻又思考了一會兒（還順便吞下幾滴雨水）。「如果忘了，只要查一下**西班牙人**這匹馬！」

「查什麼？」

之後她只能靠自己了。

克雷看了她一會兒，便轉身離開。

從那時起，雨只是下得更大。

雖不至於四十日、四十夜，但有時感覺起來是那樣。

第一天，克雷走出去，說要搭下一班去席佛鎮的車，但其他的人不允許。我們五人擠在我的旅行車上，蘿希當然在後座。

其他幾隻就由齊曼太太打理。

我們到席佛鎮時正好趕上。

開過橋時，我們低頭看。

水用力擊打橋拱。

雨中，克雷在上橋口想到了一些事，他想到上游，想到那些看來強壯的樹，還有石頭，以及河邊那些巨大的尤加利樹。在這個瞬間，它們都承受著強大的攻擊，碎片落如雨下。

沒有多久，全世界彷彿都被洪水淹沒，就連橋的最上方也被蓋過。數日來，水面不斷上漲，那股凶暴彷彿有某種魅力，會將人的三魂七魄嚇飛。然而你卻很難移開眼神，也很難真心相信。

某晚，雨停下。

河水持續咆吼，卻漸漸消退。

然而，此時宣布這橋成功存活，或宣稱克雷達到了真正的目的，還嫌太早。

那目的就是行過水面。

這些天來，奧瑪哈河一直呈現棕色，攪動得像是在沖巧克力。但是日升日落之際仍有光亮與色澤，先是粼粼波光，再是火焰漸熄。日出是金色的，而河水是滾燙的，夜晚之前，則涓滴轉黑。

我們又多等了三天。

我們站在那兒看著河面。

我們跟父親在廚房玩撲克牌。

我們看著蘿希在靠近爐子的地方蜷起身軀。

這裡不夠所有人擠，所以我們把旅行車裡的座位放下，羅里和我到裡頭睡。克雷數次回到小屋，阿基里斯就守在那裡，看著畫作漸漸成形。大家最喜歡的是還處於草稿階段的圖。一個男孩，在尤加利樹林腳下，直到週日發生了那件事。

一如往常，他在黑暗中醒來。

此時已近破曉，我聽到了腳步聲，他們在奔跑、水花在噴濺，接著我聽到的就是打開車門的聲響，並感覺到他手的力道。

「馬修，」他低聲說著：「馬修！」

然後是「羅里、羅里！」

我迅速領悟。

克雷的聲音有異樣。

那是顫抖。

屋內燈光亮起，麥可拿著手電筒出來。當他朝河水走去，馬上又飛奔回來。我掙扎著要下車，他結結巴巴，可是一開口講話則非常清晰，他一臉驚愕，不敢置信。

「馬修，你得來看看。」

橋沒了嗎？

我們應該想辦法救它嗎？

我還來不及上前一步，第一道光便已打上小牧場。我望著遠方，看見了——

「天啊，」我說：「去他的上帝！喂！」我說：「喂！羅里？」

等我們都在上橋處的水泥階梯集合，克雷在他們之中站第一個，聽著自己之前講過的那句話。我不是為了你來的。他對著凶手，麥可．鄧巴這麼說。然而，身在這裡的他很清楚這話有何不同。為了我們所有人，他一定會來。只是他怎麼也想不到，在這般奇蹟面前竟會如此痛苦。

有那麼一瞬間，他看著那隻邊境牧羊犬，小狗兒坐在那裡舔著嘴。克雷又突然轉向羅里，這麼多年來，他一直做不到，但此時他用眼神狠狠瞪回去。

「該死，湯米，那狗非得喘得那麼大聲嗎？」羅里回以微笑。

「快點，」他對克雷說。那是我有史以來見到他最溫和的一次。「快走吧，我們一起去看。」

一起去河那裡，一起看吧。

當我們都到了那裡，日出的光照在水上，延展開來的河流彷彿起火燃燒，被晨焰的羽翼點燃，而橋依舊淹在水中，但完好無缺，而且是他做成的。

這座黏土橋，克雷的橋……你知道他們都怎麼形容黏土的，對吧？

他有可能走過奧瑪哈河嗎？

即使只有一瞬間……他能比普通人類更強大嗎？

答案當然是不能，至少就第二個問題來說。而我們都在旁邊看到了。

他在我們最後的腳步聲中聽見那些話。

他們在席佛談了更多想法。

我願意付出生命，換得在未來某天能發掘出這種偉大的美，就像大衛……

我們過的是囚徒們的生活。

那個夢已經結束，也獲得了解答。

他永遠無法走過水面，這般奇蹟需要靠橋來完成，而我們也無法做到，因為橋的拱型是由火焰鍊製，是河水與石頭助它屹立不倒，它需要一個誠懇又如奇蹟的存在，是我永遠無法忘懷的事物——

當然，這只能是牠。

是，就是牠沒錯，而牠站在那兒恍若雕像，堅定得就和當時站在廚房裡一樣。牠邊注視邊咬嚼，一派漠不關心。一身亂糟糟的毛底下是一雙與人無異的眼睛，牠鼻翼翕張，直到最後都有分有寸。

在牠身邊的是水、是日出，水平面來到牠腿上一英寸，牠的四蹄踏在水上、踩在橋上。不要多久，牠就會開口，問出牠向來問的那兩個問題。牠邊咬嚼，邊露出那騾子的微笑。

怎樣？牠在火焰般的陽光之中開口。有什麼奇怪的嗎？

如果牠在這裡的原因只是要替克雷測試橋，如果就是因為這樣牠才來到這裡，那我們只能點點頭，承認牠做得真是好。

故事結束之後

與老大重逢

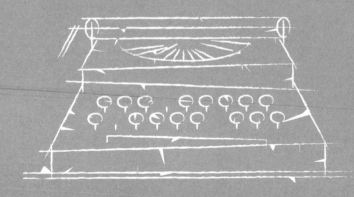

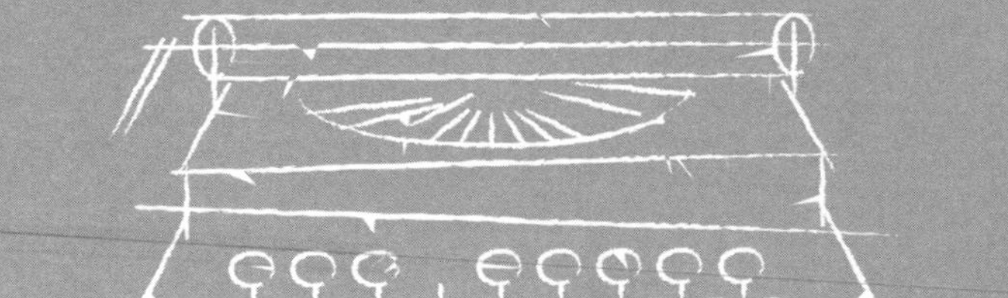

在故事結尾，有一條河，一座橋，還有一頭騾子，但還不到結局。一直要到後來的我，在廚房中，在早晨時分，背後襯著明燦燦的後院，太陽穩穩升起。

就和平常一樣，其實我也沒有別的話可說。

例如說說時間到底過了多久。

例如說我到底在這兒坐了多少夜晚，在這個打從一開始就注視著我們的廚房。起先是那個女人告訴我們她將死去，父親回家與我們對峙，在這個地方，克雷眼中的火焰怒吼著引燃，而那只不過是許許多多故事之一。最近的一次屬於我們四人，鄧巴家四個男孩，再加我們的父親，就這麼站在這兒，肩並著肩，靜靜等待。

但後來就只剩下這個了。我坐在那兒敲敲打打，自從我到羽頓把打字機、一隻狗和一條蛇帶回來，就這樣過了一夜又一夜，在所有人都熟睡的時候寫著克雷的故事。

而我究竟該如何起頭？

我該怎麼把剩下的部分告訴你呢？就是橋完成後我們如何繼續生活？

從前從前，鄧巴家過往歷史的潮汐中，他回到弓箭街的家找我們，接著便永遠離開（這是可以確定的），而時光給了我們很多很多。

起先，當我們離開河邊，克雷擁抱我們，親吻阿基里斯的臉頰（結果牠因此耍了小性子，不情不願地回來我們這兒）。而克雷則達成了無人能及的勝利，因眼前所見驚異萬分。可是接下來便是無法治癒又深不見底的悲傷。從今而後，他該去到何處？

即便他開始收拾打包那些裝在古老木盒中的回憶、他的書，包括《採石人》，也一面從窗戶看著橋。就算是這樣的曠世鉅作又有何益處？即便它矗立在那兒，代表了他的一切努力，還不是什麼也救不回來？

我們離開時，他把東西拿給我們的父親。

封面黯淡、褪成青銅色的書本。

「該把這東西還給你了。」

當他走向我的旅行車，父親體內剩下的一點父親本能讓他倒抽一口氣，迅速跑到他身後，說：「克雷！克雷！」

而克雷知道他想對他說什麼。

他知道他必須離開我們。

「克雷……後院……」克雷直接比了個手勢打斷他。他對他說出好多年前就該說的那句話。當時他還只是孩子，還不是一座橋。

「沒事的，爸，一切都沒事的。」但他很快又補充：「她真是了不起，是不是？」我們的父親只能同意。

「是的，」他說：「她的確是。」

當他上車，克雷看著我們。

我們全都與父親握手。

簡短談話一番後，湯米喊了羅里，克雷則去旅行車上睡，他面對著車窗。

我們開過他造的橋時，他正深深熟睡。

回到家裡，他和我一同坐在這間廚房。我弟弟幾乎花了一天一夜把一切告訴了我，關於潘妮、關於麥可，還有我們所有人，以及他跟凱莉在一起的事。有兩度我差點崩潰，一次覺得快吐出來。即便如此，他仍繼續講，他拯救了我。他說：「馬修，你聽我說，」他告訴我，當他抱著她，她又變回那個背後一片淺金黃頭髮的女孩，而她最後看到的事物就是那些晒衣夾。他對我說：「現在換你，馬修，你得去告訴他，你一定得去把這些事告訴爸。他不知道我看到了這樣的她，他不知道她那時是這個模樣。」

克雷講完，我便想到潘妮洛普、床墊，還有圈圈。如果在該把那東西燒掉時我們就燒了，該有多好！老天，我想到好多好多事。難怪啊難怪，克雷從來不是表面看起來的那樣，他將遠走，不再回來。這裡實在留下了他太多的回憶，有太多過往變成重擔。我想起艾比．亨萊，凱莉，以及她在奔伯羅公園是怎樣喊著他。

我們失去了這個美麗的男孩。

當他在翌日離開，我們也無法多說什麼。你都知道我們的個性了，話最多的其實是克雷。我想，那是因為做好準備的人是他。

對羅里，他說：「我會想念我們的交心時刻。」他身周彷彿纏繞著鐵鏽與鋼絲，他們以大笑平復傷痛。

對亨利則很簡單。

他說：「是說你的樂透號碼……我只能祝你好運。我知道你一定會中。」

亨利當然是嬉鬧著把他擒住。他回答：「一賠六。」

他想拿些錢給克雷，再拿最後一次，克雷只是搖搖頭。

「沒關係，亨利，你留著。」

而湯米，年輕的湯米，克雷將雙手放到他肩上。

「她會在袋狼那裡等你。」差不多了，最後只剩下我。

至於我，他可以先放著。

他快步在我們之間穿梭，行走方式一如世上每一個男孩。我們不在意什麼碰觸，肩膀、手肘、指節、手臂。他轉過身，面對著我。

有那麼一會兒，他什麼都沒說，只是走向鋼琴，靜靜掀起蓋子。那裡面還放著她的洋裝，以及《伊利亞德》、《奧德賽》。

他慢慢伸出手，將兩本書遞給我。

「來，」他說：「打開上面那本。」

裡面分別有兩張紙條。第一張是瓦迪克的信。第二張時間更近一點。

以防萬一

（像是書一直不夠讀的話）

上面有數字，和簽名，柯比。

我差點脫口而出說你他媽的不休息一下嗎？但他搶先我，而且輕而易舉。「她給你的你都要讀，但永遠不要忘記回來讀這幾本。」他的眼神強烈，好似冇火。「之後你就會知道，你會知道自己得去羽頓，去挖出那臺舊的老大。不過挖的深度要抓好，不然可能會把小月或蛇給挖出來……」他的話音漸弱。「馬修，答應我，你要答應我。」

所以，就是這樣了。

那天很晚的時候，他離開了我們。

我們看著他走。走下門廊、橫過草皮、來到弓箭街。我們的人生從此少了他。有時我們會瞥見一道影子，或看見他走在賽場街道上，但我們知道，那不是克雷。

時光流轉，我只能這麼告訴你。

我們都開始過自己的人生。

即便有時，我們會收到一張明信片，可能來自他的工作場所，亞維儂、布拉格，再之後，還有個叫伊斯法罕[1]的城市。當然，那些都是有橋的所在。喔對，我最喜歡的是加爾橋。

留在這裡的我們每分每秒都想念他，然而我們還是過著自己的生活。而今，自父親來問我們能否建造一座橋的那日，時間匆匆來到第十一年。

那時的湯米長大了。

他去念了大學。噢，是說，他沒當獸醫。

他成了社工。

他帶著一隻叫做小奧的狗狗一起去上班（你應該知道那個奧代表什麼意思）。他已經二十四歲，處理的都是一些不太好相處的孩子，不過那些孩子幾乎都愛狗。他的寵物當然全都長命百歲，好吧，至少是很老才過世。第一個死的是金魚阿迦門農，再來是阿泰，那隻踢正步的鴿子，再是海克特，最後是蘿希。

等到蘿希終於不能走，已經十六歲了。我們是一起抱著牠出去的。到獸醫診所的時候，羅里，信不信由你，他說：「你知道嗎，我覺得牠在硬撐，牠在等。」他看著牆壁，吞一口口水。狗兒的名字取自天空，取自潘妮洛普。「我認為牠在等克雷。」

只有阿基里斯，牠身在席佛鎮，至今仍活著。

那頭騾子簡直是刀槍不入。

湯米住在博物館附近。

再來是亨利。

是說，你猜亨利怎麼著？我很想知道，我想知道這位排行老三的兄弟會帶給我們什麼驚喜？

他在我們之中第一個結婚，而且每次出現都一臉笑容。他當然投身了房地產，但那是在他先靠打賭和存款弄到一大筆錢之後的事。

在他做某個銷售經典書籍與唱片的生意時，有個女孩在弓箭街遛狗，她叫克莉歐・費茲派翠克。對某些人來說，人生無非就是這麼展開。亨利便是最好的例子。

「欸！」他高聲喊道。女孩穿著襯衫和熱褲，起先無視他。「欸，那個遛狗的女生，是柯基混西施還是不知道什麼狗的！」

她又把一片新的口香糖放進嘴裡。

「你這蠢蛋，這是卡爾比犬。」不過我人也在場，看得一清二楚，她猶如黑泥的眼中出現了一些什麼，並很識相地買下一本杜斯妥也夫斯基的《白痴》，下週她又來了。第二年他們就結婚了。

而羅里倒是相當離奇。他成為跟父親最親近的人，很常去到橋邊。羅里凶猛依舊，或套句齊曼太太說的話，粗魯依舊。時間將他的稜角磨去，我知道他一直都很想念克雷。

實際上，齊曼太太沒有多久就過世了，羅里搬到鄰近郊區薩默維爾，往北十分鐘路程。而他真的很喜歡回到這兒，坐在這裡，喝喝啤酒，一笑解煩憂。他喜歡克勞蒂，也喜歡跟她談天，但大多時候都只有他，再加我。我們談起克雷，談起潘妮，以及在我們之間轉來流去的故事。

「所以呢他們就說她剩六個月，一百八十天，他們他媽的到底知不知道自己在跟誰打交道？」

就跟其他人一樣，他知道那個陽光明媚的早晨後院裡發生了什麼事，我們的父親下不了手，但不知怎麼，克雷可以。他也知道在那之後發生了什麼，包括凱莉、包括圈圈，然而，我們無法迴避，永遠都會回到那裡，回到她在這廚房中把病況告訴我們的時候。

「關於那晚，克雷是怎麼說的？」他問道，稍微頓了幾拍等答案。

「他說你的吼聲點燃了他眼中的火。」

每到這裡，羅里就會微笑，沒有例外。「我還把他從你現在坐的椅子上拉起來。」

---

1 Isfahan。伊朗第三大城市。

「我知道，」我說：「我記得。」

而我呢？

我做到了。

我只花了幾個月，我一直在讀潘妮洛普的書，就是她隨身攜帶的那幾座聖母峰，也打開了瓦迪克的信。我已經把克勞蒂的號碼記在心裡。

然後，在某個週二（我完全沒打那個號碼），我直接走進學校。她就在同一間房裡批報告。我敲門時，她以眼角餘光瞥到門口。

她露出世上最美好的微笑。

「馬修．鄧巴，」她抬頭看我，人就站在桌邊。「總算是。」

我按照克雷的要求，去了席佛鎮。

我去了好幾次，多半和克勞蒂．柯比一起。

一開始，父親和我試探著交換故事，關於身為兒子的克雷，以及身為兄弟的克雷。而我照著克雷的要求，把事情告訴他，關於克雷最後一次見到的潘妮洛普，她又變回曾經的那個女孩。聞言，我們的父親驚愕不已。

在某一瞬間，我差點就要告訴他，我差點就要說出口，但又吞了回去。

我知道你為什麼要走了。

但就像其他事情一樣，你知道就好，不需要說。

當他們拆除奔伯羅公園的看臺、換掉老舊的紅色ＰＵ跑道，不知怎麼我們把日期搞錯了，結果錯過了那不幸的時刻。

「那些美麗回憶啊，」當我們去那裡看剩下的殘骸，亨利說：「想想那些超棒的賭注！」還有那些綽號，以及圍欄邊的那些男孩，還算不上男人，只是乳臭未乾。

我回想自己和克雷在此度過的時光，以及羅里，和他對克雷的百般阻撓，與那些懲罰。

當然，還有克雷與凱莉。

我最常想像的是他們兩人。

在靠近終點線的地方，他們靠在一起。

在他而言，那是另一個聖地，那裡因失去他而空洞不已。

既然提到了聖地，圈圈這地方仍留存著。

諾維一家很早就搬離弓箭街，回去鄉下家裡生活。但是，當會議和建造工程持續進行，圈圈沒有改建。因此，凱莉和克雷仍擁有那裡，至少對我來說是這樣。

誠實地說，我漸漸愛上了那片土地，而且在我最想念他的時候感覺最強烈。通常是在夜深，我會這麼晃出去，而克勞蒂會去找我，她會握著我的手，陪我一起走到那裡。

我們有兩個小女兒，都很漂亮，她們代表我們的無悔，代表這兒的一切聲音與顏色。你相信嗎？我們讀《伊利亞德》和《奧德賽》給她們聽，而且兩個女孩都學鋼琴。是我帶她們去上課和在家練習，我們一起練《嫁給我》的旋律，嚴格地在一旁看著的人是我。我會拿著一根尤加利樹樹枝坐在那兒，她們停下來發問時，支支吾吾地回答：

「爸爸，可以跟我們講犯錯狂的故事嗎？」當然也有「可以告訴我們克雷的故事嗎？」

我還能怎麼辦？

該面對現實的時候，我除了關上鋼琴的蓋子，還能怎麼辦呢？

每次的開頭都一樣。

「從前從前，鄧巴家過往歷史的潮汐中……」

大女兒是梅莉莎．潘妮洛普。

二女兒是克絲汀．凱莉。

因此便成了現在這樣。

放你走之前，我還有一個故事可以告訴你。我真心地說，這也是我最喜歡的故事，講的是溫暖而友善的克勞蒂．柯比。

這也是我父親，我弟弟，我其他兄弟，還有……

我的故事。

瞧，從前……從前從前，鄧巴家過往歷史的潮汐中，我問了克勞蒂．柯比願不願意嫁給我。我拿出來的是耳環，而不是戒指。那是小小的銀色月亮，她喜歡得不得了，說它們真是了不得的好東西。我也寫了一封長信給她，寫我記得的一切，寫我遇見她，還有她的書，以及她對我們鄧巴家的人多和善。我寫她的小腿，太陽黑子般聚集在臉中央的雀斑。我在她的門口階梯讀給她聽，她流下淚來，告訴我她願意，接下來的一切她已經知道了。

她知道會有一些問題。

她能從我的表情讀出來。

當我告訴她我們得等克雷，她捏捏我的手，對我說，我們要等。就這樣，年月緩緩爬過，爬呀爬，到我們有了女兒，並注視著一切事物成形又改變，雖然我們怕他永遠不會回來，依舊認為靜心等待也許能將他帶回我們身邊。當你決定要等，就會覺得這麼做值得。

雖然，五年過去後我們不太確定了。

我們會在晚上、在臥室中談話。那間臥室一度屬於潘妮和麥可。

最終，克勞蒂開口問的時候，我們做出了決定。

「不如就等你滿三十？」

我同意了。時光再度流逝，她甚至給了我多一年的時間，然而三十一歲似乎已是極限。在那之後，有很長一段時間都沒收到一張明信片。克雷·鄧巴可能在任何一處，可是我直到這時候才想到……

我上了車、開到那裡。

我在夜色中抵達席佛鎮。

我和父親一起坐在他的廚房。

一如他常跟克雷一起做的事，我們喝咖啡，我看著烤爐及上面的數字，眼神停在那裡，半喊半說地請求著他，我的眼神橫越桌面、看了出去。

「你得去找他。」

麥可立刻動身出國。

他坐飛機到了某個城市，在那裡等著。

每天早晨，他都在清晨時出門。

他在那裡開門時進去，在天色暗下、關門時離開。

那時，那個地方在下雪，凍得不得了，麥可只能勉強說個幾句義大利文。他會深情款款地抬頭看著大衛和囚徒，這是他夢寐以求的畫面。每個囚徒都拚命想脫出大理石，它們打鬥、掙扎，索求空氣。佛羅倫斯美術學院的員工一定都認識他了，而且猜想他會不會是個瘋子，竟在大冬天跑到這裡。這裡根本沒有多少觀光客，他們過了一週就注意到他。有時，他們會給他一些午餐吃。某個晚上，他們覺得非得問出口不可。

「喔，」他說：「我只是在等……如果運氣好，說不定他真的會來。」

他的確來了。

這三十九天中的每一天，麥可．鄧巴都在佛羅倫斯，他在畫廊裡頭。這對他來說十分不可思議，竟能跟大衛像，還有囚徒們相處這麼、這麼久，他都要覺得自己太過分了。也有一些時候，他出了神，坐在石頭旁，就只是靠著。往往是警衛叫他回神。

後來，在第三十九天，有隻手伸向他的肩膀，某個人在他上方俯身。他身邊的確有囚徒像投下的影子，但貼在他衣服上的手是暖的。那人的臉更加蒼白，經歷更多風霜。可是不會錯，是那孩子。他二十七歲了，但就像那時，像那些年之前，克雷和潘妮洛普，明燦燦的後院，他在他眼中一如過往。你是喜愛故事的那個孩子，他想著。而突然之間，他們彷彿身在家中廚房。當克雷出聲，嗓音是如此平靜，由暗處向著光傳來。

他跪在地上，說：「嗨，爸。」

■

婚禮那天，我們其實無法確定。

麥可．鄧巴盡了力，但我們的希望是建立在不抱希望上，其實沒有真正希望什麼。

羅里會當伴郎。

我們都買了西裝和好鞋。

父親也跟我們在一起。

那橋屹立不搖。

儀式會在傍晚，克勞蒂會帶上兩個女孩。

傍晚，我們聚集在一起，從最年長，到最年輕。我、羅里、亨利、湯米。麥可隨後很快地抵達。我們全都待在弓箭街，西裝筆挺（但領帶還沒繫上），我們必須等，等在廚房裡。

當然，有時我們會聽到些聲音。

可是每個出去的人最後又回來了。
每次每次，回答都是「沒事，」但最後的希望羅里，他說：「那個……」
他說：「那是什麼？」

他在想大部分旅程都要用走的，不過仍搭了火車和公車。在海神路上，他提早一站下，陽光溫暖又友善。他走走停停，身體歪歪倒倒。他比預期（或想像）更快抵達，站在弓箭街的街口，心中大石雖沒落下，也不至於感到恐懼。
他們會知道他來了，他成功地來了。
這裡和平常一樣有鴿子。
他來到我們的前院時，鳥高高停在電線上。除了走上來，他還能怎麼辦？
他的確走上來了，但很快又停下。
他站在我們的草皮上，斜對面是凱莉的家，從前她手上會垂著一條烤麵包機的電線，站在那兒。他一想到我們在這裡的各種扭打，就幾乎要笑出聲音。那是男孩之間、兄弟之間常有的鬥毆。他好像在屋頂看見了亨利和自己，就像他曾見過、交談過的孩子。
他還沒意識到便說出了那兩個字，「馬修」。
我的名字，如此而已。
平靜、鎮定，但羅里聽見了，廚房裡的我們全站起身。

我不確定自己能解釋清楚，或抱持希望，或罵一聲去他的上帝。
神啊，我該怎麼把這件事做好呢？
所以我只是在這裡辛勤打字，讓你知道個大概情形。

你看，首先是這樣：我們都跑上走道，把紗門從鉸鏈上整片扯掉，在那裡、在門廊上，我們看見了他，他就在草皮上，為了婚禮盛裝打扮，眼中有淚，但臉上掛著微笑。沒錯，是克雷，那個只微笑的孩子正在微笑。

奇妙的是，沒有一個人靠近一步。

我們都這樣一動也不動。

但接著我們急匆匆上前。

我踏出一步，一切突然之間變得好容易。我說「克雷」，又說了一次「克雷」。那個男孩，我們的克雷。幾個兄弟像一陣狂風掃過身邊，跳下門廊階梯，把他整個人撲倒在地。

他們是扭纏在一起的一團身軀與笑語。

我不禁想，這畫面看在我們父親眼中不曉得是什麼模樣，大概是圍欄旁邊的一團亂吧。當亨利和湯米（羅里接著）終於從弟弟身上起來，父親一定是這麼想。當他們把克雷扶起，他站在那兒，把自己身上的塵土拍掉，而我走完最後的這幾步路，與他相會。那時的我也在想他究竟是以什麼心情在一旁觀看。

「克雷……」我說：「嘿，克雷……」

但我再也不知道該對他說什麼了。永遠支撐著這個家的男孩終於能卸下重擔，我像是擁抱最親愛的人那樣將他擁入懷中。

「你來了，」我說：「你來了。」我將他抱得好緊。每一個人，這裡所有人都笑了又哭了、哭了又笑了。

最後，有一件事大家一直都知道，或至少他一定知道——

鄧巴家的男孩能做的事很多，但可以確定的是，他一定會回家。

全書完

致謝

如果沒有Cate Paterson、Erin Clarke和Jane Lawson一心同體的努力、笑聲與用心，不會有鄧巴男孩，不會有橋，也不會有克雷。她們都是眼神銳利、有言必說的人，她們都是鄧巴男孩。謝謝妳們做的一切

致我的朋友與同事：Catherine (the Great) Drayton、Fiona (Riverina)、Inglis以及Grace (PP) Heifetz，謝謝妳們的堅持不懈。謝謝妳們心甘情願地在這斯巴達式的閱讀過程中老了十年光陰。

致Tracey Cheetham：如果二〇一六能到來，這本書也能成。這是所有橋裡面最棒的一座。

致Judith Haut：除你之外，極少人能忍受我的白痴行為。我想都是因為你的血液中流著阿肯色州基因。永遠感謝你的愛與友誼，無論是河流，或城市。

致William Callahan：也許你永遠都不知道你對這本書有多大意義。你一直幫助著我，用各種方式帶我脫出地獄。

致Georgia (GBAD) Douglas：倒數第一的倒數第二，我會想念我們的交心時刻，真心如假包換。這搞不好可以做件T恤。

致Bri Collins和Alison Kolani：永遠不會離開的救世主，大師級的人物，無可取代。

致那些頑強分子（這真是個了不起的詞）：謝謝你們對於最後這十年以及最近一些事給予的幫助：Richard Pine、Jenny Brown（妳永遠都是那麼善良）、Kate Cooper、Clair Roberts、Larry Finlay、Praveen Naidoo、Katie Crawford、（什麼都能修的）Kathy、Dunn、Adrienne Waintraub、Dominique Cimina、Noreen Herits、Christine Labov、John Adamo、Becky Green、Felicia Frazier、Kelly Delaney、Barbara Marcus、Cart Hillerton、Sophie Christopher、Alice Murphy-Pyle，以及才華洋溢的Sandy Cull、Jo Thomson和Isabel Warren-Lynch。

給你們：永遠不要低估你們給我和這本書的友誼與忠誠：Joan DeMayo、Nancy Siscoe、Mandy Hurley、Nancy Hinkel、Amanda Zhorne、Dana Reinhardt、Tom與Laura McNeal、Andy、Sally、Inge、Bernd、Leena、Raff、Gus、Twain、Johnny，還有TW。

特別致謝：

致Blockie：謝謝佛洛伊德跟我一起散步，謝謝你的聆聽，畢卡索。條條大路通羅馬。

致Angus與Masami Hussey：你們知道怎麼改變規則，知道怎麼改變人生，你們是另一塊大陸上最優秀的人。

致Jorge Oakim：謝謝你做的一切，我願意攀越任何一道牆，哪裡都無所謂。

致Vic Morrison：不只關於音樂、搬鋼琴（還有幫琴調音）時你給的建議，更是因為一生的藝術與風險，還有讓我將故事走向帶往囚徒們這個作品。

致Halina與Jacek Drwecki：感謝你們在波蘭文兩方對譯時的愛與爭執，還有那些關於營地與蟑螂的故事，真的是太大了！

致Maria和Kiros Alexandratos：謝謝你們最先提起造橋的話題。

致Tim Lloyd：謝謝你在與馬相關的一切主題給予的幫助與建言，甚至開車帶我在奧特福到處晃，找到某隻相當接近騾子的生物。

致HZ：基本上就是給些荒謬的建議，亂編一些德語。

致Zdenka Dolejska：謝謝你提供的一句捷克文……雖然渺小，但很重要。謝謝你。

致Jules Kelly：一位非比尋常的祕密守護人。

致神祕的H小姐。

還有Tim Smith：謝謝你帶來的靈感，謝謝你在水中等候。

致其他的朱薩克迷：這數十年不是白白過去，它們都花在這上頭了。謝謝你們讓我明白，原來永不結束的人生就是這種感覺。它能有所不同，都是因為你們。

最後，給全世界的讀者：沒有你們，就什麼都沒有。這一切的一切，都要感謝你。

mz

木馬文學 136

克雷的橋

Bridge of Clay

作者	馬格斯・朱薩克（Markus Zusak）
譯者	馬新嵐
社長	陳蕙慧
副總編輯	闕志勳
副主編	林立文
校對	魏秋綢、馬新嵐
行銷	李逸文、廖祿存、余韋達（特約）
電腦排版	極翔企業有限公司

讀書共和國出版集團社長	郭重興
發行人兼出版總監	曾大福
出版	木馬文化事業股份有限公司
發行	遠足文化事業股份有限公司
	地址 231新北市新店區民權路108之4號8樓
	電話 02-2218-1417 傳真 02-8667-1891
	Email: service@bookrep.com.tw
	郵撥帳號 19588272 木馬文化事業股份有限公司
	客服專線 0800221029
法律顧問	華洋國際專利商標事務所 蘇文生 律師
印刷	成陽印刷股份有限公司
初版	2019年2月
定價	新台幣400元（平裝） 新台幣520元（精裝）

ISBN 978-986-359-628-8（平裝）978-986-359-630-1（精裝）

國家圖書館出版品預行編目(CIP)資料

克雷的橋 / 馬格斯・朱薩克（Markus Zusak）
著；馬新嵐譯. -- 初版. -- 新北市：木馬文化出
版：遠足文化發行, 2019.02
面； 公分. --（木馬文學；136）
譯自：Bridge of clay
ISBN 978-986-359-628-8（平裝）. --
ISBN 978-986-359-630-1（精裝）

887.157 107022147